metro

Garry Disher
Kaltes Licht

metro wurde begründet
von Thomas Wörtche

Zu diesem Buch

Im Garten der Wrights auf der Blackberry Hill Farm gleitet eine Schlange über den verdorrten Rasen und unter eine verwitterte Betonplatte. Die aufgeschreckte Familie lässt den Schlangenfänger kommen, doch der buddelt etwas ganz anderes aus: Unter der Platte kommt ein Skelett zum Vorschein. Ein Fall für die Abteilung für ungelöste Verbrechen, in der Sergeant Alan Auhl verstaubte Cold Cases bearbeitet. Aus der Pensionierung zurückgekehrt, wird er von den jungen Kollegen ziemlich spöttisch empfangen. Er lässt sich nicht beirren und versucht hartnäckig, dem Geheimnis um den »Plattenmann« auf den Grund zu gehen. Warum haben die Erinnerungen der mürrischen Anwohner so viele Lücken?

»Garry Disher balanciert virtuos auf dem Grat zwischen Moral und Unmoral. Alan Auhl ist ein origineller Held, der sich um seine Mitmenschen kümmert und der Ungerechtigkeit für einen Fehler hält. Und es drängt ihn, solche Fehler zu korrigieren, selbst wenn er dafür zu drastischen Maßnahmen greifen muss.« *Tages-Anzeiger*

Der Autor

Garry Disher (*1949) wuchs im ländlichen Südaustralien auf. Seine Bücher wurden mit mehreren Preisen ausgezeichnet, darunter der wichtigste australische Krimipreis, der Ned Kelly Award, vier Mal der Deutsche Krimipreis sowie eine Nominierung für den Booker Prize.

Im Unionsverlag sind außerdem lieferbar: *Hinter den Inseln; Drachenmann; Flugrausch; Schnappschuss; Beweiskette; Rostmond; Leiser Tod; Bitter Wash Road; Hope Hill Drive; Barrier Highway* und *Stunde der Flut*.

Der Übersetzer

Peter Torberg (*1958) studierte in Münster und in Milwaukee. Seit 1990 arbeitet er hauptberuflich als freier Übersetzer, u. a. der Werke von Paul Auster, Michael Ondaatje, Ishmael Reed, Mark Twain, Irvine Welsh und Oscar Wilde.

Mehr über den Autor und sein Werk auf *www.unionsverlag.com*

Garry Disher

Kaltes Licht

Ein Sergeant-Auhl-Roman

Aus dem Englischen
von Peter Torberg

Unionsverlag

Die Originalausgabe erschien 2017 bei
The Text Publishing Company, Melbourne.
Deutsche Erstausgabe

Im Internet
Aktuelle Informationen, Dokumente und Materialien
zu Garry Disher und diesem Buch
www.unionsverlag.com

Unionsverlag Taschenbuch 907
© by Garry Disher 2017
Originaltitel: Under the Cold Bright Lights
© by Unionsverlag 2021
Neptunstrasse 20, CH-8032 Zürich
Telefon +41 44 283 20 00
mail@unionsverlag.ch
Alle Rechte vorbehalten
Die erste Ausgabe dieses Werks im Unionsverlag erschien 2019
Reihengestaltung: Heinz Unternährer
Umschlagfoto: Prisma by Dukas Presseagentur GmbH (Alamy Stock Photo)
Umschlaggestaltung: Peter Löffelholz
Lektorat: Anne-Catherine Eigner
Satz: Greiner & Reichel, Köln
Druck und Bindung: CPI – Clausen & Bosse, Leck
ISBN 978-3-293-20907-7
2. Auflage, September 2022

Der Unionsverlag wird vom Bundesamt für Kultur mit einem
Verlagsförderungs-Strukturbeitrag für die Jahre 2021–2024 unterstützt.

Auch als E-Book erhältlich

I

An einem milden Oktobermorgen glitt in der Nähe von Pearcedale, südöstlich von Melbourne, eine Schlange auf dem Weg von hier nach da über die Ecke einer Veranda. Nathan Wright, der nach dem Frühstück in der Haustür stand und aus müden Augen seinen verdorrten Rasen betrachtete, bemerkte die Bewegung aus dem Augenwinkel: Ein verfluchter großer Kupferkopf schlängelte sich über seine Veranda. Wohin wollte er? Etwa zu seiner Frau und seiner Tochter? Jaime klammerte auf dem Rasen neben dem Haus Babyoveralls an die Wäscheleine, Serena Rae lag zu ihren Füßen auf einer pinkfarbenen Decke.

Als Nathan nach ein paar Sekunden – Wochen – seine Stimme wiederfand, zeigte er hin und quäkte: »Schlange!«

Jaime richtete sich vom Waschkorb auf und schaute in die Richtung, in die er zeigte. Sie ließ ein pinkfarbenes Unterhemdchen fallen, spuckte eine Wäscheklammer aus, schnappte sich Serena Rae von der Decke und stolperte mit leisem Entsetzensschrei rückwärts davon. Die Schlange glitt weiter über fleckiges Gras und Erde auf eine verwitterte, mehrere Tischplatten große Betonfläche zu. Niemand wusste, wozu diese alte Platte mal gedient haben mochte. Als Fundament eines abgerissenen Gartenschuppens? Oder eines Hühnerstalls? Sie war geborsten und an einigen Stellen löchrig, wirkte aber massiv, und Jaime hatte schräg in einer Ecke einen Gartenstuhl hingestellt, wo sie gern in der Sonne las, Erbsen pulte oder Serena Rae stillte.

Die nichts ahnende Schlange steckte die Schnauze in ein Loch, das Nathan viel zu klein vorkam, und schob sich vermittels einer Reihe langsamer, kräftiger Muskelkontraktionen unter den Beton. Schon bald war ein Viertel des langen Leibes verschwunden. Jaime und Nathan schauten entsetzt zu. Serena Rae nahm den feuchten Daumen aus dem Mund und zeigte hin. »Ja, Schätzchen, Schlange«, sagte Jaime zittrig.

Nathan riss sich mit Gewalt aus der Lähmung. Eine Schlange direkt bei seinem Haus? Niemals, verflucht. Er rannte zum Anbau hinter der Garage, wo er Brennholz und Gartengeräte lagerte.

»Nathan!« Jaime drückte sich Serena Rae an die Brust. »Wo willst du ...«

»Axt!«

Sie riss den Mund auf, dann begriff sie: Er wollte die Schlange zerteilen. Sie schaute, wie er verschwand, dann mit der Axt wieder auftauchte und leicht tollpatschig die noch sichtbare Hälfte der Schlange ins Visier nahm.

»Nicht!« Panik lag in ihrer Stimme.

Nathan blieb verwirrt stehen. »Was?«

»Sie könnte schwanger sein.«

Irgendwo hatte sie gelesen, dass dann Dutzende von Babyschlangen aus dem geteilten Leib kriechen und in alle möglichen Richtungen verschwinden, um zu wachsen und zu gedeihen und kleine Kinder zu beißen.

»Und außerdem«, fuhr sie fort und versuchte, sich zu beruhigen – Nathan wirkte noch viel stärker außer Fassung, als sie sich fühlte –, »Schlangen stehen unter Schutz.«

»Was? Scheiß drauf.«

»Und was, wenn das vordere Ende zurückkommt und dich beißt?«

Das hielt Nathan für unwahrscheinlich, aber er hatte sowieso nicht vorgehabt, der Schlange allzu nahe zu kommen, und nun war es zu spät. Die Schlange war in ihrem Loch verschwunden.

Trotzdem änderte das nichts an der Tatsache: Sie hatten eine Schlange.

Nathan ging zum Anbau zurück und nahm ein paar alte rote Ziegelsteine. Er näherte sich der Betonplatte, als würde es sich um ein Nest glühender Kohlen handeln, hastete über die

Oberfläche, knallte die Ziegel auf das Schlupfloch und machte, dass er wegkam. Er wischte sich den Ziegelstaub von den Händen und ging zu seiner Frau, die sich auf die Veranda zurückgezogen hatte.

Jaime schien nicht sonderlich beeindruckt zu sein, wie er die Situation meisterte. »Was, wenn es noch ein Loch gibt, das wir nicht sehen? Was, wenn sie die Ziegelsteine beiseiteschiebt? Was, wenn sie sich einen anderen Ausgang buddelt?«

»Himmel, Jaime.«

Nathan ähnelte all den jungen Ehemännern in der Gegend: ein wenig bullig, Stoppelhaare, ausgebeulte Shorts und T-Shirt einer Surfermarke, ein paar zaghafte Tattoos, Sonnenbrille auf der Baseballkappe; dazu streitlustig, wenn er etwas nicht verstand. Das kam so häufig vor, dass Jaime mittlerweile schnell ungeduldig wurde.

»Wir müssen den Schlangenfänger anrufen«, sagte sie kurz angebunden und versuchte, die Angst zu unterdrücken, die sie immer noch spürte.

»Ach, zum ...« Nathan fiel noch rechtzeitig Serena Rae ein, und er unterbrach sich; sie schaute ihn an, als wäre sie derselben Meinung wie ihre Mutter.

»Die Nummer hängt neben dem Küchentelefon«, ergänzte Jaime.

Das wusste Nathan. Er hatte den Namen und die Telefonnummer des Schlangenfängers selbst dort hingehängt, nachdem er in der Zeitung eine Geschichte gelesen hatte. Baz, der Schlangenfänger, ermahnte die Anwohner, dass es eine »gute« Saison für Schlangen sei, vor allem für Kupferköpfe, Tigerottern und rotbäuchige Schwarzottern.

»Nathan ...«, sagte Jaime und legte den Rest des Satzes in ihren Ton.

»Okay, okay.« Nathan stapfte über die Veranda zur Haustür. Himmel, er hatte sie offen gelassen. Wer wusste, wie viele Schlangen ins Haus geglitten waren? Ein schneller Blick über die Schulter: Jaime beäugte noch immer die Betonplatte und wippte

Serena Rae auf ihrer Hüfte. Und Serena Rae beäugte *ihn*. Er winkte ihr schwach, ging in die Küche und wählte die Nummer. Er wartete und schaute über den Hof hinaus zum Seitenzaun, den Kasuarinen des Nachbarn und die Hektar welligen Graslands rings um ihn herum. Überall wimmelte es vor Schlangen.

Schließlich traf Baz ein; in einem blauen *Snake-Catcher-Victoria*-Poloshirt, Jeans und schweren Arbeitsstiefeln. Ein Käppi beschattete sein Gesicht; in den großen Handschuhen hielt er eine lange Stange. Er schaute von Nathan zu Jaime und sagte: »Gehen Sie voran«, so als sei Zeit kostbar.

Nathan deutete auf die Betonplatte, und Baz schüttelte den Kopf. »Himmel, Sie machen es mir aber auch nicht einfach, oder?«

»Da ist sie hinein.«

Hinter ihnen fragte Jaime: »Können Sie sie fangen?«

»Mit einem Presslufthammer und einem Radlader vielleicht«, antwortete Baz. Nathan stand neben ihm, betrachtete die Platte und wünschte sich insgeheim, er hätte seine dumme Frau einfach ignoriert und die verfluchte Schlange entzweigehackt. »Hätte das verdammte Mistvieh töten sollen.«

Baz drehte sich langsam und ruhig zu ihm um und sagte: »Kumpel, das habe ich nicht gehört. Und ganz sicher möchte ich das auch nicht wieder hören. Schlangen zu töten, ist verboten. Darauf stehen sechstausend Dollar Bußgeld.«

»Ich sag doch nur …«

»Na, tun Sies lieber nicht.« Baz zeigte auf die beiseitegelegte Axt. »Und selbst wenn Sie sie durchhacken, kann das Kopfende noch ziemlich lange Zeit danach zubeißen.«

»Das hab ich ihm auch gesagt«, meinte Jaime.

Nathan ballte die fleischigen Hände und öffnete sie wieder. »Und was jetzt, lassen wir sie einfach dort, wo sie ist?«

»Mann, wenn sie nicht mehr rauskommt, stirbt sie«, antwortete Baz. »Indem Sie das Loch versperrt haben, haben Sie sie faktisch umgebracht. Sechstausend Mücken.«

»Wollen Sie mich anzeigen? Verdammt und zugenäht, was zum Henker sollen wir denn machen? Wir haben ein kleines Kind. Meinen Sie, wir sollen die Ziegel wegnehmen, damit eine giftige Schlange frei herumkriechen kann, und meine Frau und ich und das Kind verbarrikadieren uns für den Rest unseres Lebens?«

Baz war von Nathan nicht sonderlich beeindruckt, aber durchaus ein fairer Typ. Er hatte selbst Kinder. Vor zehn Jahren war er sogar mal von einer Schlange gebissen worden und hatte seine ganze Familie in Panik versetzt. Er kaute auf der Unterlippe. »Also gut, Folgendes. Brauchen Sie die Betonplatte für irgendwas? Wollen Sie einen Schuppen darauf bauen oder so?«

»Meinetwegen können Sie die abtransportieren, ist mir egal.«

»*Ich* transportiere sie nicht ab, sondern *Sie*. Oder Sie beseitigen die einzelnen Brocken, wenn wir sie aufgebrochen haben. Ich hab da einen Kumpel, einen Betonbauer, der ist spezialisiert auf Betonplatten, Veranden, Fundamente. Der wird sie Ihnen schon ausbuddeln, keine Bange. Wir fangen bei dem Loch an, machen es nach und nach weiter, bis ich eine Vorstellung davon habe, was sich unter Ihrer Platte befindet, eine große Höhlung oder ein Netz von Bauen. Sobald ich eine oder mehrere Schlangen sehe, mache ich mich mit meiner Stange ans Werk.«

Schlangen, Plural. Na toll. »Und was machen Sie dann mit ihr? Mit ihnen?«

»Ich setze sie in der Wildnis aus.«

»Aha«, sagte Nathan. »Und was, wenn der Kupferkopf, ach, ich weiß nicht, so was wie Heimweh kriegt?«

»Kumpel, den ganzen Sommer über gibt es ringsum Schlangen. Meistens kommt man nicht mit ihnen in Kontakt. Wenn ich diese Schlange wegschaffe, kann keiner sagen, dass Sie nicht morgen in Ihrem Garten die nächste sehen.«

Nathan sah Jaime an und seufzte. »Also gut, machen wirs.«

»Vielleicht nicht heute«, sagte Baz mit besorgter Miene, die andeutete, dass ihm der Gedanke an eine Schlange in der Bredouille missfiel.

Allerdings willigte Baz' Betonbauerkumpel ein, noch im Laufe des Vormittags vorbeizuschauen, also machte Baz es sich gemütlich – Kaffee, Hafer-Kokos-Kekse und ein Schwätzchen auf Nathans Veranda – und wartete. Brachte Jaime dazu, über seine Schlangengeschichten bewundernd zu lachen, das Arschloch.

Schließlich kam ein kleiner, zementgrauer Laster angezockelt, und Mick, der Betonbauer, entpuppte sich als graues, staubiges Wrack von Mann in Shorts, blauem Trikothemd und schweren Arbeitsschuhen, dem die Jahre harter Arbeit am krummen Rücken und an den O-Beinen abzulesen waren. Er schüttelte Nathan die Hand und grinste schief und schlaff, so als wisse er etwas. Nathan wurde rot und war sich ziemlich sicher, dass irgendeine Bemerkung von Baz dem Betonbauer zu verstehen gegeben hatte, er sei ein Strohkopf.

»Hab gehört, Sie haben ein Problem«, sagte Mick und ließ Nathans Hand los.

»Das könnte man sagen.«

»Hab ich ja gerade.« Mick besah sich die Betonplatte und rieb sich die Hände. »Hab mein ganzes Leben Beton gegossen. Kommt nicht allzu oft vor, dass ich ihn wieder aufreiße.«

»Sei aber auf der Hut, wenn ein Schlangenkopf auftaucht«, mahnte Baz.

»Ja, klar, und du halte deine Stange bereit«, erwiderte der Betonbauer.

»Seien Sie vorsichtig«, rief Jaime hinter der Fliegentür hervor.

Mick schaute die anderen Männer schläfrig an und ging zu seinem Laster zurück, um einen Presslufthammer zu holen. »Ich fang nicht in der Mitte an«, sagte er und näherte sich der Platte, »für den Fall, dass da ein Riesenloch drunter ist und ich in ein Schlangennest falle. Ich fang an einer Ecke an, grab immer ungefähr einen halben Quadratmeter aus, schau drunter nach und mach dann mit dem nächsten Abschnitt weiter. Was denkst du?«

»Gib alles«, antwortete Baz.

Nathan fragte sich insgeheim: »Jeden Abschnitt mit bloßen

Händen ausbuddeln? Na, Hauptsache, ich muss das nicht machen.«

Nicht mit bloßen Händen: Mick benutzte ein Brecheisen. Nachdem vier Abschnitte von je einem halben Quadratmeter entfernt worden waren, war klar, dass ein Großteil des Betons einfach in den Boden gekippt worden war. Erst als die frischen Kanten dem Schlupfloch langsam näher kamen, tauchte unter der Mitte der Platte eine Versenkung im Boden auf.

»Da ist sie!«, sagte Nathan.

Baz nickte. »Sie versucht, sich noch tiefer zu vergraben.«

»Ich schneide noch ein Stück ab«, sagte Mick.

»Ja, okay. Aber mach dich bereit für einen Rückzieher«, sagte Baz. »Unser Bursche wird nicht sonderlich glücklich sein.«

Mick schnitt diesmal einen kleinen Abschnitt aus dem Beton rings um das ursprüngliche Loch. Der Beton zerbröselte, als er versuchte, das Loch mit dem Brecheisen zu erweitern. »Wer immer diesen Mist gegossen hat, hatte nicht die leiseste Ahnung von Beton, verflucht«, sagte er entrüstet. »Zu viel Sand, und außerdem noch schlecht gemischt.« Er sprang zurück. »Verfluchte Scheiße!«

Der bröcklige Beton war auf die Schlange gefallen, die anzugreifen versuchte, aber durch die Steine behindert wurde. Baz stürzte vor und klemmte den Kopf mit der Stange ein. Dann kauerte er sich hin und räumte mit der anderen Hand die Brocken weg, bis die Schlange freikam. Er hob sie hoch, hielt mit der Stange den peitschenden Kopf von sich fern und stopfte sie in einen Kartoffelsack.

»Kinderspiel«, sagte er und grinste die anderen an.

Doch die schienen eher an der Vertiefung in der Mitte der Betonplatte interessiert.

»Was gibts denn, gleich eine ganze Sippschaft von den Viechern?«

Er schaute hinein. Was es dort gab, war ein verrottetes Baumwollhemd über einem Brustkorb, und ein Handgelenksknochen, der von einer gefälschten Rolex Oyster umschlungen wurde.

2

Sergeant Alan Auhl würde zu spät zur Arbeit kommen, denn erst musste er sich noch von seiner Frau verabschieden. Er hatte sie nur selten für sich allein. Und es war ja nicht so, als würden die Klienten in der Abteilung für ungelöste Fälle lautstark seine Aufmerksamkeit einfordern.

»Wenn ich gewusst hätte, dass es zum Cunnilingus kommt«, sagte er, »dann hätte ich mich besser rasiert.«

Liz prustete, gab ihm ein paar Klapse und packte ihn an seinen grau werdenden roten Haaren. »Konzentrier dich gefälligst.«

Das tat er; später lagen sie in Löffelstellung da und dösten, bis Liz meinte: »Ich muss fertig packen.«

Erst zu küssen, um dann ins Bett zu fallen, schien ein, zwei Mal im Jahr über sie zu kommen. Dann schauten sie sich an, und irgendwie – Gewohnheit, gegenseitige Achtung, Chemie, die Erinnerung an die Liebe – tat die Anziehungskraft ihre Wirkung. Diesmal war Auhl nur ins Zimmer seiner Frau geschlendert, um zu sehen, ob sie Hilfe mit ihrem Gepäck brauchte. Und nach dem Sex dann kuscheln, reden und der unausweichliche Schlaf.

Als er später aus ihrem Badezimmer kam, das sich an dem Flur entlang von ihrem Schlafzimmer und ihrem Arbeitszimmer befand, lag sie auf den Laken und starrte die Decke an. Wieder mal hatte er sie verloren.

»Ich habe mich nicht entliebt«, hatte sie damals gesagt, als klar wurde, dass sich an seiner allgemeinen Art der Zerstreutheit und Distanziertheit nichts ändern würde, »es ist nur eine andere Art von Liebe daraus geworden.«

Daran dachte er gerade, beugte sich vor, gab ihr einen Kuss und scherzte, was denn da für eine schöne Frau in seinem Bett liegen würde.

Liz blinzelte, und eine distanzierte Intelligenz blitzte wieder in ihren Augen auf. »Als ich das letzte Mal nachgeschaut habe, war es noch mein Bett. Und übertreib es nicht.«

Nein. Niemals. Auf keinen Fall.

Auhl überließ seiner Frau das Packen und ging nach unten. Im Chateau Auhl – drei höhlenhaft verwinkelte Stockwerke an einer ruhigen Straße in Carlton – hallten seine Schritte auf der Treppe und in den Fluren. Typisch für einen späten Donnerstagvormittag; niemand sonst war daheim. Auhls Tochter, seine Mieter, die Obdachlosen und Streuner, waren bis zum späten Nachmittag unterwegs.

Sein Schlafzimmer lag neben der Haustür; das Badezimmer im Erdgeschoss teilte er sich mit ein paar anderen. Er duschte, zog sich an, machte zwei Sandwiches und packte eins davon für Liz ein.

Schon bald kam sie die Treppe hinuntergepoltert. Als sie am Fuß der Treppe ankam, trat er in den Flur, bot ihr in der einen Hand das Sandwich an und griff mit der anderen nach ihrem schwersten Koffer. Sie, eine schlanke, geschmeidige, ungeheuer attraktive Frau in Rock, T-Shirt, Jeansjacke und Laufschuhen, nickte, als würde ihr beides zustehen. Doch sie war bereits wieder weit weg. Distanziert, unberührbar, konzentriert: In Gedanken schon wieder in ihrem anderen Leben. Trotzdem blieb sie freundlich, fast warmherzig, während er das Gepäck zu ihrem Wagen trug.

Nein, sie wusste nicht, wann sie mal wieder vorbeischauen würde.

Fahr vorsichtig.

Auhl aß sein Sandwich am verschrammten, zerfurchten hölzernen Küchentisch und bekam kaum etwas von der Nachrichtensendung auf Radio National mit.

Ihr Wagen fährt in Richtung Stadt über die Westgate Bridge und dann hinunter nach Geelong.

Auhl hatte die ganze Route vor Augen.

Gegen Mittag spülte er seine Teller ab und ging zur Straßenbahnhaltestelle Swanston Street. Eine allgemeine innere Unruhe begleitete ihn durch die Stadtmitte über den Fluss bis zum Polizeipräsidium. Liz. Der Job. Die Schwestern Elphick, die ihn heute Morgen angerufen hatten, wie an jedem 14. Oktober, dem Todestag ihres Vaters; noch immer warteten sie auf Antworten, die er ihnen nicht geben konnte.

John Elphick, geboren 1942, wurde 2011 auf seiner Farm in den Hügeln nördlich von Trafalgar, in Gippsland, östlich von Melbourne aufgefunden. Tod durch Schädelfrakturen. Verwitwet, allein lebend. Seine Tochter Erica lebte in Coldstream – Krankenschwester, mit einem Arzt verheiratet, drei Kinder –, Rosie war Grundschullehrerin und lebte mit ihrem langjährigen Freund und ehemaligen Highschoollehrer in Bendigo zusammen. Alle hatten Alibis. Niemand hatte finanzielle Sorgen. Keine Spielschulden, keine teure Drogensucht, keine zweifelhaften Freunde; die Ermittler stießen auch auf keinerlei Geheimnisse. Zudem hatte Elphick die Farm mit Einwilligung der Töchter ans Rote Kreuz vermacht.

Auch seine Freunde und Nachbarn hatten Alibis. Niemand hatte irgendeinen Grund, ihm den Tod zu wünschen. Zwar war John Elphick nicht gerade die Seele der Gegend gewesen, aber er war recht beliebt und relativ aktiv gewesen: Rasenbowling, Kirche, ab und an mal ein Bier im örtlichen Pub, gelegentlicher Besuch eines Treffens im Probus Club. Keine Lebensgefährtin. Keine jungen Farmhelfer, die sich auf der Farm herumtrieben oder lebten. »Liebenswürdiger alter Kauz«, so die allgemeine Ansicht.

Das war alles, woran Auhl sich noch erinnerte. Ursprünglich war das gar nicht sein Fall gewesen; er war erst spät in den Ermittlungen zu dem Team gestoßen, in den letzten Tagen seiner

Ehe und seiner Zeit bei der Mordkommission. Er war damals ziemlich abgelenkt gewesen, könnte man sagen. Kurz darauf war er in Pension gegangen. Fünfzig, ausgebrannt und traurig.

Doch irgendetwas an ihm musste wohl Erica und Rosie angesprochen haben, denn an jedem 14. Oktober trafen sie sich und riefen ihn an. Gibt es etwas Neues? Und an jedem 14. Oktober, bis heute, hatte er ihnen nur sagen können, dass er nicht mehr bei der Polizei sei. Das hatte die Schwestern nicht abgeschreckt. Ja, aber Sie haben doch Freunde bei der Polizei, sagten sie, Sie sind doch in Kontakt. Eigentlich nicht, antwortete er stets.

An diesem Vormittag konnte er ihnen etwas anderes berichten. Er war wieder zur Polizei gegangen – tatsächlich war er sogar darum gebeten worden. Damit gingen fünf Jahre zu Ende, in denen er nur die Zeit totgeschlagen hatte. Urlaubsfahrten ab und an, Lesen, Erwachsenenfortbildung, hoffnungslose und/oder katastrophale romantische Verwicklungen, gelegentliche freiwillige Mitarbeit bei verschiedenen Wohltätigkeitsorganisationen.

Irgendwie hatten die Schwestern mitbekommen, dass er wieder bei der Truppe war. »Wie ich gerade zu Erica sagte«, meinte Rosie, während Auhl an seinem Müsli kaute, »jetzt sitzen Sie ja an der richtigen Stelle.«

»An der *absolut* richtigen Stelle«, fügte Erica hinzu.

In der Abteilung für ungelöste Fälle und vermisste Personen, um genau zu sein: Man hatte ihn hauptsächlich deswegen geholt, um jüngere Detectives für andere Aufgaben freisetzen zu können. Außerdem schätzte man ihn wegen seiner zehn Jahre in Uniform, zehn in verschiedenen Sondereinheiten, zehn bei der Mordkommission.

Der runderneuerte Auhl, von dem erwartet wurde, dass er einen erfahrenen Blick auf ungeklärte Morde, Unfalltode und Fälle von vermissten Personen warf, die man für auffällig hielt. Er sollte jene Fälle identifizieren, die mithilfe von neuen Techniken geklärt werden konnten; jene bestimmen, die falsch behandelt oder in denen nicht tief genug ermittelt worden war;

jene, in denen neue Informationen vorlagen; sich im Ernstfall mit anderen Abteilungen in Verbindung setzen, darunter auch mit der Mordkommission und der Abteilung für Kapitalverbrechen. Er sollte darauf drängen, dass alte DNA-Proben neu untersucht wurden; es noch einmal bei Augenzeugen versuchen, die sich in der Zwischenzeit mit den Verdächtigen überworfen hatten; Veränderungen festhalten, die sich im Laufe der Zeit ergeben hatten – ein Tatort, der jetzt ein Parkplatz war, zum Beispiel. Eine Schlüsselfigur, die verstorben oder ins Ausland verschwunden war, an Demenz litt oder mit der hauptverdächtigen Person verheiratet war.

Ein Kinderspiel.

Liz hatte ihn gedrängt, den Job anzunehmen. »Du bist wie geschaffen dafür, Liebling.« Ab und zu nannte sie ihn immer noch so. Aus Gewohnheit vermutlich. Sie erinnerte ihn daran, wie er damals bei der Mordkommission gewesen war, wenn sich ein Fall hinschleppte. »Besessen – auf eine gute Art.« Sollte heißen, dass er sich mit der Frage herumquälte, ob er nicht etwas übersehen hatte. Dass ein Lügner ihn hereingelegt hatte. Dass sich unter den Dutzenden von Namen, die er im Laufe der Ermittlungen notiert hatte, der des Mörders befand.

»Wir haben größtes Vertrauen«, hatte Rosie Elphick an jenem Morgen gesagt, als Auhl gerade seinen Frühstückskaffee austrank.

»Ich kann nichts versprechen.«

»Das wissen wir.«

»Der Gerichtsmediziner hat entschieden, dass es sich um einen Unfall gehandelt hat, wenn ich mich recht erinnere.«

Nun, das hatte er nicht. Auhl erinnerte sich, dass der Richter im Fall Elphick, J. nicht auf Mord entschieden hatte.

Schweigen in der Leitung, eine subtile Andeutung von Enttäuschung. »Falsch«, schalt ihn Erica sanft. »Der Richter hat sich recht doppeldeutig ausgedrückt.«

Und Rosie fügte heftig hinzu: »Lesen Sie seine Befunde noch einmal, bitte, Alan.«

Als Auhl im Polizeipräsidium eintraf, ging er auf direktem Weg ins Aktenarchiv.

Er hasste den Raum. Eines Tages würde man seine Leiche irgendwo im riesigen Rollregal eingeklemmt finden. Oder auf den Bodenfliesen liegend, nachdem er verzweifelt mit den Fingernägeln an der Tür gekratzt hatte. Bei der Mordkommission hatte er nur selten Akten von kalten Fällen gebraucht. Seine Fälle waren heiß oder zumindest lauwarm gewesen. Man löste sie mit vielen abgelatschten Schuhsohlen, Telefonarbeit, Computerrecherchen und Befragungen. Jetzt schien er die Hälfte der Zeit damit zu verbringen, Akten hervorzukramen – uralte Papierakten noch dazu. Seit den Fünfzigern gab es zweihundertachtzig ungelöste Fälle in den Büchern der Victoria Police. Dazu noch tausend Fälle von vermissten Personen – von denen ein Drittel womöglich Morde waren.

Auf der Suche nach *Elphick, J., 2011*, rollte er an diesem Morgen vier trostlos beigefarbene Regalwände nach links und öffnete so einen schmalen Gang. Er trat hinein, schnappte sich den Aktenkarton, und da er schon halb befürchtete, die Regalwände könnten das Vakuum verabscheuen, trat er schnell wieder heraus. Würden sie wenigstens warnend rumpeln?

Auhl trug *Elphick, J.* in den kleinen Raum im zehnten Stock, der die Abteilung für ungelöste Fälle und vermisste Personen beherbergte. Die Chefin saß in ihrer Glaskabine am anderen Ende des Großraumbüros und telefonierte bei geschlossener Tür. Einer der Detective Constables war an einem Gerichtstermin. Die andere, Claire Pascal, hockte mit dem Rücken zu ihm vor ihrem Monitor. Auhl beließ es dabei. Als er das erste Mal mit Claire zusammengearbeitet hatte – eine erneute Zeugenbefragung –, war sie in den Wagen gestiegen und hatte gedroht, ihn mit Pfefferspray zu malträtieren, falls er es wagen sollte, sie anzurühren.

Auhl ließ den Aktenkarton Elphick auf den Tisch plumpsen, nahm den Inhalt Stück für Stück heraus und erfüllte die Luft mit muffigem Geruch von Moder. Eine dicke Akte, von einem morschen Gummiband festgehalten, ein Umschlag mit

Fotos vom Fundort, ein Video. Auhl versuchte, das Gummiband abzuziehen. Es riss.

Auf den Übersichtsfotos vom Tatort lag John Elphick auf dem Rücken im dichten Frühlingsgras hinter seinem Holden Pick-up, der neben einem Drahtzaun abgestellt war. Aus der Nähe betrachtet, erwies sich der Tote als untersetzt, dichtes weißes Haar, ausgewaschene Jeans, Flanellhemd und Stiefel mit seitlichem Gummizug. Es waren Wunden am Kopf zu erkennen, Blut war ihm über Stirn, Wangen, Hals und Kragen bis ins Hemd geflossen. Auhl dachte nach: Hatte Elphick Verletzungen im Stehen erlitten?

Auhl las jeden Bericht und jede Aussage, dann wendete er sich den Autopsiebefunden zu. Elphick war an massiven Schädeltraumen verstorben. Man hatte Blut und Hautspuren am Frontschutzbügel des Pick-ups gefunden, was gegen einen Mord sprach. Aber der Gerichtsmediziner hatte auch konstatiert, wie das Blut vom Kopf auf den Oberkörper geflossen war, dazu die Blutspur in der Fahrerkabine: Ein tätlicher Angriff ließ sich nicht ausschließen.

Und seit Jahren hatten nun schon die Töchter des Opfers höflich und vorsichtig versucht, Auhl davon zu überzeugen, dass er damals einen Fehler gemacht hatte. »Das glaube ich auch langsam«, murmelte Auhl vor sich hin.

»Jetzt redet er auch noch mit sich selbst«, bemerkte Claire Pascal, noch immer mit dem Rücken zu ihm. »Traurig, dieser alte Sack.«

Auhl kümmerte sich nicht um sie. Beschimpfungen von Jüngeren trafen ihn nicht. Er würde das tun, wofür er angeheuert worden war.

Als Nächstes schob er die DVD mit den Videoaufnahmen in seinen Laptop. Für Einzelheiten waren Fotos sehr nützlich, aber ein Video brachte einem alles richtig nah. Man durchschritt den Tatort gemeinsam mit dem Kameramann. Wenn man an einem ungelösten Fall arbeitete, war ein Video die beste Alternative zur tatsächlichen Tatortbegehung.

Auhl sah eine Hügelflanke, durch üppigen Frühlingsgrasbewuchs weich gezeichnet, ein halb volles Rückhaltebecken an ihrem Fuß und vier in der Nähe stehende Eukalyptusbäume. In der Entfernung reichten die Hügel bis zu einem Gebirgszug im Norden und zu einem breiten Tal im Süden – Vierecke, Streifen, Punkte und Striche, die Straßen, Felder, Hecken und Dächer darstellten. Dann kamen der Drahtzaun, der Pick-up und die Leiche. An einer Stelle war der Kameramann auf die Ladefläche des Pick-ups gestiegen, und die Höhe bot Auhl einen besseren Blick auf die Leiche im Vergleich zu dem Zaun und der Heckklappe. Hoffentlich hatte der Typ das vorher mit den Kriminaltechnikern abgeklärt, bevor er hinaufgeklettert war, dachte Auhl. Er drückte auf Pause.

Noch ein Vorteil der Kamerahöhe: Auhl konnte *zwei* Sätze Reifenspuren im Gras erkennen. Elphicks Holden hatte erst das Tor neben dem Rückhaltebecken am unteren Ende der Weide passiert und war dann zum Tatort gefahren. Der zweite Satz Reifenspuren verlief parallel zu dem von Elphick, aber auf der anderen Seite des Zauns. Der Verursacher hatte irgendwann kehrtgemacht und war den Hang wieder hinuntergefahren.

Auhl machte sich eine Notiz: Jetzigen oder früheren Besitzer des Nachbargrundstücks ermitteln.

Er drückte auf Wiedergabe. Die Aufnahmen zeigten nun die Leiche, Schuhsohlen, Hose, Hände, blutiger Kopf und Oberkörper. Dann führten sie Auhl in die Fahrerkabine des Holden. Vinyl, der Fahrersitz durchgesessen, schwarzes Isolierband über ein paar Rissen. Staubiges Armaturenbrett, ebenfalls an ein paar Stellen geborsten. Abgewetzte Fußmatten. Ausgefranste, speckige Sicherheitsgurte. Luftbläschen unter der Zulassungsplakette in der unteren linken Ecke der verkratzten Windschutzscheibe. Ein Dachnagel, eine Büroklammer und ein paar Münzen im offenen Aschenbecher. Im Handschuhfach eine Betriebsanleitung, eine Telefonrechnung aus dem Jahr 2010, Streichhölzer, ein blassblauer Sommerhut und eine Zange. In der Konsole zwischen den Sitzen: noch mehr Münzen, eine

Sonnenbrille, ein kleiner Spiral-Notizblock, ein abgeknabberter Zimmermannsbleistift.

Auhl ging noch einmal die Berichte durch. Die Untersuchungsbeamten hatten nichts von einem Notizblock geschrieben. Der Beamte der KT am Ort schon. Elphick hatte ihn benutzt, um Niederschlagsmengen zu notieren, Einkaufslisten, To-do-Listen: *Brennholz kaufen, Rasenmäher warten, das vordere Tor neu einhängen.*

Auhl kehrte zum Video zurück: Der Block war zugeklappt, das Deckblatt dreckig und verblasst, es löste sich bereits von der Spiralbindung. Auhl drückte auf Pause und vergrößerte das Bild. Elphick hatte auf dem Deckblatt des Blocks etwas gekritzelt. Buchstaben durcheinander. Eine Nummer? Die Bleistiftstriche auf der glänzenden Oberfläche waren nur schwer zu erkennen.

Er bekam halb mit, dass Claire Pascals Telefon klingelte, Claire etwas murmelte und sich auf ihrem Stuhl umdrehte. »He, alter Mann.«

»Was denn?«

»Die Chefin will, dass wir einen kleinen Ausflug aufs Land machen.«

»In welcher Angelegenheit?«

»Na, kommen Sie schon«, sagte sie gereizt. »Das sag ich Ihnen im Auto.«

Auhl stand auf, zog die Jacke an, tastete nach Handy und Brieftasche.

Pascal war noch nicht fertig mit ihm. »Und vergessen Sie Ihren Rollator nicht.«

3

Auhl ließ sich ein Zivilfahrzeug geben und fuhr auf den Monash Freeway, wobei er sich von der ermutigenden Stimme von Claire Pascals Karten-App auf dem Handy leiten ließ. Diese Stimme – er fand, sie klang wie eine Sarah – war die einzige warmherzige Gesellschaft. Pascal saß Zentimeter von ihm entfernt, strahlte Feindseligkeit aus und starrte geradeaus. Sie wollte nicht mit ihm an einem Fall arbeiten? Dumm gelaufen. Josh Bugg, der andere Jungspund, war bei Gericht. Also hatte Pascal keine Wahl, es sei denn, die Chefin wollte den Fall übernehmen. Auhl hätte sie am liebsten noch weiter auf die Palme gebracht und wäre auf dem Freeway exakt hundert gefahren, ganz der alte Knacker, der er ja war. Aber einer von ihnen beiden musste ja erwachsen bleiben.

Der Highway zog sich dahin, und bald waren sie auf dem EastLink, und Pascal ließ sich widerwillig dazu herab, ihm mitzuteilen, wohin sie fuhren und warum. »Ein Typ, der bei Pearcedale ein Betonfundament ausgebuddelt hat, hat darunter eine Leiche gefunden. Skelettiert.«

»Soll heißen, alt und kalt«, sagte Auhl.

Pascal warf ihm einen Blick zu. »Soll heißen, die tollen Kerle von der Mordkommission haben den Fall an uns weitergereicht.«

Auhl spitzte die Ohren und erhaschte einen Unterton. Etwas Persönliches?

Er wusste nicht viel über Claire Pascals Privatleben. Verheiratet, das war alles, was er wusste. Mit einem Cop? Aber egal, er war ja nicht scharf darauf, ein häusliches Gespräch mit jemandem anzufangen, der ihm abgeraten hatte, es auch nur zu versuchen, wenn er nicht eine Ladung Pfefferspray ins Gesicht abkriegen wolle.

Er sah sie kurz an. Jung. Fit. Kompetent. Sie schaute weiter geradeaus; das Haar, das sie sich streng nach hinten gekämmt hatte, betonte noch das scharf geschnittene Gesicht und die strenge Haltung. Gleichzeitig jedoch roch sie angenehm nach frischer Wäsche und einem würzig herben Shampoo. Er fand sie eigentlich in Ordnung. Sie nannte ihn zwar alter Sack, aber das passte, fand Auhl. Genau so fühlte er sich. Alt. Zusammengeflickt. Garantiert bald wieder außer Puste.

Der Freeway spulte sich unter dem Wagen ab, und schließlich, nach leichtem Drängen, Bohren und Locken, brachte er Pascal dazu, sich zu öffnen. Sie unterhielten sich über die Chefin, den Fall Elphick, den Fall, an dem sie arbeitete. Die Zeit dehnte sich nicht mehr so endlos dahin.

Dann, nach einer langen Pause, sagte sie: »Warum haben Sie erst gekündigt, nur um wieder zurückzukommen?«, und wieder erhaschte Auhl einen Unterton.

Auhl hatte ziemlich klare Vorstellungen von den Vorurteilen, die hinter den Spottnamen und der Aufmüpfigkeit lagen, die er sich von den jüngeren Detectives der Abteilung gefallen lassen musste. Er behinderte ihren beruflichen Aufstieg. Er erwartete – und bekam – eine Vorzugsbehandlung. Er war nicht auf dem neuesten Stand des technischen und investigativen Fortschritts. Langsam, alt, stellte in lebensbedrohlichen Situationen eine Gefahr dar.

Das meiste davon stimmte nicht, aber in den sechs Monaten bei dem Team war Auhl einigen auf die Zehen getreten und hatte unangenehme Fragen gestellt. Und er hatte den Finger auf Fälle von Faulheit, Ungeschicklichkeit und Unerfahrenheit in einigen der früheren Ermittlungen gelegt.

Claire Pascal fühlte sich wahrscheinlich beiseitegedrängt.

Behutsam antwortete er: »Man hat mich gefragt. Überall werden Polizisten aus dem Ruhestand geholt, um die ungelösten Fälle zu bearbeiten. Das setzt Ressourcen frei.«

Pascal tat das ab. »So die offizielle Lesart. Was ich eigentlich wissen will, ist, warum haben Sie überhaupt gekündigt?«

»Ganz ehrlich? Zehn Jahre bei der Mordkommission, da sind mir die Tatorte schon ganz schön an die Nieren gegangen. Manche davon sind einfach entsetzlich. Die meisten. Eigentlich soll man sich ja eine harte Schale zulegen. Ich konnte das nicht.«

Pascal schimpfte ihn nicht Mimose, sagte ihm nicht, er solle sich gefälligst zusammenreißen – die Art von negativen Bemerkungen, die er sich in seiner langen Karriere öfter hatte anhören müssen. Sie sprach gegen die Windschutzscheibe: »Es hat an Ihnen genagt.«

»Ja.«

»Schätze, sich alte Fotos von den Tatorten anzuschauen, ist nicht dasselbe.«

»Nein.«

Sie versank wieder in brütendes Schweigen. Dann, als Auhl kurz vor Frankston die Abfahrt zum Peninsula Link nahm, sagte sie plötzlich: »Ich war drei Jahre lang nicht im Dienst.«

»Ach?«

»Ich war bei einer Razzia dabei. Ein Crystal-Meth-Labor in einem Haus bei Melton. Ich wurde von einem Kerl aus meinem eigenen Team durch eine Fensterscheibe geschubst. Einer von diesen aufstiegsgeilen Typen, der es hasst, der Letzte zu sein.« Sie hob die rechte Hand vom Schoß, zog den Ärmel hoch und ließ ihren Arm in dem Raum zwischen Auhl und dem Armaturenbrett schweben. Er warf einen schnellen Blick darauf: ein vernarbter Unterarm, die Haut zerfurcht von Fäden und Schnüren aus zerfleischter Haut.

»Durchtrennte Sehnen. Jetzt kann ich alles wieder vollständig bewegen, fast jedenfalls. Aber die Chirurgie und die Reha haben ewig gedauert, und ich … ich habs verloren. Den Nerv dafür.«

»Eine wirklich beschissene Sache.«

»Der Amtsarzt der Polizei hat mir mehr oder minder geraten, aus gesundheitlichen Gründen zu kündigen, was ich auch getan habe, aber nach einem Jahr kriegte ich das alles nicht mehr auf die Reihe. Ich hab mich wieder verpflichtet, wollte zu meiner alten Einheit zurück – aber die wollten mich nicht mehr –, bin dann bei einer Ermittlungseinheit weit draußen auf der anderen Seite der Stadt gelandet, mit einem Arschloch von Sergeant, der keine Frau in seinem Team haben wollte.« Sie hielt inne. »Aber das bekam ich erst auf die harte Tour mit.«

»Aha?«

Claire sprach weiter, so als hätte Auhl nichts gesagt. »Nachtschichten. Jede Menge Nachtschichten. Soll heißen, ich war mitten in der Nacht ganz allein auf dem Revier. Obszöne Anrufe. Komische Geräusche. Zerstochene Reifen.«

Wieder eine Pause.

»Und wenn ich am Tag arbeitete, betatschte er mich und putzte mich die ganze Zeit runter. Das machen Sie wenigstens nicht.«

»Na ja, ich will ja auch nicht Pfefferspray im Gesicht haben«, entgegnete Auhl.

Sie sah ihn ausdruckslos an, lachte dann und wurde rot. »Na ja, wissen Sie, olle Kamellen; nichts für ungut.«

»Schon gut«, sagte Auhl. »Und dann haben Sie um die Versetzung in die Abteilung für ungelöste Fälle gebeten?«

»Und der Rest ist Geschichte.«

Noch nicht allzu sehr Geschichte, fand Auhl. Sie hatte erst einen Monat vor ihm angefangen. Sie fuhren schweigsam weiter, doch der Großteil der Spannung hatte sich gelöst, und Auhl versank in Tagträume. Sein Haus, seine Tochter, seine Frau. Die Studenten und gebrochenen Männer und Frauen, die eine Weile blieben. Und nagende Gedanken: Der alte Mr Elphick, der zwischen seinem Pick-up und dem Grenzzaun auf dem Boden liegt. Die Reifenspuren. Der Notizblock zwischen den Sitzen.

Der Block und die Ziffern und Buchstaben, die Elphick auf das Deckblatt gekritzelt hatte …

»Nummernschild.«

»Wie bitte?«

»Sorry. Eine Gedankennotiz.«

»Ist mir auch schon aufgefallen«, sagte Claire Pascal. »Alte Leute reden viel mit sich selbst.«

Auhl lachte und ließ sich von Sarah zu einer Adresse östlich von Pearcedale dirigieren.

Sie fanden sich in einer eher flachen Gegend wieder, der Horizont in alle Richtungen recht schmucklos. Die Extreme menschlicher Besiedlung: ältere Eukalyptusbäume, weite Wiesen und Zypressenhecken kennzeichneten die ursprünglichen Farmen. Auf staubigen, gerodeten Grundstücken wuchsen die Säulen der Toskanavillen, billige Fertighäuser und niedrige Bauten aus braunen Ziegeln mit breiten Veranden. Ein paar Sträucher und Setzlinge hier und da bildeten nur einen lausigen Ersatz für die Eukalyptusbäume, die von Bulldozern gerodet worden waren, um die jungen Familien zu beruhigen. Boote auf Anhängern, fette SUVs, Satellitenschüsseln. Tafeln, auf denen Mäharbeiten angeboten wurden, Yogaklassen, Hundeschulen und Weiderechte für Pferde. Ab und an eine grasende Ziege, ein Pferd, ein Alpaka. Ein Typ, der mit einem Allrad durch die Gegend bretterte, ein Hund auf der Ladefläche.

Schließlich wies Sarah Auhl an, nach links abzubiegen, und er fuhr über eine holprige Piste auf ein offenes Tor in einem weißen Zaun zu. Am Ende einer geschotterten Zufahrt standen mehrere Fahrzeuge neben einem neu wirkenden Haus altmodischer Bauart, dreifach abgesetzte Fassade, verklinkert, Ziegeldach. Auhl notierte sich im Geist die Fahrzeuge: ein kleiner Laster eines Handwerkers, ein Kombi, ein Streifenwagen, ein weißes Zivilfahrzeug wie das, welches sie gerade fuhren, ein Van der Kriminaltechnik, zwei SUVs im Carport. Mehrere Personen umstanden ein blaues Plastikzelt, wie sie es immer aufbauten, um eine Leiche zu schützen und die Presse fernzuhalten.

Auhl fuhr langsamer, holperte über das Gras, hielt hinter dem Van der KT; sie stiegen aus und nutzten die Gelegenheit, sich umzusehen.

Nicht sonderlich entlegen, bemerkte Auhl. Hier draußen

kauften sich die Leute Grundstücke von fünf bis zehn Hektar, sodass sich eine gewisse Abgeschiedenheit ergab, doch meist waren sie kaum weiter als eine Pferdekoppel von den Nachbarn entfernt. Dieses Haus hier war von allen Seiten von unbebautem Land umgeben; dreihundert Meter entlang der Straße lugte ein rotes Blechdach über den Goldakazien hervor. Die einzigen Bauwerke in der Nähe waren ein Gartenschuppen aus Aluminium mit einem Anbau für Feuerholz und eine glänzende Wellblechscheune voller Heuballen, einem Pferdeanhänger, einem Wohnwagen, einem Aufsitzmäher.

Heuballen. Auhl sah sich erneut um und entdeckte zwei Zwergponys auf einer eingezäunten Weidefläche hinter dem Haus.

Die Mordkommission wurde von zwei Detective Constables vertreten, Malesa und Duggan. Auhl kannte sie vom Sehen, Pascal ein wenig besser.

»Wie gehts, Claire?«, fragte Malesa.

Er war ein kleiner, gockelnder Mann mit einem zu starken Rasierwasser. Duggan, ein schlaksiger Kaugummikauer, stand in buckliger Haltung hinter ihm, die Hände in den Taschen.

Malesa fuhr fort: »Zeigt dir der alte Mann, wie mans macht?«

»So ähnlich«, antwortete Claire. Ihr war sichtlich unwohl.

»Hat er wieder mal seinen Rollator im Wagen vergessen?«, fragte Duggan.

Auhl hingen die Rollatorwitze langsam zum Hals heraus. Claire wohl auch. »Ja, danke, Jungs, witzig«, sagte sie. »Also, was gibts, und so weiter und so fort?«

Malesa skizzierte die Umstände, die zur Entdeckung eines Skeletts unter einer Betonplatte geführt hatten, und sie schlenderten zum Zelt hinüber. Eine leichte Brise wehte über die offenen Felder. Die Zeltwände atmeten ein und aus.

»Erster Eindruck?«, fragte Auhl.

Malesa schnaubte. »Der Mann der ersten Eindrücke. Erster Eindruck: Die Leiche liegt schon seit vielen Jahren hier.«

Sie blieben am Zelteingang stehen. Auhl sah einen Fotografen bei der Arbeit, einen Kameramann, zwei Kriminaltechniker, einer davon knietief in einem Erdloch. Alle trugen sie Einwegoveralls und -überschuhe. Die Leiche war aus dem Loch gehoben und auf einer Plane abgelegt worden, wo ein weiterer Techniker kauerte und die Erde von den Knochen bürstete. Auhl entdeckte eine Gürtelschnalle und ein Stück Leder. Verrottete Stofffetzen auf dem Oberkörper, um die Taille und auf einem Bein. Laufschuhe, Synthetik, fast intakt.

Freya Berg, die Gerichtspathologin, kniete auf der anderen Seite der Überreste und schaute zu, wie die Bürste die Knochen freigab. Sie blickte auf. »Alan? Wieder bei der Truppe?«

»Für meine Sünden.«

Das musste als Small Talk genügen. Berg schaute wieder nach unten und sagte: »Männlich, recht klein, wahrscheinlich jung, nach den Zähnen zu urteilen. Mit jung meine ich um die zwanzig. Womöglich erschossen. An der unteren linken Rippe ist ein Stück abgeschlagen, eine weitere passende Stelle findet sich« – sie reckte den Kopf – »an der unteren Wirbelsäule. Also wahrscheinlich eine Schusswunde in die Brust, Durchschuss.«

Auhl drehte sich zu dem Erdloch um, neben dem der Aushub und die Betonbrocken lagen. »Hat der Metalldetektor angeschlagen?«

Die Techniker ignorierten ihn. Duggan unterbrach sein Gekaue und sagte: »Nein.«

»Ist anderswo erschossen worden«, meinte Pascal. Sie schaute zum Haus hinüber.

Malesa grinste sie krumm an. »Da muss ich dich leider enttäuschen, Claire, aber dieses prächtige Anwesen steht dort noch keine zwei Jahre. Dasselbe gilt für die Schuppen.«

Pascal deutete auf die Ausgrabung. »Was ist mit der Betonplatte? Wozu war die gut? Das Fundament eines Schuppens?«

»Keine Ahnung.« Malesa zuckte mit den Schultern.

»Die Sache ist die«, Duggan kaute Kaugummi und unterbrach dies nur gerade mal so lang, um sich verschlagen und zufrieden die Hände zu reiben, »der alte Plattenmann hier ist sehr tot. Also, sehr, sehr tot. Nicht unser Problem.«

»Sondern eures«, bestätigte Malesa.

Plattenmann, dachte Auhl. Alle werden ihn so nennen. »Euer Boss hat mit unserem Boss gesprochen?«

Malesa grinste. »Volltreffer.«

Duggan kaute glücklich. »Wenn es euch zwei Turteltäubchen also nichts ausmacht, wir haben einen frischen Toten oben in Lalor. Ein Libanese hat einen anderen erledigt, ist also kein großer Verlust, aber wir müssen los.«

»Wie nett von euch«, sagte Pascal.

»Alles zum Wohl unserer Mitmenschen.«

Auhl nickte zum Haus hinüber, wo ein Mann, eine Frau und ein kleines Kind auf einer Reihe von Verandastühlen saßen und zuschauten. »Wohnen die hier?«

»Das tun sie«, antwortete Malesa.

»Und ja, wir haben schon mit ihnen gesprochen«, sagte Duggan. Er zückte sein Notizbuch, riss eine Seite heraus und reichte sie Claire. »Die Bude gehört ihnen. Sind vor etwas mehr als einem Jahr eingezogen. Das Haus stand schon, funkelnagelneu, Erstbezug.«

Auhl schaute über Pascals Schulter. *Nathan Wright, 28, Jaime Wright, 29, Serena Rae Wright, 19 Monate.* Zwei weitere Namen: *Baz McInnes, Schlangenfänger, Mick Tohl, Betonbauer.* Er sah zum Laster hinüber, zwei Mann an Bord, Füße auf dem Armaturenbrett, beide Türen offen. Die wollten die Angelegenheit sicher so schnell wie möglich hinter sich bringen.

»Okay, danke«, sagte Pascal.

»Und hetz den alten Sack nicht so, Claire«, sagte Malesa. Dann waren sie verschwunden.

»Flachwichser«, murmelte Pascal.

Auhl hätte es nicht treffender formulieren können. »Wie wollen Sie das angehen?«

»Wir reden mit«, sie schaute auf den Papierfetzen, »McInnes und Tohl zuerst, damit die verschwinden können?«

»Das dachte ich auch«, meinte Auhl.

Der Schlangenfänger und der Betonbauer hatten nichts Neues hinzuzufügen, aber Auhl interessierte sich für die Schlange.

Baz zeigte auf die Ladefläche des Betonlasters. »Mann, das arme Ding steckt schon den ganzen Morgen in dem Sack. Ich muss es freilassen.«

Claire warf nervös einen Blick auf den Sack und trat einen Schritt zurück. »Eine kurze Frage noch. Ganz kurz. Wissen Sie, wem das Haus vorher gehörte?«

»Keine Ahnung. War noch nie hier in der Gegend.« Baz wandte sich an seinen Kumpel, der sich eine dürre Kippe drehte und sich bei dem ganzen Schauspiel köstlich amüsierte. »Mick?«

Der Betonbauer drehte zu Ende, leckte das Papierchen an, und klopfte seine Taschen nach dem Feuerzeug ab. »Nicht die leiseste. Fragen Sie die Nachbarn.«

Der Großteil der Polizeiarbeit bestand aus nichts anderem, als die Nachbarn zu fragen. Claire und Auhl ließen die Männer fahren und gingen über den Hof zum Haus hinüber; Auhl dachte, dass in solchen Gegenden wie hier, eine Welt der kleinen Flächen, nicht der großen Anbauflächen, die über Generationen in Familienbesitz blieben, die Grundstücke wohl regelmäßig die Besitzer wechselten. Junge Familien zogen her, gediehen oder auch nicht, zogen weiter, jagten einem anderen Job hinterher, einem größeren – oder kleineren – Haus. Die Kinder beendeten die Schule und flohen in die Stadt, um zu arbeiten oder zu studieren, und kehrten nicht wieder zurück.

Claire hatte denselben Gedanken. »Da dürften wir wohl ein paar Vorbesitzer finden.«

»Dürften wir wohl.«

»Und es könnte noch Tage dauern, bis wir wissen, wie lange die Leiche schon dort lag ...«

»Also sollten wir vor der Rückfahrt mal schauen, was das Türenklopfen so bringt, wenn wir schon mal da sind.«

Sie warf ihm einen Blick zu. Er hatte ihren Gedanken zu Ende gedacht.

Sie kamen zur Veranda, wo die kleine Familie wartete, die mürrisch die neue Situation auf sich nahm: Sie standen unter Verdacht, der Hof war umgewühlt, überall lauerten Schlangen, der Tod war anwesend. Nervöses Grinsen, als Auhl Claire und sich vorstellte.

»Sie sind vor etwa einem Jahr eingezogen, ist das richtig?«

»Dreizehn Monate«, antwortete Nathan Wright. Er war ein großer, schwammiger Mann mit sommersprossigen, unbehaarten Unterarmen. Seine Frau war ebenfalls stämmig, mürrisch, braunhaarig mit blonden Strähnchen, baumelnde Ohrringe. Das Kind auf ihrem Schoß beäugte die Ohrringe, Auhl wartete gespannt, dass eine kleine Hand fest an einem der hübschen Klunker zog.

»Was war denn hier, als Sie einzogen?«

»Das, was Sie sehen«, antwortete Jaime, so als sei das ganz offensichtlich. »Das Haus, die große Scheune, Zäune.«

»Den kleinen Gartenschuppen haben wir aufgestellt«, sagte ihr Mann.

»Und Sie haben keine alten Gebäude abgerissen?«

»Was denn für Gebäude?«

»Stand da ein Hühnerstall auf der Betonplatte, zum Beispiel?«, sagte Auhl geduldig.

Die beiden schüttelten die Köpfe.

»Und Sie haben sich nicht gewundert, was die Platte dort zu suchen hat?«

»Eigentlich nicht«, sagte die Frau.

Darin ähnelte sie ihrem Mann, sah nur das Naheliegende, kümmerte sich nur um das Nächste. Vielleicht war sie in dieser Hinsicht wie die meisten Menschen, fand Auhl. Die Neugier war im Aussterben begriffen.

»Von wem haben Sie das Haus gekauft?«, fragte Claire.

»Den Makler, meinen Sie?«, erwiderte Nathan. »Ein Typ namens Tony.«

»Sie haben den Vorbesitzer nie kennengelernt?«

»Ach so, jetzt verstehe ich. Das Ganze hier gehörte irgendeiner Agrarfirma«, er holte weit mit der Hand aus, »und die hat unser Haus als Wohnsitz des Managers gebaut. Dann haben die es sich noch mal überlegt und das Land parzelliert. Schätze, der Makler kann Ihnen da mehr erzählen.«

Nachdem sie sich die Angaben zum Makler hatten geben lassen, kehrten Auhl und Pascal zum Zelt am Tatort zurück. Die Luft darin roch nach aufgewühlter Erde und leichter Verwesung.

»In diesen Klamotten schwitzt man wie ein Schwein«, sagte Freya Berg, zog die Handschuhe aus und schlüpfte aus dem Overall. »Jemand anderes wird die Autopsie übernehmen, morgen oder übermorgen vielleicht. In der Zwischenzeit, wie ich schon sagte, jung, männlich, mit penetrativen Verletzungen.«

»Also erschossen?«, fragte Auhl.

Berg wollte sich nicht festlegen und wedelte mit der Hand.

»Irgendetwas in den Taschen? Ausweis? Brieftasche? Schlüssel?«

»Wenn Sie sich fragen, wie lange er hier begraben lag, nicht vor 2008«, sagte Berg. »Hab eine Fünf-Cent-Münze von 2008 gefunden.«

»Wo lag sie?«

»Auf dem Boden unter der Leiche, wahrscheinlich ursprünglich in der Gesäßtasche seiner Jeans.«

Pascal warf einen Blick auf die Überreste. »Irgendeine Chance, DNA zu entnehmen?«

»Genug für ein Profil? Ja.«

»Wie sehen seine Zähne aus?«, fragte Auhl.

»Intakt und gut gepflegt. Keine Füllungen, deshalb bezweifle ich, dass Sie ihn anhand von Zahnarztunterlagen identifizieren können.«

»Er hat sich in Schuss gehalten.«

»Er war noch jung, Alan«, sagte Freya Berg.

4

Zwei Constables in Uniform, die als Erste erschienen waren, immer noch beim Haus. Sie hingen im Streifenwagen ab und schauten gelangweilt. Unsere Polizeikräfte bei der Arbeit, dachte Auhl verbittert. Ihr Vorgesetzter hatte nicht an die Nachermittlungen gedacht, und die beiden zeigten keinerlei Eigeninitiative, sondern blieben einfach dort hocken, wo sie waren.

Also klärte Auhl das mit einem Anruf auf dem örtlichen Revier ab und setzte die beiden in Bewegung. Einer sollte Claire Pascal im Streifenwagen chauffieren, der andere Auhl in der Zivilstreife.

»So schaffen wir mehr«, sagte er. »Mit etwas Glück finden wir ja vielleicht jemanden, der sich so weit zurückerinnern kann.«

Pascal zuckte mit den Schultern. »Es ist bald Rushhour, Alan.«

»Nur, bis wir einen Namen haben«, entgegnete Auhl. »Oder mehrere. Die letzten zehn, zwölf Jahre.«

»Wir könnten doch einfach im Grundbuch nachschauen. Wir haben keine Eile.«

»Das versteh ich ja«, meinte Auhl angespannt. »Wir können ja morgen den ganzen Tag damit verbringen, in den Unterlagen nachzuschauen. Aber vor Ort erfahren wir anderes. Vielleicht stand hier früher mal ein anderes Haus, und wenn, was ist damit passiert? Vielleicht wohnte hier jemand im Wohnwagen. In einer Hütte. Vielleicht hat jemand Leute kommen und gehen sehen.«

»Sie sind der Boss.«

Das war er nicht. Allerdings verfügte er über die Autorität der Erfahrung. »Treffen wir uns in einer Stunde wieder hier.«

Sein Fahrer hieß Leeton. Jung, schüchtern, pausbackig, Mund durchgängig offen. Es würde mehr Zeit kosten, diesen Burschen aufzulockern, als Auhl zur Verfügung hatte. Also verbrachten sie den Großteil des Türenabklapperns schweigend.

Nach dem ersten Klopfen öffnete eine Frau mit einem Kleinkind auf der Hüfte. Sie wohnte in einem Fertighaus, das mit seinem spitzen Dach aussah wie ein Lebkuchenhaus, mitten auf einen frischen Rasen gesetzt. Hier und da Obstbaumsprösslinge. Sie erinnerte sich daran, als das Haus der Wrights gebaut worden war.

»Zwei, vielleicht drei Jahre, nachdem wir hergezogen sind.«

»Was war dort, bevor das Haus gebaut wurde?«

»Was meinen Sie damit?«

»Irgendwas, ein altes Haus, Schuppen …«

»Das war alles offenes Weideland, glaube ich.«

»Wissen Sie, wem es gehört hat?«

»Nein, tut mir leid.«

»Nachdem Sie hergezogen sind, haben Sie da jemals jemanden kommen oder gehen sehen? Irgendwelche Aktivitäten?«

»Nur die Bauarbeiter.«

Beim nächsten Grundstück, einem alten verschindelten Farmhaus, eine ähnliche Geschichte. Danach ein staubiger umgebauter Wagen der Melbourner Straßenbahn, niemand daheim, dann ein Ziegelhaus aus den Siebzigern, wo ein Mädchen, das gerade aus der Schule gekommen war, sagte: »Ma und Dad wissen vielleicht was, aber die kommen erst spät nach Hause.«

Auhl gab ihr seine Telefonnummer und kehrte zum Wagen zurück. Leeton startete den Motor und lehnte sich dann verlegen zurück.

»Was gibts?«, fragte Auhl.

»Sir, meine Schicht endet in einer halben Stunde.«

Auhl schaute auf die Uhr: 15.30 Uhr. Einen halben Kilometer entfernt lag ein Gartenbedarf; das bedeutete, dass es in der Nähe bestimmt eine Ansiedlung und weitere kleine Betriebe gab. Er wies dorthin. »Nur noch schnell in dem Gartencenter, dann zurück zu Ihrem Partner, okay?«

»Sir.«

Sie bogen nach ein paar Haufen mit Brennholz, Schotter, Mulch und Erde ab. Schuppen, eine Brückenwaage, ein schmaler Laster mit hohen Seitenaufbauten. Leeton hielt vor einer Blockhütte mit der Aufschrift BÜRO, und Auhl stieg aus.

Ein alter Mann tauchte auf. Er trug einen Overall und bewegte sich steif. Er stand gebeugt da, sodass Auhl unter den spärlichen Strähnen grau werdender Haare die unebene Schädeldecke sah. Wässrige Augen huschten schnell über Leeton am Lenkrad hinweg und konzentrierten sich auf Auhl. »Sind Sie wegen der Leiche unter der Betonplatte hier?«

»Neuigkeiten machen schnell die Runde.«

Der Mann lächelte. »Wie kann ich Ihnen helfen?«

»Ich interessiere mich für alles, was Sie mir über das Grundstück sagen können. Vorbesitzer. Hat dort jemals jemand gelebt? Welche Fahrzeuge sind dort ein und aus gefahren. Irgendetwas. In den letzten zehn, fünfzehn Jahren.«

Der alte Mann gab einen Pfiff von sich. »So weit zurück? Alles andere ist einfach. Das Grundstück hat schon seit Ewigkeiten Bernadette Sullivan gehört. Dann hat irgendein ausländisches Agrarunternehmen alles gekauft und das Haus gebaut, das jetzt dort steht, es sich anders überlegt und alles parzelliert. Dann haben es Nathan und seine Frau gekauft.« Er hielt inne und legte den Kopf schräg. »Haben Sie seine bessere Hälfte kennengelernt?«

Auhl lächelte. »Habe ich.« Dann: »Erzählen Sie mir von Bernadette Sullivan.«

»Wie ich schon sagte, hat hier seit Ewigkeiten gewohnt, sie und ihr Mann und die Tochter. Dann ist ihr Mann gestorben, die Tochter hat geheiratet, und eine Weile hat Bernie bei ihrer Tochter gelebt und hier alles vermietet, bevor sie verkauft hat.«

Auhl war verwirrt. »Sie hat das Land verpachtet?«

»Nein, sie hat das Haus vermietet.«

»Ein früheres Haus? Vor dem jetzigen?«

Der alte Mann schaute ihn an. »Hab ich doch gesagt. Eine alte Bruchbude aus Eternit, schnell gebaut, schnell abgerissen.«

»Abgerissen?«

»Soweit ich weiß.«

»Haben Sie zufällig die Adresse von Mrs Sullivan?«

»Die würde Ihnen nicht viel nützen, sie ist tot.«

»Was ist mit der Tochter?«, fragte Auhl geduldig.

»Angela. Verheiratet, geschieden«, antwortete der alte Mann. Er reckte den Kopf. »Wohnt irgendwo in South Frankston.«

»Adresse? Telefonnummer?«

»Kommen Sie mit ins Büro.«

Krumme Dielen, uralte Wandkalender, hinter dem Tresen ein Werkstattofen und ein Schreibtisch, auf dem sich ein Laptop, ein Telefon, ein Drucker und eine Flut von Rechnungen drängelten. Auf dem schmalen oberen Geländer des Ofenschirms balancierte eine große Katze. Sie blinzelte Auhl an.

»Da hätten wir es«, sagte der alte Mann, schaute in einem alten Hauptbuch nach und kritzelte etwas auf die Rückseite eines zerrissenen Umschlags.

»Erinnern Sie sich noch an irgendwelche Mieter?«

»Eigentlich nicht. Ich glaube, das Haus stand zum Schluss ein paar Jahre leer. Davor wohnte dort ein Pärchen, aber der Kerl ist durchgebrannt, was ich ihm nicht verüble, die Frau war potthässlich und fürchterlich unangenehm. Jedenfalls ist sie nach einer Weile auch verschwunden. Und davor wohnte dort eine Familie. Saukaltes Haus im Winter, hab andauernd Holz geliefert.«

Doch Auhl dachte an den Mann, der seine Partnerin hatte sitzen lassen. »Fällt Ihnen zu dem Pärchen noch was ein?«

»Was denn?«

»Namen. Charakterzüge. Zwischenfälle. Was immer Ihnen an den beiden aufgefallen ist.«

Der alte Mann zuckte mit den Schultern. »Die waren schon okay. Haben sich offensichtlich öfter mal gestritten.«

Mehr bekam Auhl nicht heraus. »Das Haus stand also ein paar Jahre leer, bevor es abgerissen wurde, sagten Sie. Wie viele Jahre davor wohnten die beiden dort?«

»Fünf Jahre? Zehn?«

»Und Sie wissen nicht zufällig, wo die beiden jetzt wohnen?«

»Keine Ahnung. Vielleicht weiß Angela was.«

»Und das waren die letzten Mieter?«

Der alte Mann wirkte genervt. »Vielleicht, keine Ahnung. Ich weiß nur, dass ich kein Holz mehr geliefert habe, nachdem die Frau verschwunden ist, okay?«

Es war später Nachmittag, als Auhl und Pascal zurück nach Melbourne fuhren und Notizen verglichen. Claire fuhr; die äußeren Freeways waren frei, doch als sie sich der City näherten, wurde der Verkehr zäh. Claire hatte Auhls Ergebnissen nur wenig hinzufügen außer dem Namen der Frau, die angeblich von ihrem Freund sitzen gelassen worden war: Donna Crowther.

»Sie hat in der Gegend Babys gehütet, geputzt, Gärten gemacht. Die Frau, mit der ich gesprochen habe, hatte sich ziemlich mit ihr angefreundet.«

»Stehen sie noch in Kontakt?«

»Nein.«

»Irgendwas über den Freund?«

Claire schaute in den Rückspiegel und die Außenspiegel. Sie wechselte die Fahrspur. Eine Hupe dröhnte. Der Wagen wankte. Sie hielt sich krampfhaft am Lenkrad fest. »Sorry.«

Eine nervöse Fahrerin, wie Auhl bemerkte, die eher auf den Bremsen stand und zögerte, wenn Gasgeben gefragt war. Er überdachte seine ursprüngliche Annahme, dass sie ungern fuhr, wenn ein Mann auf dem Beifahrersitz saß, und fand nun, dass sie sich keine Gedanken um die Kritik von Männern oder wandernde Hände machte. Sie fuhr einfach nicht gern Auto.

»Der Freund?«, gab er ihr das Stichwort.

»Er hieß Sean, und offenbar haben Donna und er ununterbrochen gestritten.«

»Dann sollten sich doch Einträge finden«, meinte Auhl. »Polizei, Krankenwagen ... wir brauchen seinen Nachnamen.«

»Und glauben Sie nicht, das könnte der Kerl unter der Platte sein?«

»Das müssen wir ausschließen«, antwortete Auhl. »Oder auch nicht.«

»Und dazu müssen wir Donna Crowther aufspüren«, sagte Claire.

5

Sie trugen den Wagen wieder ein und fuhren nach oben zur Abteilung für ungelöste Fälle, wo die Chefin sie in ihr Büro zitierte. Auf dem übervollen Schreibtisch stand eine Vase mit korallenfarbenen Rosen. Ein Dutzend Karten.

»Muss man zum Geburtstag gratulieren, Boss?«

Helen Colfax warf ihm ein leises Lächeln zu, das besagte: Verarschen kann ich mich selbst. Colfax, im Rang eines Senior Sergeant, war grobknochig und trug einen dauerhaft skeptischen Gesichtsausdruck. Heute hatte sie eine schwarze Hose und eine merkwürdig gemusterte Bluse an, von der sie eine ganze Auswahl besaß. Braune Haare, offensichtlich ungekämmt; knallroter Lippenstift. Ein fragendes Neigen des Kinns.

Mit ihrem Gesichtsausdruck konnte sie eine ganze Kavalleriedivision niederstarren. Auhl hatte schon gesehen, dass sie auch echte Wärme ausstrahlte, vor allem bei Opfern und hilfsbereiten Zeugen. Ansonsten beeindruckte sie nichts auf der Welt. Sie wusste Auhls lange Vorgeschichte zu schätzen, erinnerte ihn aber immer wieder daran, dass a) er über fünf Jahre lang nicht mehr mitgespielt hatte, und b) das hier ihre Show war.

»Setzen Sie sich«, sagte sie.

Claire Pascal nahm einen der Besucherstühle, Auhl blieb stehen und drückte seine Schulter gegen den Türpfosten. Sein Leben war voller solcher nutzlosen Strategien gegen drohende Sesshaftigkeit. Von den Rückenschmerzen nach drei Stunden im Wagen ganz zu schweigen.

Colfax bemerkte, dass er stehen bleiben wollte, und sagte: »Wer fängt an? Claire?«

Pascal lieferte einen klaren, kurzen Bericht ab, an dessen

Ende Colfax fragte: »Glauben Sie, dass der Plattenmann Donna Crowthers Freund ist?«

Wie vermutet: Der »Plattenmann« hatte es schon bis in die Zentrale gebracht.

»Könnte sein«, meinte Auhl. »Könnte auch der Dritte eines Dreiecks sein. Oder es handelt sich um jemanden, der mit ihnen überhaupt nichts zu tun hat.«

»Und er wurde erschossen?«

»Das nimmt Doktor Berg an. Anderswo erschossen, dann verbuddelt.«

»Suchen Sie den ganzen Hof mit einem Metalldetektor ab, man kann nie wissen.«

»Schon in Arbeit«, sagte Auhl.

»Und das alte Haus wurde abgerissen? Wie schade, es hätte der Tatort sein können. Mit allem Drum und Dran: Blut, DNA, Fingerabdrücke, Patronenhülsen, die Kugel.« Sie hielt inne. »Um mal das Offensichtliche beim Namen zu nennen.«

»Einer muss es ja machen.«

Colfax warf ihm einen Blick zu: Machte er hier den Klugscheißer?

Claire Pascal ging dazwischen: »Die Tochter der ehemaligen Besitzerin ist womöglich noch in der Gegend, Boss.«

»Reden Sie mit ihr. Bald. Vielleicht hat sie etwas gesehen. Blut, Anzeichen von Säuberungen, Übermalen, Zugipsen …«

»Mach ich.«

»Lassen Sie uns doch mal spekulieren«, meinte Colfax. »Warum würde jemand eine Leiche unter einer Betonplatte verstecken, statt sie einfach irgendwo abzulegen?«

Zu solchen Spekulationen aufzufordern, gehörte zu ihren Taktiken. Dienstbeflissen sagte Auhl: »Um zu suggerieren, dass die Person einfach verschwunden ist.«

Und Claire ergänzte: »Um eine Verbindung zum Mörder zu vertuschen.«

»Forensische Spuren, Todesart, solche Dinge.«

»Um uns von der Fährte abzubringen.«

»Ich bin begeistert«, sagte Helen Colfax, »zwei klugen Köpfen bei der Arbeit zuzuschauen. Um uns von welcher Fährte abzubringen?«

»Täter und Opfer steckten in irgendwelchen illegalen Geschäften«, sagte Claire. »Sie hatten ungewollt Aufmerksamkeit auf sich gelenkt, und einer von ihnen geriet in Panik.«

»Oder wurde gierig«, sagte Auhl.

»Okay, mal sehen, was die örtliche Polizei dazu zu sagen hat – falls sich überhaupt jemand so weit zurückerinnert. Aber wozu eine Betonplatte? Warum nicht einfach ein Loch im Boden?«

»Eine Betonplatte bleibt jahrelang da liegen«, antwortete Auhl. »Wer will schon eine Betonplatte ausbuddeln?«

»Aber eine zu *legen* kostet Zeit und Mühe. Und Kenntnisse und ... na ja, Zement und all das.«

»Das ist eine ruhige Seitenstraße, Boss«, sagte Claire. »Kein Verkehr, ein altes Haus abseits der Straße. Völlig ungestört und womöglich jede Menge Zeit.«

»Jeder, der schon mal selbst eine Wand verputzt oder eine Veranda repariert hat, weiß, wie man Beton mischt«, fügte Auhl hinzu.

»Okay.« Colfax zuckte mit den Schultern. »Suchen Sie nach dieser Crowther. Wie kräftig war sie? War sie der Handwerkertyp?«

»Hatte sie Hilfe?«, sagte Auhl.

»Und so weiter und so fort«, meinte Helen Colfax und beendete damit das Briefing.

Auhl kehrte an seinen Schreibtisch zurück und ging online. Falls es sich bei den Zahlen und Buchstaben auf John Elphicks Notizblock tatsächlich um ein Autokennzeichen handelte, dann stammte es wahrscheinlich aus Tasmanien. Er klickte auf das Kontaktfeld der Seite der tasmanischen Verkehrspolizei und mailte eine Anfrage.

Dann war es halb sechs; er hatte versprochen, Pia Fanning aus dem Hort abzuholen. Er nahm eine Straßenbahn quer durch die

Stadt zur Universität und ging durch die Nebenstraßen zum Tor ihrer Grundschule, wo er mit einer Handvoll anderer wartete – Mütter, ein paar Väter und Großeltern. Er sprach mit niemandem, und niemand sprach mit ihm. Sie kannten ihn kaum; er hatte nur selten die Gelegenheit, Pia zur Schule zu bringen oder sie abzuholen. Außerdem war sie erst seit drei, vier Monaten an dieser Schule.

Plötzlich war sie da und umklammerte ihn auf Hüfthöhe. Zehn Jahre alt, ein großes, blasses, meist schweigsames Kind, das zu neunzig Prozent aus Ellbogen und Knien zu bestehen schien. »A.A.« nannte sie ihn, was er für ein gutes Zeichen hielt. Als sie mit ihrer Mutter im Chateau Auhl einzog, war sie scheu wie eine Maus gewesen.

»Hast du viel gelernt heute?«

»Gar nichts.«

»Ausgezeichnet.«

Er ging, sie hopste, in die allgemeine Richtung seines Hauses in der Drummond Street. »Eis?«

Sie holten sich jeder ein Eis.

Dann sagte Auhl mit verschwörerischer Stimme: »Gegenverkehr«, womit er Fußgänger meinte, und Pia und er blieben stocksteif stehen und nahmen zwei Drittel des Bürgersteigs ein, während drei Personen mit gesenkten Köpfen auf sie zukamen und mit den Daumen auf ihren Handys rumtippten.

»Chaos und Verwirrung«, murmelte Auhl. »Frontalzusammenstoß.«

Pia kniff die Augen zusammen. »Mhmh. Die haben doch so was wie Fühler. Die können uns spüren.«

Einer prallte mit ihnen zusammen. Die beiden anderen blickten auf und konnten in letzter Sekunde ausweichen. Alle waren zutiefst beleidigt.

»Einer von dreien ist gar nicht so übel«, meinte Auhl.

»War schon mal schlechter.«

Als sie sich dem Haus näherten, löste sich Pias Leichtigkeit in Luft auf, und sie schien sichtlich zu schrumpfen. Sie klebte an

Auhls Seite, und ihre Schritte wurden immer kleiner und langsamer. Um sie aufzumuntern, sagte er: »Morgen ist ein guter Tag. Keine Schule.«

»Ich gehe heute Abend zu Dad«, erwiderte Pia kaum hörbar.

Auhl hatte schon eine Menge über ihren Vater gehört, ihn aber noch nie getroffen. »Holt er dich ab?«

»Ja.«

»Wann?«

»Um sechs, hat er gesagt.«

»Okay.«

»Ich muss packen. Ich hab keine Zeit mehr, um mit dir Schrottfernsehen zu gucken.«

Ein verängstigtes Kind, das nur noch verängstigter wurde. »Wir schauen Schrottfernsehen?«, fragte Auhl leichthin.

»So hast du das genannt.«

Als Pia bei ihm einzog, hatte Auhl den Eindruck gehabt, dass sie einen riesengroßen Bedarf an Schrottfernsehen hatte. Ängstlich, ernst, wusste kaum, was Spaß war.

Sie kamen zum Haus. Chateau Auhl war ein dreistöckiges Mietshaus, das im Boom nach den Goldräuschen um 1850 errichtet worden war; es war das letzte in einer Reihe von vier Häusern derselben Art. Die anderen drei – in denen jeweils ein Anwalt, ein berühmter Professor und zwei Chirurgen wohnten – waren in gutem Zustand. Auhls Haus war ungepflegt, ohne schon eine Schande zu sein – mal abgesehen von der Mauer entlang des Bürgersteigs. Sie war kniehoch, bestand aus bröckligen Ziegeln, neigte sich nach innen und umstand einen schmalen Vorgarten voller Unkraut, Abfall und dahinsiechenden Rosensträuchern. Auhl hatte einen Putzplan aufgestellt, doch niemand kümmerte sich darum, also musste er den kleinen Flecken selbst von Kippen, leeren Brieftaschen, Einkaufstüten und gelegentlich einer winzigen Socke oder einem Kinderschuh befreien.

Er beäugte den Vorgarten kritisch und öffnete das Tor. Heute Nachmittag war es eine McDonald's-Tüte. Er hob sie mit zwei Fingern auf und hielt sie Pia hin. »Namm-namm.«

»Igitt.«

»Ich bin in einem Loch in der Straße aufgewachsen«, erzählte er ihr.

Nach vielen Wochen in einem gemeinsamen Haus war sie mit seinen alten Sprüchen vertraut, doch diesmal sprang sie nicht darauf an. Sie war nicht in Stimmung.

Auhl öffnete die Haustür, die aus einer massiven, schwarz lackierten Holzplatte mit einem angelaufenen Messingtürklopfer bestand, legte seine Schlüssel in die Schale auf dem Flurtisch und sagte Pia, sie solle sich einen Imbiss machen. Dann warf er seine Brieftasche in sein Zimmer, einer riesigen, stillen Kammer mit hohen Wänden, mit einem Doppelbett in der Mitte und einem massiven Schrank an einer Wand. Bett, Schrank und Haus hatte er nach dem Tod seiner Eltern geerbt.

Dann zog er die Vorhänge auf, öffnete das Fenster und ließ Luft herein, die gerade noch nicht giftig war, trat hinaus in den Flur und ging in Richtung Küche. Im Zimmer neben dem seinen wohnte eine Medizinstudentin; er sah sie nur selten. Dann kam ein kleines Zimmer mit einem Gästebett voller Krempel, gefolgt vom Gemeinschaftsbad, dem Wohnzimmer, der Küche, dem Waschraum.

Hinter alldem lag eine kleine Zimmerflucht: zwei winzige Zimmer und ein Minibad. Diese Zimmer waren im Haus bekannt als »Die Absteige«; sie gingen auf den winzigen betonierten Hinterhof hinaus und lagen durch die Reihenhäuser hinter Auhls Haus permanent im Zwielicht. Als Teenager hatte er dort gelebt – am weitesten entfernt vom Schlafzimmer seiner Eltern, und er hatte durch die Hintergasse heimlich verschwinden und zurückkommen können –, doch nun lebten dort Heimatlose und Streuner.

Die Gewohnheit, Leute aufzunehmen, begann schon früh in Auhls Eheleben, als Liz' Schwägerin ihren Mann verließ und Unterkunft brauchte. Als sie alles geregelt hatte, zog einer von Auhls Neffen von Sydney her, um am Royal Melbourne Institute of Technology zu studieren, und blieb ein Semester lang, bis er eine Studentenbude gefunden hatte. Und so ging das weiter. Schulfreundinnen seiner Tochter, die vor häuslichem Ärger flohen. Alte Freunde zwischen Jobs. Eine Tante aus dem Buschland, die sich von einer Operation erholte.

Und in letzter Zeit Frauen und Kinder, die vor gewalttätigen Partnern flohen – wie Neve und Pia Fanning.

Auhl steckte den Kopf durch die Küchentür. Pia ertränkte eine Scheibe Brot in Nutella und goss sich Saft in ein Glas. Er kehrte in den Flur zurück und lauschte. Über ihm lagen noch zwei Stockwerke und eine komplizierte Konstruktion aus Treppen, Absätzen und Zimmern. Seine studierende Tochter Bec wohnte ganz oben, wo sie sich das Bad mit einer Biochemikerin aus Sri Lanka und deren Mann teilte, die ein Schlaf- und ein Arbeitszimmer auf demselben Flur gemietet hatten. Liz wohnte in der Mitte, wenn sie in der Stadt war. Sie hatte ein Schlafzimmer, ein Arbeitszimmer, ein winziges Wohnzimmer und ein Bad.

So viele Zimmer, so viele Bewohner, doch im Augenblick war das Haus still. Keine Stimmen, Geräte, knarzenden Fußbodendielen. Auhl rief trotzdem und legte sich beide Hände als Trichter um den Mund: »Schätzchen, ich bin zu Hause.«

Kurz darauf ein gedämpftes Getrampel, und Bec linste die Treppe hinunter. Sie drückte sich die Katze Cynthia an die Brust und löste eine Hand gerade so weit, dass sie mit den Fingern in Richtung ihres Vaters winken konnte.

»Du bist ja früh dran.«

»Nein, bin ich nicht«, entgegnete sie.

Wie sollte Auhl das auch wissen? Sein Tagesablauf war ein Durcheinander, und ihrer auch: Vorlesungen, Freunde, ein Stundenjob in einer Geschenkboutique in der Lygon Street. »Bist du zum Essen da?«, rief er.

Sie bejahte und verschwand wieder.

»Schön, wenn man geliebt und gebraucht wird«, rief Auhl.

»Genieße es.«

Auhl ging auf, dass er hungrig war. Er schenkte sich ein Bier ein, legte Käse auf eine Scheibe Brot und setzte sich an den schmiedeeisernen Tisch im Hinterhof. Auf der anderen Seite des Zauns kamen ein paar Schulkinder vorbei. Der Jasmin stand in der letzten Blüte. In der Entfernung waren Autos und Stimmen in der milden Frühlingsluft zu hören, Flugzeuge flogen über ihn hinweg. Er war noch immer hungrig, kehrte in die Küche zurück, da hallte der Türklopfer durch den Flur wie Gewehrschüsse. Pias Vater?

Auhl ging hin. Vor der Tür stand ein dicker Mann, eine turmhohe, sanft wirkende Gestalt, Speckrollen quollen über den Kragen seines teuren grauen Anzugs.

»Kann ich Ihnen behilflich sein?«

Jeder Anschein von Sanftheit verschwand, kaum dass der Mann den Mund aufmachte. »Sagen Sie Pia, dass ich hier bin.« Er stellte sich nicht vor. Nahm Auhl kaum wahr, drehte sich einfach um und besah sich die Straße. Tappte mit der Schuhspitze, streckte den Arm aus, um auf die Uhr zu schauen. Ein beschäftigter Mann.

»Und Sie sind?«, fragte Auhl, nur um ihn zu ärgern.

»Ich?« Lloyd Fanning drehte streitsüchtig seinen massigen Kopf herum. »Ich bin ihr Vater, Sie Volltrottel. Ich hab sie für drei Tage, oder hat die Schlampe Ihnen das nicht erzählt?«

Er glaubt, ich schlafe mit Neve, dachte Auhl. Er wollte schon etwas erwidern, doch Fanning sprach einfach weiter: »Ich hab nicht den ganzen Tag Zeit. Der Verkehr wird mörderisch.«

Fanning war im gemeinsamen Haus wohnen geblieben, und er hatte vollkommen recht. Die Rushhour runter nach Geelong war mörderisch. Auhl ging durchs Haus und klopfte an die Tür zur Absteige.

»Pia? Dein Dad ist da.«

Und schon marschierte sie widerstandslos und stumm davon. Ein unglückliches kleines Mädchen mit einem gut gekleideten Rohling.

6

Um neunzehn Uhr hatte Auhl Tagliatelle und Bolognesesauce gekocht. Er füllte zwei Teller damit, rief nach Bec und trug sein Abendessen ins Wohnzimmer, wo er mit dem Teller auf dem Schoß aß und sich die Nachrichten auf ABC anschaute; Cynthia hatte sich fest an seinen Oberschenkel geschmiegt. Bec kam schließlich die Treppe hinuntergepoltert, gab ihm einen Kuss auf den Kopf, stand hinter seinem Sessel und ließ sich von der Bewegung auf dem Bildschirm fesseln.

»Wo ist denn Pia?«

»Bei ihrem Vater.«

»Und Neve?«

»Noch in der Arbeit.«

»Ist Ma pünktlich aus dem Haus gekommen?«

»Ja«, antwortete Auhl.

Bec tätschelte ihm die Schulter, etwas, was sie seit der Trennung ihrer Eltern viele Male getan hatte; es deutete wohl unendliche Trauer an, ihre eigene eingeschlossen. Aber das Tätscheln hieß auch: Mir gehts gut, dir gehts gut, alles ist gut. Auhl gesellte sich zu ihr in die Küche und schaute zu, wie sie ihre Pasta in der Mikrowelle aufwärmte, ein Glas mit Wasser füllte, zerrupfte Salatblätter in eine Schüssel gab und Olivenöl und Balsamico darüberträufelte. »Siehst du, Dad? Salat? Ballaststoffe?«

»Beeindruckend.«

Bec war rotblond und hatte ein scharf geschnittenes, schmales Gesicht. Schlank, aber nicht zerbrechlich, zu deutlichem Urteil und grobem Humor fähig, meist aber gelassen und konzentriert. Schwarze Leggings, weites weißes T-Shirt, barfuß, hier und da Silber: Finger, Ohren, ein Nasenflügel.

Dann stapfte sie wieder nach oben. So war der Alltag von Auhl. Beiläufige Liebe, halbwegs stabile Verhältnisse, ein paar Geheimnisse.

Das bestmögliche Resultat all seiner Fehler und Nachlässigkeiten.

Auhl war nicht in der Stimmung für Schrottfernsehen, also lümmelte er sich in einen Sessel und las einen ausnehmend schön geschriebenen Roman, in dem nichts passierte. Er wollte ihn schon in die Ecke pfeffern, als die Haustür aufging und sich mit leisem Klicken wieder schloss. Neve Fanning schaute vom Flur herein.

»Ach, Alan«, sagte sie und klang, wie üblich, zögernd, aus der Fassung geraten, überrascht, ihn zu sehen.

»Neve«, sagte Auhl. »Hast du Hunger? Es gibt noch Pasta.«

Neve Fanning, vierunddreißig, eine dürre, angespannte, ausgemergelte Frau, senkte schüchtern den Kopf. »Nein, danke.« Sie hielt inne. »Neuigkeiten von Pia?«

»Nein. Sollte es das?«

Neve, die ärmlich wirkte und sich ständig zu rechtfertigen schien, zögerte und verschwand dann in der Absteige. Auhl wettete darauf, dass sie so bald nicht wieder herauskommen würde. Sie wolle niemandem zur Last fallen, hatte sie am Tag ihres Einzugs gesagt.

Sie war völlig bedürfnislos. Sie benutzte den Waschsalon an der Lygon Street, duschte niemals lang, ließ nirgendwo das Licht brennen. Sie arbeitete als Putzfrau bei der Universität; unregelmäßige Schichten, aber der einzige Job, den sie hatte finden können, als sie in die Stadt zog. Sie bestand darauf, Miete zu zahlen, Auhl beharrte darauf, dass das nicht nötig sei, also befanden sich etwa fünfzehnhundert Dollar in Neve und Pia Fannings Notkasse.

Sie hatte Wochen gebraucht, bis sie ihm vertraute.

Auhl kannte ein paar Einzelheiten ihrer Geschichte von Liz. Damals, als in Auhls Ehe alles schiefief, hatte Liz, die im

Wohnungsbauministerium arbeitete, um die Versetzung nach Geelong gebeten, wo sie dabei half, HomeSafe aufzubauen, eine kommunale Wohnungsagentur für Opfer von häuslicher Gewalt im Südwesten des Bundesstaates. An dem Tag, als Neve und Pia vorbeikamen und sofortige Hilfe benötigten, waren allerdings alle Wohnungen von HomeSafe belegt gewesen. Warum ziehen Sie nicht nach Melbourne, hatte Liz vorgeschlagen. Fort von Ihrem Schwein von Mann. Größere Chancen, einen Job zu finden.

Chateau Auhl, mit der kleinen Wohnung nach hinten raus.

Nach ein paar Wochen dort begann Neve Fanning zögerlich, sich Auhl anzuvertrauen. »Keiner weiß wirklich, was hinter geschlossenen Türen vor sich geht«, hatte sie eines Abends gesagt.

Sie wollte, dass Auhl es aus ihr herauslockte. Er tat ihr den Gefallen und bewies Ruhe, Geduld und geradezu professionelle Geschicklichkeit in den Techniken des Überredens und Ausfragens.

Neve Fanning, Pia Fanning, Lloyd Fanning. Lloyd war Buchhalter, Neve Hausfrau. Pia war in der Grundschule, und die kleine Familie schien ein geborgenes Leben in einem großen Haus in Manifold Heights zu führen, einer der besseren Gegenden von Geelong. »Alle fanden, ich müsste mich doch glücklich schätzen«, sagte Neve. »Verheiratet mit einem tollen Kerl – erfolgreich, gebildet, eine Stimmungskanone, beste Kontakte.« Sie zuckte mit den Schultern. »Ein nettes Haus hier, ein zweites auf Bali.«

Aber.

Lloyd Fanning neigte zu Wutausbrüchen. Er pflegte Neve zu schlagen und zu treten, sie gegen die Wände zu schubsen, über Tische und Stühle, ihr ein Messer an die Kehle zu halten – einmal sogar in Pias Beisein. Nicht zu reden von den Demütigungen und dem Kontrollwahn.

»Ein Jahr, als ich mit den anderen Schulmüttern bei einem Weihnachtsessen war, tauchte er plötzlich auf. Er zerrte mich hinaus und sagte, ich könne diesen Miststücken nicht trauen, es gebe nur ihn und mich.«

Sie durfte keine Arbeit annehmen, keine neuen Freunde kennenlernen, ihre Familie nicht besuchen. Sie hatte kein eigenes Geld, und er kontrollierte ihre Mails, ihre Handykontakte und SMS, musste immer wissen, mit wem sie in Kontakt stand. War er nicht mit ihr zusammen, dann rief er bis zu fünfzig Mal am Tag an oder schrieb ihr.

Schließlich fand Neve den Mut, eine ein Jahr gültige einstweilige Verfügung zu erwirken. Sie verließ Lloyd und nahm Pia mit, um bei ihren alten Eltern in Corio zu wohnen. Unter den Vorgaben der Verfügung stand Lloyd Fannings Umgang mit seiner Tochter unter strengen Auflagen.

Als die Verfügung auslief, beantragte Neve allerdings keine neue. Sie zog ihren Kopf ein, als sie Auhl das erzählte, so als würde sie mit seiner Ablehnung rechnen, und sagte: »Lloyd strengte sich wirklich an, und es ist ja auch wichtig, dass Pia eine Beziehung zu ihm aufbaut.«

»Du bist zu ihm zurückgekehrt?«

Sie schüttelte den Kopf. »Ich hab daran gedacht, und er hat mich weiß Gott auch kräftig unter Druck gesetzt, aber am Ende habe ich es gelassen.«

Also nahm Lloyd Rache – über seine Tochter. Er brach Versprechen, sagte in letzter Minute Pläne ab, kam zu spät, brachte Pia weit nach ihrer Schlafenszeit zurück. Einmal nahm er Pia mit in den Urlaub auf Bali, heuerte ein Kindermädchen an und kümmerte sich zehn Tage lang nicht um sie.

»Und wie er mit mir und meinen armen Eltern sprach, wenn er an der Reihe war. Drohend. Arrogant. Oder er saß im Wagen und drückte auf die Hupe. Die arme Pia, sie war ganz durcheinander.« Neve schüttelte den Kopf. »Sie fing an, ins Bett zu machen.«

Neve, ihre Eltern und ihre Tochter waren alle derart verschüchtert, dass Neve bei HomeSafe eine Notunterkunft beantragt hatte und die Rechtsberatung um Hilfe bat, vor dem

Familiengericht ein Besuchsverbot zu erwirken. Der Antrag bei HomeSafe hatte sie zu Auhls Haus geführt. Die Rechtsberatung verlief allerdings enttäuschend.

»Der Anwalt meinte zu mir, Mütter, die allen Kontakt unterbinden wollten, würden als bösartig angesehen, und ich brauchte schon erheblich stärkere Argumente als die Tatsache, das Lloyd grob oder destruktiv sei.«

»Neve, er hat dich geschlagen.«

Wieder zog sie den Kopf ein. »Jedenfalls habe ich eingeschränktes Besuchsrecht beantragt.«

Doch bis das genehmigt wurde, sah Lloyd Pia, wann immer es ihm in den Kram passte. Außerdem hatte er sich einen sehr teuren Anwalt genommen.

Das war vor drei Monaten gewesen; zu Anfang war die Absteige die Höhle der Fannings. Dort versteckten sie sich stundenlang. Auhl verstand das: all diese komischen Fremden in den anderen Zimmern; Auhl selbst.

Doch es reichte noch tiefer als das, und Auhl erkannte, wie unvorbereitet Neve auf ein eigenständiges Leben war. Sie wusste nicht, wie man gesellschaftlichen Umgang pflegte, war verblüfft und eingeschüchtert, wenn es um die Kompetenz anderer ging, und voller Ehrfurcht vor Auhl, Bec, Liz und den Akademikern, die durchs Haus schwebten und wieder verschwanden. Auhls häusliche Umstände fand sie zutiefst verwirrend. Wenn sie Liz und Auhl zusammen in ein und demselben Zimmer antraf, schaute sie verwundert, fast schmerzlich: Welcher Mann hält es mit einer Frau aus, die ihn verlässt und denkt, sie könne weiterhin unbekümmert unter demselben Dach wohnen und kommen und gehen, wie es ihr passt?

Was sie wirklich unbedingt verstehen wollte, fiel Auhl auf, war, wie andere Menschen miteinander verhandelten und ihre Freundschaften und Beziehungen regelten. Das Leben, das sie mit Lloyd Fanning geführt hatte, war voller verborgener Untiefen und bösartiger Verachtung gewesen.

Kein Wunder also, dass Mutter und Tochter kurz nach ihrem Einzug unterwürfig, stumm und abgestumpft gewirkt hatten. Doch alle im Chateau Auhl waren geduldig mit ihnen gewesen. Das war nicht einfach gewesen. Und selbst jetzt noch kam Neve angeschossen und zischte mit gepresster Stimme: »Pia, schsch!«, wenn Auhl es schaffte, Pia zum Lachen zu bringen, so als sei Auhl ein Mann, dessen Stimmung leicht umschlagen könnte.

Allein schon bei dem Gedanken daran musste Auhl seufzen.

Montag sollte Neves Anhörung vor dem Familiengericht sein, und er hatte gesagt, er würde sie als moralische Unterstützung begleiten. Wieder seufzte er, ging zu Bett und stellte den Wecker auf sechs Uhr.

7

Auhls üblicher Morgenspaziergang führte ihn durch die Parkanlage und meistens auch durch die Hintergassen von Carlton. Er hatte nicht viel an Gewicht zu verlieren, nahm auch nicht ab, aber die körperliche Ertüchtigung kräftigte seinen Geist.

Als er an jenem Freitag zur Arbeit kam, hob Claire Pascal abwesend den Kopf und nickte, bevor sie sich wieder ihrem Telefon zuwandte. Joshua Bugg war ebenfalls anwesend. Auhl hatte ihn seit ein paar Tagen nicht zu Gesicht bekommen und war froh, wenn er ihn nicht sah. Es war tatsächlich etwas Käferhaftes an Bugg: rund und hartschalig. Der junge Detective lehnte sich in seinem Stuhl zurück und beäugte Auhl, wobei sein fleischiger Bauch das Hemd ausbeulte wie ein Ballon und die Haut zwischen den Hemdknöpfen klaffte wie eine Reihe von Wunden.

»Na, wenn das nicht Gevatter Zeit persönlich ist.«

»Hallo, Josh«, sagte Auhl.

Bugg wuchtete sich von seinem Schreibtisch hoch, ging zu Auhls Schreibtisch und zog dessen Stuhl vor. »Hier, Opa, ich helfe dir mit deinem Stuhl, du siehst abgekämpft aus.«

Er grinste Claire verschwörerisch an, die Auhl eine mitfühlende Miene zeigte und müde sagte: »Lass gut sein, Josh.«

Bugg wirkte verstimmt. »Ach, egal.« Damit kehrte er an seinen Tisch zurück.

Auhl überprüfte gerade seine Mails – nichts aus Tasmanien –, als Helen Colfax auftauchte und meinte, er brauchte sich gar nicht erst häuslich einzurichten, sie müssten zu einer Autopsie.

Colfax fuhr; sie durchquerten die Stadt zum Forensic Science Institute. Sie fuhr schnell und konzentriert, dennoch bemerkte sie die alte Akte auf Auhls Schoß und wollte wissen, was und wozu.

Auhl rutschte herum. »Das ist der Autopsiebericht Elphick. Ich dachte, Doktor Karalis könnte mir eine zweite Meinung geben.« Als er ihr Stirnrunzeln bemerkte, fügte er hinzu: »Zwei Fliegen mit einer Klappe.«

Die Chefin schaute wieder auf die Straße. »Elphick ist nicht wichtig, Alan. Todesursache unbekannt, wenn ich mich richtig erinnere.«

»Fünf Minuten, mehr nicht. Ein frischer Blick.«

Colfax brummte und kurvte durch den Verkehr.

Unter der kalten, grellen Deckenbeleuchtung und in der eisigen Kälte der Autopsie zogen sie schlecht sitzende Kittel und Überschuhe an und warteten. Ein Wasserhahn tropfte. Schließlich erschien der Pathologe mit seinem Assistenten. Deren Arbeitsbekleidung saß besser und wirkte ein wenig schmeichelhafter: blassgrüne Hose, Kittel und Gummistiefel, der Mundschutz baumelte an ihren Hälsen. Der Assistent hielt sich im Hintergrund; der Pathologe trat schnell vor und sagte: »Helen, hallo. Sie sind die offizielle Vertreterin der Polizei?«

Karalis war ein großer, hagerer Mann, nur einen Hauch entfernt von hohem Alter. Er schüttelte Auhl die Hand und stutzte. »Ich dachte, Sie sind im Ruhestand.«

»Ohne mich gehts nicht«, sagte Auhl.

Karalis ging schnell zum Seziertisch hinüber, sprach seinen Namen und das Datum in das Mikrofon über dem Kopf, zog den Mundschutz über Nase und Mund und besah sich den Haufen vor sich. Eine Ansammlung von Knochen, mit Kleiderfetzen und Erde behaftet. Die billigen Turnschuhe hatten besser gehalten. Der Arzt ging einmal um den Tisch, blieb stehen, um ein paar Knochen zu betrachten und anzuheben, und gab einen kurzen ersten Eindruck von der Leiche.

Als er damit fertig war, sagte er: »Jetzt schauen wir uns das mal genauer an.«

Unter Anleitung des Arztes entfernte der Assistent Schuhe und Kleiderfetzen und legte sie auf den Nebentisch. Der Pathologe besah sie sich, richtete sich auf, erklärte: »Die verraten mir noch nichts Besonderes«, und ordnete an, sie ins forensische Labor zu schicken.

»Und nun die Knochen.«

Er stand mit in die Hüfte gestemmten Händen über dem Skelett und sagte: »Gewalteinwirkung an Brustkorb und Segment L5 der Wirbelsäule. Falls es sich bei Erstem um das Einschussloch und bei Zweitem um die Austrittsverletzung handelt, dann müssen wir von einem Schussverlauf von oben nach unten ausgehen.« Er wandte sich an Helen und Auhl. »Wurde bei der Leiche ein Projektil gefunden?«

Auhl antwortete. »Nein. Die Leiche lag unter einer Betonplatte begraben. Keine Kugel, keine Bruchstücke – auch keine Pfeil- oder Harpunenspitze, was das betrifft –, was uns zu der Annahme führt, dass er anderswo erschossen und dann dorthin transportiert wurde.«

»Schade.«

Helen Colfax fragte: »Er wurde also erschossen, Doktor Karalis?«

»Meiner Meinung nach, ja. Sicherlich irgendeine Art von Projektil, und wahrscheinlich eher eine Kugel als, sagen wir, ein Pfeil.«

»Von hinten?«, fragte Helen. »Von vorn?«

»Von vorn, woraufhin das Projektil bei Austritt die Wirbelsäule traf.«

»Von oben nach unten«, sagte Auhl. »Eine größere Person?«

»Oder war das Opfer auf Knien?«, fragte Colfax.

»Falls ich darauf wetten würde, dann würde ich sagen, dass er einer größeren Person gegenüberstand, als er erschossen wurde«, antwortete Karalis. »Jetzt das Alter. Die Zähne sind hier ein nützlicher Indikator. Eine Querschnittanalyse wird das Alter auf ein Jahr genau bestimmen, aber dieser junge Bursche hier hatte noch all seine Zähne, und sie sind nicht sehr abgenutzt. Außerdem ist der Schädel noch nicht vollständig verwachsen, was auf eine Person um die zwanzig hinweist.«

»Größe?«

Der Assistent maß nach: 172,5 Zentimeter. »Allerdings muss man bedenken, dass das Knorpelgewebe sich zusammengezogen hat«, sagte Dr Karalis, »und die Haut an Kopf und Füßen hat sich bereits zersetzt, er war also ein wenig größer als jetzt gemessen. Eins fünfundsiebzig? Nicht sehr groß.«

»Ethnische Zugehörigkeit?«

»Weiß«, antwortete der Pathologe wie aus der Pistole geschossen. »Das verraten uns die Zähne.«

»DNA?«

»Sie hauen ja die Fragen heute nur so raus, Helen«, sagte Karalis milde.

»Tut mir leid, Doc.«

»Es handelt sich doch um einen *kalten* Fall.«

»Für uns sind sie alle heiß, Doc«, entgegnete sie.

»Was die DNA angeht«, meinte Karalis, »sollte ich wohl aus dem Mark der langen Knochen ein Profil erstellen können. Aber das braucht Zeit, und dann müssen wir sehen, ob der arme Kerl überhaupt in der Datenbank ist.« Er untersuchte weiter die Leiche und murmelte: »Keine weiteren Anzeichen von Verletzungen ...«

Auhl sah sich unruhig im Raum um. Das Labor hatte acht Seziertische, hier wurden Morde, Selbstmorde, Fälle von Überdosis, Unfallopfer und andere meldepflichtige Todesursachen untersucht. Die Leichen wurden auf Stahlbahren in Kühlfächern aufbewahrt. Der glänzende Stahl machte die Luft nur noch kälter.

Aus dem Augenwinkel bemerkte er eine Bewegung. Oben im verglasten Zuschauerraum standen ein paar Studierende an einer Brüstung. Eine winkte ihm schlitzohrig zu. Er nickte zurück. Sie grinste und stupste ihre Freundin an.

»Okay.« Karalis war fertig. Er zog die Handschuhe aus. »Ich setze den Rest des Teams an die Knochen, die Zähne und die DNA-Extraktion. Eine toxikologische Untersuchung können wir zwangsläufig nicht vornehmen. Haben Sie seine Uhr oder Brieftasche?«

»Nein«, antwortete Helen.

»Wir haben eine Münze aus dem Jahr 2008«, ergänzte Auhl.

Karalis warf einen grübelnden Blick auf die Knochen. »Das würde passen. Wollen wir hoffen, dass die DNA uns etwas bringt. Aber vielleicht ist er auch nicht im System – ist noch ein wenig jung, um schon ein Vorstrafenregister zu haben.«

Er warf einen Blick auf die Kleidung. »Die Schuhe könnten Ihnen noch etwas verraten, allerdings handelt es sich um billige Allerweltstreter.«

Helen Colfax stierte ein Loch in die Luft. »DNA, ja, aber das kann Wochen dauern, nehme ich an. Es wäre gut, wenn wir für die Medien ein Gesicht hätten. Besteht die Möglichkeit, dass hier jemand auf die Schnelle eine Digitalrekonstruktion zusammenschustern kann?«

»Auf die Schnelle. Das gefällt mir«, entgegnete Karalis. »Ich muss mal schauen, ob jemand verfügbar ist. Und noch besser, auch die Zeit dafür hat. Und noch besser, die Erlaubnis, den Fall aufzunehmen und abzurechnen.«

»Kommen Sie schon, Doc«, sagte Auhl. »Haben Sie denn keine eifrigen Studenten im Haus?«

Der Pathologe dachte darüber nach. »Um ehrlich zu sein, schon.«

»Vielleicht ist es ja toll für sie, sich dem Kampf für die gute Sache anzuschließen«, meinte Colfax.

»Sie würden es auch toll finden, ein paar Dollar dabei zu verdienen«, erwiderte Karalis, und Auhl konnte erkennen, wie der Arzt an den Papierkram und das Budget dachte und grübelte, bei wem er wohl Süßholz raspeln müsse. »Mal sehen, was ich tun kann.«

Bevor sie aufbrachen, breitete Auhl noch den Inhalt der Akte Elphick auf einem leeren Seziertisch aus.

»Ob Sie wohl mal einen Blick darauf werfen könnten, Doc?«

»Das könnten wir in zuträglicherer Umgebung tun«, meinte Karalis und zwinkerte Helen Colfax zu.

»Ach, lassen Sie dem Kerl seinen Willen«, sagte sie.

Karalis beugte sich über die Akte, las quer und sagte: »Die Autopsie hat mein Vorgänger durchgeführt.«

»Und wenn man zwischen den Zeilen liest«, sagte Auhl, »dann wollte er sich bei der Todesursache nicht sonderlich weit aus dem Fenster lehnen.«

Karalis brummte. Er nahm die Akte und las laut:

»Belastungsbruch, links frontotemporal. Subdurales Hämatom, links frontotemporal. Hirnquetschung, links frontotemporal.« Er schaute Auhl an. »Der Schädel links frontotemporal hat ziemlich was abgekriegt.«

»Wenn Sie das sagen, Doc.«

»Kieferbrüche … Abschürfungen, Quetschungen und Platzwunden … ein abgebrochener Zahn …«

Karalis las den Rest schweigend, und die Luft um ihn herum wirkte antiseptisch. Irgendwo jaulte eine Säge auf. Auhl stellte sich vor, wie die Zähne bissen, und zuckte zusammen.

»Bruch des linken Mittelfingers«, fuhr Karalis fort, »Quetschungen und Schnittwunden an der linken Hand, manche davon blutend, mit Erde und Pflanzenmaterialien in den Wunden.«

Er sah Auhl an, der sagte: »Er hat die Hand ausgestreckt, um den Fall zu mildern.«

»Welcher Fall?«

»Er wurde am Kopf getroffen«, sagte Auhl, »und fiel zu Boden.«

Karalis brummte und las weiter. »Verschorfte Abschürfungen an beiden Knien«, sagte er und blätterte zu den Fotos weiter: Leiche, Zaun, Pick-up, Fahrerkabine.

»Wie Sie sehen können, Doc«, sagte Auhl, »wurden an

verschiedenen Stellen zwischen dem Zaun und dem Pick-up, auf der Motorhaube, bis zur anderen Wagenseite Blutspuren gefunden, ebenso im Wageninneren. Das lässt auf viel Bewegung während des Blutens schließen.«

»Gut möglich«, sagte der Pathologe. »Vielleicht war ihm schwindlig. Hier steht, dass man Blut, Haare und Hautzellen an der Kante des Frontschutzbügels gefunden hat. Er stürzte, schlug sich den Kopf am Bügel an, stand auf, verlor die Orientierung und stolperte umher. Fiel hin, stand wieder auf ...«

»Aber wenn Sie sich die Fotos anschauen, sehen Sie, dass die Verletzung *auf* dem Kopf ist.«

»Wenn er sich vorgebeugt hat und Kopf voran gegen den Bügel gestürzt ist, würde das zu einer solchen Verletzung führen.«

»Jaja. Aber es findet sich auch Blut auf dem Fahrersitz und der Kopfstütze«, entgegnete Auhl. »Irgendwann muss er auch mal im Wagen gesessen sein.«

»Und ist wieder hinausgefallen?«

»Oder wurde herausgezerrt. Erst bekam er einen Schlag auf den Kopf, er stürzte, stieß gegen den Frontschutzbügel, stand wieder auf, wurde um den Pick-up gejagt, und hat versucht zu fliehen. Er schaffte es bis hinters Lenkrad, wurde aber wieder hinausgezerrt.«

»Das ist eine mögliche Erklärung«, sagte Karalis und wies auf die Fotos. »Es gibt andere, ebenso glaubhafte.«

»Dann erklären Sie mir mal das Blut *auf* der Motorhaube, Doc.«

»Hmm.« Karalis schwieg. »Also, der Mann fiel hin, schlug sich den Kopf am Bügel an, richtete sich desorientiert auf, schüttelte den Kopf. Dabei verspritzte er das Blut.« Er hielt inne. »Aber ich bin kein Experte für Blutspritzer.«

Auhl sagte leicht ungeduldig: »Ich möchte nur wissen, ob es möglich ist, dass jemand Mr Elphick zwischen der Front des Pick-ups und dem Zaun auf den Kopf geschlagen hat. Er stürzte gegen den Bügel, stand wieder auf, versuchte zu fliehen, setzte sich schließlich hinters Lenkrad, wurde wieder hinausgezerrt und bekam noch einen Schlag auf den Kopf; dann fiel er zu Boden und starb dort.«

Karalis zuckte mit den Schultern. »Plausibel, aber mehr auch nicht.«

Im Wagen auf dem Weg zurück zum Präsidium sagte Helen Colfax: »Sie haben den Mann gehört.«

»Geben Sie mir ein paar Tage Zeit, Boss, um mehr bitte ich gar nicht.«

8

Als Auhl und Colfax ins Büro zurückkehrten, waren Joshua Bugg und Claire Pascal in ihre Arbeit vertieft. Sie tippten, telefonierten.

Helen Colfax ging direkt zum Whiteboard und verkündete: »Plattenmann, für alle.«

Als sie ihre Stühle im Halbkreis aufgestellt hatten, gab sie ein schnelles präzises Update: Die Betonplatte, die Leiche, Auhls und Pascals Türenabklappern, der Befund des Pathologen.

»So der neueste Stand«, sagte sie abschließend. »Er war jung, Anfang zwanzig höchstens, weiß, nicht groß, wahrscheinlich erschossen. Anderswo, bevor er unter dem Beton begraben wurde.«

»Irgendeine Ahnung, wo?«, fragte Bugg.

Colfax zuckte mit den Schultern. »Möglicherweise in einem alten Haus, das auf dem Grundstück stand, aber das wurde vor ein paar Jahren abgerissen.«

»Schade«, murmelte Bugg.

»Ja.«

»Vermisste Personen?«, fragte Pascal.

»Das ist wohl ein guter Anfang. Darum kümmern Sie sich, Josh. Wir haben einen möglichen Vornamen: Sean. Zeitraum nicht früher als vor zehn Jahren und nicht später als vor fünf Jahren. Wenn das nichts erbringt, können Sie die Parameter ausweiten.«

»Boss.«

Dann wandte sich Colfax an Auhl und Pascal. »Irgendein naseweiser Reporter wird sich fragen, wem das Grundstück gehörte oder wer darauf lebte, deshalb ist es wichtig, dass Sie beide einen Schritt voraus sind. Spüren Sie die Tochter auf, wenn sie noch lebt, gehen Sie aber auch die Grundbücher durch. Und kontrollieren Sie die Versorgungsunternehmen: Telefon, Gas, Elektrizität. Wer hat das Haus abgerissen? Erinnert sich jemand an Blut auf dem Boden, an Spuren eines Kampfes? Stand auf der Betonplatte überhaupt jemals etwas? Und so weiter und so fort.«

»Immobilienmakler«, schlug Auhl vor. »Die wissen doch immer eine Menge.«

»Ausgezeichnet. Das Haus ist irgendwann mal vermietet gewesen, richtig? Hat das irgendeins der ansässigen Maklerbüros abgewickelt?«

»Und wir müssen Donna Crowther finden«, ergänzte Claire Pascal. »Mal sehen, ob sie eine vernünftige Erklärung hat, dass der Freund aus ihrem Leben verschwunden ist.«

»Gut, gut, die Sache läuft. Waren Crowther und der Freund polizeibekannt?«, fuhr Colfax fort. »Nicht nur häuslicher Streit; dealten sie vielleicht von dem alten Haus aus, zum Beispiel.«

»DNA aus den Knochen«, sagte Bugg.

»Da gibt es einen ziemlichen Rückstau«, sagte Helen. »Außerdem war er jung – gut möglich, dass er gar nicht im System ist, deshalb arbeiten wir daran, eine Art Gesichtsrekonstruktion an die Öffentlichkeit geben zu können.«

»Was ist mit unseren anderen Fällen?«

Helen warf Bugg ein völlig mitleidloses Lächeln zu. »Ich gehe davon aus, dass Sie Ihre Verpflichtungen in dieser Hinsicht weiterhin gewissenhaft erfüllen, Leading Senior Constable Bugg.« Sie hielt inne. »Sie arbeiten an dem Fall Bertolli?«

Antonio Bertolli war ein Gemüsebauer aus Mildura gewesen, der 1978 erschossen worden war. Er war nicht der Einzige seines Berufsstandes gewesen, der in dieser Zeit ermordet worden war, und die Verbindungspunkte waren der Queen Victoria Market und die 'Ndrangheta. Der Fall wurde alle paar Jahre wieder aufgewärmt. Diesmal war Bugg ein paar Tage nach Mildura gefahren, allerdings lebten nur noch ein paar der damals Beteiligten.

»Hoffnungsloser Fall«, rutschte es Auhl heraus.

»Weise Worte aus dem Munde eines alten Mannes, wie man sie immer wieder gern hört«, sagte Bugg.

»Kinder«, mahnte Helen. Sie schaute Claire an. »Sie arbeiten an der Sache Waurn?«

Nachdem Freda Waurn ihre Hypothek nicht mehr abbezahlt und die Bank einen Schlüsseldienst damit beauftragt hatte, die Tür zu öffnen, waren ihre vertrockneten sterblichen Überreste auf dem Küchenfußboden vorgefunden worden. Der Schlüsseldienst fand nur noch ein Skelett vor: Sie war seit zwei Jahren tot. Zungenbeinfraktur, und jedes einzelne Zimmer war durchstöbert worden.

»Ich suche immer noch«, antwortete Claire. »Kein Ehemann, keine Kinder, keine Verwandten. Sie scheint niemanden im Leben gehabt zu haben.«

Helen wendete sich Auhl zu. »Alan?«

»Nun ... der Fall Elphick, Boss.«

»Auf kleiner Flamme, okay? Ich möchte, dass Sie an dem Plattenmann arbeiten.«

»Boss.«

Joshua Bugg schaute ihn an und grinste unfreundlich.

»Sie haben Spinat zwischen den Zähnen, Josh«, sagte Auhl.

Es war später Vormittag geworden. Auhl und Pascal schlenderten über den Fluss zum Grundbuchamt im Melbourne City Centre. Auhl, der schon mit bürokratischen Hürden gerechnet hatte, war angenehm überrascht, als sie umgehend Ausdrucke der Einträge erhielten, die zu dem Grundstück gehörten, auf dem der Plattenmann verscharrt worden war. Bernadette Sullivan und ihr Mann Francis hatten das Grundstück 1976 gekauft. Terra Australis AgriCorp war zwischen 2012 und 2015 Besitzerin.

»Wenn also der Plattenmann seit zehn Jahren dort lag, waren die Sullivans noch immer die Eigentümer, als er starb«, stellte Pascal fest.

Auhl fügte hinzu: »Die Eltern sind verstorben, die Tochter hat geerbt.«

Sie gingen die leicht müffelnde Eigentumsurkunde durch. Oben standen die Nummern des Bandes und des Folios, daneben die kuriose Adresse Blackberry Hill Farm ... *Zugehörig zum Grundstücksanteil 60a der Krone*. Die Besitzer waren in zwei Spalten aufgeführt, beginnend mit Bernadette Sullivan als Ehefrau und Miteigentümerin, zusammen mit Francis Sullivan, Feuerwehroffizier, 1976. 1986 stand dort Bernadette als Alleineigentümerin. 2011 ging das Grundstück in das Eigentum ihrer Tochter Angela über; diese verkaufte später an Terra Australis, die es an Nathan und Jaime Wright weiterverkauften.

»Nächster Halt Angela Sullivan«, sagte Auhl.

Als sie zurück in die Abteilung kamen, wurden sie von Helen Colfax aufgehalten. Sie warf Auhl einen merkwürdigen Blick zu. »Erinnern Sie sich noch an Blaubart?«

Auhl versuchte, den Blick zu deuten. »Hat er Frau Nummer drei umgebracht? Wie hieß sie noch ... Janine?«

»Nicht ganz. Er behauptet, *sie* wolle *ihn* umbringen.«

9

Damals, als Dr Alec Neills zweite Frau unter ebenso mysteriösen Umständen verstarb wie die erste, war Auhl der zuständige Sergeant bei der Mordkommission gewesen. Sein Team hatte nie irgendetwas beweisen können, aber Auhl, der von Neills Schuld überzeugt war, hatte ein Wörtchen mit Neills neuer Freundin gewechselt, einer Handtherapeutin in einer von Neills Kliniken: *Passen Sie auf, dass Sie nicht die tote Gattin Nummer drei werden.*

»Er wird Ihrer überdrüssig werden, Janine. Er wird jemand Neues kennenlernen und einen Selbstmord oder Unfall vortäuschen.«

Sie hatte ihn nur angewidert angeschaut und war davonspaziert.

Auhl erinnerte sich an eine schlanke, aufgebrachte Frau, durchtrainiert, fest über die Knochen gespannte Haut, die Lippen ein Strich durch ihr allzu gepflegtes Gesicht. Auch an die Art, wie sie an jenem Tag im Jahr 2012 voller Eitelkeit und Befriedigung davonstolziert war. Auhl, der das Paar nie ganz aus den Augen gelassen hatte, hatte mitbekommen, dass sie Neill tatsächlich geheiratet hatte, die halbe Woche in East Melbourne lebte und die andere halbe Woche auf einer Hobbyfarm bei St Andrews, keine Stunde nordöstlich der City.

Im schlimmsten Fall, so dachte Auhl, würde er sie eines Tages auf dem Seziertisch im Leichenschauhaus liegen sehen. Im besten Fall? Sie ließ sich scheiden – oder sagte vielleicht sogar bei der Mordkommission gegen ihn aus. Das Letzte, womit er gerechnet hatte, war Neill, der um sein Leben fürchtete.

Colfax berichtete ihm darüber, während sie die Treppe zu der Opfersuite hochgingen, wo Neill den Beamten der Mordkommission seine Geschichte erzählte. »Offenbar hat er gestern in ihrem Wagen Medikamente gefunden, und er glaubt, dass sie sie dazu verwendet hat, um seine zweite Frau – also ihre Vorgängerin – und seine Freundin umzubringen.«

»Freundin.«

»Sie ist vor ein paar Wochen gestorben. Plötzlich und unter mysteriösen Umständen.«

»*Bevor* er sie geheiratet hat? Das wär ja mal was Neues.«

»Bleiben Sie unvoreingenommen, Alan. Vielleicht hat der Mann ja recht.«

»Dieses Arschloch nicht«, entgegnete Auhl, der sich an den gepflegten Chirurgen erinnerte, den er vor vielen Jahren befragt hatte. Die schmale, knochige Nase in einem hochmütigen, leicht abfällig blickenden Gesicht. Die ruhigen, einsilbigen Antworten, während er über den Tisch hinweg zurückstarrte, so als würde er die Gedanken und Gefühle der Fragenden vermessen und abspeichern.

Sie betraten die Opfersuite, ein zurückhaltender, fader Raum mit zugezogenen Vorhängen und einem Sofa, mit Büchern und Magazinen, einem Wasserkessel und einer Kaffeemaschine. An den Wänden hingen vergessenswerte Landschaften und süße Tiere. Neill saß mit einem verknautscht wirkenden Sergeant der Mordkommission namens Debenham an einem langen Tisch und erstarrte, als Auhl und Colfax hereinkamen.

Mit einem zittrigen Finger zeigte er auf Auhl. »Was macht der denn hier?« Er drehte sich zu Debenham um. »Soll das ein Überfall sein? Ich komme mit Informationen zu zwei Morden zu Ihnen, und Sie hetzen den da auf mich?«

Debenham hielt den Kopf schräg, sah Auhl an, und der sagte: »Ich habe Doktor Neill ein paarmal bei den Ermittlungen zu den Todesfällen seiner ersten beiden Frauen befragt.«

»Befragt? Sie haben mich so gut wie beschuldigt. Ich hatte den deutlichen Eindruck, dass Sie mich am liebsten verprügelt hätten, wenn keiner zuschaut.«

Worauf du wetten kannst, dachte Auhl.

Neill wirkte verändert. Immer noch gut aussehend, gepflegt, aber heute wie wund vor Emotionen. Doch dann fiel Auhl wieder ein, dass Neill die Gabe hatte, sich an die jeweilige Situation anzupassen. Kalt während der Befragung, doch als er nach dem plötzlichen, offenbar verdächtigen Tod seiner zweiten Frau vor dem Untersuchungsrichter stand, hatte er betroffen und voller Selbstvorwürfe gewirkt. Er war ganz aufgebracht gewesen, dass er nicht in der Lage gewesen war, die Krankheiten zu erkennen, die das Leben seiner beiden Frauen gefordert hatten.

Und nun saß er wieder hier und war ganz aufgebracht.

Neill wischte sich die geröteten Augen. »Ich möchte nicht, dass dieser Mann hier ist.«

Debenham tätschelte den Arm des Chirurgen. Er schien Neill sattzuhaben, so als könne er nicht erkennen, warum er ihm Trost spenden sollte, wisse aber, dass dies zu seinem Job gehören würde. »Alan ist nicht hier, um Sie zu schikanieren, Doktor Neill, er interessiert sich für Ihre Anschuldigungen. Stimmt das nicht, Sergeant Auhl?«

»Ganz genau«, sagte Auhl und überging Helen Colfax' mahnende Berührung an seinem Ärmel.

Neill gab mürrisch nach.

Auhl und Colfax setzten sich Neill und Debenham gegenüber. »Beim ersten Anzeichen, dass Sie gegen *mich* ermitteln«, erklärte Neill, »rufe ich meinen Anwalt an.«

Auhl warf ihm ein leeres Lächeln zu, während Colfax sich vorstellte.

»Warum bringen Sie uns nicht auf den neuesten Stand, Doktor Neill.«

»Ich hab das doch schon hundert Mal erzählt.«

»Uns nicht.«

Neill trug einen gepflegten Anzug, weißes Hemd und grüne Krawatte. Er lockerte den Knoten, ganz der beschäftigte Mann, der eine erschütternde Erfahrung machte, und legte die Unterarme auf den Tisch. Er roch schwach nach antiseptischer Seife, und seine feuchten traurigen Augen schauten direkt in die von

Colfax. »Ich habe Angst. Ich glaube, Janine will mich umbringen. Ich bin mir ganz sicher, dass sie – «

»Eins nach dem anderen, okay?«, unterbrach ihn Colfax. »Erstens, wenn Sie glauben, dass Ihr Leben durch Ihre Frau in Gefahr ist, dann können wir Ihnen Schutz bieten. Und bis wir das alles geklärt haben, sollten Sie sich überlegen, jeglichen Kontakt zu ihr zu vermeiden.«

»Finden Sie?«, höhnte er. »Sobald ich hier raus bin, fahre ich zu unserem Haus auf dem Land. Janine bleibt in der Stadt. Sie hat an diesem Wochenende eine Konferenz. Melbourne University.«

»In Ordnung. Noch mal zurück zum Anfang. 2004 verstarb Ihre erste Frau Eleanor an einer mysteriösen Krankheit.«

Auhl beobachtete Neills Gesicht. Verwirrung, dann Leid. »Damit kommen Sie jetzt an? Ich dachte, das hätten wir hinter uns. Ja, El starb. Sie wurde krank, und sie starb.« Seine Fäuste bildeten zwei innige Klumpen vor seinem Herz. »So etwas kommt vor.«

Colfax wollte beschwichtigen. »Das weiß ich, Doktor Neill.«

Natürlich hatte sich Auhl die Umstände des Todes von Eleanor Neill angeschaut, als er acht Jahre später im Fall des Todes von Siobhan Neill ermittelte. Die erste Mrs Neill, eine Verwaltungsangestellte in der Klinik, damals siebenundzwanzig und im sechsten Ehejahr mit Neill, hatte plötzlich über Erbrechen und Durchfall geklagt. Eine Woche später war sie tot. Erstickung – zu plötzlich, um sie noch ins Krankenhaus zu schaffen.

»Und 2012 verstarb dann plötzlich Ihre zweite Frau, Siobhan«, sagte Colfax, »ebenfalls bis zu diesem Zeitpunkt bei offenbar guter Gesundheit.«

»Das ist richtig«, sagte Neill und schüttelte den Kopf darüber, was das Leben einem alles so zumutete. »Aus Ermangelung an etwas Handgreiflicherem erklärte man es für einen Herzinfarkt. Damals hielt ich das Ganze für einen schrecklichen Zufall. Unglücklicherweise hat die Polizei das anders gesehen.« Er sah Auhl böse an. »Doch bei den Medikamenten, die ich gestern in Janines Wagen gefunden habe, glaube ich jetzt, dass Siobhans

Tod ein Mord war. Außer, dass ich es nicht gewesen bin und es an der Zeit ist, mich zu rehabilitieren.«

Auhl sah ihn unverwandt an. Siobhan, zweiunddreißig, war eines Morgens tot im Bett aufgefunden worden. Die Autopsie fand keine Gifte in ihrem Körper, keine Anzeichen von Traumen, keine Spuren einer Krankheit. Allerdings gab es Hinweise auf einen Herzinfarkt, und so lautete auch das Urteil des Pathologen.

Ihre Eltern wollten sich damit nicht zufriedengeben. Sie meldeten sich bei der Mordkommission, machten dort keinen Hehl aus ihrer Abneigung Neill gegenüber und wiesen auf den plötzlichen Tod seiner ersten Frau hin. Auhl wägte die Sache ab: ein Ehemann, zwei körperlich fitte, junge, gesunde Frauen. Eine stirbt nach Erbrechen und Durchfall in den Tagen vor dem Tod, die andere an einem möglichen Herzinfarkt. Neill hatte Siobhan, die Sprachtherapeutin, mit der er eine Affäre hatte, keine sechs Monate nach der Beerdigung seiner ersten Frau geheiratet. Das wurde allgemein als unschön betrachtet, doch niemand sprach von Mord.

Diese Gerüchte kamen erst auf, als bekannt wurde, dass Neill zum Zeitpunkt von Siobhans Tod eine Affäre mit einer Frau hatte, die seine dritte Ehefrau wurde. Janine war zum Zeitpunkt der Affäre ebenfalls verheiratet gewesen. Als eine Woche nach Siobhans Beerdigung ihre Scheidung durchkam, schickte Neill ihr hundert rote Rosen. Sieben Monate später heirateten sie.

Auhl erinnerte sich an die Verhandlung vor dem Untersuchungsrichter. Neill behauptete, zum Zeitpunkt von Siobhans Tod nur Janines Freund, nicht ihr Liebhaber gewesen zu sein. In einer vor Gericht abgespielten Aufnahme einer Befragung hatte er geschluchzt: »Sie können sich nicht vorstellen, wie das ist, als herausragender Arzt angesehen zu werden und doch nicht das Leben derer retten zu können, die man liebt.« Dann hatte er noch hinzugefügt, dass er lang und ausführlich über die Geschehnisse nachgedacht habe und, ja, einen Großteil seiner Zeit damit verbringe, sich Vorwürfe zu machen.

Nun hörte Auhl, wie Helen sagte: »Siobhan wurde ermordet, und Sie glauben, Ihre jetzige Frau war es.«

»Ja.« Neill rutschte herum. »Ich weiß, was Sie denken, Sie denken, ich bin Schürzenjäger, aber mit Siobhan lief es nicht gut, und ich fühlte mich geschmeichelt, als Janine anfing, mir ihre Aufmerksamkeit zu schenken. Und als Siobhan starb, war Janine für mich da, und ... ich war schwach, ich gebe es zu.«

»Und die Geschichte wiederholt sich, mit Janine läuft es nicht gut, und Sie finden eine neue Freundin«, sagte Auhl.

Neill wurde rot. Er sah Debenham an. »Muss ich mir so etwas anhören?«

»Sergeant Auhl entschuldigt sich für seinen Ton«, besänftigte ihn Colfax und versetzte Auhl unter dem Tisch einen Tritt. »Kommen wir noch mal auf Siobhan zu sprechen: Glauben Sie, dass Ihre jetzige Frau sie umgebracht hat, um Sie für sich allein zu haben?«

»Offensichtlich.«

»War Janine auf dem Bildschirm, als Ihre erste Frau starb?«

Neill war verblüfft. »Du meine Güte, nein. Da muss sie noch zur Schule gegangen sein.«

Auhl musste ein Schnauben unterdrücken.

»Ich habe langsam genug von Ihnen«, sagte Neill.

Auhl verschränkte die Arme. »Fühlen Sie sich in letzter Zeit krank, Doktor Neill? Erbrechen? Durchfall?«

Neill sah ihn an. »Das würde Ihnen gefallen, nicht? Nein. Janines Mittel wirkt schnell und ist nicht nachweisbar. Sie hat damit Siobhan umgebracht, und sie hat damit Christine umgebracht.«

»Der Leichen ist kein Ende«, bemerkte Auhl. »Wer ist Christine?«

Debenham, der Detective der Mordkommission, warf Auhl ein freudloses Lächeln zu. »Christine Lancer, eine Freundin von Doktor Neill, ist vor ein paar Wochen plötzlich verstorben.«

Auhl wollte schon etwas sagen, doch Helen Colfax versetzte

ihm erneut einen Tritt und sagte: »Vielleicht können Sie uns von Ms Lancer erzählen, Doktor Neill.«

Neill erwiderte förmlich: »Chris ist, war, eine Physiotherapeutin im Krankenhaus Epworth.« Er machte eine kreisende Bewegung aus dem Handgelenk: »Bei meiner Arbeit habe ich natürlich ständig mit Physiotherapeuten zu tun.«

»Natürlich«, sagte Auhl und stellte sich Neills Typ vor: hübsche junge Blondinen, die aussahen wie fünfzehn. Und vor allem Blondinen, die nicht Ärztinnen waren. Neill wollte sich nicht mit einer Frau einlassen, die auf gleicher Stufe mit ihm stand. Besser gesagt, mit keiner, die bemerken könnte, dass sie vergiftet wurde. Das brachte ihm schon wieder einen Tritt von seiner Chefin ein; sie konnte offenbar Gedanken lesen.

»Wie ist Ms Lancer gestorben, Doktor Neill?«

»Ich glaube, meine Frau – «

»Nein, Doktor Neill, lassen wir die im Augenblick mal beiseite. Wie ist Ms Lancer gestorben?«

»Der Arzt hat einen Herzinfarkt festgestellt.«

»Genau wie bei Siobhan.«

»Genau wie bei Siobhan«, bestätigte Neill. »Glauben Sie an Zufälle? Ich nicht.«

Auhl ebenfalls nicht. »Wollen Sie damit sagen, dass Janine in beiden Fällen etwas verwendete, das die Symptome eines Herzinfarkts nachbildete?«

Neills feuchte Augen glitzerten. »Das will ich tatsächlich, und ich habe den Beweis dafür gefunden. Sux.«

»Zugs... was?«

Er lächelte und beugte sich vor. »S, nicht Z. Suxamethonium.«

»Woher wissen Sie, dass sie genau dieses Medikament benutzt hat?«, fragte Colfax.

»Weil ich ihren Vorrat davon gefunden habe, im Auto versteckt.«

»Das beantwortet meine Frage nicht«, sagte Auhl. »Wie kommen Sie darauf, dass sie es dazu benutzt hat, um jemanden umzubringen?«

»Weil Tode durch Suxamethonium die Symptome eines Herzinfarkts aufweisen.« Neills Stimme stockte, und er wischte sich die Tränen aus den Augen.

Debenham schaute ihn ungeduldig, aber leicht mitfühlend an. Auhl spürte auch von Helen nicht gerade Mitgefühl, aber die Bereitschaft, sich alles anzuhören. »Erzählen Sie mir von diesem Vorrat«, sagte sie.

»Zwei Ampullen, fünfundzwanzig Milliliter jeweils, eine halb aufgebraucht, genug, um mehrere Ehefrauen umzubringen.«

»Das haben Sie in Janines Wagen gefunden? Wie kamen Sie darauf, danach zu suchen? Und wann?«

Neill schaute ihn gereizt an. »Gestern wollte ich Wein einkaufen fahren. Janines Wagen stand hinter meinem, also habe ich ihn mir ausgeliehen. Ich wollte ein paar Münzen für die Parkuhr hervorkramen, doch die sind mir aus der Hand gefallen und irgendwo unter den Fahrersitz gekullert. Als ich ausstieg und nach ihnen suchte, habe ich diesen kleinen, mit Klettverschluss befestigen Beutel gesehen.«

Neill zückte sein Handy, wischte über den Screen und legte es mit dem Bild nach oben auf den Tisch. Auhl beugte sich vor und schaute es sich an: ein dunkles, aber halbwegs scharfes Bild von der Unterseite eines Autositzes und ein rechteckiges Stück Stoff. Neill ließ das Handy liegen und wischte wieder: der Beutel, offen, darin eine Spritze und zwei Ampullen, eine ganz, die andere halb mit einer Flüssigkeit gefüllt.

Gut möglich, dass Neill das Zeug selbst dort abgelegt hatte, aber Auhl beließ es dabei. Wie aus Neugier fragte er: »Muss das nicht gekühlt werden?«

»Es ist bei Zimmertemperatur ein paar Wochen lang stabil.«

»Lassen Sie mich mal des Teufels Advokaten spielen«, meinte Helen Colfax. »Ich spiele mal den Verteidiger Ihrer Frau. Sie ist eine Handtherapeutin, richtig? Sehnenzerrungen, andere schmerzhafte Verletzungen? Eines Tages benötigt sie aus irgendeinem Grund Suxamethonium – vielleicht für einen Notfall –, aber das Krankenhaus hat keins mehr, und um sicherzugehen, dass dies nicht noch mal vorkommt, legt sie einen Vorrat an. Dann versteckt sie das Zeug unter dem Autositz, damit keine Junkies es klauen oder wer auch immer.«

Neill schüttelte abweisend den Kopf. »Es gibt keinen legitimen Grund, warum eine Handtherapeutin Suxamethonium verwendet. Das gibt es nur im OP.«

»Aber ein erfahrener Chirurg könnte es schon benutzen?«, fragte Auhl ganz unschuldig.

Neill blickte finster. »Ja, ich bin Chirurg, und ja, ich bin erfahren. Sehnen, Knochen, Nerven. Mikrochirurgie, wenn sich jemand einen Finger mit der Bandsäge abtrennt, zum Beispiel. Aber Suxamethonium wird bei solchen Vorgängen nicht verwendet. Sux dient als Muskelrelaxans in Notfällen oder kritischen Zuständen, wenn eine Intubation angezeigt ist. Es betäubt und paralysiert äußerst schnell. Die Lungen hören auf zu arbeiten, und der Patient wird dann künstlich beatmet.«

Er schaute von einem zum anderen: Debenham, Auhl, Colfax. »Wird es ohne ein Beatmungsgerät verwendet, resultiert daraus die sofortige Lähmung des Zwerchfells. Die Atmung setzt aus, gefolgt von tödlichen Hirnschäden. Eine Sache von Sekunden.«

»Sagen wir doch mal für den Augenblick, wir kaufen Ihnen das ab«, sagte Auhl.

Neill verzog den Mund. »Es langt, ich verlange einen Anwalt. «

»Doktor Neill, ich entschuldige mich für meinen Kollegen«, sagte Helen Colfax. »Aber haben Sie ein wenig Geduld. Alan?«

»Ich wollte nur fragen, woher Janine das Suxamethonium hat, Ihrer Meinung nach.«

»Sie hat es in den Krankenhäusern gestohlen, in denen sie gearbeitet hat.«

»Gibt es dort keine Dokumentation? Würde man denn nicht darauf kommen?«

»Nicht, wenn im Krankenhaus nur eine Ampulle vermisst wird«, sagte Neill. »Das würde man mit schlampiger Bürokratie abtun. Wenn zwei Ampullen fehlen würden, wäre das schon eine andere Geschichte. Also hat Janine, um keinen Verdacht zu erregen, eine Ampulle im Epworth Hospital und eine vom Alfred Hospital gestohlen – in beiden arbeitet sie.«

Also. Wichser. »Es wird injiziert und wirkt schnell?«, fragte Auhl.

»In Sekunden.«

»Aber es gibt doch sicherlich Anzeichen?«, fragte Helen.

»Sux ist die perfekte Mordwaffe. Es geht schnell, man braucht nicht viel davon, und das Opfer zeigt alle Anzeichen eines Todes durch Herzinfarkt«, antwortete Neill.

»Nach Siobhans Tod gab es eine gründliche Obduktion«, sagte Auhl. »Warum hat man dabei nichts entdeckt?«

»Selbst ein guter Pathologe denkt nicht gleich daran, einen Test auf Sux durchzuführen. Dazu braucht es einen speziellen Urintest, der nicht zur üblichen Vorgehensweise gehört. Und die Resultate können uneindeutig sein.«

Auhl schaute Debenham an. »Können wir den Pathologen dazu bringen, einen zweiten Blick auf die Freundin zu werfen?«

Debenham hielt seinem Blick stand. »Eingeäschert. Außerdem weist die Familiengeschichte eine Reihe von Herzproblemen auf.«

»Wie passend.«

Auhl beobachtete Neill, um ... was zu entdecken? Selbstgefälligkeit? Erleichterung? »Wir haben zwei ungeklärte plötzliche Todesfälle und zwei Behältnisse mit irgendeiner Flüssigkeit. Nichts davon ist Beweis für einen Mord.«

Allerdings wusste er, dass es Mord gewesen war. *Morde.*

»Ich sehe es an Ihren Gesichtern, dass Sie mir nicht glauben. Hat Sergeant Debenham zu Beginn auch nicht. Also, ich erkläre es Ihnen ausführlich, okay?«

»Dazu sind wir hier«, meinte Auhl, doch das brachte ihm nur einen weiteren Tritt vor das Schienbein ein.

»Erstens, ich gebe zu, dass ich eine Affäre mit Chris hatte, obwohl ich noch mit Janine verheiratet bin. Ich war einsam. Ich bekam Janine nur selten zu Gesicht, und wenn, dann war sie kalt und unnahbar.«

Auhl öffnete den Mund, doch Colfax ging dazwischen. »Und Janine hat es herausgefunden?«

»Ich habe mein Handy eines Tages in der Küche liegen lassen, und Chris hat mir eine SMS geschickt. Janine hat sie gelesen.«

»Hat sie Sie zur Rede gestellt?«

»Nein. Aber ich konnte sehen, dass sie die SMS geöffnet hatte. Der Text war ziemlich offenherzig, wissen Sie, sexuell. Ihr ganzes Benehmen veränderte sich.«

»Inwiefern?«

»Sie wurde hart und nachtragend und hatte so eine triumphierende Art an sich, so als habe sie sich schon alles zurechtgelegt. Erst Chris umbringen, wie sie Siobhan umgebracht hatte, dann mich.«

»Warum denn Sie? Aus Rache?«

»Na ja, schon auch. Und wegen dem Geld, natürlich.«

Nachdem Neill nach unten begleitet worden war, unterhielten sich Colfax, Debenham und Auhl über die weitere Taktik.

»Auf jeden Fall werden wir Mrs Neill einen Durchsuchungsbefehl unter die Nase halten«, erklärte Debenham. »Wenn wir herausfinden, dass sie das Medikament gestohlen hat, können wir in diesen anderen Angelegenheiten Druck machen.«

»Die Morde meinen Sie«, sagte Auhl.

»Ja.«

»Sie glauben ihm also. Seine jetzige Frau hat die Vorgängerin und die neue Freundin umgebracht.«

»Wollen Sie mich ärgern?«, entgegnete Debenham. »Hier sind Anschuldigungen gefallen. Dieser Fährte müssen wir folgen. Sie wissen ja selber, zwei plötzliche Todesfälle.«

»*Drei* plötzliche Todesfälle«, betonte Auhl.

»Jungs, Jungs«, mahnte Helen Colfax.

Auhl war noch nicht fertig. »Aber mal ganz realistisch, was kann denn die Mordkommission überhaupt unternehmen? Die

Frauen eins und zwei sind schon lange tot, und die Freundin wurde eingeäschert.«

»Wir erwirken einen Durchsuchungsbefehl«, wiederholte Debenham geduldig, »und wir schauen uns die Krankenhausunterlagen an. Vielleicht ist Janine mit der Hand im Giftschrank gefilmt worden.«

»*Shit.*« Helen Colfax zuckte plötzlich auf ihrem Stuhl herum. Debenham und Auhl schauten fasziniert zu, wie ihre Hand nach hinten fuhr und unter dem Kragen am Rücken ihrer Bluse verschwand, einem neu aussehenden, bonbongrünen Stück. »Das verfluchte Etikett juckt wie verrückt.« Sie zupfte sich den Kleiderstoff vom Nacken und sagte: »Und was, wenn der gute Doktor die Medikamente selbst im Wagen versteckt hat?«

»Endlich kommt mal jemand zu Verstand«, meinte Auhl.

»Jaja. Aber unser Kollege hier hat recht, wir müssen uns einen Durchsuchungsbefehl besorgen und mal mit der dritten Frau Neill reden.«

»Wann?«

»Gleich morgen früh.« Sie schaute Debenham an. »Ich schlage vor, wir machen das gemeinsam.«

»Mir ganz gleich«, meinte Debenham.

Auhl machte um siebzehn Uhr Feierabend und beschloss, nach Hause zu gehen. Er überquerte gerade die Princes Bridge, als sein Handy klingelte. »Ich möchte sprechen mit Mrs Fanning, bitte.«

Eine erwachsene weibliche Stimme, die wie aus einem Hallraum klang. »Das ist die falsche Telefonnummer. Aber ich kenne Mrs Fanning. Worum geht es denn, wenn ich fragen darf?«

Ein paar gedämpfte Geräusche und dringliches Flüstern.

»Sie sind Mr Auhl?«

»Ja. Und Sie sind …?«

»Ich arbeite an dem Bahnhof Southern Cross. Ich habe hier ein kleines Mädchen. Sie ist weinen nur.«

Dann war Pia in der Leitung. »A. A.?«

»Ich komme und hole dich.«

»Ich habe versucht, Mama anzurufen und bei dir zu Hause, aber mir ist das Geld ausgegangen.« Sie musste das einzige noch existierende Münztelefon auf der Welt gefunden haben, dachte Auhl. Dann: *Wir müssen ihr ein Handy besorgen.* »Deine Ma ist in der Arbeit, Kleines.«

»Ich wusste nicht, welche Straßenbahn ich nehmen muss und in welche Richtung und alles«, und dann schluchzte sie.

Dann war wieder die Frau in der Leitung. »Sie kommen jetzt, Mr Auhl?«

»Ja. Bin in zehn Minuten da.«

Er fand Pia zusammen mit einer Afrikanerin neben einer der Bahnsteigschranken. Pia warf sich in seine Arme, und wieder kullerten Tränen. Auhl kniete sich hin, murmelte und klopfte ihr auf den Rücken, dann stand er auf und bedankte sich bei der Bahnangestellten.

Die war argwöhnisch. »Wie Sie kennen sie?«

»Sie wohnt mit ihrer Mutter in meinem Haus.«

»Wo ist Mutter?«

»In der Arbeit.«

Noch wollte die Frau Pia nicht gehen lassen. »Wo ist Vater?«

Auhl erklärte es ihr: die Besuchszeiten, der Vater, der Mutter und Tochter das Leben schwer machte.

Langsam entspannte sich die Frau. »Du lachen, kleines Mädchen«, sagte sie und gab Pia einen leichten Schubs an den Schultern.

Die beiden gingen zur Straßenbahnhaltestelle. »Ich dachte, du kommst erst übermorgen nach Hause.«

»Dad meinte, er sei zu beschäftigt.«

Auhl nickte. Zu beschäftigt, um sich um seine Tochter zu kümmern. Die war nur eine Last. Also hatte er sie in den Zug zurück in die City gesetzt, ohne irgendjemandem Bescheid zu sagen oder auch nur einen Gedanken daran zu verschwenden, wie sie nach Hause kommen sollte, wenn sie dort eingetroffen war.

10

Samstag. Sie knöpften sich Janine Neill um sieben Uhr früh vor. Sie war bereits wach. Angekleidet, aber abgespannt und müde. Das Konferenzdinner vom Vorabend?, fragte sich Auhl.

»Worum geht es denn? Werde ich mich wegen Ihnen verspäten? Ich halte um zehn einen Vortrag.«

Janine stand in ihrem Hausflur und schaute Auhl, Colfax und Debenham finster an, die da vor ihrer Tür standen, auf dem Gartenweg hinter ihnen die Durchsuchungspolizisten. Auhl betrachtete sie. Noch immer eine klassische nordische Schönheit, schmaler Rock, eng anliegende Jacke und Pumps. Sie zeigte noch viel von der aufrechten, mit nach hinten gezogenen Schultern zur Schau gestellten Selbstgewissheit, an die er sich erinnerte, wenn auch mit einer Spur von Verwirrung. Und Zweifel ... Schuld, als Wut verkleidet? Sie erkannte Auhl und sagte: »Nicht Sie schon wieder.«

»Das bekomme ich in letzter Zeit häufiger zu hören«, sagte Auhl.

Helen Colfax warf ihm einen Blick zu. »Mrs Neill, wir haben einen Durchsuchungsbefehl für Ihr Haus und Ihren Wagen, wenn es Ihnen nichts ausmacht. Dürfen wir hereinkommen?«

»Ich hab Ihnen doch schon gesagt, ich halte heute Morgen einen Vortrag.«

»Wir machen, so schnell wir können, Mrs Neill«, sagte Debenham, »aber Sie sollten ihren Vortrag besser verschieben.«

Er reichte ihr die Durchsuchungsberechtigung. »Ihre Autoschlüssel, bitte, Mrs Neill.«

Die Einfahrt zu dem kleinen Haus aus den Neunzigern des 19. Jahrhunderts war schmal. Auhl konnte ein Detail von Alec

Neills Geschichte bestätigen: Platz für zwei Fahrzeuge gab es nur, wenn sie hintereinander parkten.

»Mein Auto? Aber warum denn?«

»Die Schlüssel, Mrs Neill.«

»Na gut. Kommen Sie herein.«

Ein dunkler kühler Flur mit Aquarellen an den Wänden. Verzierte Lampen an der Decke, ein langer Läufer auf abgeschliffenen Dielen. Der Flur führte an ein paar Zimmern vorbei und in einen weiten, sonnendurchfluteten und von Glas umgebenen Wohnbereich: Küche, Esszimmer und Wohnzimmer. Die Schlüssel lagen in einer Glasschüssel am Ende einer langen Küchentheke. Janine Neill nahm sie heraus, doch ihre Finger schienen ihr nicht zu gehorchen, und sie fielen auf die Theke. Die Nerven, dachte Auhl. Sie trat zurück und sagte: »Hier, bitte. Aber wozu?«

Debenham ging nicht darauf ein und gab den Durchsuchungsbeamten murmelnd Anweisungen. Zwei von ihnen betraten die Zimmer, die vom Flur abzweigten, zwei gingen hinaus zum Wagen.

Janine Neill ging auf und ab und schaute auf ihre Armbanduhr. Sie wirkte plötzlich zaghaft. Sie drehte sich nervös und entschuldigend zu Auhl um. Aus der Nähe wirkte sie wirklich schön, gut gepflegt. »Tut mir leid, dass ich vorhin so grob war. Sagen Sie mir nur, was los ist.«

»Warum setzen wir uns nicht hin, Mrs Neill«, meinte Colfax, nahm sie sanft am Arm und führte sie von der Küche zu einer Sitzecke: zwei Sofas, Beistelltisch, Lehnsessel.

Als sie saßen, sagte Debenham, dessen leicht ungepflegte Gestalt im hinteren Ende eines Sofas versank: »Ihr Mann hat gewisse Anschuldigungen erhoben, Mrs Neill.«

Sie war verblüfft und verwirrt. »Was? Anschuldigungen? Gegen mich? Was denn für Anschuldigungen?«

Debenham hob eine Hand, um sie zum Schweigen zu bringen. »Erst muss ich Sie allerdings auf Ihre Rechte hinweisen.«

»Was? Meine Rechte? Warum das denn?«

Debenham sagte sein Sprüchlein auf und erklärte dann: »Doktor Neill kam gestern zu uns und behauptete, Sie hätten ein gefährliches Medikament namens Suxamethonium in Ihrem Wagen versteckt, und er fürchte um sein Leben. Möchten Sie zu diesen Anschuldigungen etwas sagen?«

»Was? *Was?*«

Auhl sah, dass sie völlig perplex war. »Wie Sergeant Debenham schon sagte, Mrs Neill, haben Sie das Recht auf einen Anwalt.« Debenham warf ihm einen bösen Halt-das-Maul-Blick zu und wandte sich wieder an Janine. »Außerdem, Mrs Neill, behauptet Ihr Mann, dass Sie dieses Medikament benutzt haben, um seine zweite Frau Siobhan umzubringen. Möchten Sie zu diesem Punkt etwas sagen?«

»Was? Siobhan? Nein. Warum? Sie ist doch gestorben. Herzinfarkt.«

»Schließlich behauptet Ihr Mann, dass Sie das Medikament erst vor ein paar Wochen dazu verwendet haben, um seine Freundin Christine Lancer zu ermorden.«

Janine erstarrte und schob ihre Verblüffung beiseite. »*Freundin.* Hat er sie so genannt?«

Janine machte auf Auhl einen leicht verstörten Eindruck. Sie war auf ihrem Sessel nach vorn gerutscht, drückte die Knie zusammen und rieb mit beiden Händen darüber. »Er hat mit ihr geschlafen, der Mistkerl.«

Sie wendete sich Auhl zu, und ein neuer Ausdruck von fester Bestimmtheit huschte über ihr Gesicht. »Sie hatten recht«, sagte sie, und dann purzelten ihr die Worte aus dem Mund, dass das alles nun einen Sinn für sie ergäbe, die neue Geliebte, das mysteriöse Medikament ... »Er hat Siobhan umgebracht, um mich kriegen zu können.«

Debenham spürte, dass ihm die Befragung entglitt. »Mrs Neill, seien Sie doch so nett und beantworten Sie meine Fragen.«

»Ich möchte einen Anwalt dabeihaben, wenn ich Ihre verfluchten Fragen beantworte.«

Debenham schüttelte müde den Kopf und stand auf, als einer

der Uniformierten hereinkam und einen durchsichtigen Plastikbeutel vor sich hielt, in dem sich der kleine Beutel befand, den Alec Neill fotografiert hatte.

»Ausgezeichnet«, sagte Debenham. »Haben Sie es schon eingetragen?«

»Ja.«

»Und wo haben Sie es gefunden?«

»Unter dem Fahrersitz.«

»Vor Ort fotografiert?«

»Ja.«

»Geöffnet und den Inhalt fotografiert?«

»Ja.«

»Beschreiben Sie mir den Inhalt.«

»Zwei kleine Ampullen, beide mit der Aufschrift Suxamethonium« – er stolperte über das Wort –, »eins voll, das andere halb voll, und eine Spritze.«

»Helfen Sie den anderen im Haus«, sagte Debenham. Er drehte sich zu Janine um. »Ihr Mann hat schwere Anschuldigungen gegen Sie vorgebracht, Mrs Neill, und eine davon konnten wir bereits bestätigen. Können Sie uns erklären, wie dieses Medikament in Ihren Wagen gekommen ist?«

Janine Neill wankte wie in Panik. Einen kurzen Augenblick schien sie völlig wegzutreten. Sie schluckte und blinzelte, wurde blass, kalter Schweiß stand ihr im Gesicht. Sie wendete sich an Auhl. »Alec muss das dort versteckt haben. Sie haben mir vor all den Jahren gesagt, dass er versuchen wird, mich zu töten. Tut mir leid, dass ich das angezweifelt habe.«

Auhl nickte.

»Mir ist nicht gut. Wie funktioniert das Medikament? Was stellt es an?«

Sie wankte im Sitzen, ließ sich gegen die Rücklehne des Sessels sinken, dann raffte sie sich auf, erhob sich unsicher und eilte zu einer Tür am anderen Ende des Raums. Badezimmer, dachte Auhl, als er weiße Fliesen sah.

Sie hatte die Tür offen stehen lassen. Auhl lauschte, ob Janine sich übergeben musste. Helen Colfax lächelte Auhl und Debenham müde an. »Wir müssen hier unterbrechen. Wir holen sie zur Befragung aufs Revier, ja, aber das hier reicht.«

Sie folgte Janine Neill ins Bad, die Männer hörten Gemurmel, schließlich kehrten die beiden Frauen zurück, wobei Helen Janine stützte.

Die verkündete: »Ich möchte ein paar Dinge dazu sagen.«

Sie wirkte steif und erschöpft.

»Das müssen Sie nicht, Janine«, sagte Auhl, was ihm erneut einen bösen Blick von Debenham einbrachte.

»Nur die Zusammenhänge, okay?«, sagte Janine.

»Okay.«

»Am Mittwoch habe ich ihm die Scheidungspapiere vorgelegt.«

Auhl setzte sich hin und hörte zu. »Hmhm.«

»Ich hatte vor einer Weile mitbekommen, dass er eine Affäre mit dieser Lancer hatte.«

»Wie?«

»Von seinem Handy. Es lag auf der Küchentheke, er war draußen im Garten. Es summte: Neue Nachricht. Von ihr. Christine. Sie klang sauer. Ich habe das Handy nicht angerührt, ließ den Bildschirm ausgehen, kümmerte mich um meinen Kram. Aber als Alec schlief, schaute ich mir seine SMS an – er löscht nie etwas, dieser arrogante Mistkerl – und seine Mails. Dutzende, Hunderte, voller Liebesgesülze, nur die neuesten waren immer fordernder geworden. ›Wann lässt du dich scheiden?‹, und: ›Wenn du sie nicht bald verlässt, sage ich ihr, was los ist‹, und: ›Wenn du nicht sofort die Scheidung einreichst, werde ich allen Leuten überall erzählen, was für ein Mensch du bist.‹ Und so weiter und so weiter.«

»Deshalb haben Sie ihr ein Medikament injiziert, das Sie aus dem Krankenhaus entwendet haben«, sagte Debenham.

Stille; Janine schloss die Augen und legte die Hände an die Schläfen. Sie fasste sich wieder und sagte: »Machen Sie sich nicht lächerlich. Sehen Sie denn nicht, was hier vor sich geht?«

»Klären Sie uns auf. Wenn wir für den Augenblick so tun, als hätte Ihr Mann das Medikament gestohlen, um Sie loszuwerden, um die andere heiraten zu können, warum wollte er diese dann loswerden? Hat er beschlossen, er will sie doch nicht mehr?«

»Ganz genau das meine ich«, sagte Janine Neill mit zittriger Stimme. Sie suchte nach einem Taschentuch und ließ es fallen. Starrte ihre Hände an, bevor sie es von ihrem Schoß nahm und sich vorsichtig das Gesicht abtupfte.

»Er hat seine Meinung geändert, wegen der Erbschaft.«

Eine merkwürdige innere Ruhe überkam Auhl. Er wartete.

Janine holte tief Luft und atmete aus. »Ich habe erst kürzlich erfahren, dass mein Großvater im Sterben liegt. Eher Wochen als Monate, aber man weiß ja nie. Die Sache ist die, da ich das einzige Enkelkind bin, werde ich nach seinem Ableben eine ziemliche Erbschaft antreten.«

»Weiß Ihr Mann davon?«

»Ja. Deshalb braucht er mich lebendig, nicht tot. Deshalb beseitigt er die aufdringliche Geliebte und schmust mich wieder voll, wo doch das viele Geld auf mich wartet.« Sie schaute ihnen in die Gesichter, um zu sehen, ob sie begriffen. »Verstehen Sie denn nicht? Er muss herausgefunden haben, dass ich mich scheiden lassen will.«

Debenham war skeptisch. »Aber das haben Sie ihm doch erst vor ein paar Tagen mitgeteilt.«

»Er wird wohl herumgeschnüffelt haben, wie ich ihn kenne.«

»Er hat befürchtet, keinen Zugriff auf Ihr Erbe zu haben, wenn Sie sich scheiden lassen?«

»Ja.«

»Und wenn Sie die Scheidung noch nicht eingereicht hätten?«

»Dann hätte er weiterhin den liebenden Ehemann gespielt und den richtigen Zeitpunkt abgewartet, um irgendeine Art von Zufallstod zu arrangieren. Mit mir in die Berge gehen. Erschießen, sonst was.« Sie schüttelte den Kopf. »Das ist mir jetzt klar.«

»Oder es ist klar, dass er nichts von der Scheidung wusste und eine prächtige Zeit mit seiner kleinen Affäre hatte«, sagte

Debenham. Er legte sich eine fleischige Hand vor den Mund und unterdrückte einen Rülpser. »Und dann wären da noch Sie – stocksauer auf Ihren betrügerischen Ehemann und sein kleines Flittchen –, Sie klauen das Medikament, beseitigen die Geliebte, beabsichtigen, ihn umzubringen. Ups, Pech gehabt, er findet das Versteck.«

»Er hat es selbst dort hingetan.«

»Warum sagten Sie, Ihr Mann würde Sie vielleicht erschießen?«, unterbrach Helen Colfax. »Besitzt er denn überhaupt eine Waffe?«

»Ein altes Kleinkalibergewehr. Zur Fuchsjagd. Er kann sich ja sonst was ausdenken.« Janine zuckte mit den Schultern. »Keine Ahnung.«

»Es gibt Füchse auf Ihrem Grundstück in St Andrews?«

Sie nickte.

Debenham wurde ungeduldig. »Mrs Neill, wir haben gerade in Ihrem Wagen ein gefährliches Medikament gefunden. Wahrscheinlich gestohlen.«

»Ich habe Ihnen einen guten Grund dafür genannt! Er will mich reinlegen!«

»Aber warum? Warum sollte er das Medikament nicht verstecken und es in ein paar Monaten oder Jahren bei Ihnen benutzen?«

»Er ist ein sehr böser Mann«, murmelte Janine. »Und vielleicht hat er gedacht, wenn ich im Gefängnis sitze, kann er Anspruch auf meinen Besitz erheben.«

»Hat irgendjemand bei Ihrer Arbeit von der Affäre mit Christine Lancer gewusst?«, fragte Debenham.

»Nicht, dass ich wüsste, aber wer weiß? Ich weiß, dass er seine SMS und seine Mails nachträglich gelöscht hat.«

»Das haben Sie überprüft, nehme ich an?«, sagte Debenham.

Sie schaute ihn lange und wenig beeindruckt an und schien dann einen schlechten Geschmack im Mund hinunterzuschlucken. »Ich habe herausgefunden, dass er mich betrogen hat. Also ja, ich habe nachgeschaut.«

Auhl meldete sich zu Wort. »Janine, wo bewahrt Ihr Mann das Gewehr auf?«

»In einer Metallkiste unter einer Werkbank in der Garage. Warum?«

»Wir müssen vielleicht noch mal mit ihm sprechen, und es ist wichtig, dass wir von so etwas Kenntnis haben.«

Debenham hatte genug. »Aber da greifen wir etwas vor, nicht wahr?« Dennoch ließ er sich die Adresse in St Andrews geben.

Janine Neill beobachtete, wie er das alles in sein Notizbuch kritzelte, und meinte gedehnt: »Machen Sie sich keine Sorgen, ich kenne meinen Mann, er wird sich nicht auf eine Schießerei mit Ihnen einlassen. Für Leute wie Sie hat er gut bezahlte Anwälte.«

Dann schwieg sie. »Wie war er, als er mit Ihnen sprach? Gefühlsbetont, richtig?«

Darauf antworteten sie nichts.

»Ein Spiel«, sagte Janine und legte sich eine Hand vor die Augen, als wolle sie das Licht abhalten.

»Sagen wir mal, es war kein Spiel. Würde er sich jemals etwas antun?«

»Sich erschießen, meinen Sie? Der Gedanke daran, wie er hinterher aussehen würde, all das Blut und alles, würde ihn davon abhalten. Er findet sich viel zu toll, um sich etwas anzutun.«

Das konnte man in so manchen Grabstein meißeln, fand Auhl.

II

Debenham gefiel das nicht, doch musste er Colfax' Vorschlag akzeptieren, weiter zu ermitteln. Hatte Neill gewusst, dass seine Frau die Absicht hatte, sich scheiden zu lassen? Überprüfung der Kameraaufzeichnungen im Krankenhaus und der Giftschrankunterlagen. Eine Unterhaltung mit dem Pathologen, der die Autopsie von Christine Lancer vorgenommen hatte. Untersuchung der Spritze, der Ampullen und des Beutels auf Fingerabdrücke und DNA.

Auhl wurde von allen weiteren Aufgaben an diesem Samstag befreit und nahm die Straßenbahn heim nach Carlton. Er war müde, wurde angerempelt, versank in Stimmen, Klingeltönen, Piepstönen und Pings, doch Janine Neills Geschichte stand ihm lebhaft vor Augen, und ihre Worte und Anschuldigungen vermischten sich mit seinen Erinnerungen an das Gespräch mit ihrem Ehemann vom Vortag.

Er stieg an der Universität aus und ging die Grattan Street entlang. Die Frühlingsluft war mild, die Jugend von Carlton trug Shorts, T-Shirts und andere Kleidungsstücke aus leichter Baumwolle. Die Blicke waren zu Boden gesenkt, die Daumen auf den Handys beschäftigt. Ein junger Mann mit üppigem Vollbart wirkte besonders tief versunken. Auhl versperrte ihm den Weg. Kindisch, aber lustig.

Niemand schien zu Hause zu sein, und mittlerweile strahlte die Mittagssonne auf den Hinterhof, also trug er ein Sandwich und die *Age* zu dem schmiedeeisernen Gartentisch, aß, las und döste. Dann putzte er Fenster, hob den Müll vom Vorderrasen auf, schnitt totes Holz aus dem Jasmin am Hinterzaun und spielte später Hinterhoftennis bei einem Freund in Northcote.

Er war dran mit Essenkochen – irgendwie war das immer so –, und Bec und Pia gesellten sich zu ihm, bis Bec nach oben zu ihren Lehrbüchern verschwand und Pia schließlich ins Bett ging. Neve war bei der Arbeit, Nachtschicht. Keine Ahnung, wo die anderen alle waren. Auhl hatte auch nichts von Liz gehört. Er wollte sie anrufen, ließ es dann aber.

Der Abend brach herein, das Haus um ihn herum knarzte, und Auhl las seinen ereignislosen Roman. Das dauerte bis zehn Uhr, dann klappte er das Buch zu und dachte darüber nach, ins Bett zu gehen. Die Trägheit blieb Siegerin. Tiefe Stille durchdrang das Haus. Eine friedliche, gesunde Stille. Nicht vergleichbar mit dem Schweigen, das Mutter und Tochter Fanning erdulden mussten. Gedankenverloren strich er über Cynthias schwarzes Fell.

Gerade als er sich endlich aus dem Lehnsessel aufrappelte, kehrte Neve von ihrem Putzjob zurück. Zutiefst müde stand sie in der Tür, zu müde, um noch schüchtern oder linkisch zu sein. Sie blieb stehen.

Auhl, der sich an ihre Art gewöhnt hatte und wusste, dass sie schließlich sprechen würde, übernahm die Regie. »Hungrig, Neve? Ist reichlich übrig geblieben.«

In die Küche: ein tiefer Teller, Besteck, Weingläser, ein in der Mikrowelle aufgewärmter Rest Pasta. Er goss zwei Gläser Shiraz ein, rieb etwas Parmesan und stellte das Essen auf den Tisch. »Hau rein.«

Sie schlang alles hinunter. Sie hatte sich tagsüber wohl das Essen verkniffen, wie er bemerkte. Wie oft sie das wohl tat, fragte er sich.

Schließlich schob sie äußerlich ruhig den Teller beiseite, und der Tellerboden hüpfte über die Nähte der alten Tischplatte. Dann schaute sie ihn an. »Ich mache mir Sorgen wegen des Gerichtstermins am Montag.«

»Kann ich dir nicht verdenken«, meinte Auhl.

Sie schaute ihn flehend an, der Ausdruck einer Frau, die Enttäuschungen gewohnt war. »Kommst du immer noch mit?«

Die Verabredung lautete, dass sie Sonntagnacht bei ihren Eltern verbringen wollte und Auhl sich mit ihr im neuen Gebäude des Familiengerichts in Geelong treffen würde. »Mehr als moralischen Beistand kann ich aber nicht leisten«, sagte er. »Auf das Ergebnis habe ich keinerlei Einfluss.«

Er hatte keine Erfahrung mit dem Familiengericht. Die Trennung von Liz hatte die Anwälte oder Justizbehörden nicht berührt. Er trank einen Schluck Wein und überließ es Neve Fanning, ihre Zweifel anzusprechen. Dass ihr Mann Geld, Haus, einen guten Anwalt habe. Dass er ganz bestimmt wohlhabend und erfolgreich rüberkommen würde – und dann schaue man sich ihre Erscheinung mal an, Putzfrau, keine ordentliche Kleidung, vertreten durch den Anwalt eines Rechtshilfevereins, der ziemlich überarbeitet wirkte.

»Und dann noch Doktor Kelsos Gutachten«, sagte sie und umklammerte sich dabei. Dieselbe verschlossene Körpersprache, die sie immer hatte, wenn sie über ihren Mann sprach. Auhl fragte sich, wer dieser Kelso war und warum er ihr so zusetzte. Und woher kam diese Neigung zur Geheimnistuerei, die er schon früher an ihr bemerkt hatte? Scham? Achtlosigkeit? Vielleicht dachte sie, er würde das nicht für wichtig erachten.

»Wer ist Doktor Kelso?«

Neve schaute ihn leicht ungeduldig an.

»Der Psychiater.«

»Ach ja.«

»Ich war nur etwa eine halbe Stunde lang bei ihm, aber er mochte mich nicht«, fuhr Neve fort. »Er war recht distanziert.«

»Da täuschst du dich bestimmt«, meinte Auhl völlig unpassend. »Hat er Pia und deinen Mann befragt?«

Sie nickte. »Und dabei beobachtet, wie Pia sich mir und ihm gegenüber verhält.« Sie schaute Auhl gequält an, wollte etwas sagen, überlegte es sich aber anders.

Auhl hielt den Kopf schräg. »Vielleicht wäre es gut, wenn Pia auch vor Gericht dabei wäre, mit einem eigenen Anwalt?«

Neve straffte sich. Auhl spürte, dass sie in dieser Hinsicht eine klare Ansicht hatte: »Ich werde verhindern, dass sie noch weitere Qualen über sich ergehen lassen muss.«

»In Ordnung.«

Danach ging Neve zu Bett, und Auhl suchte im Internet nach Kelso. Ein Psychiater, der sich auf medizinrechtliche Fragen spezialisiert hatte – was bedeutete, dass er eine Autoritätsfigur darstellte, was wiederum bedeutete, dass Neve sich von ihm einschüchtern ließ und sich automatisch fügte. Neben anderen Dingen galt Kelso auch als »Sachkundiger« und war einer der wenigen Spezialisten, die angerufen wurden, um Eltern und Kinder zu begutachten, die in komplizierte Besuchs- und Sorgerechtsfragen verstrickt waren. Dabei wurde von ihm erwartet, dass er Beweise der Polizei und des Jugendschutzes berücksichtigte, mit den Parteien, ihren Freunden und Familien sprach und dem Gericht ein Gutachten vorlegte.

Auhl gähnte, er war hundemüde und zu zerstreut, um noch weitere Such-Einträge zu lesen, deshalb schaltete er den Computer aus und fragte sich, welchen Eindruck sich Kelso in nur einer halben Stunde von Neve gemacht hatte. Hoffen wir, dass der Kerl mehr Zeit damit verbracht hat, den Ehemann zu befragen, dachte er. Und bei Pia genau hinzuhören.

Am Sonntagmorgen checkte er seine Mails.

Antwort aus Tasmanien: Die Zahlen-Buchstaben-Kombination, die John Elphick auf seinen Notizblock gekritzelt hatte, gehörte zu einem Toyota Land Cruiser, Baujahr 1997, eingetragen auf einen gewissen Roger Vance, wohnhaft außerhalb von Launceston.

Auhl rief die ältere Tochter Elphick an und stellte sie sich vor seinem geistigen Auge vor. Eine dürre, pferdenärrische Frau in weiter Hose und kariertem Hemd, und ringsherum Pferde auf der Koppel.

»Erica, machen Sie sich keine großen Hoffnungen, aber es gibt da etwas, das ich nachprüfen muss. Hatte Ihr Vater die Angewohnheit, sich Notizen zu machen?«

Bedauern in der Stimme. »Armer Dad, er hatte angefangen, Sachen zu vergessen. Keine Demenz, aber manchmal war es ihm peinlich, wenn ihm auffiel, dass er sich wiederholt oder vergessen hatte, dass er mit jemandem schon am Tag zuvor gesprochen hatte, solche Sachen. Er benutzte ein kleines Notizbuch als Gedächtnisstütze. Was er gemacht hatte, wen er getroffen hatte, was gemacht werden musste. Andauernd schaute er darin nach.« Sie gab ein Lachen von sich, das in einem Schluchzer endete. »Wenn er daran dachte.«

Weder Auhl noch Erica sprachen das Offensichtliche aus: Es wäre der Zeitpunkt gekommen, an dem John Elphick vergessen hätte, dass er ein Notizbuch hatte, von Hineinschreiben oder Nachschlagen ganz zu schweigen.

Dann las Auhl das Autokennzeichen vor. »Das stammt aus Tasmanien. Kommt Ihnen das irgendwie bekannt vor?«

»Leider nein.«

»Keinerlei Verbindungen zwischen Ihrem Vater und Tasmanien?«

»Nein.« Eine Pause, dann drang ihre Stimme lebhaft in sein Ohr: »Warten Sie! Wir hatten einen Trainer, der nach Tasmanien gezogen ist. Dad und er hatten sich heftig zerstritten, aber das ist, ach, zig Jahre her.«

»Ein Trainer?«, fragte Auhl.

»Pferdetrainer.«

»Und sein Name?«

Wieder eine Pause. »Vance, glaube ich, aber keine Ahnung, ob Vor- oder Nachname.«

12

Am Montagmorgen brachte Auhl Pia zur Schule und nahm dann den Zug nach Geelong. Neve wartete auf den Stufen des neuen regionalen Familiengerichtsgebäudes. Sie wirkte recht präsentabel in einem marineblauen Rock, weißer Bluse, grauer Strickjacke, Strumpfhose und schwarzen Schuhen, wenn auch ein wenig improvisiert, so als würde sie die guten Sachen von jemand anderem tragen. Ihre Haare waren ein steifer, mit Haarspray gefestigter Helm, und ihr Gesicht war hager. Auhl trat auf sie zu, um sie fest in den Arm zu nehmen, doch sie entzog sich ihm. Richtig, dachte er: Vielleicht schauten ja ihr Mann oder seine Anwälte zu.

Eine kleine Gruppe von Personen wartete mit ihr. Neve, die noch immer ganz nervös war, machte sie miteinander bekannt. »Alan, das sind meine Ma und mein Dad, und das ist Jeff, mein Anwalt.«

»Jeff Flink«, sagte der Anwalt und gab Auhl die Hand.

Er war jung, eher müde denn flink, trug eine fadenscheinige Robe über einem schrillen, billigen Anzug und spitze Schuhe. Vorzeitiger Haarausfall. Verschmierte Brille auf der Nasenspitze. Die Eltern, Doug und Maureen Deane, die sich in ihren Sonntagssachen unwohl fühlten, senkten schüchtern die Köpfe, als sie Auhl die Hand schüttelten.

Auhl nahm Flink und Neve beiseite. »Hat Neve Ihnen berichtet, dass ihr Mann ihre Tochter am Freitag ganz allein mit dem Zug nach Hause geschickt hat? Ohne Vorwarnung, ohne dass jemand sie abholen konnte, ohne dass jemand ein Auge auf sie hatte.«

Neve lachte leicht zwitschernd. »So ist er nun mal.«

Auhl, der darob leicht gereizt war, konzentrierte sich auf den Anwalt. »Können wir das verwenden? Ich kann das bezeugen, wenn nötig.«

Der Anwalt verzog das Gesicht. »Heute nicht. Ich glaube nicht, dass das passend wäre, sondern eher verzweifelt wirken würde, vor allem, wenn Richter Mesner es als verspätet verwirft. Außerdem fahren viele Kinder in Pias Alter allein mit dem Zug. Nein, heute wird der Psychiater mit seinem Befund ins Kreuzverhör genommen, und danach kommt Richter Mesner zu einem Urteil oder auch nicht, oder er beschließt, noch eine Woche darüber zu schlafen, und vielleicht geht es ja gut aus.«

Auhl sah Flink stirnrunzelnd an. »Bekommen Sie denn keine Zeit, sich vorzubereiten? Wie können Sie ins Kreuzverhör gehen, wenn Sie heute zum ersten Mal – «

»Beide Parteien und ihre Anwälte haben Doktor Kelsos Gutachten letzte Woche erhalten«, unterbrach ihn Flink. »Das ist Vorschrift.«

Auhl drehte sich zu Neve um, die ostentativ wegschaute. Warum hatte sie ihm Kelsos Gutachten nicht zum Lesen gegeben? Dann wandte er sich wieder an Flink. »Und, was steht drin?«

»Tut mir leid, aber das ist allein Angelegenheit der beteiligten Parteien und ihrer juristischen Vertreter«, entgegnete Flink.

Auhl schüttelte irritiert den Kopf. »Aber Sie können und werden Kelso ins Kreuzverhör nehmen?«

»Ja.«

»Viel Glück, Hals- und Beinbruch, oder was immer man da sagt«, meinte Auhl niedergeschlagen.

»Kommt darauf an«, sagte Flink, und Auhl fragte sich, was das zu bedeuten hatte.

Neve umklammerte sich selbst. »Lloyd wird direkt dabeisitzen.«

»Schau ihn nicht an, Neve«, sagte Auhl. »Tief Luft holen.«

Der Gerichtssaal war öde, eine beigefarbene Atmosphäre, und die Dämpfe von neuen Teppichböden und Farbe lagen in der

Luft. Von seinem Platz auf den Besuchersitzen aus beobachtete Auhl die Kräfte, die sich gegen Neve ins Spiel gebracht hatten. Lloyd Fanning – selbstgewiss, gut geschnittener Anzug, der seine kräftige Statur verbarg – saß hinter seinem Anwalt, einem älteren, dünneren Man, der seine Robe mit Würde trug.

Dann schaute Auhl zur anderen Seite des Gerichtssaals hinüber. In direktem Kontrast zu Team Lloyd saßen Neve, ihre Eltern und ihr Anwalt geduckt und unscheinbar auf ihren Stühlen, als wollten sie nur ja nicht auffallen.

Der Saal rührte sich, als ein hochgeschossener Mann Mitte fünfzig hereingerauscht kam. Richter Mesner: kleiner Kopf mit akkurat gekämmten Haaren, Stupsnase und eine geschäftige, ernsthaft entschlossene Haltung. Kaum hatte er sich gesetzt, wurden die Anwesenden zur Ordnung gerufen und der Zweck der Sitzung verkündet. Mrs Neve Fanning hatte einen Antrag auf förmliche Veränderung der bestehenden Verabredung hinsichtlich der Besuchsrechte des Vaters mit seiner Tochter Pia gestellt und gebeten, dass diese Besuche nur noch unter Aufsicht stattfinden und auf ein Wochenende im Monat und eine Woche in jeden Ferien begrenzt werden sollten. Angesichts der anfechtbaren Umstände hatten Mr Fanning und sein Anwalt Mr Nichols mit Zustimmung der anderen Partei ein Expertengutachten beantragt und die Kosten übernommen.

»Dieses Gutachten ist nur ein – wenngleich wichtiges – Mittel, das dem Gericht zur Verfügung steht, um bei der Bestimmung zu helfen, welches Urteil hinsichtlich der Wahrung der Interessen des Kindes in diesem Fall verkündet werden soll«, verkündete Mesner und sah sich alle Beteiligten an. Er sammelte die Unterlagen zusammen. »Ich rufe nun Doktor Thomas Kelso in den Zeugenstand.«

Auhl sah zu, wie ein Mann von Mitte sechzig aufstand. Schlank, weltmännisch; volles, graues Haar. Dunkler Anzug über einem frischen weißen Hemd. Typ schicker Ganove, fand Auhl, und beobachtete, wie der Mann einer Gerichtsdienerin ein Lächeln zuwarf, als er vereidigt wurde.

Nichols begann mit der Feststellung von Kelsos Referenzen und Erfahrungen und fragte dann: »Sie haben Befragungen von Mrs Neve Fanning, ihrem Ehemann Mr Lloyd Fanning, ihrer Tochter Pia Fanning und Mrs Fannings Eltern durchgeführt?«

»Das habe ich«, sagte Kelso mit tiefem, zufriedenem Timbre in der Stimme.

»Bitte erläutern Sie dem Gericht, welche Fragen ein Experte wie Sie in Fällen dieser Art üblicherweise untersucht.«

Kelso strahlte, als sei er froh, dies gefragt zu werden. »Ich untersuche die strittigen Fragen, die vorherigen und aktuellen elterlichen Arrangements, die elterlichen Fähigkeiten der beteiligten Parteien, das Verhältnis des Kindes – oder der Kinder – zu jedem Elternteil und weiteren wichtigen Personen, wie Großeltern, die Wünsche des Kindes oder der Kinder und die möglichen Risiken für sie.«

»Nachdem Sie diese Angelegenheiten in Bezug auf Ms Pia Fanning untersucht haben, sind Sie da der Meinung, dass eine Einschränkung von Mr Lloyd Fannings Besuchszeiten angezeigt ist?«

»Das bin ich nicht.«

»Sie schlagen also von nun an eine gleichgewichtige zeitliche Aufteilung vor?«

»Das tue ich, mit Einschränkungen.«

»Schlagen Sie vor, dass Mr Fannings Zeit mit seiner Tochter unter Aufsicht stattfinden sollte?«

»Das tue ich nicht.«

»Sind Sie zu einem Ergebnis gekommen, was Mrs Fannings Fähigkeiten betrifft, die fortdauernde Beziehung ihrer Tochter zu ihrem Vater zu ermöglichen und zu befördern?«

»Das bin ich. Mrs Fanning zeigte keinerlei Offenheit, nur Widerwille gegenüber der Idee einer Beziehung zwischen Vater und Tochter.«

»Haben Sie weitere Empfehlungen für das Verhalten der beteiligten Parteien?«

Kelso nahm einen dünnen gebundenen Bericht in die Hand.

Er hob die Nasenspitze, um durch seine Bifokalgläser lesen zu können, und sagte: »Mein Vorschlag lautet, dass Mrs Fanning sich einer regelmäßigen Beratung unterzieht, die ihr dabei helfen soll, eine anhaltende Vater-Tochter-Beziehung zu akzeptieren und zu fördern.«

Auhl fühlte sich hilflos und gereizt. Er sah zu Neve hinüber, die in ihrem Stuhl zu versinken schien. Flink spielte mit einem Kugelschreiber herum.

Nichols sagte: »Erläutern Sie doch bitte, dem Gericht zuliebe, warum Ihrer Expertenmeinung zufolge Mrs Fanning sich hinsichtlich der Beziehung zwischen ihrer Tochter und Mr Fanning in Beratung begeben sollte.«

Kelso blickte zu Mesner hinüber, sah sich kurz im Saal um und schaute dann in seine Notizen. »Wie ich in meinem Gutachten vermerkt habe, stelle ich Mrs Fannings Fähigkeit infrage, mit Konflikt und Kommunikation adäquat umzugehen. Sie stellt in selbstsüchtiger und, wie ich finde, überbewertender Weise den Missbrauch dar, den sie angeblich durch ihren Mann erfahren hat. Dies hat dazu geführt, dass sie aufseiten des Vaters unzureichende elterliche Befähigung erkennt.«

Neve schüttelte den Kopf, lehnte sich an ihre Mutter und sah sich nach Auhl um. Sie schüttelte erneut den Kopf, so als wolle sie Kelsos Aussage abstreiten. Auhl lächelte ihr zu. Sie wandte sich ab, wohl skeptisch, dass ein Lächeln hier irgendetwas helfen würde.

»Außerdem«, fuhr Kelso fort, »zeigt sich Mrs Fanning ängstlich und überbehütend. Nach längerer Überlegung bin ich der Ansicht, dass sie an einer Psychose leidet.«

»Nein!«, rief Neve. Sie stand auf. Setzte sich wieder, als ihr Vater sanft an ihrem Ärmel zog.

Mesner sah an seiner kleinen Nase entlang auf Neve herab, offenbar gewillt, dieses eine Mal gutmütig zu sein, aber keinen weiteren Ausbruch von ihr dulden zu wollen. »Mrs Fanning.«

Flink erhob sich. »Ich entschuldige mich im Namen meiner Mandantin, Euer Ehren, es wird nicht wieder vorkommen.«

»Fahren Sie fort, Mr Nichols.«

Nichols nickte dankend. »Doktor Kelso, Mrs Fanning äußerte die Befürchtung, dass die Misshandlung, die sie angeblich vonseiten ihres Mannes erlitten hat, auf das Kind übergehen könnte?«

»Das ist richtig.«

»Welche Schlüsse, falls überhaupt, haben Sie daraus gezogen?«

»Nun, die entscheidende Formulierung lautet hier die *angeblich* erlittene Misshandlung.« Kelso sah sich um, als wolle er sich vergewissern, dass alle Anwesenden, da der Gerichtssaal ja nun mal voller vernünftiger Leute war, doch sicher seiner Ansicht seien, und wandte sich wieder seinen Notizen zu. »Meiner Meinung nach verbirgt sich eine gewisse Strategie hinter Mrs Fannings Behauptung.«

»Haben Sie auch Ms Pia Fanning befragt?«

»Das habe ich.«

»Und im Verlauf dieser Befragung, kamen Sie da zu irgendeinem Schluss hinsichtlich ihres früheren und jetzigen Verhältnisses zu ihrem Vater?«

»Das habe ich. Ich fand die Darstellung des Kindes, das zehn Jahre alt ist, nicht überzeugend. Ich bin der Ansicht, dass sie auf Anregung der Mutter sprach, die fest entschlossen ist, dass das Kind den Vater ablehnen soll.«

Auhl starrte Neves gesenkten Kopf von hinten an. Warum hatte sie ihm nichts von alledem gesagt? Hatte Lloyd Pia geschlagen?

Kaum schaute Auhl wieder zu Kelso hinüber, sprang Neve auf. »Sie heißt *Pia*.«

»Mrs Fanning«, mahnte Mesner.

Neve sank wieder auf ihren Stuhl. Flink rührte sich, so als wolle er herausfinden, ob sein Einsatz verlangt sei, blieb aber stumm. Mesner sagte: »Mr Nichols, Doktor Kelso, fahren Sie fort.«

Nichols nickte zu Mesner hinüber und drehte sich zu seinem

Zeugen um. »Doktor Kelso, zu welcher Ansicht sind Sie gekommen, was die Beziehung des Kindes – Ms Fanning – zu seinem Vater betrifft?«

Wieder sah sich Kelso um und suchte Augenkontakt – ganz der Mann, der eine unangenehme, aber wichtige Aufgabe zu erledigen hat. Sein Blick landete auf Lloyd Fanning, huschte über Neve und Flink und landete dann auf Auhl. Er bemerkte die Härte an Auhl, wendete den Blick ab und blickte in seine Unterlagen.

»Das Kind wirkte sehr zurückhaltend. Das mag sich aus zwiespältiger Loyalität erklären. Das Kind fühlt sich von der Mutter bedrängt, den Vater abzulehnen. Die Mutter stellt Forderungen an die Tochter, gibt ihr Vorstellungen ein und fördert Hass und Angst, was zu inneren Beklemmungen führt, die sich in Zurückhaltung äußern.«

Neve weinte stumm mit gesenktem Kopf und zuckenden Schultern. Auhl wollte ... Auhl wusste nicht, was er wollte. Aber konnte denn Jeff Flink nicht irgendetwas unternehmen, um den Tränenfluss zu unterbinden?

Lloyd Fanning saß mit über der gut gekleideten Brust verschränkten Armen da. Sein Anwalt ahmte ihn nach. Sie spürten den nahenden Sieg. Auhl stellte sich Kelso in einem Raum mit Pia und ihrem Vater vor. Er konnte sich jede Menge anderer Gründe außer zwiespältiger Loyalität vorstellen, warum Pia so zurückhaltend wirkte: Sie kannte Kelso nicht; sie spürte, dass er ihre Mutter nicht mochte; sie spürte seine Sympathie für ihren Vater; sie konnte ihrem Vater nichts vorwerfen, solange er anwesend war und sie anstarrte.

»Doktor Kelso, in Ihrem Gutachten verwenden Sie den Begriff der ›Entfremdung‹, um die Dynamik innerhalb der Familie Fanning zu erklären. Könnten Sie dies gegenüber dem Gericht ausführlicher erklären?«

Kelso schaute sich wieder im Saal um, vermied aber den Augenkontakt mit Auhl. »Gewiss. Die Entfremdung des einen Elternteils vom anderen ist meiner Meinung nach häufig die vorherrschende Kraft in der Dynamik solcher Situationen. Die Frau –«

Endlich erhob sich Flink. »Euer Ehren, das elterliche Entfremdungssyndrom ist in letzter Zeit ziemlich in Misskredit geraten und sollte keineswegs als Grundlage dienen, um irgendwelche Entscheidungen hinsichtlich Mrs Fannings Anliegen zu treffen, dass ihr Mann nur begrenzte Zeit mit der gemeinsamen Tochter verbringen sollte.«

Mesner sah Flink böse an. »Mr Flink, mir sind die Argumente für und wider das elterliche Entfremdungssyndrom durchaus geläufig. Doch korrigieren Sie mich, falls ich mich irre, aber Doktor Kelso hat dieses Syndrom in seinem Gutachten nicht erwähnt und tut dies auch jetzt nicht. Bitte fahren Sie fort, Doktor Kelso.«

Kelso wirkte nun wie ein Mann, der seine Worte genau wählt. »Ich bin der wohlüberlegten Ansicht, dass Mrs Fanning, die Frau in dieser Situation, Anlass zu einem ... zu einer ... zu *extremer Anpassung* gab. Sie ... *beeinflusste* ... ihr Kind dahin gehend, um den mit ihr zerstrittenen Ehemann schlechtzumachen und beiseitezuschieben.«

Er windet sich wie ein Aal, um die Wörter »Gehirnwäsche« und »Entfremdung« zu vermeiden, dachte Auhl, und Neve ging erneut in die Luft.

»Das habe ich nicht!«
»Mrs Fanning.«
»Aber Sir, Euer Ehren.«
»Mrs Fanning, meine Geduld ist bald am Ende.«

Flink wendete sich Neve zu und flüsterte eindringlich; sie setzte sich. Flink stand unterwürfig da und sagte: »Euer Ehren, ich entschuldige mich vorbehaltlos im Namen meiner Mandantin.«

»Mrs Fanning? Können wir fortfahren?«

Neve murmelte etwas. Es wurde als ihre Einwilligung verstanden. Mit einem kurzen Blick zu Jeff Flink hinüber sagte Nichols: »Fahren Sie bitte fort, Doktor Kelso.«

»Studien haben gezeigt, welch ungeheuren Vorteil ein Kind daraus ziehen kann, wenn es von der, ähm, wenn ein Kind in die Obhut des, ähm, beiseitegeschobenen Elternteils gegeben wird.«

»Entfremdet« darf er nicht sagen, aber seine Botschaft kommt auch so an, dachte Auhl. Flink schien das ebenfalls zu bemerken, aber er hatte die Schultern hochgezogen.

Nichols sagte: »Aber Sie schlagen doch wohl in diesem Fall nicht vor, das Kind ganz der Mutter zu nehmen.«

»Das tue ich nicht«, erwiderte Kelso und kam wieder in ruhigeres Fahrwasser. »Ich anerkenne, dass Mrs Fanning in den letzten achtzehn Monaten die einzige Betreuungsperson gewesen ist.«

Na, wie nett von dir, dachte Auhl. Wenn er sich doch nur intensiver um Kelso gekümmert hätte. Wenn er Flink doch schon früher kennengelernt hätte. Wenn er doch Neve nur schwerer in die Zange genommen hätte. Sie war nicht ... gewandt genug. Sie kam nicht auf die Idee, Kelso, ihren eigenen Anwalt oder das ganze System herauszufordern oder infrage zu stellen. Sie würde sich aus einem Gefühl der Höflichkeit und Scham heraus zurückhalten.

War die Lage mit Lloyd sogar noch schlimmer als von ihr beschrieben?

»Doktor Kelso, in Ihrem Gutachten geben Sie eine Empfehlung ab, falls Mrs Fanning eine Beziehung zwischen ihrer Tochter und ihrem getrennt lebenden Ehemann nicht unterstützt.«

»Das ist richtig«, meinte Kelso ruhig. »Falls die Mutter nicht in der Lage ist, eine solche Beziehung zu unterstützen, oder weitere zweifelhafte oder bösartige Beschuldigungen erhebt, dann empfehle ich, dass sie sich einer psychiatrischen Begutachtung unterzieht und das Kind dauerhaft dem Vater übergeben wird.«

Neve sprang auf. »*Er* müsste mal psychiatrisch begutachtet werden!«

»Mrs Fanning, bitte«, sagte Mesner streng.

»Und ich habe einen *Namen*.«

Beide Eltern zogen an Neves Händen, doch sie redete weiter: »Und wenn Sie mir die Tochter nehmen wollen, *geben Sie sie einfach nicht ihrem Vater*.«

Sie sank schließlich in sich zusammen, ließ sich auf den Stuhl plumpsen, sah sich kurz traurig zu Auhl um und lehnte sich dann an ihre Mutter.

Mesner wartete. Er wartete eine ganze Weile, als wolle er damit etwas beweisen; er erinnerte Auhl an seinen Mathelehrer in der Oberstufe. »Mr Nichols, bitte fahren Sie fort.«

Doch Nichols war es zufrieden und übergab an Flink.

Flink stand auf, ließ die Schultern in seiner Robe rollen und sah Kelso an, als würde er einer anderen Spezies angehören. »Doktor Kelso, in Bezug auf Ms Fannings Zurückhaltung, könnte diese nicht womöglich von Missbrauch stammen – Missbrauch, den sie erlitten hat, und Missbrauch, den sie hat ihre Mutter erleiden sehen?«

Nimm das, schien der Ton in seiner Stimme sagen zu wollen. Kelso lächelte freudlos. »Ich konnte am Benehmen des Kindes nichts erkennen, das auf ein kürzlich erlittenes Trauma hinwies, und falls es sich um ein *historisches* Trauma handelte, dann stammt dieses – meiner Meinung nach – nicht von körperlichen Handlungen, sondern von der vergifteten Beziehung und Einstellung der Mutter zu ihrem Vater.«

»Ihnen ist bewusst, dass Mrs Fanning eine Verfügung gegen ihren Mann erwirkt hat?«

»Ja.«

Flink wartete, Kelso wartete. Dann sagte Flink: »Solche Verfügungen werden nicht aus Jux und Dollerei beantragt oder verfügt.«

Nichols stand auf. »Euer Ehren, macht Mr Flink eine Feststellung, oder stellt er eine Frage?«

Mesner sah Flink an. »Mr Flink?«

»Euer Ehren, ich frage Doktor Kelso nach seiner Meinung, ob Mrs Fannings Handeln, eine Verfügung gegen ihren Mann zu erwirken und später dieses Gericht anzurufen, um seine Besuchszeiten einzuschränken und überwachen zu lassen, womöglich aufgrund von tatsächlicher vergangener und anhaltender Gewalt von seiner Seite zu erklären ist?«

Auhl hielt das für eine gute, wenn auch recht langatmige Frage. Alle sahen Kelso an. Der sagte: »Ich stehe zu meinem Gutachten. Die Missbrauchsvorwürfe sollten im Zusammenhang mit einer komplizierten und angespannten ehelichen Beziehung betrachtet werden.«

So läuft der Hase also, dachte Auhl. Knappe Antworten, um Flink den Wind aus den Segeln zu nehmen.

Flink schlug einen anderen Kurs ein. »Doktor Kelso, ist Ihnen bewusst, dass Mr Fanning im Augenblick in einiger Entfernung von seiner Noch-Ehefrau und seinem Kind lebt und wenig bis gar kein Interesse daran gezeigt hat, eine Beziehung zu Letzterer aufrechtzuerhalten?«

»Ich kann nichts dazu sagen, wo die Parteien wohnen oder nicht wohnen oder wie sie in Zukunft Treffen und Besuche handhaben wollen, doch wenn ich es recht verstehe, waren es Mrs Fanning und ihre Tochter, die von Mr Fanning fortgezogen sind, und nicht umgekehrt.«

Flink schluckte. »Abgesehen von den Eltern des fraglichen Kindes haben Sie auch die Großeltern befragt?«

»Die Großeltern mütterlicherseits; die Großeltern väterlicherseits sind verstorben.«

»Die Großeltern haben eine enge, fortdauernde und tragende Beziehung zu ihrem Enkelkind, würden Sie dem zustimmen?«

»Ja.«

Flink wusste nicht, was er mit dieser Antwort anfangen sollte. Kelso schon. Er fügte hinzu: »Doch soweit ich weiß, wohnen sie ein Stück weit weg von der Stadt, in der Mrs Fanning und ihre Tochter augenblicklich wohnen.«

Flink verzog den Mund, als wolle er sich die nächste Frage zurechtlegen. »Mrs Fanning ist, und war bislang, die Hauptbezugsperson?«

»Soweit ich weiß.«

»Immer da, immer erreichbar, im Vergleich zu Mr Fanning?«

»Soweit ich weiß«, sagte Kelso, »arbeitet Mrs Fanning augenblicklich als Reinigungskraft, damit verbunden sind lange Arbeitszeiten, inklusive nachts und an den Wochenenden.«

So als wolle er verzweifelt Boden gutmachen, sagte Flink: »Doktor Kelso, ich nehme an, Sie haben den Begriff elterliches Entfremdungssyndrom schon mal gehört?«

»Das habe ich.«

»Stimmt es nicht, dass – «

Nichols erhob sich. Mesner bedeutete ihm, wieder Platz zu nehmen. »Mr Flink, Sie haben doch Doktor Kelsos Gutachten gelesen, nehme ich an?«

»Euer Ehren, ich – «

»Wir werden keinerlei theoretische oder andere Fragen diskutieren, die nichts mit Mrs Fannings Antrag und dem Gutachten zu tun haben, das Doktor Kelso in diesem Fall beigesteuert hat, ist das klar?«

Flink wankte. Er wandte sich an Kelso und sagte: »Mein werter Kollege hat Sie gefragt, welche Dinge ein Gutachter wie Sie üblicherweise berücksichtigt, um dem Familiengericht bei seiner Entscheidung behilflich zu sein.«

Kelso legte den Kopf schräg. »Das hat er.«

»Elterliche Fähigkeiten, das familiäre Umfeld, und dergleichen?«

»Korrekt.«

»Doktor Kelso, sollte ein Gutachter nicht auch frühere oder derzeitige häusliche Gewalt berücksichtigen, Drogen- und Alkoholmissbrauch; die geistige Gesundheit der Parteien und die Ansichten und Bedürfnisse des Kindes?«

Kelso hielt inne. »Wie ich schon in meinem Gutachten schrieb, bin ich der Ansicht, dass Mrs Fanning von einer Beratung profitieren würde.«

Er hat die Frage nicht beantwortet, dachte Auhl und wartete darauf, dass Flink sich darauf stürzen würde. Doch der sagte nur: »Die Wünsche des Kindes, Doktor Kelso. Die Tochter bat um weniger Zeit mit dem Vater.«

»Das ist richtig. Sie ist allerdings erst zehn Jahre alt.«

Es hatte den Eindruck, als wisse Flink nicht, wie man nachsetzt. Er stellte eine Handvoll weiterer Fragen – alle schwach und harmlos, so Auhls Eindruck – und schien an Schwung zu verlieren. Und er fragte Kelso nicht nach dessen Meinung zu Lloyd.

Mesner wandte sich an Lloyd und seinen Anwalt. »Mr Nichols, haben Sie noch weitere Fragen?«

Lloyds Anwalt erhob sich, verneinte huldvoll und setzte sich wieder. Auhl überraschte das nicht. Wozu Staub aufwirbeln?

»Also gut«, verkündete Mesner, »damit geht diese Sitzung zu Ende. Das Gericht vertagt sich auf kommenden Montag, vierzehn Uhr, dann werde ich mein Urteil zu Mrs Fannings Antrag verkünden. In der Zwischenzeit genießt Mr Fanning gleiche und unbeaufsichtigte Zeit mit seiner Tochter. Das ist alles.«

Auhl beobachtete Lloyd, als er auf den Mittelgang hinaustrat. Der Mann, das Abbild von Vernunft und Erfolg, grinste und schüttelte seinem Anwalt die Hand.

Auhl fand Neve, ihre Eltern und Flink auf der Treppe vor dem Gericht vor. Neve, das Gesicht vom Weinen und der Verwirrung entstellt, sagte: »Lloyd in seinem Anzug wirkte so ruhig und vernünftig, und dann ich, ich sehe aus wie eine Vogelscheuche.«

»Schsch«, beschwichtigte ihre Mutter sie. Maureen Deane sah Flink, Auhl und ihren Mann mit sturer Feindseligkeit an und legte einen Arm um ihre Tochter. »Komm, wir gehen nach Hause.«

Neve wollte den Nachmittag bei ihren Eltern verbringen. Aber sie war noch nicht fertig und löste sich behutsam von ihrer Mutter. »Warum konnte der Richter nicht schon heute sein Urteil verkünden?« Sie umklammerte sich selbst. »Ich habe ein schlechtes Gefühl. Diese Leute glauben wohl, besser einen schlechten Vater als gar keinen.«

Auhl nickte. Schade, dass du keinen ordentlichen Rechtsbeistand hattest, wollte er sagen, hielt aber den Mund.

Er fragte den Anwalt: »Was ist Ihre Ansicht?«

Flink trat von einem Fuß auf den anderen; er hatte es wohl eilig. »Wie ich Neve schon sagte, sind solche Sachverständigengutachten in angespannten Situationen nicht ungewöhnlich.«

Auhl verlor die Geduld. »Aber hier handelt es sich doch um einen Typen, der auf Grundlage von ein paar halbstündigen Treffen zu sogenannten ausführlichen und professionellen Empfehlungen kommt.«

Flink zuckte zusammen. »Alte Schule, das muss ich schon einräumen.«

Er berührte Neve am Unterarm, sagte, er müsse los, er würde sich melden, bis Montagnachmittag.

»Danke, Jeff«, rief Neve ihm hinterher.

Danke wofür, wollte Auhl sie schon fragen.

Er verabschiedete sich ebenfalls, eilte in das Gerichtsgebäude zurück und suchte nach einer Toilette. Einen langen Flur hinauf, einen anderen hinunter – dann blieb er abrupt stehen, als er Kelso zusammen mit Nichols, Lloyd Fannings Anwalt, sah. Die beiden waren den halben Flur entfernt, steckten die Köpfe zusammen, und beide Männer legten die Köpfe in den Nacken und lachten. Kelso klopfte dem Anwalt auf die Schulter, dann gingen sie in verschiedene Richtungen davon. Alte Kumpel, dachte Auhl, wie die sich gegenseitig auf die Schultern klopfenden Väter aus alten Tagen des Schulsports und der Vorträge, oder die Vorgesetzten im Polizeipräsidium. Geheimes Wissen, geheime Verbindungen. Geheime Deals und Absprachen – meist ohne dass ein Wort fiel oder schriftlich festgehalten wurde.

Kelso kam auf ihn zugeschlendert. Auhl machte auf dem Absatz kehrt, ging eine Treppe hinauf und fand endlich eine Herrentoilette.

Statt sofort nach Melbourne zurückzufahren, schneite Auhl bei seiner Frau bei HomeSafe herein; ihr Büro befand sich in einem der Regierungsgebäude in der Nähe der Bibliothek. Von dort aus hatte man einen Blick auf den Hafen, aber nicht aus Liz' Büro. Auhl sagte etwas dazu, fügte aber noch hinzu: »Ich werfe eh viel lieber einen Blick auf dich.«

Ein Fehltritt. In ihrer Gegenwart neigte er dazu. Sie schaute auf die Uhr. »Neve?«, gab sie ihm das Stichwort.

Auhl beschrieb die Ereignisse des Vormittags und sagte abschließend: »Der Ehemann hatte einen teuren Anwalt bei sich, und beide wirkten ruhig, wohlhabend und erfolgreich, Neve hingegen sah ein wenig schäbig aus und wirkte übernervös, was natürlich nicht hilfreich war. Ihr Anwalt ebenfalls nicht. Die vorherrschende Meinung war wohl: Jede Art von Vater, selbst wenn ein großes Fragezeichen über ihm schwebt, ist besser als gar keiner.«

Liz schnaubte. »Ja, das scheint das vorherrschende Prinzip zu sein. Das sehe ich bei den Frauen und Kindern, die hier durchkommen, andauernd. Solange es keine klaren Beweise für Gewalt gibt – schwere Gewalt –, ist es für die Mutter schwer, den Vater loszuwerden. Und was die Ausbildung der Richter und Anwälte in Fragen von Gewalt und sexuellem Missbrauch angeht, vergiss es.«

»Aber man sollte doch erwarten, dass der Seelenklempner, der Neve und Pia befragt hat, Erfahrung oder Fortbildung in diesen Dingen hat, nein?«

»Frommer Wunsch«, sagte Liz. »Das System stößt an seine Grenzen, ist mit zu geringen Mitteln ausgestattet und total paternalistisch. Nichts funktioniert so, wie es sollte.« Sie schaute erneut auf die Uhr.

Auhl verstand den Wink. Er wollte schon immer gern mit ihr zusammen sein und reden, aber das war nun vorbei. Sie war nicht länger seine wichtigste Gesprächspartnerin, sein Resonanzboden.

13

Auhl war gegen 13.30 Uhr zurück in der City. Er ging auf direktem Weg zum Polizeipräsidium, nahm die Treppe und betrat das Büro einer Freundin, die an Fällen von Kindesmissbrauch arbeitete.

»Lloyd Fanning. Irgendetwas über ihn?«

»Dir auch einen guten Tag, Al.«

Trina Carter war Senior Sergeant, etwa in Auhls Alter, mit dem hageren Aussehen einer Person, die auf der Jagd nach Herumtreibern ist. Sie ließ sich von ihm den Namen auf ein Stück Papier schreiben, kontrollierte die Schreibweise, und gab den Namen ein, wobei ihre Fingernägel hastig über die Tasten klapperten.

»Nichts.«

»Und selbst wenn es sich nur um ein Gerücht handelt, würde es in deinem System auftauchen?«

»Nicht unbedingt. Wer ist der Kerl?«

Auhl erzählte es ihr. »Aber niemand hat irgendetwas gesagt, ich frag nur mal so.«

»Sag mir Bescheid, wenn du etwas ausgräbst«, sagte Carter.

Auhl dachte an seine lange Arbeitsliste. Als Erstes in Sachen Elphick weitergraben.

Die nächste halbe Stunde hing er am Telefon, wurde aber auf der Suche nach den Unterlagen zu Passagieren und Fahrzeugen auf den tasmanischen Autofähren in der Zeit um Elphicks Tod von einem Aktenschubser zum nächsten verwiesen. Am Ende sagte er einer Vorgesetzten, sie würde seine Ermittlungen im Falle von langjährigem Schmuggel von Drogen und

Handfeuerwaffen aus Tasmanien über die Fähre aufs Festland behindern; er versuche, einen Schritt schneller zu sein als die Reporter der *Herald Sun*. Daraufhin erhielt er recht schnell die Antwort, nach der er suchte.

Roger Vance hatte am Tag vor John Elphicks Tod mit seinem Land Cruiser die Fähre von Devonport nach Melbourne genommen und war am Abend des Todestages nach Tasmanien zurückgekehrt.

Nicht genug für einen Haftbefehl. Würde die Abteilung ihm den Flug nach Launceston bezahlen, um den Burschen zu befragen? War Vance überhaupt noch dort? Auhl schickte eine Mail an das Polizeirevier in Launceston und klopfte dann bei seiner Chefin an die Tür.

»Ich dachte, Sie würden den ganzen Tag freimachen.«

Auhl zuckte mit den Schultern. »Eine schnelle Anhörung, das Urteil fällt nächsten Montag.«

Colfax wusste von Neve Fannings Zwangslage. Erneut mahnte sie Auhl, dies dürfe nicht seiner Arbeit in die Quere kommen.

»Wird es nicht.«

»Lassen Sie sich da nicht allzu sehr hineinziehen. Augenmaß.«

»Ja, gut.« Er war, so ungefähr, zwanzig Jahre älter als sie? »In der Zwischenzeit gibt es weitere Entwicklungen im Fall Elphick.« Er erläuterte was: Nummernschild, Fahrzeug, Name, Anschrift in der Nähe von Launceston, die Überfahrt auf der *Spirit of Tasmania* kurz vor und kurz nach Elphicks Tod.

Colfax, die vergessen hatte, dass sie nicht mehr rauchte, klopfte ihre Taschen nach Zigaretten ab und sagte: »Wissen wir, ob er noch auf Tasmanien lebt?«

»Wird noch überprüft«, antwortete Auhl.

Colfax besann sich. »Gut. Aber Elphick kann warten. Der Plattenmann. Sie erinnern sich?«

»Boss.«

»Kümmern Sie sich um Angela Sullivan. Ich möchte, dass Claire und Sie sie heute Nachmittag befragen.«

»Was ist mit dem Fall Neill?«

»Was soll damit sein? Wenn Mrs Neill Medikamente im Krankenhaus gestohlen hat, dann ist das nicht unser Fall. Wenn sie kürzlich Christine Lancer ermordet hat, dann ist das auch nicht unser Fall. Wir beobachten nur ihre Bewegungen. Der gute Doktor ist auf dem Land, Janine ist in der City. Legen Sie das erst mal beiseite.«

Es war bereits Nachmittag, als Auhl und Pascal sich einen Zivilwagen geben ließen und sich durch den einsetzenden Berufsverkehr zu einer Adresse in South Frankston kämpften.

Auhl saß am Steuer und sagte: »Weiß sie, dass wir kommen?«

»Ja. Sie hat eingewilligt, alles an Unterlagen hervorzukramen, was sie finden kann.«

»Oder sie ist unsere Mörderin, und Sie haben ihr einen Tipp gegeben.«

»Na, vielen Dank, Alan, aber es ist ja nicht so, als wäre sie nicht schon längst gewarnt worden.«

Der Plattenmann war seit Donnerstagabend in allen Medien gewesen; die Kombination aus Schlange, Schlangenfänger, Skelett und Mord hatte sich als unwiderstehlich erwiesen.

Sie kamen an ein kleines hellbraunes Backsteinhaus zwischen anderen ähnlichen Häusern in einer Seitenstraße in der Nähe des Mt Erin Secondary College. Die Frau, die auf Auhls Klopfen hin öffnete, war etwa vierzig, und Gesicht, Hals und Oberarme wirkten faltig und schlaff, so als habe sie viel Gewicht verloren. Schulterlanges, graues Haar, eine alte weiße, kurzärmlige Bluse über einer Cargohose, Strandschuhe ohne Socken.

»Sie müssen die Detectives sein. Bitte kommen Sie herein.«

Ruhig, liebenswürdig, doch Auhl spürte eine gewisse Anspannung an ihr. Er brachte ein Lächeln auf. »Wir wollen Ihre Zeit nicht über Gebühr beanspruchen, Mrs Sullivan. Ein paar Fragen, ein schneller Blick in die Unterlagen, die Sie ausbuddeln konnten, und schon belästigen wir Sie nicht weiter.«

»Nennen Sie mich Angie, bitte.«

Sie folgten ihr in ein kleines Wohnzimmer. Blümchentapete, Sessel und Vorhänge aus einer anderen Epoche. Der Geschmack der verstorbenen Mutter? Sicher nicht der von Angela Sullivan, fand Auhl und beäugte eine Art Talisman an einem Lederband um ihren Hals, Aboriginekunst vielleicht, einen merkwürdigen, aber ansprechenden gehämmerten Silberring am Finger und Ohrringe vom Hippiemarkt. Eine Frau, die sich langsam von ihrer Vergangenheit löste?

Sie bot ihnen Plätze auf dem Sofa an, huschte in die Küche und kam mit einem Tablett, einer Karaffe Wasser und drei Gläsern zurück. Dann hockte sie sich auf die Lehne eines Sessels und schlug sich auf die Oberschenkel: »Also, wie kann ich behilflich sein?«

Auhl wies auf ein Foto auf dem Kaminsims. »Ihre Eltern?«

Sullivan warf einen Blick darauf und drehte den Kopf wieder zurück. Vorsichtig sagte sie: »Ja. Ma ist vor ein paar Jahren verstorben, Dad, als ich erst zehn war.«

»Unseren Unterlagen zufolge haben Ihre Eltern das Grundstück, auf dem wir den Toten gefunden haben, 1976 gekauft?«

»Könnte stimmen. Mum war mit mir schwanger.«

»Stand dort ein Haus auf dem Grundstück?«

»Ein altes Eternit-Farmhaus.«

»Ihr Vater hat bei der Feuerwehr gearbeitet?«

Sie war überrascht. »Wie haben Sie das denn herausgefunden?«

Auhl und Pascal setzten gewohnheitsmäßig undurchsichtige Gesichter auf und zogen unbestimmt die Schultern hoch.

Angela Sullivan wirkte nun ein wenig verunsichert und sagte: »Er war in Frankston stationiert, aber Ma und er wollten mich auf dem Land großziehen.«

»Es muss schwer gewesen sein für Ihre Mutter und Sie, als er starb.«

Sullivan betrachtete ihre knochigen, geäderten Hände, als würden sie nicht zu ihr gehören. »Ja.« Sie hob den Kopf. »Aber wir hatten noch ein Zimmer frei, das Ma an Landarbeiter vermietete, an jeden, der Vollpension suchte.« Sie hielt inne, so als würde sie diese Enthüllung bestürzen. »Glauben Sie, der Tote war einer von denen?«

Claire hob eine Hand zur Beruhigung. »Wir haben Grund zu der Annahme, dass er nicht früher als 2008 verscharrt wurde.«

Erleichtert meinte Sullivan: »Da lebten Ma und ich schon gar nicht mehr dort. Ich bin bei meiner Heirat ausgezogen, aber das ging nicht lange gut, und Ma zog nach der Scheidung bei mir ein. Das müsste mindestens zwanzig Jahre her sein.«

»Sie wohnte also seit Ende der Neunziger bis zu ihrem Tod 2011 hier mit Ihnen?«

»Ja.«

»Und das alte Familienhaus, in dem Sie aufgewachsen sind, war vermietet?«

»Ja. Das war eine gute Einnahme für sie. Sie hatte nicht viel Erspartes.«

»Sie hätte es verkaufen können, als sie bei Ihnen eingezogen ist.«

»Das hatte sie immer tun wollen, aber irgendwie war der Zeitpunkt oder der Preis falsch. Sie betrachtete es als Sicherheit, schätze ich. Außerdem hätte man noch Geld in das Haus stecken müssen, um es für potenzielle Käufer attraktiv zu machen.«

Draußen jaulte ein Motor auf, und Sullivan stürmte ans Fenster. »Diese kleinen Idioten.«

Auhl warf Claire einen Blick zu. Er stand auf und ging zu Sullivan hinüber. Sie hatte eine staubige, halb durchsichtige Netzgardine beiseitegeschoben, und er konnte draußen zwei junge Männer mit Hooligan-Caps und Tattoos, Baggyjeans und nietenbesetzten Gürteln sehen, die sich über den Motorraum eines aufgemotzten Subaru WRX beugten. Hinter dem Steuer saß ein Dritter, der Gas gab, vom Pedal stieg, wieder Gas gab.

»Sie könnten die örtliche Polizei bitten, mal ein Wörtchen mit ihnen zu reden«, meinte Auhl.

Sullivan schüttelte den Kopf. Sie ließ die Gardine los und kehrte zu ihrem Sessel zurück. »Ach, ist schon in Ordnung. Ich kenne sie schon ihr ganzes Leben lang. Eigentlich ganz nette Kerle, nur ein wenig rücksichtslos. Keine Arbeit, kaum gebildet, zu viel freie Zeit, Sie wissen ja. Also, wo waren wir stehen geblieben?«

»Wir arbeiten immer noch die zeitliche Reihenfolge ab«, antwortete Claire.

Sullivan leierte alles herunter: »Okay. 1976 gekauft, Dad ist 1987 gestorben, Ma ist 1998 bei mir eingezogen und 2011 gestorben, ich habe etwa ein Jahr darauf verkauft.«

»An diese Agrarfirma.«

»Der Makler hat sich um alles gekümmert.«

»Hat sich derselbe Makler um die Mietverträge gekümmert? In Ihrem Namen die Miete kassiert und all das?«

Sullivan schüttelte den Kopf. »Das sind doch Pfennigfuchser, alle zusammen. Ma und ich haben uns um die Miete gekümmert.«

»Haben Sie Akten geführt? Alles ordentlich versteuert?«, fragte Auhl, der ein wenig Strenge nun für angezeigt hielt, da er spürte, dass Sullivan begann auszuweichen.

»Wo habe ich denn die Akte hingetan?«, sagte sie und sah sich im Zimmer um.

»Drüben auf dem Klavier«, sagte Claire und warf Auhl einen Blick zu.

Nervös holte Angela Sullivan den Ordner und knallte ihn auf die Glasplatte des Couchtischs. Ein paar Blätter glitten heraus und verteilten sich auf der Tischplatte.

»Vielleicht könnten Sie uns das erläutern«, sagte Auhl und wies auf den Papierkram.

Sullivan schlug den Ordner auf und nahm das erste Blatt heraus. Sie betrachtete es stirnrunzelnd und hielt es Auhl hin. Ein Name, Monatsangaben und Summen, mit Kugelschreiber notiert.

»John Allard«, sagte Auhl und sah Claire an. »Er zog Mitte November 1998 ein und blieb ... zwei Jahre.«

»Wenn es da steht, wird es wohl stimmen«, meinte Sullivan.

Claire schrieb sich Namen und Daten in ihr Notizbuch.

»Wissen Sie, wo er jetzt wohnt, Angela?«

»Glauben Sie, er ist es?« Sie schlug sich sanft mit den Händen auf die Wangen, eine Seite, die andere Seite. »Nein, das kann er nicht sein.«

»Sind Sie sicher?«

»Ich habe ihn letztes Jahr gesehen. Er hat ein Haus in Langwarrin gekauft. Er kann es nicht sein.«

Auhl ging die restlichen Mietunterlagen durch. Dürftig, überschlägig, von Hand hingekritzelt. Aber er fand Donna Crowther. »Eine Frau namens Donna Crowther mietete das Haus von Weihnachten 2001 bis Mitte 2005.«

»Ja, Donna. Hört sich richtig an.«

»Hatte sie einen Freund?«, fragte Claire.

Sullivan blieb absichtlich vage und sagte: »Ich glaube schon.«

Auhl schlug einen neuen Ton in der Stimme an und sagte: »Angela, wir haben mit einigen Nachbarn gesprochen. Donna hatte einen Freund, und sie stritten sich häufig.«

»Ach ja?«

»Wir haben gehört, dass der Freund mal da war, mal nicht.«

»Ich habe wirklich keine Ahnung. Ich hatte nicht viel mit ihnen zu tun. Sie waren nur Mieter.«

»Wissen Sie zufällig, wo Donna jetzt wohnt?«

»Irgendwo in Carrum, glaube ich.«

»Sind Sie in Kontakt mit ihr geblieben?«

»Nein.«

»Aber Sie haben eine Adresse von ihr? Eine Telefonnummer?«

»Nein«, sagte Angela Sullivan, die gehetzt wirkte.

»Donna Crowther war Ihre letzte Mieterin?«, fragte Auhl.

Sullivan blickte auf und mahlte mit den Zähnen, so als überstrapaziere sie diese Frage, dann nickte sie: »Ja.«

»Warum? Ihre Mutter lebte doch noch. Das Geld brauchte sie noch immer. Sie hat das Haus von 2005 bis, was, sechs Jahre später leer stehen lassen?«

»Na ja, wenn Sie das unbedingt wissen müssen, aber das

Haus war eine Ruine. Eternit, Löcher in den Wänden, dass die Ratten durchpassten. Durchgerostetes Blechdach. Es hätte dringend ausgebessert werden müssen. Lose Bodendielen, alles. Wir konnten uns die Reparaturen nicht leisten, und es war nicht mehr in vermietbarem Zustand.«

»Nachdem also Donna Crowther ausgezogen war, stand das Haus mehrere Jahre lang leer, und dann haben Sie es abgerissen, damit das Land für einen potenziellen Käufer attraktiver war?«

»Ja«, flüsterte sie.

»Das ist sehr wichtig, Angela. Haben Sie sich noch mal im Haus umgeschaut, bevor es abgerissen wurde? Alle Sachen von Wert ausgebaut, etwa?«

»Das weiß ich nicht mehr so genau.«

»Angela«, sagte Auhl enttäuscht.

»Okay, schon gut, ich hab mich umgeschaut. Zum ersten Mal seit Jahren, um ehrlich zu sein. Die Kaminumrandung war ganz hübsch, also habe ich sie ausgebaut und an einen Händler verkauft.«

»Haben Sie irgendwelche Anzeichen eines Kampfs bemerkt?«

Angela wurde blass. »Was denn für Anzeichen?«

»Blut auf dem Boden oder an den Wänden«, antwortete Auhl mit scharfer Stimme. »Frische Löcher in den Wänden oder Dielen. Oder andersherum, Anzeichen dafür, dass das Haus gesäubert, gestrichen, ausgebessert worden ist.«

Wieder betrachtete sie ihre knotigen Hände und sagte: »Nichts von alledem.«

»Wer hat den Abriss durchgeführt?«

»Ach, kommen Sie schon.« Sie schüttelte den Kopf ein wenig zu heftig für Auhls Geschmack. »Das ist doch Jahre her. Und ich trauerte immer noch um meine Mutter, außerdem hatte ich mit den Grundstücksleuten zu verhandeln, jede Menge Schulden abzubauen, und um meine Gesundheit stand es auch nicht zum Besten.«

Auhl wartete.

»Irgendein Name auf einem Flyer im Briefkasten«, sagte sie schließlich. »Ein Mann, der sich für Instandhaltungen und Reparaturen anbot. Es gab nur eine Handynummer. Die habe ich nicht aufgehoben.«

»Ein Mann für Instandhaltungen hat das Haus abgerissen? Wie? Hatte er das richtige Gerät dafür? Wohin hat er den Schutt gebracht? Wie haben Sie ihn bezahlt?«

»Er meinte, das meiste könne er recyceln. Blechkassettendecken, Holzleisten, solche Sachen. Das Holz, das nicht verrottet war, würde er zu Brennholz verarbeiten. Es war ein kleines Haus. Ich glaube, er hat ein paar Kumpel organisiert, die das Haus ausgeräumt und dann alles auf Anhängern abtransportiert haben.«

In der Zwischenzeit klang sie wieder zuversichtlich. Sie hatte eine Story, an die sie sich halten konnte, und sie hatte die beiden Detectives satt. Außer Wiederholungen gab es nichts Neues mehr von ihr.

Hinterher im Auto verglichen Auhl und Pascal ihre Notizen miteinander, die Sonne brannte auf die Scheibe, und sie hatten den Eindruck, als würde Angela Sullivan sie von ihrem Wohnzimmer aus beobachten. Vielleicht schaute sie auch nur nach den Burschen, die an ihrem Auto herumbastelten. Meine Güte, was war er nach einem Tag Herumgerenne im ganzen Bundesland müde.

»Vielleicht hat der Makler was gesehen«, meinte er.

Claire starrte mürrisch zum Haus hinüber. »Sie ist ein paarmal nervös geworden.«

»Ja, ist sie«, pflichtete ihr Auhl bei. »Das Haus oder vielleicht der Abriss. Und Crowther.«

»Die Frau, die mir von Crowther berichtet hat, meinte, sie sei noch mindestens ein Jahr nach dem Verschwinden ihres Freundes dort geblieben.«

»Ganz schön berechnend, den Freund zu erschießen, ihn dann neben dem Haus zu verscharren und dann so weiterzumachen, als sei nichts gewesen.«

»Ja, aber passt das Zeitfenster überhaupt? Und falls sie ihren Freund tatsächlich erschossen hat und dort wohnen geblieben ist, dann wird sie geputzt haben müssen, es ist also völlig sinnlos, danach zu fragen, ob jemand Blut oder Hirnmasse oder Einschusslöcher gesehen hat.«

»Stimmt«, sagte Auhl. »Oder der Plattenmann ist nicht ihr Freund, sondern ein Fremder, der später dort begraben worden ist, und sie hat überhaupt nichts damit zu tun.«

Claire brummte.

Sie grübelten weiter. Auhl sagte: »Und was, wenn Hausbesetzer dort eingezogen sind, nachdem Crowther ausgezogen war?«

Pascal stöhnte. »Das bedeutet, wir müssen noch mal mit den Nachbarn reden. Oder Angela lügt.«

»Geben wir ihr erst mal einen Vertrauensvorschuss«, sagte Auhl. Er ließ sein Seitenfenster herunter. Späte, leicht nach Benzin und Abgasen riechende Nachmittagsluft wehte durch den Wagen.

Dann gabs eine laute Fehlzündung, und Qualm umhüllte den kleinen Subaru. Die Raser traten von dem Wagen zurück, fuchtelten im Qualm herum und warfen peinlich berührte Blicke zu Auhl und Pascal in dem unmarkierten Dienstwagen hinüber.

»Sucht euch Arbeit«, murmelte Claire.

14

Es war Abend geworden. Auhl saß mit seinem Laptop am Küchentisch, das Haus rings um ihn herum still.

Er hatte »elterliches Entfremdungssyndrom« eingegeben, neugierig darüber, dass Neves Anwalt in einem seltenen Anfall von Lebhaftigkeit am Vormittag gedacht hatte, Kelso würde sich auf diese Theorie berufen, und neugierig, warum das in Misskredit geraten war.

PAS, so die Abkürzung aus dem Englischen, las er, war die Idee eines amerikanischen Kinderpsychologen namens Richard Gardner in den Achtzigern. Die Theorie fand schnell Anhänger, gewann an Einfluss und breitete sich von den Staaten nach Großbritannien, Kanada und Australien aus. Sie besagte, dass Kinder, die an diesem Syndrom litten, von einem Elternteil so einer Gehirnwäsche unterzogen worden seien, dass sie den anderen Elternteil schlechtmachten oder gar Missbrauch unterstellten. Typischerweise benutzten solche Kinder Kraftausdrücke gegen den Beschuldigten oder abgelehnten Elternteil, beharrten darauf, dass die Anschuldigungen ihnen nicht eingeredet worden waren, und beschützten und unterstützten den nicht abgelehnten Elternteil.

Auhl lehnte sich zurück. Bei Pia hatte er nichts dergleichen gesehen oder gehört. Sie sprach nicht über ihren Vater.

Zumindest nicht zu mir, dachte er.

Er las weiter. Gardner zufolge fand sich PAS zumeist in jenen Sorgerechtsfällen, bei denen der Vorwurf des Kindesmissbrauchs im Raum stand. Die Lösung: Das Kind sollte dem entfremdenden Elternteil fortgenommen werden – meist also der Mutter – und in die Obhut des angeblichen Täters – meist der Vater – gegeben werden. Gardner schlug zudem vor, dass der Kontakt der Mutter zum Kind für längere Zeit unterbunden werden sollte und Mütter, die auf ihren Missbrauchsanschuldigungen beharrten, ins Gefängnis sollten.

Nicht nur das; er glaubte zudem, dass die meisten Anschuldigungen von sexuellem Missbrauch falsch seien. In einem 1992 veröffentlichten Buch argumentierte er, dass die Hysterie solche Anschuldigungen in den Kontext einer übermäßig moralistischen und primitiven Vorstellung von Pädophilie rückte. Die Neigung des Vaters, Befriedigung bei einem Kind zu suchen, könne dadurch vermindert werden, so sagte er, wenn die Therapeuten, die Missbrauchsopfer behandelten, der Mutter dabei helfen würden, sexuell zugänglicher zu werden.

Auhl war fassungslos. Er goss sich einen Scotch ein und las weiter. Gardner geriet bald in Misskredit. Er hatte nie ein Kind behandelt, und man hielt ihm vor, die Mütter zu dämonisieren. Schließlich distanzierte sich das Familiengericht in Australien von PAS.

Aber waren alle Richter und Sachverständigen auf dem neuesten Stand? Ignorierten manche von ihnen diesen Wandel? Kleideten sie PAS nur in andere Worte?

Neve hatte allerdings nie etwas von sexuellem Missbrauch gesagt. Richter Mesner hatte also durchaus recht damit, Flink abzuwatschen, als dieser unterstellt hatte, Kelso würde sich auf PAS kaprizieren. Aber glaubte Kelso womöglich, dass PAS in allen Fällen von Missbrauch anzuwenden sei – auch in den Fällen von körperlicher Gewalt?

Auhl googelte nach Mesner. Absolvent der Melbourne Grammar School, Studium an der University of Melbourne und später an der Columbia University in den Staaten. Geschieden, keine Kinder. Gehörte einer Reihe von vorwiegend männlich dominierten Geschäfts- und Gesellschaftsorganisationen an und war eine feste Größe in anglikanischen Kirchenkreisen.

Dann buddelte Auhl bei Kelso etwas tiefer und stieß auf ein paar weniger offizielle Seiten. Offenbar besaß der Psychiater keinerlei spezielle Ausbildung darin, sexuellen Missbrauch bei Kindern zu erkennen oder zu behandeln. Er war nicht gezwungen gewesen, sich irgendwelche gezielten Kenntnisse anzueignen, bevor er zum »Sachverständigen« ernannt wurde. Dennoch hatte er bereits mehrere Hundert Familien begutachtet und wurde regelmäßig zu Fällen gerufen, bei denen es um höchst umstrittene Vorwürfe von körperlicher und sexueller Gewalt ging. Er wurde mit den Worten zitiert, dass neunzig Prozent aller Anschuldigungen von sexuellem Kindesmissbrauch, die er begutachtet hätte, falsch seien. Was, wie Auhl weiter las, nicht der Ansicht vieler seiner Kollegen entsprach, dass neunzig Prozent dieser Anschuldigungen tatsächlich Hand und Fuß hätten.

In einem zwei Jahre alten Zeitungsausschnitt wurde Kelso mit der Aussage zitiert, dass es zwar einige unterschiedliche Ansichten zu PAS gäbe, diese aber in manchen Fällen klinisch gesehen ein nützliches Konzept sei.

»Nützlich in all deinen Fällen«, murmelte Auhl.

Es wurde immer später, und Auhl brütete vor sich hin. Männer wie Kelso, Fanning – Alec Neill. Ihre Anmaßung, ihre Vetternwirtschaft, ihre Macht, ihr Gefühl, ein Anrecht auf etwas zu haben. Erstschlagsmänner: Sie packten die Gelegenheit beim Schopf, während der Rest der Welt alles erst durchdachte. Wie Neill mit seinen Anschuldigungen gegen seine Frau, dachte Auhl. Und kaum gehen wir gegen ihn vor, umringt er sich mit Anwälten und Kollegen.

Auhl konnte es nicht leugnen, er war von Neill besessen. Drei Tote. Die erste Frau mochte ja eines natürlichen Todes gestorben sein, aber das bezweifelte er. Ihre Übelkeit, das langsame Siechtum über mehrere Tage? Das wies doch auf irgendeine Art von Gift hin. Nicht dasselbe Gift wie bei Siobhan und Christine. Neill war ja vielleicht arrogant, aber nicht dumm. Er würde dasselbe Mittel nicht drei Mal hintereinander verwenden.

Plötzlich machte sich in Auhl eine tief sitzende Unruhe breit. Samstag früh. Janine Neill, blass, schwindlig, unkoordiniert. Sie hatte leichtfertig darüber spekuliert, dass Neill sie erschießen oder von einer Klippe stürzen würde, aber was, wenn er sie vergiftet hatte? So arrogant konnte er doch nicht sein? Aber er war ja drei Mal damit durchgekommen. Vielleicht hielt er sich für unantastbar.

Auhl rief Janine an, per Handy und über das Festnetz. Niemand hob ab.

Dann saß er da, dachte sorgfältig nach und suchte in einem alten Schlafsack nach verpackten Schutzanzügen, die er im Laufe der Jahre bei der Arbeit an Tatorten gehamstert hatte. Er zog sich dunkel an, setzte seinen alten Saab aus der Garage und fuhr nach East Melbourne; sein Herz raste, sein Mund war trocken.

Er parkte den Wagen ein paar Blocks vom Haus der Neills an einem dunklen, belaubten Straßenrand und suchte nach Wachposten. Es überraschte ihn nicht, als er keine fand – die Abteilung hatte nicht die Mittel, um die Neills rund um die Uhr zu observieren –, dennoch betrat er das Grundstück über die Gasse an der Rückseite. Er probierte es an der Hintertür, die nicht abgeschlossen war, so als ob Janine zu Hause wäre und noch nicht zu Bett gegangen war.

Allerdings brannte kein Licht.

In diesem Augenblick brauchte Auhl allerdings auch kein Licht. Er war vertraut mit dem Gestank von Krankheit und Tod. Und bei dem schleimigen Zeug, in das er da gerade getreten war, war er froh, dass er Überschuhe an den Füßen hatte.

15

Alan Auhl fuhr nicht nach Hause. Er rief auch niemanden an. Mitternacht, ein strahlender Mond. Er fuhr in Janine Neills Jetta Richtung Nordosten zur Stadt hinaus, nahm so oft wie möglich kleinere Straßen und Wege. Alle Überwachungskameras konnte er nicht vermeiden, aber es war ja nicht sein Wagen, er hatte die Sonnenblenden heruntergeklappt und ein Käppi in die Stirn gezogen. Trotzdem schlug er einen weiten Bogen durch Eltham und Yarra Glen und dem Farmland rings um Kinglake, nördlich von St Andrews, bevor er nach Süden abbog. Licht und Schatten fielen verwirrend über die Straßen, Mondlicht brach durch die Bäume. Ein fernes rotes Flackern entpuppte sich als verglühendes Feuer auf einem geeggten Feld. Weitere aufgestapelte Fichtenstämme und Äste warteten auf ein Streichholz.

Schließlich brachte ihn die Navi-App auf Janine Neills Handy zu einer Einfahrt in einer Gegend voller bewaldeter Hügel und Schotterstrecken. Auhl fuhr etwa einen Kilometer weiter. Er hielt hinter einem verlassenen Obst- und Gemüsestand. Dann löschte er alle Karten im Handy.

Den ersten Schutzanzug hatte er in einem Bauschuttcontainer entsorgt. Er nahm sich einen zweiten, bis auf die Handschuhe und Überschuhe, steckte eine kleine Taschenlampe ein und ging zur Einfahrt der Neills zurück. Die Stunde des Fuchses, dachte er. Er wusste immer noch nicht, was er eigentlich vorhatte. Er wusste allerdings genug über Selbsterhaltung: In der Einfahrt würde er im Staub Schuhabdrücke hinterlassen, also schob er Zaundrähte auseinander, kam so auf das Grundstück und ging einen leicht bewaldeten Hang zum Haus hinauf.

Gut: Die Garage stand auf. Er zog die Überschuhe an, streifte die Handschuhe über und ging hinein.

Er tastete unter der Werkbank. Keine Metallkiste. Das Gewehr war nicht dort, wo Janine Neill es gesagt hatte.

Dann sagte Alec Neill: »Das ist Belästigung.«

Seine Stimme krächzte. Er war so erschrocken wie Auhl – aber er war bewaffnet und Auhl nicht.

»Ich habe Sie gesehen. Bin aufgestanden, um mir ein Glas Wasser zu holen, und da waren Sie. In dem weißen Anzug leuchten Sie wie eine Glühbirne.«

Auhl sagte nichts. Er hielt seine Hände so, dass Neill sie sehen konnte.

»Gibt es irgendeinen Grund, warum Sie sich so kleiden? Sie sehen so aus, als hätten Sie etwas ... Unschönes im Sinn.«

Neill stand im Schatten neben seinem Wagen, einem schwarzen Porsche Cayenne. Auhl warf einen Blick hinaus auf den mondhellen Hang, der zur Straße hinunterführte. Er könnte losrennen. Er könnte dabei eine Kugel in den Rücken abbekommen. Oder er schaffte es, und Neill rief die Polizei. Oder Debenham und Colfax. So oder so war Auhl am Ende.

Sein Mund war trocken. »Was haben Sie bei Janine genommen? Dasselbe Gift wie bei Ihrer ersten Frau?«

Neill trat in einen helleren Streifen Licht. Er trug einen Schlafanzug und mit Farbe bekleckerte blaue Crocs an den Füßen. Seine Haare waren vom Schlaf zerdrückt, und das Gewehr in seinen Händen zitterte leicht. Er hielt es, als hätte er keine Ahnung, worum es sich dabei handelte – aber man musste ja kein Experte sein, um eine alte .22er abzufeuern, dachte Auhl.

»Wo sind die anderen?«, fragte Neill, und das Gewehr zeigte von Auhl weg, als er schnell einen Blick hinaus in die leere Nacht wagte.

Bevor Auhl noch reagieren konnte, schwenkten Mann und Waffe wieder zurück. In dieser kurzen Zeit hatte Neill sich wieder gefangen. Seine Stimme war fest und klang unverhohlen sarkastisch und amüsiert, als er sagte: »Sie sind allein, richtig?«

»Ja.«

Neill grinste. »Das ist ja prima«, und seine Augen strahlten auf. Auhl entdeckte endlich den Wahnsinn in ihnen.

»Was ist prima?«

Zur Antwort richtete Neill das Gewehr auf ihn und fuchtelte hektisch mit dem Lauf. »Rein mit Ihnen.«

Dort würde er dann die Polizei rufen. Und Auhl, den Eindringling, erschießen. Auhl rührte sich nicht.

»*Rein*, habe ich gesagt.«

Wieder fuchtelte er herum. Wurde immer ungeduldiger, als Auhl sich nicht rührte. Doch Auhl beobachtete das Gewehr und wartete auf den richtigen Augenblick. Er würde zwei Sekunden brauchen, befürchtete aber, nur eine zu haben. *Die Spitze des Laufs ist auf seine Brust gerichtet, dann teilt sie sein Gesicht, zeigt zur Decke und beschreibt dann einen Bogen nach unten.* Wieder und wieder, und diese Geste drückte Verachtung und reine Arroganz aus.

»Ich spaße nicht, Sergeant. Bewegen Sie sich.«

Eine weitere Bewegung des Gewehrs, dann stürzte Auhl sich auf Neill, schaffte die halbe Strecke, bevor das Gewehr ganz nach oben zeigte, und donnerte in Neill, als sie sich wieder nach unten bewegte. Mit der zwischen ihnen eingeklemmten Waffe rangen die beiden Männer miteinander, und Neill versuchte, Auhl damit von sich zu schubsen. Neill war stark und drahtig. Auhl war trotz seiner morgendlichen Spaziergänge der Ältere, weniger Fitte von beiden. Dann rutschte Neill auf einer Öllache aus, Auhl fiel mit ihm, und so ineinander verhakt, versuchten sie verzweifelt und mit schweißigen Händen, das kleine Gewehr unter Kontrolle zu bringen. Dann geriet es in einen schrägen Winkel und ging los.

Auhl lag keuchend auf dem Boden und wartete darauf, dass er wieder einen klaren Gedanken fassen konnte. Neill lag auf der Seite, das Gewehr unter sich, die Wange auf dem Zement, und man konnte seinen Unterkiefer und die Eintrittswunde sehen.

Keine Austrittswunde, nicht bei dem kleinen Kaliber, und auch noch nicht sehr viel Blut. Doch das floss ihm bereits in den Kragen seines Schlafanzugoberteils; bald würde es auf den Zement tropfen. Endlich riss sich Auhl aus seiner tiefen Panik. Er stürzte zur Werkbank, rannte durch die Garage und versuchte nachzudenken.

Ein Malervlies, noch eingepackt. Er riss die Packung auf, breitete sie auf dem Zement aus und rollte Neill hinein. Er umwickelte ihn ganz damit und schleppte ihn schließlich hinaus auf den Rasen.

Er lauschte. Er hatte keine anderen Häuser in der Nähe gesehen, und der Lauf hatte sich gegen Neills Unterkiefer gedrückt, was den Schuss gedämpft hatte. Was jetzt? Seine weiteren Schritte schienen unausweichlich: wie alles andere in dieser Nacht, zielten sie auf Verschleierung ab. Die Stunde des Fuchses, dachte er wieder. Die Stunde, zu der ein Hobbyfarmer vielleicht mit seinem Kleinkalibergewehr auf Hühnerdiebe zielte. Oder sich selbst erschoss, weil seine Frau ihn verlassen wollte. Oder weil er ein Mörder war und die Schuld nicht länger ertragen konnte.

Auhl improvisierte.

Er entschied sich für den Fuchs.

Auhl, der alte Bulle von der Mordkommission ... Es war ziemlich aufschlussreich, Neills Leiche im Mondschein herumzutragen. Er spürte das Gewicht des menschlichen Körpers, seine klobige Widerspenstigkeit im Tode.

Auhl umging einen breiten, säuberlich abgeteilten Bereich voller Rosenbüsche hinter dem Haus und überquerte eine Grasfläche hin zu einem Stacheldrahtzaun, der Neills Grundstück von den leeren Feldern und fernen Bäumen trennte. Er inszenierte den Tod eines Mannes, der mitten in der Nacht hinter einem Fuchs herjagt und beim Überklettern eines Zauns ins Stolpern gerät. Ein Mann, der mit dem rechten Fuß zwischen dem ersten und zweiten Draht stecken bleibt, Oberkörper auf einer Seite, Schultern am Boden, das Gesicht ausdruckslos in den Himmel starrend. Stacheldrahtwunden an Waden, Armen und Oberkörper. Ein Gewehr in der ausgestreckten rechten Hand. Die Wunde unter dem Kinn.

Dann trat Auhl einen Schritt zurück. Er hatte eine Geschichte konstruiert: Auf welche Geschichte würden die Fahnder stoßen? Auhl bewunderte sein Werk nicht, sondern beäugte es kritisch. Er stellte sich die Fragen, die sich ein Mann wie Debenham stellen würde. Neills Armlänge, die Länge des Gewehrs. Rechtshänder oder Linkshänder? Wessen Gewehr?

Als Auhl mit allem zufrieden war, kehrte er zum Haus zurück und betrat es durch eine Verbindungstür in der Garage. Ein schwacher Geruch von Curry und menschlicher Behausung. So schnell, wie er nur konnte und wie seine dreißig Jahre Berufserfahrung es ihm ermöglichten, durchsuchte er jedes Zimmer. Hinter dem Badewannensockel, hinter den Steckdosen, im WC-Spülkasten, in Shampooflaschen und klumpigen Packungen Tiefkühlerbsen, unter den Schubladen …

In einem Laserdrucker fand er zwei Ampullen Suxamethonium. Eine war beschriftet mit Cabrini Hospital, die andere mit Peninsula Private Hospital.

Er steckte eine ein und ließ die andere so liegen, dass sie binnen Kurzem gefunden werden würde.

Auf der Rückfahrt hielt Auhl an dem Feuer des unbekannten Nachbarn. Er verbrannte die Schutzkleidung, das Vlies und die Verpackung und ging vorsichtig, mit hochgerollten Hosenbeinen, Socken in den Hosentaschen und Schuhe in der Hand, zum Wagen zurück. Ein cleverer Spurentechniker mochte ja die Erde an seinen Füßen bis zum Feld zurückverfolgen können, aber Auhl hoffte, bis dahin noch einige Male geduscht zu haben.

Eine schnelle Fahrt zurück in die Stadt; seine Nerven waren aufs Äußerste gespannt, und er wartete darauf, dass etwas geschah. Eine plötzliche Welle an Schuldgefühlen. Sirenen. Der Wecker springt an, Zeit aufzustehen.

Auhl versuchte, sich seiner Gefühle bewusst zu werden. Gewissensbisse? Scham, Schadenfreude, Angst, das sich auf die Brust klopfende Gefühl von Rechtschaffenheit? Nichts von alledem. Doch die angespannten Nerven hatten etwas zu bedeuten. Dass er jemanden umgebracht hatte? Mehr als das: *Er wollte nicht geschnappt werden.* Er hatte seine Spuren verwischt. Er war vorsichtig, heimlich, ein Schatten, der hinein- und wieder hinausschlich.

Und trotzdem, ein Nervenbündel.

Eine halbe Stunde später tauschte er wieder die Wagen, fuhr nach Carlton und musste unerklärlicherweise an Liz denken. Er hatte die Trennung nicht kommen sehen, aber er war auch nicht überrascht gewesen. Und er hatte nicht mit ihr gestritten. Es gab keinen Zank, keine Verbitterung, nur ein Sich-Abfinden, gemischt mit Bedauern.

Er fragte sich, was Liz wohl davon halten würde, wenn sie jemals mitbekam, was für eine Nacht er gerade erlebt hatte. Sie hatte ihn schon immer für ein wenig träge gehalten: wenig motiviert, zufrieden mit seiner eigenen Gesellschaft, in Gedanken versunken. Würde sie dann ihre Meinung ändern?

Natürlich würde er ihr nichts davon erzählen können. Keiner Menschenseele.

16

Dienstag.

Auhl änderte nichts an seiner Routine. Er ging spazieren, fuhr mit der Straßenbahn zur Arbeit, telefonierte, überprüfte Angaben. Ein Muster an Diensteifer. Doch im Laufe des Vormittags bemerkte er äußere Anzeichen von Stress an sich: verspannte Schultern, zu fest zusammengebissene Zähne, ein wippendes rechtes Bein. Jedes Mal, wenn Schritte an der Tür zur Abteilung für ungelöste Fälle vorbeigingen, oder jemand ins Büro kam, um mit Bugg, Pascal oder Colfax etwas abzuklären, glaubte er schon, Justitias Schwert sause auf ihn herab.

Waren denn die Leichen noch nicht entdeckt worden?

Seine privaten und seine dienstlichen Mails hatte er schon durchgesehen. Holprig formulierte Offerten zum Analverkehr mit schönen Russinnen; unschlagbare Angebote von Online-Stores, die er noch nie aufgesucht hatte. Nichts aus Tasmanien. Keine verdächtigen Todesfälle in East Melbourne oder St Andrews.

Eine halbe Stunde später ging er sie erneut durch, und seine Besorgnis legte sich ein wenig: Die Polizei in Launceston hatte bei der Adresse angeklopft, die auf Roger Vance' Anmeldung für den Land Cruiser gestanden hatte. Nachbarn zufolge – die mit ihm weiterhin in Kontakt standen und ihm ab und zu die Post nachschickten – war Vance vor vier, fünf Jahren weggezogen. Nun wohnte er in Victoria, eine Adresse in Moe.

Nicht weit weg von der Farm des toten John Elphick.

Ein vertrautes, willkommenes Gefühl trat an die Stelle der Angst: der Jagdinstinkt. Auhl dachte über Vance nach und versuchte, ihn sich vorzustellen. Ein Mann, der sich nicht damit abgab, seinen Land Cruiser in Victoria registrieren zu lassen, weil das ja Aufwand bedeutet hätte, ein Ärgernis. Ein Mann, der nicht weit vorausplante. Er zog das Risiko nicht in Betracht, die Aufmerksamkeit der Polizei oder der Bürokratie auf sich zu ziehen. Vance war die Art von Mörder, der eine in eine Decke gehüllte Leiche im Kofferraum liegen hatte und mit kaputten Rücklichtern herumfuhr.

Auhl tätigte eine Reihe von Anrufen. Roger Vance lebte noch immer in Moe. Er war hoch verschuldet; wegen Drogenbesitzes hatte er noch Sozialstunden abzuleisten; gelegentlich fand er Arbeit als Hufschmied, in einer Pferdegegend, in der es eh reichlich Hufschmiede gab.

Auhl klopfte an der Tür der Chefin, steckte den Kopf herein und sagte: »Ich habe den Kerl gefunden, der womöglich Elphick umgebracht hat.«

Colfax, die gerade einen Anruf tätigen wollte, legte wieder auf. »Wo?«

»Er wohnt jetzt in Moe. Ist dort vor ein paar Jahren hingezogen. Ich möchte ihn ganz gern ausquetschen.«

»Moe? Himmel, das ist einmal durch den halben Bundesstaat«, übertrieb sie.

»Bis wir ein Gesicht zu unserem Plattenmann haben, steht alles still«, sagte Auhl. Mit plötzlich trockenem Mund fuhr er fort: »Und die Sache Neill hat erst mit uns zu tun, wenn die Mordkommission damit fertig ist. Ich möchte mich also um Vance kümmern, bevor seine alten tasmanischen Nachbarn ihm berichten, dass wir herumschnüffeln.«

Helen wedelte mit der Hand in Richtung Auhl und stöhnte auf, als würde sie davon Kopfschmerzen kriegen. »Okay, okay, schon verstanden.« Sie klopfte sich geistesabwesend die Taschen ab. »Aber so ganz still stehen wir nicht. Sie müssen noch Donna Crowther aufspüren.«

Auhl sagte nichts und ließ sie über sein Anliegen brüten.

Schließlich schaute sie auf die Uhr und sagte: »Ich möchte nicht, dass Sie allein dort hinfahren. Nehmen Sie Claire oder

Josh mit und setzen Sie sich mit dem örtlichen Revier in Verbindung, ob die Ihnen ein paar Uniformierte stellen.«

»Eine weise Chefin ist eine geachtete Chefin.«

Helen suchte noch immer nach ihren nicht vorhandenen Zigaretten. »Befragen Sie ihn beim ersten Mal auf dem Revier.«

»Hoch geachtet.«

Sie seufzte. »Alan, verzwitschern Sie sich, okay?«

Auhl rief bei der Polizei in Moe an, sorgte für Begleitschutz, ließ sich einen Wagen geben, und am späten Vormittag waren Pascal und er auf dem Weg nach Osten. Sie fuhren schweigend, Auhl saß hinter dem Steuer, die Bewegung des Wagens und das Brummen der Reifen luden zum Nachdenken ein. Kein Frühlingslicht heute, nur ein nasskalter, sonnenloser Himmel.

Claire sah zu ihm herüber. »Stimmt was nicht?«

Auhl bemerkte, dass er das Lenkrad geradezu erwürgte. Er atmete ein und aus, um ein wenig von der Spannung zu lösen. Die Leichen hatte man sicher in der Zwischenzeit gefunden; die Kräfte würden sich gegen ihn verbünden. Er räusperte sich. »Alles in Ordnung.«

»Na, wenn das so ist, warum geben Sie mir dann nicht ein paar Einzelheiten zu diesem Ausflug, statt da zu sitzen, als wären Sie lieber anderswo.«

Der zurechtgewiesene Auhl skizzierte den Hintergrund: Elphick, Vance, der Land Cruiser, die Fahrt mit der Fähre.

Claire dachte darüber nach, während sich die Landschaft vor ihnen ausbreitete. »Aber Sie haben keinen tatsächlichen Beweis für irgendetwas.«

Auhl zuckte mit den Schultern. »Die schiere Eleganz. Eins passt zum anderen.«

»Aber er muss doch nur alles abstreiten.«

»Das Nummernschild, das sich klar wie Kloßbrühe auf dem Deckel des Notizblocks ablesen lässt, welches der Mann geführt hat, mit dem er sich überworfen hat und der eines gewaltsamen Todes gestorben ist, kann er nicht abstreiten.«

»Sie wissen, was ein Anwalt damit machen würde. Es gibt keine Möglichkeit zu beweisen, wann die Ziffern und Buchstaben notiert worden sind. Es könnte ja noch aus der Zeit stammen, als dieser Vance für ihn gearbeitet hat.«

»Na, Sie können einem aber auch jeden Spaß verderben, oder?«, meinte Auhl leichthin, eine ziemliche Leistung bei dem Zustand, in dem er sich gerade befand. Auf dieser Welle stillen Vertrauens zueinander erreichten sie Moe.

Roger Vance wohnte in einem Mietshaus am Rande der Stadt. Eine kurze, traurige, vernachlässigte Straße hinter einer Sägerei, die Art von Gegend, wo Bäume ein Schandfleck sind und Unkrautjäten der Job von jemand anderem ist. Am Straßenrand stand ein Van der Polizei. Auf dem voll besetzten Parkplatz hinter dem Haus konnte man einen Holden Pick-up mit Metallverdeck sehen, auf dem die Worte *Hufschmied mit Pferdeverstand* geschrieben standen.

»Hoffen wir mal, dass er davon nicht so viel hat«, murmelte Claire.

»Hoffen wir mal, dass er zu Hause ist.«

Sie stellten den Wagen ab und stiegen aus. Der Van war leer, aber Auhl sah die Ortspolizisten vor der Tür einer Erdgeschosswohnung stehen. Er konnte auch etwas sehen, das sie nicht sehen konnten: Roger Vance im Nebenhof, der zu seinem Pick-up hastete. Claire grinste. »Sie nehmen die eine Richtung, ich die andere.« Sie hielt inne. »Wenn Sie dem gewachsen sind.«

»Ich kann ja mit meinem Rollator nach ihm werfen.«

Claire sprintete den langen Weg herum, kam an den Polizisten vorbei und rief: »Nehmt die Beine in die Hand, Jungs.«

Auhl nahm den kürzeren Weg den Seitenpfad entlang. Vance war bei seinem Pick-up angekommen, fummelte aber – wohl in Panik über die Polizei an seiner Tür und den rennenden Schritten hinter sich – mit seinen Schlüsseln herum. Er ließ sie fallen, beugte sich vor, um sie aufzuheben, fand den richtigen Schlüssel nicht. Dann ließ er alles sein und warf einen irren Blick über die

Schulter zu Auhl. Ein schwammiges Gesicht voller Wut. Rote Haare und Augenbrauen, blasse Haut, so als sei er gerade von einer ausgedörrten Farm zurück. Shorts, T-Shirt, Laufschuhe mit offenen Schnürsenkeln.

Er drehte sich von Auhl weg, bereit, um in die andere Richtung davonzustürmen. Mit dem einen Schuh trat er auf den Senkel des anderen, und schon war Claire da, versperrte ihm den Fluchtweg und legte ihm eine Hand vor die Brust.

»Werden Sie sich benehmen?«

Vance schlug die andere Richtung ein, so als wolle er Auhl ausweichen. Derselbe Senkel verhinderte das.

»Sie sollten sich vernünftig anziehen, bevor Sie aus dem Haus gehen«, sagte Claire. »Hat Ihre Mutter Ihnen das nicht beigebracht?«

»Sie können mich mal.«

»Und diese Sprache?«

»Verfluchte Schlampe.«

»Immer mit der Ruhe«, sagte Auhl. »Sind Sie Roger Vance?«

»Wer will das wissen?«

Name und Dienstgrad, dann sagte Auhl, sie müssten ihm ein paar Fragen stellen. »Auf dem Polizeirevier, bitte schön.«

Vance war schon verbiestert auf die Welt gekommen. All die Enttäuschungen hatten sich in seinen Gesichtszügen und seiner Stimme gesammelt. »Wegen was?«

Schließlich tauchten seelenruhig die Uniformierten aus Moe auf. Der Ältere von ihnen meinte: »Schätze, Sie haben uns doch nicht gebraucht.«

»Wenn Sie Mr Vance in die Arrestzelle bringen könnten«, sagte Auhl, »wir folgen Ihnen.«

»Aber dazu sind wir gut genug«, meinte der Polizist und grinste.

Ein Befragungszimmer auf dem Revier, Vance mit mürrischer Miene. »Ich weiß gar nicht, was das soll. Ich weiß noch nicht mal, ob ich verhaftet worden bin.«

Ihm gegenüber am Tisch rutschte Auhl auf einem kippligen Plastikstuhl herum, um es sich bequemer zu machen. »Wir möchten Ihnen einfach nur ein paar Fragen stellen.«

Vance war ein zuckendes Nervenbündel. »Ich kann also gehen, wenn ich will?«

Claire, die neben Auhl auf einem ähnlich unbequemen Stuhl saß, war gelangweilt und herablassend. »Lassen Sie es mich mal so sagen, Rog. Roger. Roger, der Mogler. In dem Augenblick, wo Sie diesen Raum verlassen, werden wir Sie wegen Widerstands gegen die Staatsgewalt und –«

»Aber Sie haben doch gesagt, ich bin nicht verhaftet!«

»– Angriffs auf einen Polizeibeamten verhaften.«

»Das ist eine gottverdammte Lüge.«

»Oder«, meinte Auhl, »keine große Sache, Sie beantworten ein paar Fragen zu einem Fall, an dem wir gerade arbeiten, und wir bringen Sie nach Hause.«

Vance war blass und schweißbedeckt. Er hatte nicht geduscht und sich nicht rasiert, und aus seinem Hemdkragen stieg ein miefiger, schmutziger Geruch auf.

»Das liegt ganz bei Ihnen«, fuhr Auhl fort.

»So ein Blödsinn«, meinte Vance.

Seit dem Mord waren einige Jahre vergangen, es war also durchaus möglich, dass er ihn vergessen, verdrängt hatte und an ein jüngeres Verbrechen dachte. Ein kleinerer Diebstahl. Zu schnelles Fahren. Das Gras, das er im Schlafzimmer versteckt hatte. Er schaute zwischen den beiden Detectives hin und her, so als versuche er zu entscheiden, was schlimmer war: Auhls undurchdringliche Milde oder Pascals Feindseligkeit.

Auhl schlug kräftig zu. »Am 13. Oktober 2011 haben Sie über Nacht die Fähre von Devonport nach Melbourne genommen. Am 14. des Monats sind Sie nach Drysdale gefahren und haben John Elphick ermordet. Noch am selben Tag haben Sie die Fähre zurück genommen.«

»Was?« Vance schwankte. »Was sagen Sie da?«

»Die Unterlagen beweisen, dass Sie auf der *Spirit of Tasmania* waren, Roger. Sie sind am 13. hergekommen und in der Nacht des 14. wieder gefahren. Ein schneller Mord. Wir haben sogar digitale Kameraaufnahmen von Ihnen auf der Fähre.«

»Was?«

»Gehen wir noch mal zu einem Zeitpunkt *vor* Ihrem kleinen Ausflug zurück. Das Leben war schwer. Außerdem haben Sie ständig alles verkorkst. Ein Job, Murks, Kündigung. Nachdem John Elphick Sie rausgeschmissen hatte, beschlossen Sie, es doch mal unten in Tasmanien zu probieren. Aber natürlich haben Sie da ebenfalls versagt ...«

»... also haben Sie sich schließlich in den Kopf gesetzt, dass dafür allein Mr Elphick die Schuld trägt«, sagte Claire.

»Wir sind ja nicht uneinsichtig, Roger«, meinte Auhl. »Soweit wir wissen, konnte Elphick ein ziemliches Arschloch sein.«

»Das können Sie laut sagen«, erwiderte Vance.

In diesem Augenblick wusste Auhl, sie hatten ihn. »Arrogant, stimmts? Ein Perfektionist. Hatte ständig an irgendwas herumzumeckern. Selbst seine Familie hasste ihn.«

Auhl hatte keine Ahnung, ob das stimmte, aber bei Vance löste das etwas aus. Er fuhr sich mit der Zunge über die Lippen und schluckte. »Total unfair, was das Arschloch mit mir gemacht hat.« Seine Augen wurden schmaler, und ein kalkulierender Zug an ihm vertrieb den verletzten Blick. »Aber ich habe ihn nie angerührt. Bin nicht mal in seine Nähe gekommen. Ich bin nach Melbourne gefahren, um einen Kumpel zu besuchen.«

»Aber Sie wussten, dass Mr Elphick verstorben war, richtig?«

Ein Schulterzucken. »Hab ich irgendwo aufgeschnappt.«

»In den Nachrichten, vielleicht?«

»Schon möglich. Ich habs nicht so mit den Nachrichten.«

»Sie wollten einen Kumpel besuchen. Hat der Kumpel auch einen Namen? Eine Telefonnummer?«

»Der ist zurück nach England gegangen, glaub ich. Wir haben uns irgendwie aus den Augen verloren.«

Claire Pascal fragte: »Warum haben Sie Mr Elphick erstochen?«

»Ich habe ihn nicht erstochen«, sagte Vance mit einem verächtlichen Unterton. Er sammelte sich schon, um sie über die genauen Einzelheiten zu informieren, doch dann fiel ihm wieder ein, wo er sich befand, und er klappte hörbar den Mund zu.

»Er hat alles aufgezeichnet«, sagte Auhl.

»Was?«

»Er hat alles mit dem Handy aufgezeichnet. Wie Sie ihn anschreien wie ein jammerndes Kind, wie er Ihnen sagt, Sie sollten sich verpissen, der Kampflärm. Kein Problem für das Labor, die Stimme bei diesem Gespräch hier mit der Aufzeichnung abzugleichen.«

Alles Blödsinn, natürlich. Aber sie hatten ihn noch nicht verhaftet, bloß keine falsche Rücksicht. Und es war kein Anwalt dabei.

Auhl schob ein Foto über die zerschundene Tischplatte. »Und um dem Ganzen noch die Krone aufzusetzen, hier hat er Ihr Autokennzeichen aufgeschrieben. Er hat ein unbekanntes Fahrzeug bemerkt, das am Zaun hielt, und hat das Kennzeichen aufgeschrieben.«

Vance starrte das Foto an. Auhl schob es ihm näher hin. Vance fuhr zurück, als könnte es plötzlich zuschnappen.

»Na los, schauen Sie gut hin.«

Vance bewegte seinen trockenen Mund. Er suchte nach einem Ausweg. Er ließ die Augen rollen.

»Hat mich ruiniert, dieses Arschloch.«

17

Auhl hielt Claire die baumelnden Autoschlüssel hin. »Sie fahren.«

Doch bevor sie noch die Zündung betätigen konnte, meldete ihr Handy eine SMS. Auhl wartete, rechnete insgeheim schon damit, dass es sich um Debenham oder Colfax handelte und man Claire befahl, ihn zu verhaften. Er bemerkte, wie die Anspannung an Claire zunahm. Sie schrieben ihr, dass sie aufpassen solle. Als eine Sekunde nach der anderen verging und sie sich nicht rührte – sie starrte nur auf ihr Handy –, fragte er: »Was gibts? Irgendwas nicht in Ordnung?«

Sie blinzelte und riss sich aus der Lethargie. »Nichts. Hören Sie, macht es Ihnen etwas aus zu fahren?«

»Schon okay«, meinte Auhl und stieg aus. Was immer sie so beunruhigte, hatte wohl nichts mit ihm zu tun. Etwas Persönliches?

Auhl umrundete den Wagen vorn, Pascal hinten. Plötzlich wirkte sie ganz blass. Aller Energie beraubt. Als er sich hinter dem Lenkrad angeschnallt hatte, sagte er: »Claire? Sagen Sie es mir.«

»Meine beste Freundin hat mir gerade eine SMS geschrieben«, sagte sie kläglich.

»Okay.«

»Sie hat mir geschrieben, dass mein Mann eine Affäre hat.«

»Himmel«, sagte Auhl.

Er streckte die Hand aus und wollte sie am Arm berühren. Die Manschetten ihrer Bluse waren etwas nach oben gerutscht, er sah die hässlichen gefurchten Narben und überlegte es sich anders.

Pascal rührte sich nicht. Die Knöchel ihrer Hand, in der sie das Handy hielt, waren ganz weiß. Auhl griff danach. »Darf ich?«

Sie leistete keinen Widerstand. Er las, was auf dem Bildschirm stand:

Herzi, das solltest Du wissen, Michael treibts mit Oxley. Ruf mich an, okay? Alles Liebe, Jess – gefolgt von einer ganzen Reihe von Emojis: trauriges Gesicht, weinendes Gesicht, verwirrtes Gesicht, rotes, wütendes Gesicht, grünes, krankes Gesicht.

Auhl schüttelte den Kopf. Die beste Freundin teilt einem solche erschütternden Neuigkeiten *per SMS* mit? »Das tut mir wirklich leid«, sagte er. Pause. »Kennen Sie Jess schon länger?«

Claire antwortete abwesend: »Seit der Grundschule. Sie würde nie … das macht sie nicht zum Spaß.«

Nein, sie ist wirklich für dich da, dachte Auhl verbittert. Er verstand den Umgang heutzutage einfach nicht. Er gab ihr das Handy zurück. Claire nahm es, noch immer schockiert, den Tränen nah, verwirrt.

»Ich hab mir so etwas schon gedacht.«

»Wer ist Oxley?«

»Deb Oxley, eine Freundin von uns. Ehemalige Freundin.«

Auhl startete den Wagen. »Bis wir zurück sind, ist es später Nachmittag. Soll ich Sie gleich nach Hause fahren?«

Claire schlug sich die Hände vors Gesicht. »Und was soll ich da? Darauf warten, dass Michael hereinspaziert kommt? Das pack ich nicht. Ich kriege keinen Gedanken zu fassen.«

»Also zurück ins Büro.«

»Nein. Ich mein, ja. Nein. Ich weiß gar nicht, was ich machen soll.«

»Könnten Sie denn bei dieser Jess bleiben?«

Pascal lachte freudlos. »Sie wohnt auf der anderen Straßenseite. Und außerdem kann ich ihren Freund nicht ausstehen.«

Sie wohnt auf der anderen Straßenseite, dachte Auhl, aber es macht zu viel Mühe, ein paar Meter zu gehen und Claire die Neuigkeit persönlich zu überbringen und sie tröstend in den Arm zu nehmen.

»Hören Sie, ich habe noch ein Zimmer frei. Sie können bei mir wohnen, bis Sie sicher sind, was Sie machen wollen.«

Sie blinzelte ihn an. »Danke, aber das geht doch nicht.«

»Doch, wirklich, ich habe ein riesiges altes Haus in Carlton. Meine Tochter wohnt dort, ein paar internationale Studenten, alle möglichen Leute, die für eine Weile ein Dach über dem Kopf brauchen.«

Claire Pascal war abgelenkt genug, um zu sagen: »Wirklich? Ich hatte die Vorstellung, Sie … Sie …«

»Ich hause als trauriger alter Kerl in einer Junggesellenbude«, beendete Auhl den Satz. »Tatsächlich wohne ich als trauriger Kerl in einem großen Haus mit einem freien Zimmer.«

Lange Pause. »Kann ich darüber nachdenken?«

»Abgemacht«, sagte Auhl und legte einen Gang ein.

Schließlich fragte er: »Was arbeitet denn Ihr Mann?«

»Er ist in der IT-Branche.«

Was sollte man darauf sagen? Auhl fuhr los.

Schließlich unterbrach Claire Pascal die Stille, die bis in die östlichen Vororte angehalten hatte, und fragte: »Ist das Zimmer immer noch frei?«

»Als ich das letzte Mal nachgeschaut habe, schon.«

Erst ein kurzer Halt vor ihrem Haus. Claire dirigierte Auhl in eine schmale, abschüssige Seitenstraße in Abbotsford, in der man vorsichtig durch die auf beiden Straßenseiten abgestellten Wagen manövrieren musste. »Fahren Sie vorbei«, sagte sie und duckte sich unter die Kante der Beifahrerscheibe.

Auhl warf im Vorbeifahren einen Blick auf das Haus. Ein cremefarbenes Schindelhaus, Tür und Fensterrahmen in Braunschweiger Grün, ein paar Sträucher in dem taschentuchgroßen Vorgarten, ein leerer Carport.

»Er ist noch nicht zu Hause«, sagte Claire und setzte sich wieder aufrecht. Sie zeigte auf ein Haus auf der anderen Straßenseite. »Das ist Jess' Einfahrt. Fahren Sie dort drauf, sie wird auch noch nicht zu Hause sein.«

Auhl schätzte, dass es sich um eine Straße handelte, in der man wusste, was die Nachbarn so trieben. Er wusste kaum, wer seine Nachbarn waren. Drummond Street war breit, mit großen Häusern und geschäftigem Treiben und einem schnellen Wechsel von Studenten in Häusern wie dem seinen.

»Soll ich mit reinkommen?«

Claire schüttelte den Kopf. »Hupen Sie, wenn Sie einen weißen Golf sehen, der in meine Einfahrt fährt, dann schleiche ich mich hinten raus.«

Sie war schnell und kam nach fünf Minuten mit einer vollgestopften Sporttasche und einem Rollkoffer zurück, der über die Risse und Auswaschungen im Asphalt hüpfte.

»Zahnbürste? Kamm? Ladekabel? Schlafanzug? Ersatz ... dingsda?«

Claire sah ihn an. Sie war bereit für etwas Leichtigkeit und Humor, aber sie war gerade ausgezogen und noch sehr angespannt. Außerdem war Auhl ein viel älterer Mann, ein Arbeitskollege, den sie kaum kannte, der sie zu einem Zimmer in seinem eigenen Haus fuhr. Widerstreitende Gefühle huschten über ihr Gesicht.

Auhl unterbrach die Neckerei und lächelte sie traurig und freundlich an. »Kümmern Sie sich nicht um mich. Bereit?«

»So bereit wie nur was.«

Sie brachten den Wagen zurück in die Polizeigarage und nahmen die Straßenbahn an der St Kilda Road durch die City nach Carlton. Es war früher Abend, die Straßen voller Menschen, die von der Arbeit kamen, zu Abendklassen eilten oder vor dem Kino zum Essen nach Chinatown gingen. Claire, die sich von der Straßenbahn einlullen ließ, blieb stumm. Sie starrte hinaus und bekam nichts mit.

Sie stiegen bei der Uni aus und gingen durch Carlton zu Auhls Haus. Claire machte große Augen. »Hier wohnen Sie?«

»In all der Pracht.«

»Ich meine, es gehört Ihnen?«

»Ja.«

Sie schaute ihn an. »Sind Sie reich?« Sie klappte den Mund zu und schüttelte sich. »Sorry, geht mich ja nichts an.«

»Von meinen Eltern geerbt«, antwortete Auhl. »Ich bin nicht reich. Es würde mir wahrscheinlich ziemlich gut gehen, wenn ich es verkaufen würde, nehme ich an. Nachdem ich meiner Frau ihren Anteil gegeben habe.«

Claire stellte ihren Rollkoffer aufrecht auf dem Bürgersteig ab, während Auhl seine Taschen nach dem Hausschlüssel abklopfte. »Ich dachte, Sie wären geschieden.«

»Getrennt, aber Freunde.«

»Wo wohnt sie?«

»Hier. Die halbe Zeit.«

Claire schaute zweifelnd erst das Haus an, dann Auhl. »Ich weiß nicht, Al.«

»Hören Sie, es ist in Ordnung, es gibt keinen Knatsch, nichts, worüber Sie sich Sorgen machen müssten.«

»Wenn Sie das sagen. Aber ist das nicht komisch, dass sie auch hier wohnt?«

»Nur manchmal«, betonte Auhl.

Claire Pascals Gedanken huschten über ihr Gesicht: Mitleid, Verwunderung, Sympathie. »In was bin ich hier nur geraten?«

Schließlich fand sie sich damit ab, aber das war für Auhl okay. Allerdings konnte er sehen, dass er in ihren Augen nie mehr derselbe sein würde.

»Hauptsache, es funktioniert, richtig?«, fragte sie.

»Hauptsache, es funktioniert.«

Sie langte nach ihrem Koffergriff und straffte die Schultern. »Sonst noch etwas, das ich wissen müsste?«

»Komische Pärchenbildungen und schräge Fetische?«

»Für den Anfang.«

»Es gibt eine Katze namens Cynthia.«

»Eine Katze kann ich verkraften. Bei dem Namen bin ich mir allerdings nicht sicher.«

»Die menschliche Bevölkerung hingegen ist ziemlich normal.

Bei meiner Tochter übernachtet manchmal ein Freund. Ein paar Doktoranden wohnen hier, darunter ein Paar aus Sri Lanka. Und eine Frau mit Tochter, die während eines Sorgerechtsprozesses einen Unterschlupf braucht.«

»Und ich«, ergänzte Claire Pascal. »Eine erbärmliche Arbeitskollegin, die ihrem Mann wegläuft.«

»Da wären Sie nicht die Erste«, sagte Auhl und fand den richtigen Schlüssel. Er bemerkte, wie Claire die Stimme brach und ihre Schultern absackten, drückte sie kurz kräftig an sich und ließ ihr den Vortritt ins Chateau Auhl.

Als Erstes kam Pia durch den Flur gerannt, um Auhl zu begrüßen, doch blieb sie stehen, als sie Claire sah.

»Hallo.«

»Hallo«, sagte Claire und warf Auhl einen Blick zu. Dann spürte sie Cynthia um ihre Knöchel streichen und schaute nach unten. »Und dir auch Hallo.«

»Das ist Cynthia«, sagte Pia. »Bist du allergisch?«

»Nein.«

»Wie heißt du?«

»Claire.«

»Bist du A. A.s Freundin?«

Auhl schaute interessiert zu.

»Nein«, sagte Claire Pascal. Sie hielt inne. »Wir arbeiten zusammen.« Und: »Wir sind Freunde.«

»Kumpel, zeig Claire doch mal das freie Zimmer.«

»Er nennt mich Kumpel«, sagte Pia und polterte den Flur entlang zur Rumpelkammer. »Da ist das Bad, da ist die Küche, da geht es nach oben«, sagte sie und zeigte mit der Hand hin.

»Okay.«

Auhl legte Brieftasche, Schlüssel und Jacke ab, zog Jeans und T-Shirt an und ging zur Rumpelkammer hinüber. Pascal saß auf dem Bett und schrieb eine SMS. »Ich schreibe nur ...«

Ihrem Mann. Auhl trug die Kartons voller Krempel in den Flur und ließ sie in Ruhe. Nach einer Weile kam Bec herunter, ganz benommen vom Vorprüfungs-Lernstress, Neve tauchte in ihrem Putzoverall auf, und Tiv und seine Frau kamen mit Fleisch und Gemüse aus einem Asienmarkt herein und verkündeten, sie würden kochen. Einen besseren Start hätte Auhl sich für Claire Pascal nicht wünschen können.

18

Mittwoch. Auhl ging spazieren, duschte und las gegen sieben Uhr die *Age,* aß sein Müsli und hörte sich die Nachrichten auf ABC an. Den Dielengeräuschen und dem Gurgeln in den Rohren nach zu urteilen, duschten Neve und Pia. Bec würde um fünf vor zehn auftauchen und um zehn Uhr zur Arbeit in GewGaws Geschenkeboutique gehen, gleich um die Ecke. Tiv und Shireen flogen nach Sydney zu einer Konferenz. Auhl wusste nicht, wann er Liz wiedersehen würde. Die Doktorandin im Zimmer nebenan war letzte Nacht hereingeschlichen und bei Sonnenaufgang wieder verschwunden. Er hatte sie seit einem Monat nicht mehr zu Gesicht bekommen. Das war sein Leben.

Blieb noch seine neueste Heimatlose oder Streunerin, und diese trat vorsichtig und verdrossen mit nassen Haaren in die Küche. »Ich habe letzte Nacht zu viel getrunken.«

»Es gibt Müsli. Im Kühlschrank sind Eier.«

Claire schauderte.

»Und Kaffee in der Kanne.«

Wieder schauderte sie, wohl vor Erleichterung. Sie setzte sich zu ihm an den Tisch, trank Kaffee, wurde nach und nach wach, das Leben kehrte in ihr Gesicht zurück, in Augen, Nacken, Hände. Wenn auch nicht viel Lebensfreude. Wenn überhaupt etwas, dann Misstrauen, in dem strengen Blick, den sie Auhl zuwarf, so als warte sie auf eine ganz bestimmte Reaktion.

Auhl fragte sich, was er denn wohl falsch gemacht haben könnte, und fragte: »Was ist?«

»Das ist zutiefst merkwürdig für mich.«

Auhl schob die Müslischale, Zeitung und Radio beiseite und verschränkte die Arme. »Okay ...«

»Es ergibt schon einen Sinn, wenn wir zusammen zur Arbeit gehen.«

»Das tut es.«

»Aber es fühlt sich merkwürdig an, Alan. Ich finde, wir sollten getrennt gehen. Du hast mich eine Nacht hier wohnen lassen, wofür ich dankbar bin, aber wir sollten eine professionelle Distanz wahren.«

Er sah an ihrem Gesicht, dass ihr dieser Ausdruck unangenehm war, sie ihn aber in Ermangelung eines besseren benutzt hatte. »Womit auch immer du dich wohlfühlst«, sagte er.

»Dabei wäre es logisch, wenn wir zusammen fahren.«

»Hmhm.«

»Aber es ist nicht so, dass wir Freunde wären oder, Gott bewahre, eine Beziehung haben.«

»Ich nehme mal an, im Hinterkopf fragst du dich, welche Absichten ich habe«, sagte Auhl.

Sie wurde rot.

Auhl breitete die Arme aus. »Du hast das Haus gesehen, die Menschen, die hier leben. Du bist nur die Neueste in einer langen Reihe. Ich hatte mit niemandem davon eine Beziehung. Ich kann mir nicht denken, dass du allzu lang hier wohnen bleibst, aber ich freue mich, dass ich dir ein Dach über dem Kopf anbieten kann, während du entscheidest, was du machen willst. Wenn du bleiben willst, vermiete ich dir gern das Zimmer. Spottbillig, übrigens. Schau«, sagte er. »Das ist ein großes Haus, und es wäre die reinste Verschwendung, Zimmer leer stehen zu lassen, wo sie doch in der Innenstadt so rar sind.« Er hielt inne. »Du kannst ja nachts jederzeit abschließen.«

Sie warf ihm einen strengen Blick zu, bemerkte dann aber das Blitzen in seinen Augen. »Jaja.«

Auhl wendete sich wieder seinem Frühstück und den Neuigkeiten zu, und nach einer Weile sagte Claire: »Michael ist ziemlich durcheinander. Andauernd schreibt er mir. Ruft an. Ich habe ihm einen Schock versetzt, als ich gestern Abend nicht nach Hause gekommen bin. Aber ich bin noch nicht bereit, ihn zu sehen. Ich will nicht zurückgehen, nur damit er sich besser fühlt. Ich brauche noch ein paar Tage, um nachzudenken.«

Wenn der Job das erlaubt, dachte Auhl. Er fragte sich, inwiefern der Ehemann durcheinander war. Richtig erschüttert, oder nur zweckdienlich durcheinander – damit er es seiner Frau so richtig schwer machte? »Völlig in Ordnung, Claire.«

Claire sah sich hilflos in der Küche um. »Ich sollte wohl bei Einkauf und Kochen helfen, schätze ich.«

»Claire, mach dir was zu frühstücken, um Himmels willen.«

Sie zuckte zusammen. »Ist es in Ordnung, wenn ich mir Porridge mache?«

»Aber immer doch.«

»Ich hasse Müsli.«

»Dann mach dir Porridge.«

»Diese Unterhaltung ist lächerlich.«

»Ja.«

Claire schaute weg, sah durch die Küche zur Absteige hinüber, schaute nach oben an die Decke, so als würde sie intuitiv die Böden, Zimmer und Menschen dort oben erkennen. Auhl nahm an, dass sie sich bereits mit dem Haus verbunden fühlte. Sie hatte letzte Nacht Spaß gehabt, das Essen, der Wein, die komische Gesellschaft. Er wusste nicht, ob das für sie eine gute oder eine schlechte Sache war.

Sie fuhren mit der Straßenbahn zur Arbeit; als sie sich dem Haupteingang des Polizeipräsidiums näherten, sagte sie: »Scheiße.«

»Was ist denn?«

»Michael.«

Der Ehemann war kräftig, athletisch, Mitte dreißig. Schmaler Anzug, gepflegtes Haar, aber ein Ausbund an herrischen Blicken, Verdrossenheit und kaffeebefeuerter Nervosität. »Ist das dein Neuer?«

»Michael, bitte.«

Auhl fühlte sich von der Wut des Mannes wie angesengt und

tat einen Schritt zurück. Dann trat er wieder vor und streckte die Hand aus. »Ich arbeite mit Claire.«

Michael Pascal kümmerte sich nicht um ihn; Kummer stand ihm ins Gesicht geschrieben. »Bitte, Claire, das halte ich nicht aus. Bitte, komm zurück.«

Claire ließ die Schultern sinken. Sie ging auf ihren Mann zu, klopfte ihm zögernd auf die Schulter und warf Auhl einen mehrdeutigen Blick zu: *Ich hab das im Griff* und *Es wäre mir lieber gewesen, du hättest das nicht gesehen* und *Mach dir keine Sorgen um mich.*

Auhl nickte und ging nach oben ins Büro der Abteilung für ungelöste Fälle.

»Richten Sie sich gar nicht erst häuslich ein«, erklärte Helen Colfax, »Sie kommen mit mir.« Sie hielt inne und sah sich im Hauptbüro um. »Wo ist Claire?«

»Noch nicht da.« Eine feste kleine Faust ballte sich in seinem Magen. »Wo wollen wir denn hin?«

»St Andrews.«

Auhl versuchte, die Zunge anzufeuchten, während er ihr zum Fahrstuhl folgte. »Hat das mit den Neills zu tun?«

Helen drückte auf den Knopf für die Garage. Sie hatte sich die Haare schneiden lassen. Sie waren jetzt sanft geformt und lagen um ihr Gesicht wie Federn, was ihr aber nicht stand. Ihr Körper schien regelrecht zu sirren, sie wirkte bereit zur Tat und wartete ungeduldig auf den Fahrstuhl. Wieder fragte Auhl: »Boss, die Neills?«

Sie fasste sich. »Janine ist tot. Ihre Schwester hat sie heute Morgen gefunden, nachdem sie sie schon gestern und letzte Nacht nicht erreicht hatte.«

»Tot, und wie?«

Colfax, die noch immer eine Ablenkung brauchte, verglich die Ärmellängen. Einer war bis zur Hälfte des Unterarms aufgerollt, der andere bis zum Ellbogen. Sie rollte den längeren Ärmel hoch und sagte: »Gute Frage. Für wie dumm halten Sie den Ehemann?«

»Nicht dumm. Aber arrogant.«

»Genau. Erste Anzeichen deuteten darauf hin, dass sie eine Art Anfall hatte.«

»Vergiftet? Suxamethonium?«

Colfax schüttelte den Kopf. »Sie hat sich übergeben, und ihr Körper war ganz verdreht von dem Anfall. Nicht wie ein Herzinfarkt, so die erste Untersuchung.« Sie sah Auhl an. »Und auch nicht die Symptome wie bei der ersten Frau. Aber würde Neill tatsächlich drei verschiedene Methoden ausprobieren? Wäre er so dumm?«

»Er würde etwas verwenden, das nur sehr schwer nachzuweisen ist«, sagte Auhl.

Sie fanden den Wagen, einen zivilen weißen Holden, und Helen fuhr. Während Claire Pascal nervös hinterm Steuer saß, war Colfax forsch und schnell. »Weiß Debenham Bescheid?«, fragte Auhl.

»Er wartet dort auf uns. Ich will Neill packen, bevor man uns den Fall entzieht. Ich will sein Gesicht sehen.«

»Krokodilstränen?«

»Wahrscheinlich.«

Auhls Anspannung ließ nach. »Wir müssen seinen Browserverlauf überprüfen.«

Colfax schüttelte den Kopf. »Alan, der Kerl ist Chirurg, er ist umgeben von Büchern und akademischen Artikeln, mit Expertenkollegen und Zugang zu Medikamenten. Wir werden nicht herausfinden, dass er eingegeben hat: *Wie bringe ich meine Frau mit einem nicht nachweisbaren Gift um.*«

»Trotzdem ...«

»Wie ist es gestern in Moe gelaufen?«

»Er hat gestanden«, antwortete Auhl.

»Wirklich?« Sie schaute zu ihm herüber. »Gut gemacht. Sie können sich jetzt also ganz auf diesen Plattenmann konzentrieren, okay? Josh hat die Adresse von Donna Crowther gefunden.«

»Wenn sie nichts damit zu tun hat, werden wir sein Gesicht an die Presse geben müssen«, sagte Auhl.

»Ist anscheinend fast fertig«, meinte Colfax. »Vielleicht morgen.«

Der Wagen rollte durch die nördlichen Vororte und kam schließlich in eine Gegend, die eher ländlich denn städtisch wirkte. »Haben Sie denn einen Durchsuchungsbefehl für Neill?«

»Debenham. Wenn wir in großer Zahl mit einem Durchsuchungsbefehl auftauchen, knickt der gute Doktor vielleicht ein.«

»Auf keinen Fall«, entgegnete Auhl. »Er wird mauern und ohne Anwalt kein Wort sagen.«

»Ein Mädchen darf ja mal träumen.«

Sie kamen an dem Feld mit dem Feuerplatz vorbei. Nichts weiter als ein Haufen Asche und eine schmale Rauchfahne, und Auhl spürte eine Art wilder Euphorie, gepaart mit Schrecken. Was, wenn es sich um eine ausgefeilte Falle handelte? Er war auf einer Überwachungskamera gesichtet worden, die er übersehen hatte. Oder Neill lebte noch. Im strahlenden Sonnenschein brannten die Frühlingsfarben so kräftig, als hätte er ein Paralleluniversum betreten. Als sie die Zufahrt hinauffuhren, sah er sich im Gras um und befürchtete schon, dass sich seine Fußspuren im Tau abzeichneten, aber es lag kein Tau, und das Gras war kräftig und niemals betreten worden.

Er dachte nicht weiter an die Landschaft, als Debenham und ein zweiter Beamter in Zivil aus einer Limousine stiegen, die auf dem weißen geschotterten Wendekreis vor dem Haus stand. Einen Augenblick später folgten ihm drei Uniformierte, die in einem Streifenwagen warteten.

»Örtliche Polizei«, murmelte Helen. Sie wollte schon aussteigen und sagte noch: »Freudensprünge macht niemand.«

Sie hatte recht. Alle zogen ernste Gesichter. »Vielleicht ist Neill abgehauen.«

Sie stiegen aus, schüttelten Hände, dann zogen sich die Ortspolizisten in höflichem Abstand zurück und überließen die Angelegenheit den Detectives. Debenham verbarg beiläufig ein

Gähnen und sagte: »Ich überbringe ja nur ungern schlechte Nachrichten, werte Kollegen, aber Sie haben die Fahrt wohl umsonst gemacht.«

Auhl überließ Helen das Fragenstellen. »Ist Doktor Neill nicht zu Hause?«

»Oh doch, zu Hause ist er schon.«

»Und er hat einen Anwalt bei sich?«

»Oh, Sorgen um seine Rechte macht er sich keine mehr.«

»Jerry, Schluss mit dem Quatsch«, mahnte Helen. »Was läuft hier?«

»Er ist tot.«

Helen sah Auhl an und drehte sich dann mit einem leisen Anflug von stoischem Schulterzucken wieder zu Debenham um. Schlechte Nachrichten, zu späte Informationen, falsche Nachrichten – das alles gehörte zum Spiel. »Ermordet?«

»Schwer zu sagen.«

»Was können Sie denn sagen?«

»Sieht so aus, als hätte er sich aus Versehen selbst erschossen.«

»Im Haus?«

»Nein.«

»Spucken Sies schon aus, Jerry.«

Ein wenig unwirsch sagte Debenham: »Als niemand an die Haustür oder Hintertür kam, haben wir uns umgesehen. Neill hängt da drüben in einem Stacheldrahtzaun.« Müde deutete er in eine Richtung. »Im Schlafanzug.«

»Sonderbar«, sagte Auhl.

»Sieht so aus, als hätte er sich selbst erschossen«, sagte Debenham. »Mit einem geladenen Gewehr durch einen Zaun klettern, so etwas ist schon mal vorgekommen.« Er hielt inne. »Aber was weiß denn ich.«

»Tot«, sagte Helen.

»Mausetot«, meinte Debenham. »Kleine Geschöpfe mit spitzen Zähnchen haben schon an ihm genagt.«

»Haben Sie schon –«

»Helen, ich kenne meine Aufgaben. KT ist auf dem Weg.«

»Aber das ist schon verdächtig, oder nicht?«

Debenham war ungeduldig, so als wolle er eine rauchen, einen Kaffee trinken, schlafen. »Schauen Sie selbst.«

»Und es handelt sich tatsächlich um Doktor Neill?«

»Im Schlafanzug, in Lebensgröße – sozusagen.«

Er führte Auhl und Colfax an der linken Seite des Hauses vorbei zum Garten dahinter. Auhl zitterte. So weit, so gut, aber war das immer noch Teil der Falle? Komisch, den Ort bei helllichtem Tag zu sehen. Ordentliche Rosenbeete an der Veranda mit Blick auf einen gemähten Wiesenhang mit jungen einheimischen Bäumen dahinter und Zäunen, die das Grundstück vom benachbarten Farmland trennten. All das schier durchtränkt von Farbtönen: rot, gelb, rosa, grün, darüber der blaue Baldachin des Himmels, von Wolken durchsetzt.

Helen starrte mürrisch die Leiche an und sagte: »Ich verstehe, was Sie meinen. Haben Sie schon im Haus nachgesehen?«

»Als Allererstes«, sagte Debenham. »Kaum hatten wir das hier gesehen« – er wies mit einer trägen Handbewegung auf die Leiche –, »haben wir es auf dem Revier gemeldet und uns schnell im Haus umgesehen. Niemand.«

»Was ist mit dem Durchsuchungsbefehl?«

»Ausgeführt.«

Debenham schenkte ihr sein selbstgefälliges Lächeln mit halb geschlossenen Augen. Er wühlte in der Tasche, zog einen Beweisbeutel hervor und schüttelte ihn vor ihren Gesichtern. »Noch mehr von den Medikamenten, die seine Frau gestohlen haben soll, wie er sagte.«

Helen sah Auhl an. »Wir können auch genauso gut wieder nach Hause fahren.«

»Und mir das Aufräumen überlassen«, klagte Debenham säuerlich.

»Wir haben mit den eiskalten Fällen zu tun«, sagte Auhl zu ihm. »Der hier ist noch lauwarm.«

»Blödmann.«

Auhl folgte Helen zurück zum Wagen. Die Garage schien

ihn zu beobachten. Da war der Porsche, das spartanische Innere, nagelneue Farbdosen, unbenutztes Werkzeug der Größe nach an einer Stecktafel, der Betonboden wirkte sauber und poliert. Für Auhl wirkte er allerdings blutfleckig, er eilte daran vorbei, versuchte, nicht an Montag zu denken, nicht an die mitternächtliche Dunkelheit.

Seine eigene mitternächtliche Rache.

19

Sie gaben den Wagen zurück, gingen nach Southbank und holten Mittagessen für vier; im milden Sonnenlicht glitzerte der Fluss unwiderstehlich. Als sie wieder im Präsidium waren, schloss sich Helen in ihrem Büro ein, und Auhl händigte Tandoori-Wraps an Claire Pascal und Joshua Bugg aus. Claire bedankte sich geistesabwesend und wich seinem Blick aus. Bugg war misstrauisch.

»Was bin ich Ihnen schuldig?« Er starrte das Essen an, zögerte, es anzunehmen.

»Geht auf mich«, sagte Auhl.

Bugg war das peinlich. »Danke.«

Auhl setzte sich an seinen Schreibtisch, verputzte seinen Wrap und sah, dass die anderen beiden schließlich auch aßen. Dann zog Bugg einen Stuhl an Auhls Schreibtisch heran und setzte sich rittlings darauf. »Gutes Sandwich. Danke.«

Auhl sah ihn zurückhaltend an und sagte: »Gern geschehen.«

»Zwei Dinge«, setzte Bugg an. »Erstens, Donna Crowther ist polizeibekannt.«

»Okay.«

»Nicht wegen Dealen oder etwas Derartigem. Körperverletzung, 2005.«

Wie elegant, dachte Auhl – die Leiche stellt sich als der Freund heraus, und Crowther entpuppte sich als die Mörderin. »Angeklagt und verurteilt?«

»Zur Bewährung«, antwortete Bugg. »Wenn sie betrunken war, hat sie ganz gern ihren Freund Sean vermöbelt. Das brachte ihn eines Tages in die Notaufnahme, und er erwirkte eine einstweilige Verfügung gegen sie. Wurde nicht verlängert. Nichts Weiteres danach.«

»Danke, Josh. Sagen Sie das auch der Chefin.«

»Mach ich. Zweitens, junge Vermisste namens Sean?«, sagte Bugg. »Ein paar mehr, als man glauben sollte.«

Damals ein verbreiteter Name?, fragte sich Auhl. Vielleicht neigten junge Männer namens Sean eher zu Abwegen. »Wie viele?«

»Im entsprechenden Zeitraum? Siebzehn im Alter von fünfzehn bis einundzwanzig. Von diesen siebzehn habe ich vierzehn gefunden. Sie sind entweder nach Hause zurückgekehrt oder haben sich daheim gemeldet. Davon sind drei später verstorben. Ich warte noch die restlichen drei ab. Ich habe Nachrichten hinterlassen.«

So lebhaft und freundlich war Bugg noch nie zu Auhl gewesen. Er schaute durch das Büro, um einen Blick mit Claire Pascal zu wechseln, doch die hing am Telefon. »Danke, Josh.«

Bugg verzog das Gesicht und sagte: »Mein Bruder war mal ein Jahr lang verschwunden. Keiner wusste, wo er war.«

»Ist er wieder zu Hause?«

»Ja, aber er steht auf der Kippe«, sagte Bugg und hielt sich einen Finger an die Schläfe.

Schizophrenie?, fragte sich Auhl. »Tut mir leid.«

»Meine Eltern haben die Hölle durchgemacht«, meinte Bugg, stand auf, drehte den Stuhl um und kehrte an seinen Schreibtisch zurück. »Noch was: Die siebzehn vermissten Seans stammen alle aus Victoria. Wenn unser Bursche aus einem anderen Bundesstaat oder aus Übersee stammt ...«

»Wird er noch schwerer zu identifizieren sein«, pflichtete Auhl ihm bei.

Danach rief Auhl bei der Maklerin von Century21 an, die den Verkauf des Grundstücks in Pearcedale an Nathan und Jaime abgewickelt hatte. Sie bestätigte, dass der Verkäufer ein Agrarunternehmen gewesen war, das das Grundstück von den Sullivans erworben hatte. Die Firma hatte seitdem dichtgemacht.

Allerdings hatte die Makleragentur einen Besitzerwechsel erlebt und den Namen geändert, seit sie dort angefangen hatte. Keiner der Angestellten hatte von dem Grundstück gewusst, als es noch den Sullivans gehörte.

In der Zwischenzeit war Donna Crowther unter einer Adresse in Edithvale aufgespürt worden. Claire Pascal sprach wenig mit Auhl, als sie dorthin fuhren. Ihr Mann war ein wenig aufgebracht, das war alles. Sie würde heute Nacht wieder in Carlton übernachten, wenn Auhl nichts dagegen hätte.

»Völlig in Ordnung«, sagte Auhl. Der Wagen wirkte in der späten Nachmittagssonne überhitzt. Er schaltete die Klimaanlage ein.

Das Navi dirigierte sie zu einem hingeduckten Backsteinhaus mit vertrocknetem Gras zwischen Haustür und Straße, und die Frau, die die Tür öffnete, erkannte sofort, dass sie von der Polizei waren. Sie trat auf die Veranda, mollig, derb, mit Stachelfrisur, Piercings und Tattoos. Dreißig Jahre Streitlust standen ihr ins Gesicht geschrieben. Ja, sie sei Donna Crowther. Ja, sie würde ein paar Fragen beantworten. Davon abgesehen war deutlich, dass sie nicht sonderlich darauf erpicht war, irgendjemandem, irgendwo und irgendwann behilflich zu sein.

»Sie und ein Freund namens Sean haben mal in einem alten Eternithaus bei Pearcedale gewohnt«, sagte Auhl rundheraus.

Sie schnaubte. »Ach, darum gehts? Die Leiche unter dem Beton?«

Sie zündete sich eine Zigarette an und zog daran; ihr Kopf, ihre Hand, die ausgestellte Hüfte und die Zigarette selbst gaben eine schauderhafte Kopie von Noblesse ab. Auf ihrem T-Shirt prangte ein verkrusteter Fleck.

»Der reinste Schrott«, fuhr sie fort. »Ein guter Ort, um jemanden zu verbuddeln.«

»Sie sind 2005 ausgezogen?«

»Wenn Sie das sagen.«

»Weil das Haus Schrott war?«

»Wie ich schon sagte. Das Dach leckte, Ratten drangen ein. Nicht eine gerade Wand im ganzen Haus.« Sie schnippte die Kippe auf den verdorrten Vorderrasen. »Warum? Sprechen Sie mit allen, die jemals dort gewohnt haben, ist es das? Weiß Gott, wen die alte Schachtel als Mieter hatte, nachdem ich ausgezogen bin. Ständig habe ich sie bedrängt, das Haus doch mal zu reparieren.«

»Bernadette Sullivan?«, fragte Claire nach.

»Von der reden wir hier doch, oder nicht?«

»Sie ist gestorben. Wir haben von Angela Sullivan, ihrer Tochter, von Ihnen erfahren.«

Crowthers Gesicht wurde ein wenig weicher. Eine Mischung aus Bedauern, Verwirrung und alten Erinnerungen. »Angela. Meine Güte. Wie geht es ihr?«

»Standen Sie sich nah?«, fragte Auhl.

»Nah würde ich nicht sagen«, antwortete Donna langsam und ging in Gedanken die Jahre zurück. »Aber wir haben uns verstanden. Nur die alte Hexe von Mutter ...«

»Aber Sie haben Zeit mit Angela verbracht«, setzte Auhl nach.

»Nicht viel, nein. Ich war mehr mit ein, zwei Nachbarinnen zusammen, Putzen und Babysitten und so.«

»Was hat Sean gemacht?«, fragte Claire.

Der plötzliche Themenwechsel brachte Crowther durcheinander. »Was geht Sie das denn an, was er gemacht hat? Sean und ich waren gute Mieter.«

»Erinnern Sie sich an eine Betonplatte, Donna?«, fragte Auhl und beobachtete sie genau.

»Nein«, betonte sie. »Keine Platte, Nicht, solange Sean und ich dort gewohnt haben.«

»Kein alter Hühnerstall, Gartenschuppen, Schweinestall am Haus?«

»Hab ich doch schon gesagt: Nein.«

»Hatten Sie Streit mit Sean? Ist er deswegen verschwunden?«

Auhl setzte nach: »Soweit wir wissen, gab es ziemliche Spannungen zwischen Ihnen beiden.«

»Genug, dass Sean eine einstweilige Verfügung gegen Sie erwirkt hat.«

Falls sie gedacht hatten, sie würde unter den Schlägen zusammenbrechen, hatten sie sich getäuscht.

»Ihr Mistkerle«, meinte sie fröhlich. »Entschuldigen Sie die Ausdrucksweise.«

Ihr amüsiertes Grinsen verging, als sie die Haustür weit öffnete und sie hineinbat. »Nach Ihnen.«

Ein dunkler Flur teilte das Haus. Geschlossene Türen, am Ende eine Stufe hinunter in ein angebautes Sonnendeck. Heiße, nach Medikamenten und Urin riechende Luft, ein Mann im Rollstuhl mit einer Decke über den Beinen.

»Das ist Sean«, sagte Crowther. »Seanie, sag Hallo zu den netten Polizisten.«

Eine rote, schartige Narbe zog sich von der linken Stirnseite über die Schläfe. Sein linkes Ohr war ein Knäuel aus Haut und Knorpel, der Mund dauerhaft verzogen. Seine stumpfen Augen nahmen Auhl und Pascal langsam auf.

»Sean ist von seiner Harley gestürzt. Kein Helm, keine Lederkleidung, sturzbetrunken. Jetzt ist er faktisch Gemüse. Zufrieden?« Eine traurige Feindseligkeit, doch legte sie nicht viel Herz hinein.

»Es tut uns leid«, sagte Claire.

»Ich habe niemanden umgebracht. Ich habe niemanden verscharrt. Sean und ich haben niemanden umgebracht. Ich habe nicht die leiseste Ahnung, wen sie da bei unserer alten Bleibe gefunden haben, okay? Das muss passiert sein, nachdem wir ausgezogen sind.«

Auf einem kleinen Beistelltisch das Foto von einem Mann – wahrscheinlich Sean – auf einer großen Harley, Donna als Sozia.

»Wir mussten das überprüfen, Donna«, sagte Auhl. »Die Leute erzählten, Sean habe Sie verlassen. Sei verschwunden.«

»Ja, das hat er. Nachdem er die einstweilige Verfügung gegen mich erwirkt hatte, ist er abgehauen, und ich habe fast zwei Jahre lang nichts von ihm gehört. Dann hatte ich mitbekommen, dass er drüben in Western Australia vom Bike gestürzt war. Ich konnte ja nicht einfach so tun, als gehe er mich nichts an. Wir beide waren seit Highschooltagen beste Freunde.« Sie zuckte leicht mit den Schultern. »Seine Familie ist zu nichts zu gebrauchen.«

Auhl, der das unbestimmte Gefühl hatte, mit der Güte anderer Menschen nicht mithalten zu können, gab ihr die Hand und bedankte sich. Sie kehrten zum Wagen zurück, und Auhl setzte sich auf den Beifahrersitz.

»Ich fahre, in Ordnung?«, sagte Claire.

»Auf dieser Seite gibts kein Lenkrad«, sagte Auhl, lehnte sich an die Tür und schloss die Augen.

Sie kämpften sich durch den Verkehr, gaben den Wagen zurück, meldeten sich bei Colfax, gingen wieder nach unten und verließen das Gebäude. Es war früher Abend, ein merkwürdiges Halbdunkel, ein paar Autofahrer fuhren mit Abblendlicht, andere mit Standlicht, wiederum andere waren noch unentschieden. Claire Pascal suchte die Straßen nach ihrem Mann ab.

20

Als später am Abend das Haus rings um Auhl still wurde, spürte er Neve Fannings angespannte Anwesenheit in der Tür zum Wohnzimmer eher, als dass er sie hörte. Er war froh darüber. Ohne Ablenkung hallten das Mondlicht von St Andrews, das Gerangel um die Waffe, der Schuss selbst und der Zaun in ihm nach. Er sagte, was er immer sagte: »Hungrig? Bedien dich bei den Resten.«

Eine Gemüsepfanne von Claire. Auhl setzte sich zu Neve, während sie aß, und gönnte sich den Rest eines Elan Merlot. Schließlich schob sie den Teller beiseite und sagte: »Lloyd möchte, dass Pia das Wochenende bei ihm verbringt.«

»Und will sie gehen?«

»Eigentlich nicht.«

»Willst du, dass sie geht?«

»Nein.«

»Aber …?«

Sie war eine Frau mit geschrumpften Möglichkeiten. Unendlich müde sagte sie: »Er spielt nur ein Spielchen. Er sieht den Sieg kommen und reibt ihn mir unter die Nase. Es ist ihm völlig egal, ob Pia kommt oder nicht, er weiß, dass ich nichts dagegen sagen werde, weil wir uns am Montag vor Gericht wiedersehen, und er glaubt, ich werde nichts unternehmen, um das Resultat zu gefährden. Außerdem steht er dann gut da.«

»Und im Hinterkopf hegst du den Gedanken, dass wenn du am Montag vor Gericht siegst und seine Zeit eingeschränkt wird, du zumindest an diesem Wochenende gnädig mit ihm warst.«

Sie verzog das Gesicht. »So was Ähnliches.«

»Was machst du also?«

Sie zuckte mit den Schultern. »Ich habe mit Mr Flink gesprochen. Er hält das für eine gute Idee.«

Auhl sagte nichts dazu.

Am Donnerstag saß Auhl kaum an seinem Tisch, als Helen Colfax mit Autoschlüsseln klapperte.

»Sie kommen mit mir. Der Plattenmann hat ein Gesicht.« Heute trug sie eine ausgewaschene Jeans-Tunika über einer Radlerhose und wirkte darin flott und verwegen, während sie auf ihre bekannt manische Art durch die Stadt zum Kriminaltechnischen Institut fuhr. »Ach, übrigens, Doktor Berg hat angerufen und den vorläufigen Todeszeitpunkt von Alec Neill durchgegeben. Irgendwann Montagnacht.«

Auhl schluckte. »Und Janine?«

»Schwerer zu bestimmen. Sie war Montag in der Arbeit, hat dort aber gesagt, dass ihr schlecht sei, und ist nach Hause gegangen. Personen zufolge, die sie bei der Konferenz gesehen haben, war ihr das ganze Wochenende schlecht. Also irgendwann Montag.«

»Wurde sie vergiftet?«

»Die Ergebnisse sind noch nicht da.«

Auhl seufzte und hoffte, es würde nachdenklich klingen, nicht nervös. »Zumindest diesen Fall können wir schon mal streichen.«

»Es sei denn, eine dritte Person war daran beteiligt«, entgegnete seine Chefin, und er versteifte sich, seine Muskeln und Sehnen spannten sich an, während der Wagen unnachgiebig durch die Straßen rollte.

Im Labor wurden sie ins Büro für forensische Anthropologie zu einem Mann namens DeLisle geführt. Als Auhl seinen Akzent hörte, dachte er: Amerikaner. Das revidierte er, als er DeLisle näher zuhörte. Kanadier.

DeLisle ging mit ihnen in sein Labor und stellte ihnen zwei

seiner Doktorandinnen vor. »Tin Kyaw ist aus Myanmar«, sagte er und strahlte, »und Lily aus Schottland.«

Die Frauen rutschten betreten herum, aber DeLisle war noch nicht fertig. »Diese jungen Damen haben das ganze Wochenende daran gesessen, und ich glaube, Sie werden mir recht geben, dass sie sehr gute Arbeit geleistet haben.«

Die Burmesin deutete auf ihr Werk. Sie hatte ein Tonmodell vom Kopf des Plattenmanns angefertigt. Auch die Schottin sprach kein Wort, sondern deutete nur auf den Computermonitor, wo sich unablässig ein Kopf in 3-D drehte. Plötzlich verkündete sie: »Ich kann ihm lange oder kurze Haare geben, Barthaare, jede beliebige Farbe.«

Es gab noch eine weitere Person im Raum, eine schlanke Frau mit hochgetürmten roten Zöpfen und einer Brille auf der Nasenspitze. Sie hatte an einem Schreibtisch in der Ecke gearbeitet und kam jetzt herüber. »Wie Sie sehen können, gibt es bemerkenswerte Ähnlichkeit zwischen den beiden Rekonstruktionen, trotz unterschiedlicher Technik.« Anna Weston stand auf ihrem Laborausweis.

»Unsere beratende Künstlerin«, sagte DeLisle und strahlte wieder. »Wenn sie nicht gerade ihren Lebensunterhalt damit bestreitet, Porträts anzufertigen.«

Weston zuckte mit den Schultern. »Lebensunterhalt kann man das nicht gerade nennen.«

Nachdem sie sich die Hände geschüttelt hatten, begutachtete Auhl die Gesichtsrekonstruktionen. Der Plattenmann hatte einen schmalen Kopf, eine kräftige, knochige Nase und ein starkes Kinn. Ein Gesicht, das Aufmerksamkeit weckte. Das Tonmodell besaß eine merkwürdige Wärme, so als würde es aus lebendiger Haut bestehen, nur dass die Augen tot waren. Andersherum waren die Augen in der Computeranimation recht lebhaft, doch wirkte die Haut flach und nicht recht überzeugend.

Auhl schaute Helen Colfax an, die ihm ganz leicht zunickte. »Die Fernsehsender und Tageszeitungen dürften mit allzu viel

Kunst wohl nichts anzufangen wissen«, sagte er. »Ich schlage vor, Sie zeigen denen das Tonmodell mit kurzen schwarzen Haaren, das Digitalmodell mit Glatzkopf, mit Bart und mit langen Haaren. Aber vielleicht veröffentlichen Sie noch eine breitere Auswahl auf YouTube und Facebook.«

»Das können wir machen«, meinte DeLisle. »Wann?«

Auhl wandte sich an Colfax, die sagte: »Wir werden für das Wochenende eine Pressekonferenz anberaumen.«

Sie suchte sich eine ruhige Ecke und zückte ihr Handy. Auhl hörte sie sagen: »Die Presseabteilung, bitte«, dann gingen Weston, DeLisle und die Studentinnen davon und ließen ihn mit den Rekonstruktionen allein. Er betrachtete sie und versuchte, sich in den Kopf des Toten hineinzuversetzen.

Colfax kehrte zurück. »Alles geregelt. Ich fürchte, Sie werden von Kameras und Reportern überschwemmt werden.«

DeLisle strahlte. Auhl bezweifelte, dass er dabei die Studentinnen oder sich meinte. Es handelte sich wohl eher um die Wissenschaft und die Chance, darüber zu sprechen.

Karalis wartete schon auf sie.

»Ich habe eine DNA-Probe zur Analyse geschickt, aber das wird dauern. In der Zwischenzeit möchte einer unserer Assistenten ein Wort mit Ihnen wechseln.«

Er führte sie zu einem Burschen mit Dreadlocks in einem Laborkittel, der auf einen Metalltisch voller Betonbrocken wies. »Da wäre die Betonplatte.«

Helen Colfax war ungeduldig, und ihr Haar wurde immer wilder, je länger sich der Morgen hinzog. »Was ist damit?«

»Sie haben sich gewundert, warum die Platte so alt aussah, richtig?«

Auhl bemerkte die Ungeduld in Helens Gesicht und sagte: »Haben Sie etwas gefunden?«

Dreadlocks bat ihn, sich den größten Brocken mal anzuschauen. »Ich glaube, dass Erde und Schotter auf die Oberfläche gestreut wurden, bevor der Beton trocknete.«

Auhl richtete sich auf und nickte. Er begann zu ahnen, dass hier ein finsterer Verstand am Werk gewesen war. »Um es älter zu machen?«

»Um ihm einen älteren, verwitterten Anschein zu geben, ja.«

Wenn man mit dem Grundstück nicht vertraut war – ein Polizist, zum Beispiel – und dort etwas vorfand, das wie eine alte Betonplatte aussah, dann würde man auf den Gedanken kommen, dass sie schon seit Jahren dort lag und früher mal einem bestimmten Zweck gedient hätte. Der Boden eines Schuppens, zum Beispiel.

Mutter und Tochter Sullivan hatten nicht dazu geneigt, das Grundstück öfter mal aufzusuchen. Wenn, dann hätten sie eine alte Platte im Gras gesehen und sich vielleicht gefragt, was sie dort sollte, oder an ihrem Gedächtnis gezweifelt. Wer wollte denn schon eine Betonplatte ausbuddeln?

»Kein sauberer Fingerabdruck in einer unverfälschten Ecke Zement?«, fragte Colfax.

Der Labortechniker grinste. »Die Hoffnung stirbt zuletzt.«

Als sie das Labor verließen, fiel Auhl noch ein, Karalis nach den Zahnabdrücken zu fragen.

»Da gibt es nichts zu sagen. Ein junger Mann mit gesunden Zähnen, das ist alles.« Karalis ging mit ihnen zum Wagen. »Ich werde für den Untersuchungsrichter noch einen Bericht brauchen.«

Die Aufgabe des Untersuchungsrichters würde es sein – mit Hilfe und Information durch Polizei und KT –, die Identität des Plattenmanns festzustellen, Ursache und Umstände seines Todes zu bestimmen, und die Einzelheiten bekannt zu geben, die zur Feststellung seines Todes nötig waren. So wie die Dinge jetzt standen, würde das Verfahren nur kurz sein.

»Alles zu seiner Zeit, Doc«, sagte Helen Colfax.

Im Wagen sagte sie: »Bleibt uns nur noch abzuwarten.«

21

Auhl verbrachte den Freitag damit, sich mit den Krankenhäusern in Verbindung zu setzen, in denen Alec Neill gearbeitet hatte, und bat um die Unterlagen zur Medikamentenaufbewahrung und die Aufzeichnungen der Überwachungskameras. Dann Berichteschreiben, der Papierkram zu Vance' Verhaftung, weitere Anrufe bei Maklern in der Gegend um Pearcedale.

Nach der Arbeit traf er sich mit Neve und Pia in der Bourke Street Mall; Pia hatte einen kleinen Rucksack mit den Sachen für das Wochenende bei ihrem Vater dabei. Auhl ging mit den beiden in einen Gebrauchthandyladen in der Elizabeth Street und kaufte Pia ein altes Handy, mit Hülle und Ladekabel, dazu eine billige Monatsflatrate.

Neve umarmte Auhl tränenreich und kniete sich dann vor ihre Tochter. »Schätzchen, es ist vielleicht eine gute Idee, wenn du …«

Dann versagte ihr die Stimme. Pia beendete den Satz für sie: »Wenn ich Dad nichts von dem Handy sage.«

»Genau!«

»Damit sparst du dir einen Arschvoll Ärger«, sagte Auhl.

»Du hast ›Arsch‹ gesagt.«

»Ich Arsch, hab ich das?«

Er begleitete die beiden zur Bahnstation Southern Cross und wartete, bis sie im Zug nach Geelong saßen. Die arme Neve – wenn sie Pia bei ihrem Vater abgeliefert hatte, würde sie den ganzen Weg zurückfahren müssen. Aber sie traute Lloyd nicht, sagte sie, vielleicht wartete er ja gar nicht am Zielbahnhof.

Dann traf sich Auhl wie verabredet mit Claire in einer Dachterrassenbar über einem winzigen Boutiquehotel in der Flinders Lane. Niemand sonst war älter als vierzig. Designerklamotten, angeregte Unterhaltungen, teure Handys. Freitagabend, aber es war leise. Von der Musik bekam Auhl kaum etwas mit.

»Ich falle hier auf wie ein bunter Hund.«

»Ist doch egal. Es schaut eh keiner her. Die wollen sich vor allem alle gegenseitig abschleppen.« Claire ging erst zu spät auf, was sie da gesagt hatte, und wurde rot. »Ich habe die Bar ausgesucht, weil ich wusste, dass es noch nicht voll sein wird.«

Er musste grinsen. »Schon okay, du kannst doch abschleppen, wen du willst.«

Sie säuselten sich leicht einen an, unterhielten sich über die Arbeit, sprachen über Ehe und Liebe und dessen Sterben und Tod.

»Um noch mal auf deine Frau zurückzukommen«, setzte Claire an.

»Meine getrennt lebende Frau, um genau zu sein, die nur manchmal unter demselben Dach wohnt«, betonte Auhl und fragte sich, ob er es riskieren konnte, Liz nach dem Gerichtstermin am Montag erneut im Büro aufzusuchen.

»Stehst du auf einen bestimmten Typ?«

Auhl schaute sich im Raum um. »Na, jedenfalls keine junge Frau in einem Aufreißerschuppen.«

Claire wischte ihm über die Schulter. »Du machst Witze, um Fragen aus dem Weg zu gehen, die du nicht hören willst. Ich habe dir alles über Michael erzählt – jetzt kannst du mir erzählen, was mit deiner Frau schiefgelaufen ist.«

»Ich habe nicht aufgepasst«, sagte Auhl nach einer Weile. »Das schien alles zu passieren, als ich gerade nicht hinschaute.«

Claire Pascal wägte den Satz ab. Vielleicht fand sie die Antwort auf ihre Frage unzureichend, hakte aber nicht nach. »Michael hat auch nicht aufgepasst«, sagte sie schließlich.

»Zumindest nicht auf dich.«

»Genau. Er behauptet, das sei ein einmaliger Ausrutscher

gewesen, aber kann man so etwas jemals glauben? Selbst wenn er die Schlampe niemals wiedersieht, wird er es jetzt wohl eher mal mit einer anderen probieren.«

»Du willst ihm also noch mal eine Chance geben?«

»Kann sein. Vielleicht.«

Auhl sah sich erneut in der Bar um und schätzte, dass dies die Art von Ort war, zu der ihr Mann sie ausgeführt hatte. Vielleicht versuchte sie, diesen Teil ihrer Vergangenheit zu überdenken. Ihr Handy piepste. Schon wieder, dachte Auhl. Mindestens schon ein halbes Dutzend Mal.

Claire sah seinen Gesichtsausdruck. »Michael überschüttet mich mit Liebesbotschaften.«

»Er möchte, dass du nach Hause kommst.«

»Ja.«

»Willst du denn?«

»Weiß noch nicht.«

»Ist er …?«, setzte Auhl an.

»Verstört? Gewalttätig? Wäre es ein fürchterlicher Fehler? Nein.«

»Okay. Was sagen deine Freundinnen dazu?«

»Ach, alles: Versuch es doch noch mal, schieß ihn auf den Mond, versuchs mit einer zeitweiligen Trennung.«

»Sehr hilfreich.«

»Und wie.«

Irgendein Wahnsinniger hämmerte Samstag früh um Viertel vor sieben an Auhls Haustür, dann donnerte er ein paarmal mit dem Messingtürklopfer, und das Geräusch knallte wie Schüsse durch den Flur bis in die hintersten Ecken des Hauses.

Auhl, der gerade von seinem Spaziergang zurückgekehrt war und duschen und frühstücken wollte, bekam den Hauptteil davon ab.

Er riss die Tür auf. »Was ist denn?«

Michael Pascal, der verschlafen schwankte. »Sie vögeln meine Frau.«

»Was für ein nettes Déjà-vu«, entgegnete Auhl.

Pascal blinzelte. »Hä?«

Er hatte blutunterlaufene Augen, das Hemd war ihm aus der Hose gerutscht, das Gesicht voller Stoppeln, geplatzter Äderchen und Kotzeresten. Auhl wich vor dem Gestank einen Schritt zurück. »Gehen Sie nach Hause, Mann. Stellen Sie sich ein paar Jahre unter die Dusche und schlafen Sie Ihren Rausch aus.«

»Sie pennen mit meiner Frau, hab ich gesagt.«

»Nein«, entgegnete Auhl. »Claire brauchte einen Unterschlupf, bis sie weiß, was sie vorhat. Und jetzt gehen Sie nach Hause.«

»Einen Scheiß werde ich, bis ich – «

Dann stand Claire neben Auhl. »Michael, was zum Teufel machst du hier?«

Sie war vom Badezimmer aus leise durch den Flur gekommen, trug Jogginghose und T-Shirt und hatte sich die Haare in einen blauen Handtuchturban gewickelt. Hals und Schultern des T-Shirts waren feucht. Auhl spürte die mächtige Aura der vom Duschen feuchten, kürzlichen Nacktheit neben sich. Er wollte schon sagen: »Ich lasse euch besser allein«, aber weder die Uhrzeit noch der Ehemann waren zivilisiert genug, als dass er das Risiko hätte eingehen können, sie einfach auszusperren.

»Claire«, bettelte Pascal, »verflucht noch mal, Deb bedeutet mir überhaupt nichts. Das war 'ne einmalige Sache.«

»Bist du die ganze Nacht aufgeblieben?«

»Und wennschon? Du bist doch einfach abgehauen und hast mich sitzen lassen, wolltest nicht mal mit mir reden. Ich brauche dich, Claire. Ich stehe massiv unter Druck, das weißt du. Ich muss dieses Riesenprojekt zu Ende bringen und ich, ähm ...«

Er hatte anscheinend den Faden verloren. Nach einer Weile legte sich ein hässlicher verliebter Ausdruck auf sein Gesicht. »Claire, wir sind doch ein Team, Mensch. Komm schon. Bitte. Ich flehe dich an. Ich halte das nicht durch.«

Es war wie in einem schlechten Film. Claire zuckte zusammen und warf Auhl einen entschuldigenden Seitenblick zu. »Ist schon okay, Alan. Ich rede mit ihm. Er wird sich sofort wieder beruhigen.«

Also trug Auhl den Flurtisch und zwei Küchenstühle auf die Veranda hinaus, brachte dem Ehepaar Kaffee und Toast und ging duschen. Er hörte Gemurmel auf der anderen Seite des Fensters, als er sich anzog, und die Stimmen verklangen, während er den Flur entlang in die Küche ging, um zu frühstücken. Es gab kein Geschrei. Schließlich kam Claire zurück ins Haus und eilte den Flur entlang, und Auhl hörte, wie sie über das Festnetz ein Taxi rief. Wieder ging die Haustür auf und zu. Als er seine Müslischale auswusch, stand Claire wieder in der Tür. »Ich habe ihn nach Hause geschickt, um seinen Rausch auszuschlafen.«

»Okay.«

»Himmel, ich könnte einen Kaffee vertragen.«

Am späten Vormittag ging Auhl Tennis spielen; als er am Nachmittag zurückkehrte, fand er seine neueste Mieterin am Küchentisch mit Neve, Bec, Shireen und Tiv vor. Der Tisch war das reine Chaos, voller Teller und leerer Flaschen, die Gesichter voller müder Gutwilligkeit.

»Das Essen ist fast vorüber«, sagte Claire.

Er sah sie stirnrunzelnd an. »Wer sind Sie denn? Eine Gastprofessorin? Studium abgebrochen? Auf Bewährung?«

»Haha.«

Auhl beugte sich vor und gab seiner Tochter einen Kuss auf die Stirn. »Ähm, Prüfungsstress?«

»Nur noch eine. Ich darf ein wenig runterfahren.«

Eine nach der anderen verschwand in irgendeiner Ecke des Hauses. Auhl, der todmüde war, fläzte sich in seinen Lehnsessel und schlief mit der an seiner Hüfte zusammengerollten Cynthia ein.

Als er aufwachte, fühlte sich das Haus leer an, bestand nur aus Stille und geschlossenen Türen. Seine Tochter, seine Mieter, sie mochten alle wohl in der Nähe sein, klapperten auf Laptops herum oder schauten fern, aber es lag keinerlei menschliches Kräuseln in der Luft, jedenfalls spürte er nichts.

Für ein großes Wokgericht hackte er Zwiebeln, Ingwer, Knoblauch, Zuckererbsen, Bohnensprossen, Paprika und Brokkoli und schnitt Hühnerfleisch klein, dann schaute er Nachrichten, während alles marinierte. Aber nur kurz. Er hatte einen Bärenhunger.

Als die Sportzusammenfassungen begannen, kam Claire hereingeschlendert. »Tut mir leid wegen heute Morgen.«

Auhl winkte ab. »Es gibt genug Chinapfanne, wenn du magst.«

Sie schüttelte den Kopf. »Ich bin noch voll vom Mittagessen mit den anderen.«

Sie trat beiläufig gegen die Möbel, bis Auhl sagte: »Spucks schon aus.«

Hastig sagte sie: »Ich glaube, ich übernachte heute bei mir zu Hause.«

Auhl nickte. »Klar.«

»Ich muss ein paar Dinge mit Michael durchkauen.«

»Ich verstehe.«

Sie trat gegen ein Tischbein. »Aber wenn das Ganze eine Katastrophe wird, kann ich dann zurückkommen?«

»Das Zimmer gehört jederzeit dir«, sagte Auhl.

Dann war sie verschwunden, und Auhl ging zum Nova Cinema. Ein australischer Film, und nicht zum ersten Mal hatte Auhl den Eindruck, dass die Schauspieler übertrieben breit und unnatürlich australisch spielten und sprachen. Er sprach so nicht. Er kannte auch niemanden, der so sprach.

Als er nach Hause kam, schaute Neve, die noch immer ihre Arbeitskleidung trug, fern. Schuldbewusst stellte sie den Fernseher aus. »Sorry.«

»Was mein ist, ist dein, Neve«, sagte er.

Also saßen sie da und starrten den schwarzen Fernseher an. »Wegen Montag«, sagte Neve.

»Machst du dir Sorgen?«

»Ja. Was, wenn Richter Mesner meine Stunden einschränkt und nicht die von Lloyd?«

»Das wird er schon nicht. Aber vielleicht erzwingt er gleiche Stunden.«

Neve biss sich auf die Lippe, sagte kurz darauf Gute Nacht und verschwand in ihr Zimmer.

Eine Hand rüttelte an Auhls Schulter, und eine Stimme zischte ihn an. »Alan. *Alan.*«

Ein seltsamer Schein fiel von der Straßenlaterne durch seine Schlafzimmerjalousien, es war finster, seine Knochen schmerzten, und Neve Fanning beugte sich wie eine Erscheinung über ihn. Er strampelte sich wach. »Was. *Was?*«

Sie trug einen alten Baumwollpyjama und verzog das Gesicht. »Ich muss Pia holen. Kann ich deinen Wagen haben?«

Auhl schüttelte sich die Verschwommenheit aus dem Kopf. »Tut mir leid, noch mal langsam?«

»Pia hat angerufen. Sie möchte nach Hause kommen.«

Das schärfte Auhls Sinne. »Hat Lloyd irgendetwas angestellt?«

Jetzt war Neve verwirrt. »Was? Nein. Sie hat gesagt, das Haus sei voller betrunkener Leute, die Musik sei laut, und sie hat Angst und kann nicht schlafen, und ob sie bitte nach Hause kommen kann.«

»Ich fahre«, sagte Auhl.

Sie zogen sich an und stiegen in Auhls alten Saab. Er setzte mit hoher Geschwindigkeit zurück, kegelte eine Mülltonne um, kam auf die Straße, und schon schossen sie durch die City zur West Gate Bridge. Es war Samstagnacht, ein steter Strom Vergnügungssüchtiger zog in beiden Richtungen über die Brücke, und schließlich waren sie auf dem schrecklichen brummenden Highway mit all den flatternden Windschatten schwerer Laster. Mond und Sterne waren verschwunden, doch Bremslichter und Neonlichter flackerten schmierig herum, während sie die Stadt in südliche Richtung verließen.

Neve saß ganz aufgeregt neben ihm und war fast außer sich vor blankem Elend.

Schließlich kamen sie nach Geelong und in die ruhigen Straßen von Manifold Heights, und Neve dirigierte Auhl zu einem ausgedehnten Anwesen, das ein wenig von der Straße zurückgesetzt lag. Er hielt zwischen den Straßenlaternen, und sie gingen die Zufahrt entlang. Jetzt hörten sie die Musik, der Bass wummerte derartig, dass die Scheiben klirrten und der Boden bebte. Vor allem aber fiel Auhls Polizistenblick auf die Fahrzeuge: zwei schwarze Range Rover mit getönten Scheiben, ein Mercedes-Sportwagen, ein Audi TT.

Er klopfte; keine Reaktion. »Schlüssel?«

Neve schüttelte den Kopf. »Er hat die Schlösser ausgewechselt.«

Sie gingen nach hinten und betraten das Haus durch eine Glasschiebetür auf der Terrasse. Flaschen, schmutzige Teller und Gläser in der Küche, auf dem riesigen Fernseher im Wohnzimmer flackerte ein Porno. Eine Anzahl Gestalten schliefen auf Sofas, Betten und Fußböden. Flaschen, ein paar Jointreste, achtlos weggeworfene Kleidung.

»Nimmt Lloyd Drogen?«, fragte Auhl.

Neve schüttelte den Kopf. »Eigentlich nicht.«

Aber ab und an? Öfter als früher?, fragte sich Auhl.

Schnell durchsuchen sie das Haus; keine Spur von Pia. Dann ballte Neve, die sauer auf sich selbst war, die Fäuste. »Ich weiß, wo sie ist – da hat sie sich immer versteckt, wenn Lloyd ausgerastet ist.«

Ein Einbauschrank in einer Abstellkammer im oberen Stock; Pia schlief, rührte sich aber, als Neve nach ihr griff, sie hochhob und trug. Als sie sicher im Auto saßen, sagte Auhl: »Ich bin gleich wieder da.« Er kehrte zur Einfahrt zurück, zückte sein Handy und fotografierte die Kennzeichen. Dann betrat er erneut das Haus und fotografierte Gesichter, Körper und den Partymüll.

22

Trotz der gestörten Nachtruhe wachte Auhl um sechs Uhr auf und ging spazieren. Auf dem Rückweg kaufte er eine Tüte Croissants für den Haushalt, wie jeden Sonntag, duschte, zog sich an und gähnte bei der Lektüre der *Age*. Er lauschte, wie das Haus rings um ihn erwachte, und Cynthia strich ihm um die Beine.

Als Erste tauchte Neve mit feuchten Haaren und eingefallenen Wangen auf. Sie hatte einen Kaffee und ein Croissant vor sich, nahm aber immer wieder das Handy in die Hand und legte es weg. »Ich weiß nicht, was ich machen soll. Wenn Lloyd aufwacht und feststellt, dass Pia nicht da ist, was passiert dann?«

Auhl, der gerade Tasse und Teller abspülte, erstarrte. Wenn er nicht so von der Müdigkeit übermannt worden wäre, dann wären ihm die rechtlichen Konsequenzen der nächtlichen Ereignisse sicher eingefallen. Er setzte sich wieder hin und sagte: »Du musst ihm sofort eine SMS schicken. Das Letzte, was du willst, ist sein Anwalt, der dir eine Entführung anhängt, oder dir vorhält, du würdest ihm den Kontakt mit Pia verwehren. Bleib höflich, erwecke keineswegs den Eindruck, du wolltest ihn beschuldigen, schreib nur, dass Pia krank geworden ist und ihm nicht zur Last fallen wollte, deshalb hat sie gebeten, dass du sie abholen solltest.«

»Ich *hasse* das«, zischte sie, was ihn überraschte. »Ich hasse es, mich derart verbiegen zu müssen, nur um sein kostbares Ego nicht anzukratzen. Was ist mit mir, mit Pia und mir? Wann sind *wir* mal dran?«

Auhl packte sie kurz am Unterarm. »Morgen Abend, mit etwas Glück. Vor Gericht. Aber jetzt halten wir alles, was gestern

Nacht passiert ist, schriftlich fest, dazu die Fotos, und dein Anwalt soll sich das mal anschauen.«

Neve umklammerte sich fest, doch so wirkte sie nur noch kleiner und besiegbarer. Sie starrte das Display ihres Handys an, so als würde sie dort die Worte finden. Bei diesem Mistkerl von Ehemann hatte sie wohl ein ganzes Leben lang damit zu kämpfen gehabt, die richtigen Worte zu finden, dachte Auhl.

Dann pingte sein Handy. *Kann ich heute Nacht und Montag bleiben, Abteilungsmeetings? Liz x.* Ein Gefühl durchfuhr ihn. Sie würde für kurze Zeit sein Leben erhellen, und er würde das zulassen – obwohl sie ein hoffnungsloser Fall war und er das wusste.

Aber an Gewohnheiten, an Vertrautem war schon etwas Gutes.

Es war ein Haus voller benommener Seelen, und Liz kam und kam und kam nicht. Am frühen Nachmittag pingte erneut sein Handy. John Elphicks Tochter Erica: *Entschuldigen Sie die kurzfristige Einladung: Brunettis in fünf Minuten?*

Ich mache eine Diät, schrieb er zurück.

Ha, ha.

Fünf Minuten später sagte er zu den Schwestern: »Aber Sie haben sich doch schon bedankt.«

Ein überschwängliches Telefonat, eine Flasche Bollinger, die ins Büro geliefert worden war, eine ausführliche Karte.

»Aber noch nicht persönlich«, entgegnete Rosie.

Die Schwestern waren schon seit Wochen, Monaten nicht mehr in der Stadt gewesen, erzählten sie ihm. »Wir fanden«, sagte Erica und wedelte mit einer sahneverschmierten Kuchengabel herum, »wir sollten etwas gegen den Kuchenentzug tun und Ihnen gleichzeitig danken.« Sie hatte sich Sahneröllchen bestellt, Rosie ein Mandelcroissant, und beide tranken große Latte macchiato. Auhl schaute zu, wie bei beiden Frauen die kleine Zungenspitze nach Puderzucker suchte. Aus reiner Geselligkeit bestellte er sich einen grünen Tee.

»Aber Sie müssen doch was essen.«

Er patschte sich auf den Bauch. »Ich bin schon mit Croissants vollgestopft.«

»Alan«, sagte Erica, und ihr Gesichtsausdruck verriet, dass er sich eine andere Ausrede einfallen lassen solle.

Er seufzte und räumte ein, dass die Röllchen wirklich gut aussehen würden; die beiden Frauen strahlten ihn an. Selbstbewusste Frauen, die mit Pferden aufgewachsen waren und hier, in der Menge der smarten innerstädtischen Bevölkerung, leicht anachronistisch wirkten. Nun, Auhl wohl auch, müde und ergrauend.

Er schaute die Schwestern beunruhigt an. »Da ist immer noch der Prozess. Sie werden vielleicht dort erscheinen müssen.«

»Ach, das kriegen wir schon hin«, meinte Rosie, »keine Sorge.«

Erica fragte hinterlistig und halb im Scherz: »Werden Sie unseren jährlichen Anruf vermissen?«

Die alljährliche Telefonkonferenz, bei der die beiden sich immer gegen ihn verbündet hatten. »Wahrscheinlich schon«, antwortete er.

»Lügner.«

Er blieb noch eine Weile, dann gab er den beiden unter vielen Freundlichkeiten und vagen Versprechen, in Kontakt zu bleiben, je einen Kuss auf die Wange und überließ sie ihrem Kuchen.

Immer noch keine Liz. Am frühen Abend tauchte Claire Pascal auf und brachte chinesisches Essen mit. »Frag nicht«, sagte sie zu Auhl und rief das restliche Haus zu Tisch. Sie aßen, die anderen verschwanden wieder, dann war es Zeit, auf den Plattenmann in den Nachrichten zu warten.

Er tauchte nach zehn Minuten auf, erst die Tonversion, dann das Digitalbild. Darin hatte er mal kurze Haare, mal einen kahl rasierten Schädel, mal lange Haare, dazu einen Bart. Eine Minute später musste er einer weiteren Schießerei aus einem vorbeifahrenden Fahrzeug in Lalor weichen.

»Kurz und knapp«, sagte Claire.

»Es gibt ja noch die Zeitungen morgen früh.«

Claire brachte die leeren Schalen in die Küche, kehrte mit ihrem Tablet zurück und machte es sich neben Auhl auf dem Sofa bequem. Ihre Finger tippten und wischten. »In den sozialen Medien ist mehr los.«

Auhl warf einen Blick auf die Bilder vom Plattenmann. »Gut.«

»Du willst sicher wissen, wie es mit Michael lief.«

»Geht mich nichts an. Allerdings glaube ich, er würde mir am liebsten eine runterhauen.«

»Er ist ein wenig verunsichert, das ist alles. Ich habe ihm gesagt, du bist nur ein Arbeitskollege. Aber was ich dich fragen wollte, kann ich noch ein paar Tage bleiben? Ich brauche noch Zeit.«

»Sicher«, sagte Auhl.

So war sein Leben, er hatte mit gegensätzlichen Anforderungen zu kämpfen, machte manche Menschen wütend, half anderen. Dann klopfte es an der Haustür, Schritte hallten durch den Flur, und Liz tauchte mit ihren Koffern auf, sagte kurz Hallo, sie hätte schon gegessen und müsse für die Meetings am nächsten Tag noch einen Haufen Zeug vorbereiten. Dann klapperte sie wie ein Wirbelwind die Treppe hinauf, und Claire murmelte: »Das also war die berühmte, mysteriöse Ehefrau?«

»Ja, das war sie.«

»Umwerfend.«

»Davon weiß ich nichts.«

»Doch, das weißt du«, entgegnete Claire mit einem Hauch von Mitgefühl, den Auhl schlicht hasste. Oben gab es Rufe, und Liz und Bec sagten einander Hallo.

23

Bevor Auhl und Pascal am Montagmorgen den Fahrstuhl zur Abteilung hinauf nahmen, schauten sie erst noch in der Pressezentrale vorbei. Das halbe Dutzend Constables auf Nachtschicht, die dafür abgestellt worden waren, die Hotline zu besetzen, dösten mit hochgelegten Füßen vor sich hin, unterhielten sich über Football und Sex und warteten auf die Ablösung um acht Uhr.

»Viel los?«

Sie schauten sich gegenseitig an und zuckten mit den Schultern. »Die üblichen Unruhestifter und Irren. Sorry.«

»Haben Sie die Vielversprechenden aufgeschrieben?«

Gähnen, Rücken strecken, aus müden, roten Augen schauen. »Wie angewiesen.«

Die beiden bedankten sich und fuhren nach oben. Mit dem Wissen im Hinterkopf, dass er in vier Stunden den Zug nach Geelong erwischen musste, las Auhl schnell Mails, schrieb eine Aufgabenliste, suchte online und nahm Anrufe zum Plattenmann entgegen, die die Pressezentrale weiterleitete. Die stellten sich samt und sonders als nutzlos oder mutwillig heraus.

»Und was ist mit der Belohnung?«, fragte zum Beispiel jemand.

Auhl machte die Augen zu und öffnete sie wieder. »Belohnung?«

»Na, für den Mann, der da unter dem Beton gefunden wurde.«

Die Stimme meist männlich und um halb zehn Uhr morgens schon betrunken.

»Kennen Sie den Namen des Opfers?«

»Kommt aufs Alter an, oder? Sind doch ein Haufen serbischer

Kriegsverbrecher nach Australien gekommen. Ein paar von denen haben hier einfach mit dem weitergemacht, was sie schon da drüben getan haben.«

»Danke für Ihre Hilfe«, meinte Auhl dann.

Oder traurige, geplagte Menschen hofften, ein Freund oder Verwandter sei gefunden worden, und Auhl entlockte ihnen ihre Geschichte und erfuhr, dass der Vater, Bruder, Onkel, Sohn oder Freund der Familie bereits vierzig gewesen war, als er verschwand, oder dass schon Jahrzehnte vergangen waren.

Oder sie legten Geständnisse ab. »Der Typ, den Sie gefunden haben. Der unter der Betonplatte.«

»Was ist mit ihm?«

»Ich wars.«

»Welches Kaliber haben Sie benutzt?«

Stille. »So kriegen Sie mich nicht. Ich bin Ihnen eins voraus. *Sie* sagen *mir*, welches Kaliber.«

Dann, am späten Vormittag, rief Claire mit abgedeckter Sprechmuschel ihres Telefons herüber: »Alan, Josh, das müsst ihr hören.« Dann sprach sie wieder ins Telefon. »Einen Augenblick, bitte, ich stelle nur auf laut, okay? Also, hier neben mir im Raum sind zwei Kollegen, und ich möchte, dass Sie wiederholen, was Sie gerade zu mir gesagt haben.«

Sie lauschten. Eine Frau, die Stimme jung und hohl. »Der Tote heißt Robert Shirlow.«

»Buchstabieren Sie mir das, bitte«, sagte Claire. Danach fragte sie: »Und woher kennen Sie diese Person?«

»Ich kann Ihnen Fotos schicken. Ich bin seine Schwester Carmen.« Nach einer kurzen Pause sagte sie eilig: »Es ist ganz sicher Robert. Ich hab ja immer gewusst, dass ihm etwas zugestoßen ist. Ich wusste, dass er niemanden umgebracht hat.«

Noch bevor Auhl eine Suche zu dem Namen starten konnte, kam Jerry Debenham herein, gefolgt von einer jüngeren Beamtin, Detective der Mordkommission.

Debenham ruckte mit dem Kopf. »Auf ein Wort.«

Neill, dachte Auhl. Er hüstelte, um sich einen Augenblick Zeit zu verschaffen, zog seine Jacke an und fragte sich, ob sie ihn lang aufhalten würden. Claire schaute neugierig. Mit einer Stimme, die unnatürlich laut in seinen Ohren klang, sagte er: »Können Sie nachschauen, ob wir etwas zu Shirlow haben?«

Sie schaute besorgt. »Mach ich.«

Debenham ging mit Auhl in sein abgetrenntes Büro bei der Mordkommission. »Setzen Sie sich.«

Also setzte sich Auhl an die Wand, und die anderen beiden ihm gegenüber. Die jüngere Beamtin hieß Vicks und sagte kein Wort, sondern schaute nur mit regloser Miene.

»Wir klären gerade den Papierkram zu den Neills«, sagte Debenham.

»Okay.«

»Die letzten Punkte und Kommas.«

»Okay«, sagte Auhl mit trockenem Mund.

»Bügeln die letzten Falten aus, solche Sachen.«

Auhl wusste nicht, was er darauf sagen sollte, wusste aber, dass eine Reaktion von ihm verlangt wurde, und hörte sich mit gezwungener Unschuld sagen: »Ich kann nur sagen, ich hatte den Eindruck, dass Neill seine Frau reinlegen wollte.«

»Und warum hat er es nicht dabei belassen? Warum hat er sie getötet?«

»Geht die Gerichtsmedizin davon aus?«

Debenham zuckte mit den Schultern. »Wir warten noch auf die Toxikologie.«

Auhl hörte selbst, wie falsch seine Stimme klang, als er sagte: »Soweit ich weiß, gab es Erbrechen und Durchfall? Seine erste Frau starb an einer Art Magen-Darm-Infekt, nahm man an; und was, wenn er dieselbe Methode erneut anwendete, weil er ja wusste, dass wir auf der Suche nach diesem anderen Medikament sind, Saxa...«

»Suxamethonium«, sagte Vicks.

Auhl nickte, bemerkte, dass er faselte, und beschloss, zu schweigen.

»Gut möglich, dass jemand dort war, als sie starb«, sagte Debenham.

Mein Schuhabdruck im Erbrochenen ...

»Tja, Neill, nehme ich an«, sagte Auhl – etwas zu schnell.

Debenham legte den Kopf schräg, wartete einen Augenblick und sagte dann: »Ich habe bei Senior Sergeant Colfax nachgefragt. Genau wie ich erinnert sie sich daran, dass Mrs Neill neulich Anzeichen von Unwohlsein zeigte. Erinnern Sie sich noch?«

Auhl nickte. »Ja, sie wirkte etwas blass. Wie ich schon sagte, vielleicht hat Neill dasselbe Gift verwendet wie bei seiner ersten Frau. Langsam wirkend.«

»Nur dass bei der ersten Frau keine Vergiftung festgestellt worden ist«, sagte Debenham. Er sah Auhl an, als wolle er ihn zum Stolpern bringen. Auhl sagte nichts.

»Waren Sie jemals auf dem Grundstück in St Andrews, Alan?«

Es gibt ein Kamerabild von mir, dachte Auhl. Aber ich habe Hut und Brille getragen. Ich saß in Janines Wagen. Er wusste nicht, was er antworten wollte, wusste nur, dass er etwas sagen musste, und hörte sich selbst: »Bevor wir Sie dort letzte Woche trafen? Nein.«

»Auch nicht, als die Frauen Nummer eins und zwei starben?«

Langsam fühlte Auhl wieder Boden unter den Füßen. »Der erste Tod kam uns nicht verdächtig vor. Beim zweiten hat der Richter die Todesursache offengelassen, wenn ich mich recht erinnere. Aber Neill hatte damals sowieso kein Haus in St Andrews. Er wohnte in South Yarra.«

Debenham klatschte in die Hände. »Also gut, danke, dass Sie Zeit für uns hatten, Alan.«

War es das? War das Thema endgültig durch? Auhl stand auf, um zu gehen. Er wusste, dass er ein wenig verzweifelt klang, als er sagte: »Etwas weit hergeholt, aber ich habe in den Krankenhäusern, in denen Neill gearbeitet hat, um die Aufnahmen der Überwachungskameras in den Medikamentenlagern gebeten.«

Falls er geglaubt hatte, sie würden dankbar sein, hatte er sich getäuscht. »Ach, machen Sie jetzt unsere Arbeit, Alan?«

»Wollte mich nicht einmischen«, entschuldigte sich Auhl und sah zu, dass er wegkam.

24

Viertel vor zwei auf den Stufen zum Familiengericht in Geelong; Jeff Flink sprach mit Auhl und Neve und machte dabei ein strenges Gesicht. »Mrs Fanning, es ist mir zu Ohren gekommen, dass Sie Ihre Tochter nach der Hälfte ihres Wochenendbesuchs vom Haus Ihres Mannes geholt haben?« Er schwieg kurz und fügte dann hinzu: »Ich habe heute Morgen einen Anruf erhalten. Von Mr Fannings Anwalt.«

Auhl war immer noch ganz aufgekratzt von der Sitzung mit Debenham, von der Anstrengung, zwischen den Zeilen zu lesen und Fallen zu erahnen, deshalb hatte er seine Stimme nicht ganz unter Kontrolle: »Wollen die Neve übel mitspielen?«

Flink nickte, und seine Brille rutschte auf der Nase. Er schob sie zurück. »Mir wurde klar gesagt, dass sie das Thema Kindesentzug aufbringen werden, falls dies nötig sei.« Er wendete sich an Neve. »Das bedeutet, keine Ausbrüche, Neve, verstanden?«

»Aber wir haben sie *gerettet*. Sie wollte nach Hause kommen. Lloyd hatte eine Party, und das Haus war voller Leute, die ohnmächtig auf dem Boden lagen und schmutzige DVDs schauten und Drogen nahmen. Ich habe sie *beschützt*.«

»Ich habe Fotos davon«, sagte Auhl.

»Ist mir egal. Zu diesem Zeitpunkt ist mir das egal. Und wenn Sie Stein und Bein schwören, dass Sie guten Grund hatten und einen ganzen Stapel Fotos vorlegen können, um das zu beweisen, was, wenn Mr Fanning oder sein Anwalt Klage einreichen? Ich rate Ihnen, den Dingen einfach ihren Lauf zu lassen. Richter Mesner wird ein Urteil sprechen, eine reine Formalität, das geht ruck, zuck. Dann können wir alle wieder unserer Wege gehen.«

Auhl war enttäuscht. »Das ist alles?«

»Nur ja kein Aufsehen, Mr Auhl. Wir sind schon das Risiko eingegangen, dass Neve aussieht wie eine Null-Kontakt-Mutter, soll heißen, feindselig und rachsüchtig. Letzte Woche war die Anhörung, heute ist die Urteilsverkündung, das ist also nicht der Ort, um neue Anschuldigungen zu erheben. Wir müssen realistisch bleiben, sonst riskieren wir, dass Mr Fanning deutlich mehr Zeit mit der Tochter zugestanden erhält und Neve deutlich weniger.«

»Dann frage ich mich, warum Sie letzte Woche nicht härter vorgegangen sind.«

»Mr Auhl, lassen Sie mich meinen Job tun. Ich bin eh schon völlig fertig.«

Neve berührte Auhl warnend am Ärmel. Er holte tief Luft und ermahnte sich zur Ruhe. »Wie stehen Neves Chancen?«

»Oh, ich bin mir sicher, dass alles in Ordnung sein wird. Neve muss sich nur im Klaren sein, dass sie neulich einen schlechten Eindruck hinterlassen hat. Also immer mit der Ruhe, Neve, okay? Im schlimmsten Fall wird Ihre Elternzeit eingeschränkt.«

»Der reine Wahnsinn«, meinte Auhl.

»Nicht für immer«, fuhr Flink fort und rollte in seiner zerschlissenen Robe mit den Schultern. »Nur für eine Weile, und danach wird die Situation neu bewertet.«

Derselbe Gerichtssaal, fades, helles Holz, beiger Industrieteppichboden und beige Wände. Neve setzte sich hinter ihren Anwalt, Lloyd Fanning hinter seinen. Fanning wirkte souverän, ruhig, erfolgreich. Neve hatte ihre Eltern dabei. Keine Spur von Kelso.

Dann rauschte Richter Mesner herein, und nach dem Erheben, dem Setzen und den formellen Ankündigungen erklärte er: »Ziel dieses Verfahrens war es, hinsichtlich von Mrs Neve Fannings Antrag zu entscheiden, die Zeit ihres Gatten mit der gemeinsamen Tochter, Ms Pia Fanning, förmlich zu erklären und zu beschränken. Zur Hilfe des Gerichts und zum Wohle des Kindes führte Doktor Thomas Kelso, ein erfahrener Psychiater und Gutachter, der sich auf schwierige Fälle vor dem Familiengericht spezialisiert hat, Gespräche mit den drei Parteien durch, und ich habe seine Aussage genauestens abgewogen. Doktor Kelso stellte fest, dass Mrs Fanning ängstlich und überbehütend ist und womöglich unter einer zeitweiligen Psychose gelitten hat. Seiner Einschätzung nach hat sie an ihre Tochter Forderungen gestellt, ihr Vorstellungen eingegeben und Hass, Furcht und Angst befördert. Tatsächlich entdeckte er keinerlei Anzeichen dafür, dass ihr Vater sie schlecht behandelt hat oder künftig schlecht behandeln würde. Zwar zeigte sich das Kind in Gegenwart ihres Vaters zurückhaltend und bei Doktor Kelso nicht sehr ansprechbar, doch sollten diese Verhaltensweisen im Zusammenhang mit der Tatsache gesehen werden, dass die Mutter eine ablehnende Haltung gegenüber dem Vater befördert. Die Mutter zeigte sich Doktor Kelso gegenüber selbstbezogen und überbetonte ihre Auffassung von Gefahren für ihre Tochter.«

Vertraue niemals einem Mann, der »künftig« sagt, dachte Auhl verbittert.

Mesner sah sich im Raum um und schaute dann wieder auf seinen Text. »Des Weiteren erklärte Doktor Kelso, dass Mrs Fannings Anschuldigungen von häuslicher Gewalt im Zusammenhang einer komplizierten und angespannten ehelichen Beziehung zu sehen sind.«

Auhl spürte, wie er in sich zusammensackte, und sah Neves Hilflosigkeit, wie sie das Kinn auf die Brust sinken ließ. Lloyd Fanning saß ruhig und mit hocherhobenem Haupt da, so als wolle er sagen, dass endlich mal jemand etwas Vernünftiges sagen würde.

Alle anderen im Saal wirkten gelangweilt. Gerichtsgaffer, Angestellte, junge Anwälte und Referendare, sie alle hatten das schon zig Mal gehört. Auhl hoffte, Flink könnte Einspruch einlegen.

»Kommen wir nun zu meinem Beschluss in dieser Angelegenheit«, sagte Mesner. »Ich erkläre, dass es keine zureichenden Gründe dafür gibt, Mr Fannings Zeit mit seiner Tochter einzuschränken.«

Neve hob ihr Kinn. »Aber er ignoriert sie einfach! Er kümmert sich nicht um sie!«

Maureen Deane berührte ihre Tochter am Arm. Mesner warf ihnen einen Blick zu und fuhr fort: »Die Konsequenzen, der Tochter die Beziehung zu ihrem Vater zu verweigern, wiegen in den Augen des Gerichts schwer.«

Auhl schüttelte den Kopf. Mesner fuhr fort: »Es ist schade, Mrs Fanning, dass Sie versucht haben, die uralte Geschichte angeblicher häuslicher Gewalt zum Inhalt dieses Termins zu machen. Sie werden dringend gebeten, Ihre Feindseligkeit abzulegen und den Interessen Ihres Kindes Vorrang zu geben.«

Er sah sie unverwandt an, im Saal war es bis auf ein gelegentliches nervöses Hüsteln und dem Gezappel eines gelangweilten Gerichtsdieners an der Tür absolut still.

»Ich würde Ihnen vorschlagen, regelmäßig eine Beratung aufzusuchen, um sich in die Lage zu versetzen, Ihre Tochter in ihrer Beziehung zu ihrem Vater zu unterstützen.«

Neve hatte sich zu ihrem Anwalt vorgebeugt und flüsterte ihm mit zitterndem Oberkörper ins Ohr. Flink schüttelte den Kopf. Auhl schmerzten Rücken und Sitzfleisch. Der Stuhl, die Anspannung. Hilflos rutschte er umher.

Plötzlich sprang Neve auf. Sie schwankte. »Ich bin nicht die rachsüchtige Person, als die Sie mich darstellen. Ich sage die Wahrheit.«

Sie zeigte auf Lloyd, der sich eins ins Fäustchen lachte. Ihre Eltern zupften an Neves Armen. Mesner sagte: »Mrs Fanning, bitte, dieses theatralische Getue bringt Ihnen gar nichts.«

»Wissen Sie, was am Wochenende passiert ist?«, fragte Neve. »Pia war bei ihm, und sie – «

Lloyd Fannings Anwalt rührte sich. Flink sah das, drehte sich zu Neve und ihren Eltern um und sagte etwas in scharfem Ton; Neve setzte sich. Fannings Anwalt ebenfalls. Dann drehte Neve sich zu Auhl um, und in ihrem Gesicht standen

Verrat und Verlust geschrieben. Auhl streckte in einer nutzlosen Geste die Hand nach ihr aus, so als sei sein Arm zehn Meter lang, und seine Berührung könne sie beschwichtigen. Dann schaute sie wieder nach vorn und zitterte vor unterdrückten Gefühlen, während Lloyd Fanning, ganz das Abbild elterlicher Verantwortung, ruhig dasaß.

Richter Mesner schob seine Unterlagen zusammen. »Die Sitzung ist geschlossen.«

Neve stand auf. Sie schaute auf Flinks Kopf hinunter. Der drehte sich nicht um, sondern sammelte nur seine Akten und Papiere zusammen. Neve drehte sich zu ihrer Mutter um, die sie in den Arm nahm. Auhl winkte zum Abschied hinüber, doch niemand bemerkte das.

25

Auhl eilte in die City zurück und traf pünktlich zum Briefing um 16.30 Uhr ein.

»Um Sie auf den letzten Stand zu bringen«, sagte Helen Colfax, »die Frau, die behauptet, dass der Plattenmann ihr Bruder sei, hat uns diese Fotos per Mail geschickt.«

Sie drehte ihr Tablet um. Auhl, der sich mit den anderen um sie scharte, sagte: »Frappierend.«

»Volltreffer«, bestätigte Colfax. »In der Zwischenzeit hat Josh noch weitere Bestätigungen gefunden. Er hat den Namen durchs System gejagt, und tatsächlich wurde ein gewisser Robert Shirlow im Zusammenhang mit einem Mord genannt. Es stand in der Akte.« Sie klatschte ein passbildgroßes Foto auf den Konferenztisch. Ein junger Mann, voller fröhlich grinsender Lebendigkeit. Auch dieses stimmte mit den Modellen überein. »Bei dem Mordopfer handelt es sich um eine junge Frau namens Mary Peart, und dieses Foto hier steckte in einer Brieftasche, die bei ihrer Leiche gefunden wurde. Josh?«

Bugg las aus einer Akte. »Mary Naomi Peart, zwanzig, wurde am 9. September 2009 auf einem Parkplatz mit Blick auf einen See im Wilson Botanic Park in der Nähe des Princes Highway in Berwick erschossen hinter dem Steuer eines Corolla aufgefunden.«

Auhl begann, Fragen zu stellen. »Im Auto erschossen?«

»Möglicherweise. Die Forensiker waren sich nicht sicher.«

»War es ihr Auto?«

Claire schüttelte den Kopf. »Zugelassen auf Shirlow. Anschrift: das Grundstück in Pearcedale, das Angela Sullivan und ihrer Mutter gehörte.«

»Sie wurden damals doch sicherlich befragt?«

»Ja.«

»Als wir neulich mit Sullivan sprachen, sagte sie kein Wort über Shirlow. Ich hatte sogar den Eindruck, als hätte niemand das Haus nach Crowther gemietet.«

»Claire und Sie sollten es noch mal bei ihr versuchen«, sagte Colfax.

»Hatten Shirlow und diese Frau eine Beziehung?«

»Sie lebten zusammen.«

»Und er war des Mordes verdächtig?«

»Ja.«

»Was haben wir über ihn?«

Claire Pascal las aus einer anderen Akte vor. »Robert McArthur Shirlow, geboren im August 1987, Vater tot, Mutter und Schwester wohnten zum Zeitpunkt des Mordes in Cranbourne, sind aber später nach Brisbane gezogen.« Sie blickte auf. »Shirlow wurde im Zusammenhang mit Dealerei und Drogenbesitz 2007 und 2008 befragt, aber nie angeklagt.«

»Dann stirbt im September 2009 seine Freundin«, sagte Auhl. »Nehmen wir an, dass er zur selben Zeit umgebracht worden ist?«

»Oder er hat sie getötet und wurde später von jemand anderem umgebracht.«

Auhl nickte bedrückt. »Ewiger Quell der Freude: eine unbekannte dritte Person.«

Claire fuhr fort: »Jedenfalls führte der Wagen die Polizei zu dem Haus. Es war leer, ausgeräumt, so als würde niemand je zurückkommen, also ging man davon aus, dass Shirlow die Freundin umgebracht hatte und abgehauen war, dabei lag er die ganze Zeit unter dem Beton.«

»Irgendwas am Haus, das darauf hinweist, dass sie beide dort erschossen worden sind?«

Claire schüttelte den Kopf. »Abgeschlossen, Vorhänge zugezogen, durchgefegt, gesaugt und gewischt. Kühlschrank leer, ausgeschaltet, Tür offen. Es kommt noch besser: Jemand hatte die Post und die *Herald Sun* abgemeldet, das Telefon ebenfalls.«

»Persönliche Habe?«

»Jede Menge von der Frau, aber nichts von Shirlow. Wenige Fingerabdrücke, aber kein Treffer in der Datenbank, und die beiden waren noch nicht erfasst.«

»Da war jemand bedächtig und sorgfältig. Klingt nicht nach einem Zweiundzwanzigjährigen«, meinte Auhl.

»Allerdings bekam er die Schuld zugeschoben, als seine Freundin erschossen wurde und er vom Radar verschwand. Seinen Bank- und Handyunterlagen zufolge war er kurz darauf in Sydney. Von seinem Handy aus wurde eine SMS an Mutter und Schwester versandt, des Inhalts, *Ich habe etwas Schlimmes getan und komme nicht mehr zurück*, und mit seiner Kreditkarte wurde ein Reiseführer für Thailand in einem Buchladen in Glebe gekauft und ein Fischgericht in Watsons Bay bezahlt. Dann nichts mehr.«

»Bis auf die Gerüchte«, sagte Josh Bugg. »Er hatte eine Affäre, er lief vor Gläubigern weg, er hatte psychische Probleme.«

»Allerdings können wir nicht feststellen, wer die Gerüchte in die Welt gesetzt hat oder wie viel Glauben man ihnen schenken sollte«, fügte Colfax hinzu.

»Und offiziell?«

»Offiziell hieß es, Shirlow habe seine Freundin umgebracht und sich dann versteckt. Wir haben die Geschichte in den letzten Jahren ein paarmal wieder ausgegraben, aber nichts gefunden.« Sie lächelte Auhl an. »Bis auf die Waffe.«

Auhl spürte das vertraute Kribbeln. »Okay.«

»Lesen Sie selbst«, sagte Colfax und reichte ihm eine Akte.

Auhl las die Zusammenfassung. Anfang 2010 war ein zwanzigjähriger Mechanikerlehrling von seinem Boss auf einen Schrottplatz in Langwarrin geschickt worden, um die Armatureninstrumente eines 2007er Suzuki Vitara auszubauen, der seit Ende 2009 auf dem Platz gestanden hatte. Hinter dem Handschuhfach fand sich, von der Verkabelung festgehalten, eine

Smith & Wesson 0.32. Die Pistole wurde am Institut für Forensik zu Prüfzwecken abgefeuert, und die Kugel passte zu jener, die in Mary Peart gefunden worden war.

Der Suzuki selbst war zum Zeitpunkt des Mordes als gestohlen gemeldet worden, allerdings von einer Adresse in einiger Entfernung vom Naturreservat in Berwick, deshalb hatte die Mordkommission den Zusammenhang erst später herstellen können. Einfach ein weiteres gestohlenes Fahrzeug, das abgefackelt oder zerlegt worden war, wie man annahm – bis kurz vor Weihnachten 2009 ein Sattelschlepper voller Heu einen Hügel auf einer Nebenstrecke bei Tooradin erklomm und dem Suzuki auffuhr. Leer, aufgegeben, kein Benzin im Tank. Die Versicherung des Besitzers hatte den Wagen schon abgeschrieben und das Geld ausbezahlt, deshalb war der Suzuki auf den Schrottplatz in Langwarrin geschleppt worden.

Die Waffe wurde auf Fingerabdrücke untersucht. Zwei Satz, keiner davon im System, keine Übereinstimmung mit denen aus dem alten Haus oder in Shirlows Auto. Ein KT-Team, die den Suzuki untersuchen sollten, fanden nur Dutzende von nutzlosen Flecken.

»Wir sollten Shirlows Mutter und Schwester herholen«, sagte Auhl.

»Die Mutter ist tot«, bemerkte Colfax, »aber die Schwester kommt am Donnerstag. Sie wohnt hoch im Norden von Queensland. Es geht nicht früher.«

Auhl nickte. »In der Zwischenzeit könnte es sich für uns auszahlen, noch mal mit Sullivan zu reden, mit dem Team, das den Mordfall Peart bearbeitet hat, und dem Besitzer des Suzuki.«

»Entschuldigung, wer ist hier der Chef?«, fragte Colfax.

»Sie, hoch geschätzte Chefin«, antwortete Auhl.

»Vergessen Sie das nicht.«

Am Abend hielten sie eine Art Leichenschmaus und Jubelfeier im Chateau Auhl ab. Keine Examen mehr für Bec, ein Scheiß-auf-das-System-Besäufnis für Neve und Pia. Drei Riesenpizzen, billiger Wein, Herumgefläze auf Sofa, Sesseln, Küchenstühlen, Teppich. Cynthia schlängelte sich durch sie hindurch und hoffte auf eine fallen gelassene Anchovis. Liz, die spät kam und müde wirkte, schien sich von allen fernzuhalten.

»Lloyd hat mir diesen Blick zugeworfen, so als hätte er endgültig gewonnen«, sagte Neve und schaute ihre Tochter an, als würde sie sich fragen, ob sie nicht zu viel ausgeplaudert hätte.

Pia schien die Schultern hochzuziehen. »Muss ich dieses Wochenende zu ihm?«

Neve schaute auf die Wanduhr. Spätschicht an der Uni. »Er hat nichts davon gesagt.«

»Wenn, dann lauf ich weg.«

Neve warf ihrer Tochter erneut einen Blick zu und sagte dann, als ihr aufging, dass alle sie beobachteten: »Eins nach dem anderen, Herzchen.«

Sie ging sich Arbeitskleidung anziehen. Auf dem Weg hinaus blieb sie zitternd vor dem Sofa stehen, auf dem Auhl saß – einen Meter von seiner Frau entfernt, was genauso gut zehn hätten sein können.

»Ich möchte Ihnen beiden für die Hilfe danken.«

»Das ist noch nicht das Ende«, sagte Liz.

Aber Neve schüttelte den Kopf. »Ich bin zu müde, um noch weiter zu kämpfen.«

26

Dienstagmorgen machten sich Auhl und Pascal auf den Weg zu Osprey Auto Marine in Keysborough. Auhl fuhr, Claire navigierte sie über die Dandenong Road und nach Süden bis zur Springvale Road. Dort kamen sie an einer Reihe von vietnamesischen Geschäften und Restaurants vorbei, einer bescheidenen Ansiedlung und schließlich zu dem Abschnitt, den sie suchten. Eine teure Privatschule, hässliche Megakirchen und Geschäfte für reiche Angeber: Autohöfe, Gartenzentren, Bootsgeschäfte.

Osprey Auto Marine lag zwischen einem Beerdigungsinstitut und einem Gebäude namens True Gospel Congregation Church. Schnellboote und Aluminiumflitzer auf Anhängern stopften den Hauptplatz voll, dazu gab es ein paar kleinere Abschnitte für Kajaks, aufblasbare Beiboote und Jetskis. Die Automobilabteilung bestand aus einer Handvoll gebrauchter SUVs mit Anhängerkupplungen. Plastikwimpel flatterten und knatterten im Wind.

»Nicht gerade die ideale Gegend für Boote«, bemerkte Claire.

Aber die Gegend von Leuten, die sich ein riesiges Boot in die Einfahrt stellten und sich einer Klatscht-in-die-Hände-für-Jesus-Kirche anschlossen, dachte Auhl.

Sie betraten den Ausstellungsraum. Neben den Motorbooten wirkten sie wie Zwerge; daneben gab es Regale voller Außenbordmotoren und Paddel, Sicherheitsausrüstung, Tauen, Ankern, dazu Prospekte mit Männern mit strahlenden Zähnen und Frauen in Bikinis. Im Kontrast zu diesem merkantilen Glanz stand ein deprimierender Empfangstisch, eine Frau, die Kaugummi kaute und durch eine *New Idea* blätterte, eine andere, ebenfalls Kaugummi kauend, die auf einen Bildschirm starrte und in ein Bluetooth-Headset sprach.

Die erste Frau unterdrückte ein Gähnen, bis ihr die Tränen in die Augen schossen. »Sorry«, sagte sie. »Wie kann ich Ihnen behilflich sein?«

Pascal übernahm. »Mr Osprey erwartet uns.«

Ein gieriges Leuchten sprang der Frau in die Augen. Sie beugte sich vor und flüsterte: »Sie sind die Polizei, die angerufen hat?«

»Sind wir.«

»Einen Augenblick.«

Sie drehte sich auf ihrem Stuhl herum, stand auf und ging einen kurzen Flur entlang. Am Ende schaute sie zu Auhl und Claire zurück und klopfte dann an die Tür. Wartete, öffnete, ging hinein.

Dann kam sie zurück. »Mr Osprey ist jetzt zu sprechen. Würden Sie bitte mit mir kommen?«

Rex Osprey war groß, etwa fünfzig, wachsam, drahtig, ganz der beschäftigte leitende Angestellte. Er trug eine Stahlrahmenbrille, braune Hose und weißes Hemd, und die hochgekrempelten Ärmel enthüllten kräftige Unterarme.

Osprey schob eine Akte über den Schreibtisch. An Auhl gerichtet, sagte er: »Das ist alles, was ich zu der Angelegenheit finden konnte.«

Auhl zog die Akten auf den Schoß und blätterte darin: Inzahlungnahme des Suzuki, Anmeldung und Versicherung, ein Brief der Versicherung, in dem die Auszahlung detailliert aufgeführt war.

Er reichte sie an Claire weiter. »Erinnern Sie sich noch an die Umstände, Mr Osprey?«

»Nicht besonders, nein. Ist ja schon Jahre her. Und Allradfahrzeuge, Pick-ups und SUVs kommen und gehen hier ununterbrochen über meinen Hof. Wenn die Leute ihre Wasserfahrzeuge gegen größere oder kleinere tauschen, tauschen sie auch ihre Zugmaschinen gegen größere oder kleinere.« Deklamiert, als sei er gerade auf eine wichtige kommerzielle Wahrheit gestoßen.

Auhl, höflich, aber härter im Ton, sagte: »Aber dieses Fahrzeug wurde gestohlen. Haben Sie viele Diebstähle?«

Osprey zuckte mit den Schultern. »Ab und an mal was Kleines.«

Auhl sah sich im Büro um. Schlichte Wände, abgesehen von einem kleinen gestickten Bibelvers. Aktenschränke. Fotos von Osprey und seiner Familie: Frau und Tochter in schlichten Kleidern, zwei geschrubbte Söhne in dunklen Anzügen und kneifenden Krawatten.

Claire hatte die Akte aufgeschlagen. Sie legte einen Zeigefinger auf eines der Dokumente und sagte: »Mr Osprey, hier steht, dass niemand ins Gebäude eingebrochen ist.«

»Das ist richtig.«

»Und die Schlüssel zu den Fahrzeugen sind doch in irgendeiner Schublade verschlossen?«

»Das sind sie.«

»Dann muss der Suzuki kurzgeschlossen worden sein, was meinen Sie?«

Osprey versteifte sich, so als fühlte er sich herausgefordert. »Kann ich mir denken. Ich habe keine andere Erklärung.«

Auhl bat Claire um die Akte und fand das Dokument, nach dem er gesucht hatte. »Mr Osprey, Sie haben den Suzuki am 11. September 2009 als gestohlen gemeldet?«

»Wenn es da steht.«

»Aber Sie können sich an den Diebstahl nicht mehr erinnern. Kann das Fahrzeug auch irgendwann in der Zeit vor dem Elften gestohlen worden sein?«

Osprey rutschte auf seinem Stuhl herum. »Schon möglich. Hören Sie, unser Geschäft konzentriert sich hauptsächlich auf die Boote. Erst als jemand vorbeikam und um eine Probefahrt bat, haben wir bemerkt, dass der Suzuki weg war.« Er hielt inne. »Wir hatten ihn online und in der Lokalpresse inseriert.«

»Und Sie haben sofort Polizei und Versicherung kontaktiert?«

»Das haben wir, ja.«

Auhl dachte über das Timing nach. Der Suzuki war am 11. September gestohlen gemeldet, Mary Peart aber am 9. September gefunden worden. Das Fahrzeug blieb dann verschwunden, bis fünf Monate später der Auffahrunfall bei Tooradin stattfand, und hinter dem Armaturenbrett fand sich eine Waffe. Peart und Shirlow waren wahrscheinlich am selben Tag erschossen worden. Aber war der Suzuki nur wegen der Morde gestohlen worden? Am selben Tag oder vorher? Wenn zuvor, wo hatte der Wagen dann gestanden? Auhl schätzte, dass der Wagen nicht unbedingt Aufmerksamkeit erregt hätte, wenn er ein paar Tage in einer Straße, einer Einfahrt oder Garage gestanden hätte, aber jemand, der so clever war, zwei Morde zu begehen und zu vertuschen, würde doch wohl auch so clever sein, den Suzuki hinterher abzufackeln? Vielleicht war er dem Killer gestohlen worden.

Vorsichtig sagte er: »Mr Osprey, wir gehen davon aus, dass der Suzuki von Ihrem Hof bei der Verübung eines schweren Verbrechens benutzt worden ist. Wir müssen eine Liste aller Personen einsehen, die im Jahr 2009 in Ihrer Firma gearbeitet haben.«

Osprey richtete sich auf. »Ich verbürge mich für jeden, der jemals für mich gearbeitet hat. Die meisten arbeiten hier schon seit Jahren. Das ist wie eine Familie, keiner von ihnen würde mich bestehlen. Sie würden niemals irgendein Verbrechen begehen.«

Claire kratzte sich an den Narben unter dem Ärmel. »Würde eine richterliche Anordnung es Ihnen leichter machen, Mr Osprey? Damit könnten Sie Ihren Angestellten gegenüber erklären, warum Sie verpflichtet sind, diese Einzelheiten der Polizei zu überlassen.«

Auhl hatte Osprey für einen Mann gehalten, nach dessen Meinung Frauen hinter den Herd gehörten, und war fasziniert zu sehen, wie Osprey auf Claires lächelndes Feingefühl reagierte.

Sein düsterer Blick hellte sich ein wenig auf, und er sagte: »Das wird nicht nötig sein. Wenn Sie mir eine halbe Stunde Zeit geben?«

Auhl schaute ungeduldig auf die Uhr. Er war ganz begierig darauf, nach Frankston zu fahren und es noch einmal bei Angela Sullivan zu versuchen. Claire Pascal rettete ihn. Mit dem allerfeinsten Lächeln sagte sie: »Das wäre ausgezeichnet, Mr Osprey. Wir suchen uns solange irgendwo einen Kaffee.«

Beim Hinausgehen fragte Auhl: »Hat Robert Shirlow jemals für Sie gearbeitet, Mr Osprey?«

Osprey war verwirrt. »Wer? Der Name sagt mir nichts.«

Die Verwirrung war nicht gespielt. Auhl nickte, die beiden machten sich auf den Weg, einen Kaffee zu suchen, und landeten bei einem schwachen, aber bitteren Gebräu an einer Tankstelle.

Eine halbe Stunde später fuhren sie, mit der Namensliste bewaffnet, ostwärts auf dem Frankston Freeway. Claire telefonierte länger mit Josh Bugg und sagte dann: »Josh meint, alle sind sauber. Osprey, all seine Angestellten.«

»War eh weit hergeholt.«

»Du hast ihm nichts von der Waffe im Suzuki gesagt.«

»Zu früh«, meinte Auhl, »und vielleicht brauchen wir das auch nicht. Ein ganz nützlicher Hebel, falls wir es noch mal bei ihm versuchen müssen.«

»Vielleicht.« Sie klang nicht überzeugt.

Elf Uhr vormittags, und Angela Sullivan trug einen mit chinesischen Drachen bedruckten Morgenmantel über einem pinkfarbenen Satinpyjama. Kräftige, wohlgeformte nackte Füße mit abgeplatztem rotem Nagellack, ungekämmtes Haar und eine klare Flüssigkeit in einem Becherglas in der rechten Hand. Nicht betrunken, aber auf dem Weg dorthin, vermutete Auhl. Und eigentlich nahm er nicht an, dass sie ihre Tage üblicherweise so begann.

»Machen Sie sich wegen etwas Sorgen, Angela?«

Sie saßen am Küchentisch. Die Küche einer alleinstehenden Frau, Müslischale, Tasse und Untertasse trockneten auf einem Gestell neben der Spüle. Ein altmodischer Kühlschrank, Visitenkarten unter Magneten. Ein Toaster auf einer Anrichte. Glaskeramikherdplatte, schwarzer Backofen mit Glastür. Eine winzige Vase auf dem Fensterbrett über der Spüle, eine Rosenblüte. Kleine, traurige Anzeichen eines einsamen Lebens.

»Das muss ja wohl alte Erinnerungen geweckt haben, als man auf dem Grundstück, auf dem Sie aufgewachsen sind, eine Leiche gefunden hat«, gab Claire das Stichwort.

Sullivan zog den Morgenmantel enger um den Leib und zuckte mit den Schultern.

»Sind schon Reporter aufgetaucht?«, fragte Auhl.

»Noch nicht.«

»Kommt schon noch«, meinte Claire.

»Alle möglichen Leute werden aus ihren Löchern angekrochen kommen«, sagte Auhl.

Sullivan sprang auf und schüttete den Inhalt ihres Glases in den Ausguss. »Hören Sie, was wollen Sie? Ich habe nicht den ganzen Tag Zeit.«

»Wir dachten, Sie würden uns vielleicht dabei behilflich sein herauszufinden, wer Robert und Mary umgebracht hat«, sagte Claire.

»Wen?«

»Ihre Mieter. Die Leute, die 2009 in Ihrem Haus in Pearcedale gewohnt haben. Die jungen Leute, die Ihnen Miete gezahlt haben.«

Sullivan warf ihnen einen nervösen Blick zu.

»Die eine wurde ermordet«, fuhr Auhl fort, »dem anderen gab man dafür die Schuld. Sie wollen uns doch wohl nicht weismachen, dass Sie sich nicht daran erinnern?«

Sullivan setzte sich wieder und starrte niedergeschlagen die Tischplatte an. Sie befeuchtete sich eine Fingerspitze, rieb an einem Fleck und sagte leise: »Diesen Abschnitt in meinem Leben möchte ich lieber vergessen.«

»Nun, das geht nicht, Angela«, sagte Claire. »Nicht im Augenblick. Wir müssen alles über Robert und Mary wissen.«

Sullivan sah sie an, dann Auhl, dann wieder Claire. »Ich kannte sie kaum.«

»Angela, haben Sie etwa die Einnahmen nicht versteuert? Das interessiert uns nicht. Schnee von gestern. Wir müssen mehr über die Vorgeschichte der beiden wissen, mit wem sie sich rumtrieben, was Sie gesehen und gehört haben. Egal was.«

»Okay, okay. Aber wie ich schon sagte, ich hatte kaum etwas mit ihnen zu tun. Robert führte ein paar Instandhaltungsarbeiten in der Gegend aus, und ich war eines Tages in Pearcedale und mähte den Rasen, als er auftauchte und fragte, ob ich Arbeit für ihn hätte; wir unterhielten uns, und dann meinte er, er würde nach einem Haus suchen, das er mieten könne, und ich sagte, warum nicht das hier. Es war ziemlich heruntergekommen, aber er ist trotzdem eingezogen. Später dann sah ich ihn mit seiner Freundin dort, und ich wusste, sie würden nicht lange bleiben. *Er* vielleicht schon, wenn er alleinstehend gewesen wäre, aber keine Frau hätte sich damit abgefunden.«

»Wie lange haben die beiden dort gewohnt?«

Sullivan zuckte mit den Schultern. »Sechs Monate?«

»Haben Sie jemals mit Mary gesprochen?«

»Nein.«

»Haben Sie jemals andere Personen dort gesehen?«

»Nein. Wie ich schon sagte, ich habe sie in Ruhe gelassen.«

»Was hat denn die Polizei damals zu Ihnen gesagt?«

Gepeinigt antwortete Sullivan: »Dass Rob vielleicht doch nicht so ein Engel gewesen sei. Vielleicht hat er aus meinem alten Haus gedealt und womöglich Mary umgebracht. Ich hatte ein ganz schön mulmiges Gefühl dabei, um ehrlich zu sein. Ich konnte es gar nicht mehr abwarten, das Haus abzureißen.«

27

Aus Furcht, Debenham könne ihn erneut »auf ein Wort« bitten, machte Auhl um siebzehn Uhr Dienstschluss. Er stieg an der Swanston Street in eine überfüllte Straßenbahn und wurde in der abgestandenen kranken Luft angerempelt und geknufft. Eine harte Schuhspitze traf ihn am Knöchel, und Himmel, tat das weh.

Auhl fand Neve Fanning auf einer Sesselkante im dunklen Wohnzimmer sitzend vor, wo sie den Oberkörper hin und her wiegte. Mit tränenüberströmtem Gesicht sah sie zu Auhl auf. »Jetzt hat Lloyd einen Antrag gestellt.«

Nach einem kurzen Augenblick begriff Auhl. »Vor dem Familiengericht?«

»Er hat mich angerufen und sich diebisch gefreut. Sein Anwalt hat den Papierkram schon eingereicht. Er beantragt, dass Pia bei ihm leben soll und ich nur begrenzte Zeit mit ihr bekomme.«

»Mit welcher Begründung?«

»Ich bin ungeeignet. Ich brauche eine Therapie, um Doktor Kelso und den Richter zu zitieren. Ich habe Pia seinem legitimen Recht entzogen, Zeit mit ihr zu verbringen.«

»Ich rufe Flink an.«

Flink hörte zu und sagte: »Hören Sie, ich bin auf dem Sprung. Was, glauben Sie, soll ich denn unternehmen?«

»Himmel noch mal, irgendeine Art von Anfechtung. Lloyds Verhalten, die Sauf- und Porno-Party, und so weiter und so weiter.«

Auhl konnte sich Flink und sein alles umfassendes, halbherziges Bedauern am Schreibtisch vorstellen: »So klar ist das nicht. Sie waren doch dabei – ohne das so zu formulieren, hat Kelso argumentiert, dass Neve ihrem Kind irgendwelche Vorstellung eingepflanzt habe, und Richter Mesner schien ihm das abzukaufen. Und Mr Fannings Rechtsanwälte könnten diese Kindsentführung ziemlich hässlich darstellen.«

Auhl hätte den Kerl erwürgen können. »Es war keine Entführung.«

»Einen kleinen Schritt nach dem anderen wäre mein Rat«, sagte Flink. »Aber ich sage Ihnen, was ich machen werde, ich rede mit meinen Kolleginnen und melde mich wieder bei Ihnen.«

Eine halbe Stunde später rief er tatsächlich zurück. »Ich fürchte, die Rechtsberatung kann sich nicht weiter dazu verpflichten, Mrs Fanning zu vertreten.«

»Warum denn nicht?«

Flink hörte sich an wie eine Tonbandaufzeichnung. »Unsere Mittel sind eh schon überbeansprucht, und ich fürchte, wir sind nicht davon überzeugt, dass es etwas bringen würde, sie weiter zu vertreten. Es tut mir leid, Mr Auhl.«

Auhl meinte sauer: »Wenn Sie schon nicht helfen können, dann sagen Sie mir, wer sonst. Einen guten Anwalt. Häusliche Gewalt.«

»Kann sich Mrs Fanning denn leisten, einen Anwalt zu bezahlen?«

»Seien Sie nicht so ein Arschloch. Ich kann«, sagte Auhl und legte auf.

So als könne sie seine Gedanken lesen, kletterte Cynthia auf seinen Schoß, drehte dort einen Kreis, legte ihre Vorderpfoten auf seine Brust, sah ihn an und schnurrte lautstark. »Du würdest mich nicht hängen lassen, hm, Cynth?«

Er schaute auf die Uhr und rief Liz an.

»Eine gute Anwältin?«, sagte sie, wobei ihre Stimme wie immer ganz weit weg klang, wenn er sie über das Festnetz anrief.

»Georgina Towne. Wir waren zusammen an der Monash University. Ich ruf dich zurück.«

Das tat sie am späten Abend: Georgina Towne würde ihn am Morgen als Ersten empfangen.

Mittwochmorgen um acht Uhr stiegen Auhl und Neve am unteren Ende der Collins Street aus der Straßenbahn. Der Lärm von Fahr- und Fußverkehr lag über der City. Alle wirkten adrett, gekämmt und ein wenig verschlafen.

Towne belegte eine kleine Folge von Büros an der Ecke Collins und Russell Street. Der Empfang war noch unbesetzt, doch kaum traten Auhl und Neve durch die Tür, tauchte die Anwältin schon in dem Flur dahinter auf. Sie war schlank, zurückhaltend, trug eine weiße, langärmlige Bluse und einen grauen Rock. Gekämmt, adrett, ganz und gar nicht verschlafen.

Sie kam auf sie zu, gab ihnen die Hand, sah ihnen fest in die Augen, machte etwas Small Talk über Liz und bat sie dann in ihr Büro.

Neve beschrieb ihre Zwangslage, Auhl gab ihr manchmal das Stichwort, und Towne unterbrach sie ab und zu mit einer nachhakenden Frage. Nach und nach entspannte sich Auhl. Towne hatte etwas Beruhigendes an sich. Sie besaß Autorität und strahlte Ruhe aus. Ihr Gesicht war ernst, ja fast streng. Die einzigen Ausdrücke, die er dort entdeckte, waren nur von kurzer Dauer: Skepsis, Wut, Mitleid, Berechnung.

»Hat Doktor Kelso den Begriff elterliches Entfremdungssyndrom verwendet?«

»Dazu war er zu clever«, antwortete Auhl, »aber wenn das die Theorie hinter seiner Denkweise ist, dann hatte Richter Mesner daran nichts auszusetzen.«

»Es dürfte ihnen allerdings nicht gefallen, ihre eigenen Worte als Zitate an den Kopf geworfen zu bekommen. Wissen wir, warum ein Gutachter herangezogen wurde statt eine Familienberichterstatterin?« Als sie Auhls Verwirrung sah, erläuterte sie das: »Eine Sozialarbeiterin oder Psychologin, die von der

Direktion des Beratungs- und Mediationsdienstes ausgewählt wird.«

»Weiß ich nicht«, sagte Auhl, aber er hatte so eine Ahnung: das Treffen zwischen Kelso und Nichols, das er beobachtet hatte.

»Na, das ist jedenfalls gelaufen«, sagte Towne. »In der Zwischenzeit werfen wir die Justizmaschine an. Alan? Horchen Sie mal herum, ob Mr Fannings Anwalt tatsächlich bei der Polizei eine Beschuldigung wegen Kindsentführung eingebracht hat.«

Auhl zuckte zusammen, nickte aber.

»Ich dachte, wenn Pia und ich für eine Weile wegfahren würden«, sagte Neve, »wo sie in Sicherheit ist und …«

Towne schüttelte heftig den Kopf und machte ein strenges Gesicht. »So etwas sollten Sie unter keinen Umständen machen, Mrs Fanning. Lassen Sie den Gerichtsprozess seinen normalen Verlauf nehmen. In der Zwischenzeit haben Sie, rechtlich gesehen, weiter den Großteil der Zeit mit Pia und sind die hauptverantwortliche Bezugsperson. Wenn Sie wegen des Vorwurfs der Kindsentführung verhaftet werden, dann wird es zu einem Vormundschaftsverfahren kommen, womöglich zu einem psychologischen Gutachten, und Ihre Tochter wird Ihrem Mann übergeben werden.«

»Nicht meinen Eltern?«

»Schon möglich. Vielleicht auch den Eltern Ihres Mannes, haben Sie daran gedacht?«

Neve schüttelte den Kopf. »Lloyds Eltern leben nicht mehr.«

»Hauptsache, diese Angelegenheit wird vor Gericht entschieden. Haben Sie Geduld.«

Neve schluchzte. »Das ist so unfair. Das System ist gegen mich.«

»Nun, mal sehen, was wir dagegen unternehmen können. Ich werde noch heute damit anfangen.« Towne hielt inne. »Sie sollten sich vielleicht überlegen, ob Sie Ihre Tochter nicht gesondert rechtlich vertreten lassen.«

Neve schniefte und reckte die Schultern. »Nein, danke.« Towne sah Auhl an und zuckte ganz leicht mit den Schultern.

Auhl schickte Colfax eine SMS, dass er erst im Laufe des Vormittags zur Arbeit käme, und ging mit Neve zurück nach Carlton, wobei sie diese simple Handlung schon zu beruhigen schien. Sie fanden einen Tisch bei Tiamo's und tranken starken Kaffee. Schon bald verstummte Neve wieder und saß ihm betäubt und stumm gegenüber. Er bestritt den Großteil der Unterhaltung. Es wurde eine angespannte, einseitige Stunde. Einerseits hätte Auhl sie am liebsten geschüttelt und gefragt, warum sie die ganze Sache nicht klüger angegangen war; andererseits gab er sich die Schuld dafür, Georgina Towne nicht schon viel früher angeheuert zu haben.

Nach einer Weile aber bemerkte er die Anspannung an ihrem Oberkörper, die leichten Bewegungen der beiden Arme, die Art, wie sie auf ihren Schoß hinunterschaute ...

»Neve, was machst du da?«

Sie schaute auf. »Was?«

»Wem schreibst du da?«

Sie zuckte mit den Schultern und wich ihm aus.

»Neve, schreibst du Pia?«

»Ich schreibe nur, dass ich sie liebe. Ich mache nichts Falsches.«

»Bitte sei vorsichtig mit dem, was du sagst. Was, wenn Lloyd ihr Handy kontrolliert und SMS findet, die er gegen dich vor Gericht verwenden kann?«

»Er weiß doch gar nicht, dass sie ein Handy hat.«

Das war für Auhl kein Trost. »Mir kommt er vor wie jemand, der ihre Sachen durchwühlt und nach Munition sucht, die er gegen dich verwenden kann.«

Neve schnaubte. »Er weiß doch kaum, dass sie überhaupt existiert. Er spielt nur Psychospielchen mit mir, diese ganze Angelegenheit mit der elterlichen Zeit.«

Auhl hätte sie am liebsten angeschrien, sie solle aufwachen. »Hast du Pia gesagt, dass sie deine SMS löscht?«

»Ja.«

Auhl hielt das für unwahrscheinlich. »Sag es ihr noch mal. Und du löschst ebenfalls alles.«

»Okay«, sagte sie.

Auch darin fand Auhl keinen Trost.

28

Später Mittwochvormittag. Auhl fuhr nach Warrandyte in den Hügeln nördlich der Stadt, diesmal mit Bugg. Bugg fuhr, als würde er fernsehen, mit einer Hand am Steuer auf dem Fahrersitz hingelümmelt. Die sich vor ihnen entfaltende Straße besänftigte Auhl in gewisser Hinsicht, aber da war immer auch Neve: Er machte sich weiterhin Sorgen um ihren geistigen Zustand. Und Warrandyte war nicht allzu weit von St Andrews entfernt. Seine Gedanken schossen immer wieder zurück zu dem Kampf in Neills Garage und dem Gestolper zum hinteren Zaun. Dann wieder musste er an Debenham denken, ein alter Haudegen wie Auhl selbst, und überaus misstrauisch.

Buggs Handyapp dirigierte sie zu einem Haus, umgeben von Eukalyptusbäumen auf der Art von Steilhang, durch die ein Buschfeuer ziehen würde, wenn die Bedingungen entsprechend waren – wie beim heutigen heißen nördlichen Wind, der einen Vorgeschmack auf den kommenden Sommer mit sich brachte.

Das Haus gehörte einem im Ruhestand befindlichen Inspector namens Rhys Mascot. Er war der leitende Detective bei den Ermittlungen im Mordfall Mary Peart gewesen.

Auhl und Bugg wurden erwartet, eine umtriebige Frau begrüßte sie an der Tür und führte sie ins Wohnzimmer, wo ein untersetzter Mann mit grau werdenden Haaren saß, Stift im Mund und die Zeitung bei den Wettquoten aufgeschlagen. Eine riesige Fensterfront ging auf das Blattwerk der heißen, vom Wind zerzausten Bäume hinaus. Auhl machte das nervös, und er fühlte sich in Mascots Haus eingesperrter als etwa zwischen den Türmen der Collins Street.

Nachdem sie sich die Hände gegeben hatten, verließ die Frau das Zimmer, und Mascot bot ihnen Plätze auf einem Dreisitzersofa an. Er setzte sich in einen Sessel auf der anderen Seite des Couchtischs; dann erblickte er die Akte in Auhls Händen. »Darf ich mal einen Blick hineinwerfen?«

Auhl legte die Akte auf den Couchtisch, und der alte Polizist beugte sich vor und blätterte um. »Da werden Erinnerungen wach«, bemerkte er. Ein gebräunter, wettergegerbter Mann, mit knochigen Beinen in ausgebleichten Kakishorts, schmaler Brust und dickem Bauch. Ein loser Faden am V-Ausschnitt seines ausgebleichten Lacoste-Hemds. Auhl juckte es, sich eine Schere zu holen.

Mascot sah Auhl aufmerksam an. »Sie waren bei der Mordkommission? Ich kann mich nicht an Sie erinnern.«

»Das muss gewesen sein, nachdem Sie zur Verkehrspolizei gegangen sind«, sagte Auhl.

Mascot zuckte zusammen, und Auhl fragte sich, ob der Wechsel zur Verkehrspolizei wohl eine verkappte Strafaktion gewesen war. »Damals«, sagte er, »lautete die Theorie, ihr Freund sei es gewesen.«

Mascot nickte. Er sah sich stirnrunzelnd noch ein paar Seiten an, doch dann klarte sein Gesicht auf. »Shirlow, ja, richtig. Robert Shirlow.«

»Nun, er ist aufgetaucht, könnte man sagen«, meinte Bugg. »Letzte Woche, draußen bei Pearcedale – die Leiche unter der Betonplatte?«

Mascot hob die Augenbrauen. »Sie machen Witze.«

»Wir sind uns nicht zu hundert Prozent sicher. Ein anonymer Hinweis hat uns den Namen geliefert, was uns dann zum Fall Peart und dem Inhalt von Pearts Brieftasche geführt hat, darunter ein Foto, das zu den Gesichtsrekonstruktionen passt, die wir im Labor haben anfertigen lassen.«

»Er bringt also die Freundin um, und dann bringt ihn jemand anderes um?«

»Oder jemand hat sie beide umgebracht«, sagte Auhl, »hat

aber ein Szenario arrangiert, um uns auf die Suche nach dem Freund zu schicken.«

Mascot warf ihm einen dunklen, zweifelnden Blick zu. Auhl freute sich fast darüber – Mascots Wohnzimmer war, wie seine Frau, überladen, ein Durcheinander aus Blümchenmustern. Es schrie geradezu nach einem Ausgleich von Zynismus, Misstrauen, Zweifel.

»Wir haben keinen ›dritten Mann‹ gefunden«, sagte Mascot und zeichnete Anführungsstriche mit den Fingern. »Der kleine Scheißer hat ein bisschen gedealt und geklaut, aber die Leute, mit denen er rumhing, wirkten nun so gar nicht von der Art, die einen Doppelmord begeht und die Spuren verwischt. Nicht ein helles Licht unter denen.«

»Aber Sie waren gewillt zu glauben, dass *er* helle genug gewesen war, um das durchzuziehen?«

»Der Theorie nach hatte er einen Glückstreffer gelandet. Hat jemanden mächtig abgezockt und wollte alles für sich haben. Hat die Freundin erschossen, um nicht mit ihr teilen zu müssen. Oder die Freundin hat kalte Füße gekriegt, wollte ihn verpfeifen, war ihm ein Mühlstein um den Hals …«

»Sie hatten keinen Grund zu der Annahme, dass er womöglich ebenfalls ein Opfer war?«

Mascot deutete auf die Akte voller Berichte und Aussagen, die auf dem Tisch verstreut lagen. »Sie kennen das alles. Wollen Sie mich aufs Glatteis führen? Jemand – und unserem Dafürhalten nach Shirlow – hat das Haus gesäubert, Zeitung und Post abbestellt, den Kühlschrank geleert und so weiter. Dann ist er nach Sydney gegangen, wo er seine Kreditkarte und das Handy ein paarmal benutzt hat, bevor er vom Radar verschwand.« Er schüttelte den Kopf. »Sieht so aus, als wäre hier ein kluges Kerlchen am Werk, das sich die Zeit nimmt und die Mühe macht, das alles zu inszenieren.«

Dieser Kelch ist an mir vorübergegangen, schien Mascot damit zu sagen. Ich habe meinen Ruhesitz, mein Golf und meine Alterszulage, und du hast heftige Kopfschmerzen.

»Akten sind immer zweideutig«, sagte Auhl. »Manchmal spürt man gewisse Untiefen. Aber es fehlt ihnen auch alles ... Fleisch, sozusagen. Ich hatte gehofft zu hören, dass Sie irgendwelche Zweifel oder wilde Spekulationen hatten, die Sie nicht zu Papier bringen konnten.«

Von Bulle zu Bulle. Jeder von ihnen wusste, was es bedeutete, insgeheim Vermutungen zu ungelösten Fällen zu hegen, auch bei jenen, die offenbar tot und zugestaubt waren. Es gab immer noch etwas hinzuzufügen. Es gab immer einen unverfolgten Faden, weil ein neuer, heißerer Fall dahergekommen oder das Budget knapp war.

Aber Mascot verzog nur das Gesicht. »Da kann ich Ihnen leider nicht helfen. Der Bursche hatte keine gewalttätige Vorgeschichte, war nicht mal im System, aber es kursierten Gerüchte. Sie wissen ja, wie das mit solchen Burschen ist. Unschuldig und harmlos, bis sie Drogen nehmen und dealen, dann haben sie es mit härteren Typen zu tun und werden selbst hart, nur um zu überleben. Sie gehen Risiken ein, bewaffnen sich. Werden misstrauisch und leiden an Verfolgungswahn, meist aus gutem Grund. Gleichzeitig suchen sie nach dem großen Ding – wie jeder andere auch, aber sie können ja nicht alle einen Volltreffer landen.« Schulterzucken. »Vielleicht war es hier auch so.«

Auhl nickte. Das Bild, das sich die Polizei von Shirlow gemacht hatte, würde sich stets von dem seiner Schwester unterscheiden. »Jetzt, wo Sie wissen, dass die beiden umgebracht worden sind, gab es irgendetwas über die Zeit oder den Ort oder die Personen, was Sie damals verwirrt hat, heute aber Sinn ergibt? Wie zum Beispiel, dass einer von beiden das eigentliche Ziel, der andere nur Kollateralschaden war?«

Mascot schüttelte den Kopf. »Wir haben *ihre* Leiche gefunden, nicht seine. Alles deutete darauf hin, dass er sie umgebracht und dann seine Spuren verwischt hatte. Was sein Motiv angeht, da habe ich Ihnen schon gesagt, was wir damals dachten. Nicht, dass das sonderlich logisch war. Das Mädchen wirkte ziemlich harmlos. Ihre Eltern waren tot, ihre Schwester und sie wurden von jemand anderem großgezogen – Freunde der Familie –, bis sie Fernweh kriegte und weglief, um bei ihrem Freund zu sein. Dann hat er sie umgebracht, Ende der Geschichte. Aber angesichts der Tatsache, dass er ebenfalls umgebracht wurde, wüsste ich nicht, wo anfangen. Wer weiß denn schon, was die Menschen antreibt? Am besten, Sie schauen bei denen nach, mit denen die beiden Zeit verbracht haben.«

Mascot wirkte ein wenig abwehrend, deshalb änderte Auhl die Taktik. »Haben Sie mit seiner Mutter und Schwester gesprochen?«

»Die Schwester war noch ein Kind, wenn ich mich recht erinnere. Lebte bei ihrer Mutter in Cranbourne? Keiner von den beiden wusste, was der Bursche im Schilde führte.«

»Einer Wiederaufnahme des ungelösten Falls von vor fünf Jahren zufolge sind sie nach Brisbane gezogen«, erklärte Bugg. »Neuanfang.«

»Wir haben die beiden mit Samthandschuhen angefasst.«

»Das bezweifle ich nicht.«

Mascots Frau kam mit einem Tablett herein. Butterkekse auf einem Teller, Kaffee in einer Stempelkanne, ein kleiner Krug mit dampfender Milch, eine Zuckerschale, drei Becher.

»Danke, Liebes«, sagte Mascot. Sie nickte ihm zu, dann Auhl und Bugg, und ging hinaus.

Mascot beäugte die Stempelkanne. Er streckte die Hand aus und zog sie wieder zurück. »Geben wir ihm noch ein paar Minuten.«

Er trinkt sonst löslichen Kaffee, vermutete Auhl und griff nach einem Keks. Er hatte einen Riesenhunger. »Irgendeine Verbindung von Peart oder Shirlow zu dem Schutzgebiet?«

»Was meinen Sie damit?«

»Mary Peart wurde tot in einem Wagen aufgefunden, der Shirlow gehörte und bei einem Naturschutzgebiet in der Nähe von Berwick abgestellt worden war.«

Mascots Gesicht erhellte sich. »Richtig. Ja, ich war immer der Ansicht, dass sie nicht im Wagen erschossen worden ist. Sie wurde anderswo erschossen und dann dorthin gebracht, wo sie gefunden wurde – eine Gegend, in der es nicht gerade vor Leuten wimmelt. Das Haus, das sie sich mit Shirlow teilte? Wir haben keinerlei Anzeichen dafür gefunden, dass es dort passiert ist, aber wir haben es ja auch nicht gerade mit Luminol eingesprüht. Wir stellten fest, dass es gesäubert und ausgeräumt worden war, das war aber auch schon alles.«

Selbstkritisch schüttelte er den Kopf. »Ich an Ihrer Stelle würde dort mal nach Blut suchen. Vielleicht findet sich ja auf irgendeiner Oberfläche noch was.«

»Geht nicht«, entgegnete Auhl. »Die Besitzerin hat es abgerissen.«

Wieder schüttelte Mascot den Kopf. Er drückte den Stempel herunter, goss Kaffee in die Becher, bot Milch an. Auhl nahm seinen Becher und trank davon. Lauwarm. Schwach.

»Und wie ordnen Sie die Pistole ein?«

Mascot runzelte die Stirn. »Welche Pistole?«

»Die Tatwaffe.«

»Ist mir ein Rätsel, Mann.«

Aber natürlich: Mascot war kurz nach dem Mord zur Verkehrspolizei versetzt worden. Auhl entschuldigte sich, berichtete ihm, wie die Waffe gefunden worden war, und gab ihm den Bericht.

»Ah, Fingerabdrücke«, sagte Mascot.

»Aber nicht im System«, entgegnete Auhl.

Mascot sah ihn mit dem fatalistischen Gesichtsausdruck eines Polizisten an. »Hoffen wir, dass er demnächst mal einen Fehler macht.« Er verzog leicht den Mund. »Oder sie, natürlich.«

Als sie wieder zurück im Büro waren, berief Colfax eine Einsatzbesprechung ein.

Auhl fasste die Unterhaltung mit Mascot zusammen. »Wenn wir von der Annahme ausgehen, dass die beiden zur selben Zeit erschossen wurden, dann ist die Chance ziemlich groß, dass das Haus der Tatort war. Beide Opfer wohnten dort, Robert Shirlow wurde dort verscharrt. Es lag weitab an einer entlegenen Straße, ringsherum niemand, der etwas sieht oder hört.«

»Und es ist gründlich gesäubert worden«, sagte Bugg.

Claire Pascal meinte: »Aber wie viel Zeit das alles in Anspruch nimmt. Zwei Menschen erschießen, einen davon *im Wagen des Freundes* in ein Naturschutzgebiet fahren, zum Haus zurückkehren, ein Loch buddeln und mit Beton ausfüllen, Blut und Hirnmasse beseitigen, das Untertauchen einer Person inszenieren.«

»Glauben Sie, der Mörder hatte Helfer?«

»Schätze mal, dass das nötig war.«

»Was darauf hindeuten würde, dass Shirlow sich mit einer organisierten Gruppe angelegt hat«, meinte Josh Bugg.

»Oder mit jemandem, der Zeit, Nerven und Geduld hatte«, ergänzte Auhl.

»Reden Sie mal mit der Drogenfahndung«, sagte Colfax, »und finden Sie heraus, wer damals in der Gegend aktiv war. Buddeln Sie außerdem tiefer bei Shirlow und der Freundin nach. Eltern, Freunde, Arbeitskollegen. Beruflicher Werdegang. Vielleicht haben die Morde gar nichts mit Drogen oder organisierten Gruppen zu tun. Jemand hat ziemlich viel Mühe in diesen Job gesteckt. Warum sollte man nicht die beiden einfach in ihrem Haus oder sonst wo erschießen und es dabei belassen?«

Sie legte Fotos vom Fundort im Fall Mary Peart in einer Reihe aus: Distanzaufnahmen, mittlere Entfernung, Nahaufnahmen. »Etwas an diesem Bild beunruhigt mich, hier die linke Hand.«

Mary Peart hinter dem Lenkrad des Wagens ihres Freundes im Naturschutzgebiet. Der Oberkörper blutüberströmt. Der Kopf lag auf dem Lenkrad und schaute blind nach unten auf ihre Knie. Hände im Schoß.

»Was ist damit?«

»Der Ringfinger an der linken Hand sieht gebrochen aus. Und schauen Sie sich die Abschürfungen an«, sagte Colfax.

Sie reichten das Foto herum. »Sie hat einen Ring getragen«, sagte Claire, »und jemand hat ihn ihr vom Finger gerissen.«

»Gut möglich«, pflichtete ihr Auhl bei. »Wertvoll?«

»Wertvoll genug, dass zwei Menschen sterben mussten? Schwer vorstellbar.«

»Also vielleicht ein Gelegenheitsdiebstahl? Sie ist tot, der Mörder sieht den hübschen Ring ...«

»Oder er bedeutete jemandem etwas. Ein Erbstück vielleicht«, vermutete Claire. »Was wissen wir über die Pearts?«

»Aus den ursprünglichen Ermittlungen nicht sonderlich viel. Ich glaube nicht, dass Mascots Team sonderlich gründlich nachgeschaut hat. Die Eltern waren bereits tot, mehr weiß ich nicht.«

»Fangen Sie von vorne an«, sagte Helen. »Familienhintergrund zu beiden Personen.« Sie griff mit einer Hand in ihre Bluse und richtete sich nachdenklich einen BH-Träger. »Stöbern Sie Pearts Schwester auf, mal sehen, was die zu sagen hat, reden Sie mit den Leuten, die die Mädchen aufgenommen haben, als ihre Eltern starben. Und so weiter.«

Doch bevor Auhl sich an die Arbeit machen konnte, klingelte sein Handy.

29

Neves Mutter, die ganz hysterisch klang, fing sofort an zu reden. »Wie kommen die auf so etwas? Wir würden niemals das Gericht missachten.«

»Immer langsam, von Anfang an, bitte«, beruhigte Auhl sie.

»Ich habe bei Ihnen angerufen, und jemand hat mir Ihre Handynummer gegeben.«

»Bitte, Maureen«, sagte Auhl, »was ist los?«

»Die Polizei war gerade hier. Und Lloyd und sein Anwalt.«

»Weswegen?«

»Wir würden doch niemals mit Pia durchbrennen. Wir sind ihre Großeltern!«

Wäre nicht das erste Mal, dachte Auhl. »Natürlich nicht. Erzählen Sie mir nur, was passiert ist.«

Maureen holte tief Luft. Endlich kehrte Verstand in ihre Stimme zurück. »Neve hat Pia anscheinend aus der Schule abgeholt, und sie glauben, dass sie mit ihr weggelaufen ist und wir damit zu tun haben.«

Auhl schloss die Augen. »Wer hat sich zuerst bei Ihnen gemeldet? Die Polizei?«

»Ja.«

»Was genau hat sie gesagt?«

»Sie wollten wissen, wo Neve und Pia sind. Sie haben sogar das Haus durchsucht.«

»Hat Neve mit Ihnen gesprochen?«

»Nein. Und sie geht nicht ans Telefon.«

»Und die Polizei hat gesagt, sie hat Pia aus der Schule geholt?«

»Sie sagten, sie hätte eine der Lehrerinnen angegriffen.«

Auhl war verwirrt. War doch nicht ungewöhnlich, dass ein

Elternteil ein Kind von der Schule abholt. Und die Lehrerin wollte das verhindern? Warum?

Dann glaubte Auhl, den Grund zu wissen. Neve hatte heute Morgen im Tiamo's gesessen und Pia mehrere SMS geschrieben – sie hatte ihr wohl Bescheid gegeben: *Mach dich bereit, ich komme und hole dich.* Und vielleicht hatte sie idiotischerweise auch noch Lloyd geschrieben? Und ihm mitgeteilt, dass er seine Tochter niemals wiedersehen würde?

Lloyd – oder sein Anwalt – hätte dann wohl umgehend die Schule benachrichtigt. Deshalb hatte sich eine Lehrerin Neve in den Weg gestellt. Und Lloyd oder sein Anwalt hätte die Polizei benachrichtigt: *Sie ist labil: Eine Gefahr für ihre Tochter.*

Auhl murmelte ein paar wenig überzeugende Aufmunterungen und legte auf.

Pascal berührte ihn am Ärmel. »Stimmt was nicht?«

Auhl erklärte es ihr, sie hörte zu, fuhr ihm mal mit der Hand kurz über den Rücken, und sagte, er solle sich keine Sorgen machen. Dann stellte sie eine Polizistenfrage, die sich Auhl auch schon gestellt hatte: »Sie ist doch nicht selbstmordgefährdet, oder?«

»Ich glaube nicht«, antwortete Auhl wahrheitsgemäß. Er sah ihr in die Augen und sagte: »Aber sie kann keinen klaren Gedanken fassen.«

Er rief Neves Nummer an. Voicemail. Dann Pia. Voicemail, ihre hohe kleine Stimme bat ihn, eine Nachricht zu hinterlassen.

Dann Chateau Auhl. Bec ging ans Telefon; er erzählte ihr, was passiert war.

»Schau mal bitte in ihren Zimmern nach, Schätzchen.«

Bec kam wieder ans Telefon. »Sieht so aus, als würde ein Großteil ihrer Sachen fehlen. Kleidung, Waschzeug.«

»Okay, danke. Gib mir Bescheid, wenn sie anruft oder auftaucht.« Auhl hielt inne. »Hat sie irgendwas zu dir gesagt?«

»Ich war den ganzen Morgen im Laden. Ich habe sie gar nicht gesehen.«

Er ging in sein Büro und rief Georgina Towne an.

»Das sind schlechte Neuigkeiten, Alan«, sagte sie.

»Was hat sie zu erwarten? Entführung?«

»Im schlimmsten Fall? Ganz bestimmt. Hören Sie, können Sie die Fühler ausstrecken? Freunde, Familie, hat sie ein Auto? Hat sie Fahrkarten nach Timbuktu gekauft? Ich werde tun, was ich kann, aber ein Sorgerechtsurteil kommt auf jeden Fall dabei heraus. Selbst wenn sie nicht wegen Kindesentführung verurteilt wird, wird das Familiengericht sie wegen Nichtbefolgung des Gerichtsbeschlusses einsperren wollen.«

»Geben Sie mir Bescheid, falls sie sich bei Ihnen meldet«, sagte Auhl.

Aber die Verbindung war schon tot. Auhl schaute auf seinem Handy nach SMS, schrieb selbst eine, las mutlos Berichte.

Schließlich rief Neve ihn an, und Stimme und Stimmung klangen gedämpft. »Sei nicht sauer auf mich. Hast du meine Nachricht erhalten?«

»Welche Nachricht?«

»Ich habe auf dem Tisch eine Nachricht hinterlassen.«

»Neve, ich bin in der Arbeit. Komm zurück, bitte! Alle machen sich Sorgen. Deine armen Eltern sind drangsaliert worden, und ich bin wahrscheinlich der Nächste auf der Liste. Lass Georgina Towne sich damit befassen. Sie ist eine gute Anwältin, sie wird für dich kämpfen. Je länger du fortbleibst, umso schwieriger wird es werden.«

Auhl konnte im Hintergrund Straßenverkehr hören, ein Laster schaltete hoch. Ein Hügel? Eine Ampel? »Wo zum Teufel bist du?«

»Irgendwo.«

Auhl holte tief Luft. »Bitte, Neve, stell keine Dummheiten an.«

Sie fing zu weinen an.

»Neve, komm zurück, geh nach Hause, fahr zu deinen Eltern. Ich komme später vorbei, und wir denken uns was aus.«

»Tut mir leid wegen dem Gesparten.«

Der Neve-und-Pia-Fanning-Notfallfonds. »Schon okay.«

»Ich passe auch auf deinen Wagen auf, versprochen.«

Sie hatte seinen Wagen genommen? Himmel, er hatte nicht daran gedacht, Bec zu bitten, nachzuschauen. »Neve, denk darüber nach.«

»Ich habe nachgedacht!«, kreischte sie.

»Mach keine Dummheiten. Komm einfach zurück, und wir reden später über alles.«

Claire beobachtete ihn mitfühlend, sah seine Panik, seine Hilflosigkeit.

»Bitte, Neve.«

»Es gibt keine andere Möglichkeit.«

»Neve.«

»Ich habe Lloyd angerufen und ihm mal richtig die Meinung gesagt, doch er meinte nur, ich sei verrückt geworden, das werde er vor Gericht beweisen, und ich werde Pia nie wiedersehen.«

Auhl verspürte keinerlei Befriedigung dabei, richtig geraten zu haben. »Neve, man hat die Polizei eingeschaltet.«

»Nur ein kurzer Ausflug, okay? Ich stelle deinen Wagen irgendwo ab, wo er sicher ist.«

Sie legte auf, und er saß da und starrte sein Handy an. Claire Pascal warf ihm einen traurigen Blick zu. »Und?«

Er erzählte es ihr. Sie schüttelte den Kopf. Auhl rief erneut bei Neve an und schickte SMS: *Fahr nach Hause* und *Mach nichts Unüberlegtes* und *Wir finden schon eine Lösung*.

16.45 Uhr. Helen Colfax rief ihn in ihr Büro.

Kaum war er durch die Tür getreten, sagte sie: »Machen Sie die Tür zu.« Er machte sie zu. »Setzen.« Er setzte sich. Sie sah ihn an. »Alan, ich habe mir gerade die Mutter aller Standpauken anhören dürfen.«

»Wegen was?«

Kratzende Kälte lag jetzt in ihrer Stimme. »Verarschen Sie mich nicht, Alan, bitte.«

Auhl wartete und verkrampfte.

»Ihre Freundin mit den Sorgerechtsproblemen ...«, sagte seine Chefin.

Auhl schoss alles Mögliche durch den Kopf. »Okay ...«

»Haben Sie sie dabei unterstützt? Das ist die Frage, die mir gestellt wurde. Haben Sie die Frau dazu verleitet, ihr Kind zu entführen?«

»Ich bitte Sie, Boss.«

»Sie hat Ihren Wagen genommen.«

Auhl kam sich als Verräter vor, als er sagte: »Das habe ich ihr nicht erlaubt.«

Colfax lehnte sich mit dem Oberkörper über den Schreibtisch, und ihre Schultern spannten sich in einer kragenlosen, pink gestreiften Bluse. »Also Autodiebstahl, Kindesentführung und tätlicher Angriff.« Sie lehnte sich zurück und verschränkte die Arme. »Selbstmordgefährdet?«

»Ich habe gerade mit ihr gesprochen. So klang sie nicht. Ich halte sie nicht für selbstmordgefährdet.«

Colfax ging in die Luft. »Um Himmels willen, Alan, wo ist sie? Haben Sie ihr gesagt, dass sie sich stellen soll?«

»Ja, das habe ich. Und ich habe keine Ahnung, wo sie ist.«

Colfax schüttelte den Kopf, und ließ sich wieder in ihren Bürostuhl sinken. »Tatsache ist, Sie sitzen in der Patsche, Alan. Sie hat in Ihrem Haus gewohnt – haben Sie mit ihr geschlafen?«

»So ein Unsinn.«

»Sie hat in Ihrem Haus gewohnt, sie hat Ihren Wagen genommen, Sie waren bei ihren Gerichtsterminen dabei, und offenbar haben Sie neulich zusammen ihre Tochter ohne Einwilligung aus dem Haus ihres Mannes geholt.«

»Ach, verflucht«, knurrte Auhl.

»So sieht es aus, das wissen Sie.« Colfax schaute auf die Uhr. »Die Interne Ermittlung möchte in fünf Minuten mit Ihnen reden. Vielleicht werden die Sie suspendieren, vielleicht auch nicht. Falls nicht, erwarte ich, dass Sie rund um die Uhr am Plattenmann arbeiten. Keinerlei Unterbrechungen mehr.«

»Boss.«

Eine Beamtin der Internen Ermittlung namens Inger Reed löcherte Auhl eine halbe Stunde lang. Mit einem undeutlichen Gefühl der Beschämung zeigte er Reed die SMS, die er seit Mittag geschrieben hatte, so als würde er die eigene Haut retten, Neve aber den Wölfen zum Fraß vorwerfen. »Das Ganze kam völlig überraschend für mich.«

Reed sah ihn mit steinerner Miene an und ließ ihn eine Weile schmoren, bevor ein Lächeln ihr Gesicht erhellte. »Machen Sie sich keinen Knoten ins Hemd. Mrs Fanning hat bereits zugegeben, dass sie Ihren Wagen ohne Ihr Wissen genommen hat.«

Ach, und du wolltest dir also einen Spaß auf meine Kosten machen, dachte Auhl. »Haben Sie sie? Ist sie verhaftet worden?«

Reed schüttelte den Kopf. »Sie hat angerufen, um alles zu erklären.«

»Sie hat bei der Polizei angerufen?«

»Ja.«

»Wann?«

»Nach dem Zwischenfall in der Schule.«

»Aber sie ist immer noch irgendwo da draußen?«

»Ich habe gehofft, Sie könnten mir verraten, wo sie ist.«

»Ich habe keine Ahnung. Hören Sie, ich möchte keine Anzeige wegen Autodiebstahls erstatten.«

»Sie hat schon genug Ärger«, pflichtete Reed ihm bei. »Allerdings ist Ihre Versicherung vielleicht nicht so verständig.«

»Was ist passiert?«

»Kurz gesagt, hat sie ein Lehrerauto gestreift.« Sie hob die Hand: »Geringer Schaden, niemand wurde verletzt. Aber wie gut kennen Sie sie? Ist sie selbstmordgefährdet?«

Auhl rutschte unbehaglich herum. »Das fragt mich jeder. Ich glaube nicht.«

Reed änderte die Taktik. »Ich behaupte, Sie hatten eine Beziehung mit Mrs Fanning. Möchten Sie zu diesem Punkt etwas sagen?«

Verflucht noch mal, dachte er. »Es stimmt nicht.«

»Sie wurden gesehen, wie Sie zur Unterstützung von Mrs Fanning im Familiengericht anwesend waren.«

Informationen, die wahrscheinlich von ihrem Mann oder seinem Anwalt stammten, nahm Auhl an. »Das hat nichts zu bedeuten. Ich war dort nur als Freund anwesend.«

Sie starrten sich gegenseitig an, Reed mit ausdruckslosem Gesicht, Auhl, der es ihr gleichzutun versuchte. Dann fragte Reed: »Wie ist das so, wenn man aus dem Ruhestand zurückkommt? Ist man da von der Rolle?«

»Muss ich darauf antworten?«, fragte Auhl.

»Nein.« Reed grinste schräg und humorlos.

»Sie sollten sich mal den Ehemann vorknöpfen«, sagte Auhl.

»Ich nicht, ich bin bei der Internen«, entgegnete Reed.

Auhl kehrte an seinen Schreibtisch zurück und stellte fest, dass die anderen Feierabend gemacht hatten. Claire hatte eine Nachricht hinterlassen: Freunde hätten sie zum Abendessen eingeladen, es würde spät werden. Also schleppte Auhl sich nach Hause und schaute als Allererstes in der Absteige nach. Das Bett war abgezogen, Bettdecken und Kissen säuberlich gestapelt. Schrank und Schubladen weitgehend leer. Kein Koffer. Er schaute in der Garage nach: leer. Spardose: leer.

Er kochte sich halbherzig Spirelli mit Pesto, trank Wein und jagte eine einsame Nudel den Tellerrand hinauf, als er den Umschlag bemerkte. Er lag am anderen Ende des Tisches im permanenten Totenreich der Rechnungen, Quittungen, Flyer und Speisekarten. Pinkfarben, ohne Briefmarke, an ihn adressiert.

Vielleicht hatte er am Radio gestanden, und einer der Hausbewohner hatte ihn umgeworfen und zu dem Krempel gelegt, den zu sortieren Auhl sich nur selten aufraffen konnte. Er griff nach dem Umschlag, erkannte Neve Fannings Handschrift, die weiten, wenig erwachsenen Schwünge, spürte, wie ihn erneut die Furcht packte.

»Lieber Alan«, hatte sie geschrieben.

Du bist der freundlichste, hilfsbereiteste Mann, den ich je

kennengelernt habe. Es war für mich ein großes Glück. Du hast zu mir gehalten. Du hast mir Zuversicht gegeben. Du warst für mich da. Doch nun muss ich den Rest allein erledigen. Ich wünsche dir alles Glück. Du verdienst es, jemanden zu finden. Du musst deinen eigenen Weg gehen. Voller Liebe und Hochachtung, Neve.

Sie gibt mir einen Rat in Beziehungsfragen?, dachte Auhl. Unfassbar.

30

Am Donnerstagmorgen frühstückte Auhl niedergeschlagen im Hinterhof. Die Strahlen der frühen Sonne legten Streifen über den schmiedeeisernen Tisch und die Stühle und ließen Staub und Winterschimmel aufblitzen. Bienen summten in dem Jasmin, der den Zaun erwürgte. Die Pflastersteine, die von der Küchentür zum Hinterausgang führten, waren grün und geborsten. Jemand hatte eine Fast-Food-Tüte über den Zaun geworfen. Dazu kam die Gewissheit, dass Lloyd Fanning das alleinige Sorgerecht für seine Tochter zugesprochen werden würde und seine Frau eine Gefängnisstrafe erwartete.

Claire Pascal trat aus dem Haus und blinzelte in die Sonne. »Himmel«, murmelte sie.

Ein wenig aufgemuntert, meinte Auhl sanft: »Harte Nacht?«

»Könnte man sagen.«

Sie setzte sich, noch halb verschlafen, zu ihm in die Sonne. Sie streckte die Hand nach Cynthia aus, doch die drückte sich zu Boden und zuckte mit dem Schwanz. »Na, dann eben nicht, Katze.« Claire schüttelte sich ein wenig. »Was Neues von Neve oder Pia?«

Auhl schüttelte den Kopf.

Wieder bedrücktes Schweigen. Die beiden stierten Löcher in die Luft.

»Alan?«, fragte Claire.

Der Ton in ihrer Stimme. »Du ziehst zu deinem Mann zurück«, sagte Auhl.

»Woher hast du das gewusst? Ja, es stimmt. Meine Freunde halten mich für verrückt.«

»Wenn es einen Versuch wert ist, ist es einen Versuch wert.«

»Aber wenn der Zeitpunkt ungünstig ist, jetzt mit Neve und Pia ...«

»Alles bestens«, sagte Auhl.

»Ich bleibe noch bis zum Wochenende, wenn das in Ordnung ist.«

Die Hintertür stand offen, und beide hörten sie jemanden an die Haustür bummern. Der Türklopfer hämmerte wie Hagelkörner.

Es klang sehr offiziell; Auhl spürte es in den Knochen. *Sie holen mich wegen Neill.*

»Bleib hier.«

Er ging leise durch den Flur in sein Zimmer und schaute durch den Vorhangschlitz. Ein Streifenwagen, dazu eine Zivilstreife vor dem Haus. Zwei gelangweilte Uniformierte auf dem Weg. Zwei Zivilbeamte, die darauf warteten, dass jemand öffnete.

Er ging zu Claire zurück, die fragte: »Suchen die nach Neve?«

Aber klar. Das war die logische Erklärung. Wieder klopfte es.

»Drück mir die Daumen.«

Wieder stapfte er durch den Flur und öffnete die Haustür. »Sorry, ich war in der Küche. Kann ich Ihnen helfen?«

Der eine Detective korpulent, der andere gerade mal so groß wie ein Jockey, und beide betrachteten Auhl eingehend: Shorts und verschwitztes T-Shirt, ungeduscht und unrasiert. Der Jockey meinte: »Und Sie sind?«

»Ich weiß, wer ich bin. Wer sind Sie, und was wollen Sie?«

»Sind Sie Alan Auhl?«, fragte der Dicke.

»Ja.«

»Wohnt eine gewisse Mrs Neve Fanning hier?«

»Ja, aber sie ist nicht –«

Der Jockey fuchtelte mit einem Blatt Papier vor Auhls Gesicht herum. »Wir haben einen Durchsuchungsbeschluss für dieses Haus, wenn Sie uns also –«

Auhl versperrte ihm den Weg. »Kommen Sie mir nicht so, okay? Wenn Sie Ihre Hausaufgaben gemacht haben, dann wissen

Sie, dass ich ebenfalls Polizist bin. Etwas mehr Respekt, wenn ich bitten darf.«

»Jaja, immer schön locker bleiben«, meinte der Dicke.

»Also noch mal von vorn. Warum wollen Sie mein Haus durchsuchen?«

»Wir haben Grund zu der Annahme, dass Mrs Neve Fanning und ihre Tochter Pia sich hier verstecken. Okay? Ist Ihnen das respektvoll genug?«

Der Jockey hieß Fenwick, der Dicke Logan, und sie waren müde, am Ende der Nachtschicht und nicht gewillt, jemandem irgendeinen Gefallen zu tun. Logan, der Auhls Verwirrung bemerkte, ließ sich zumindest zu einer Erklärung herab.

»Wir wissen von der Sache vor Gericht. Wir wissen auch, dass sie Ihren Wagen geklaut hat. Aber wir müssen alle Eventualitäten ausschließen.«

»Für den Fall, dass ich Mutter und Tochter unter dem Bett verstecke.«

»Genau.«

»Irgendwelche Hinweise auf meinen Wagen? Wurde das Nummernschild irgendwo gesichtet?«

»Gestern Nachmittag auf dem Tullamarine Freeway. Vielleicht will sie nach Sydney? Wer weiß. Der Punkt ist nur, letzte Nacht kam der Wagen zurück und ist dann verschwunden.«

»Hm.«

»Deshalb müssen wir das Haus durchsuchen. Lassen Sie uns einen kurzen Blick hineinwerfen, und schon sind wir wieder weg.«

»Ich möchte den Beschluss sehen.«

Logan reichte ihn Auhl. »Tun Sie sich keinen Zwang an.«

Auhl sah ihn sich an und sagte: »Ich möchte ihn relativieren. Hier wohnen Mieter. Sie haben ihre eigenen Zimmer und Zimmerfluchten und führen ihr Leben unabhängig von meinem. Deren Räume werden Sie nicht durchsuchen. Wenn Sie klug sind, wecken Sie sie gar nicht erst. Falls Sie mir deswegen

Schwierigkeiten machen wollen, nehme ich mir einen Anwalt und halte Sie bis weit nach Ihrem Feierabend vor einem schlecht gelaunten Richter fest.«

»Verfluchte Scheiße«, murmelte Fenwick.

Doch Logan meinte nur: »Wie Sie wollen, Sie Teufelskerl. Also wo können wir nachsehen?«

»In den allgemein zugänglichen Bereichen, Küche, Waschküche, Wohnzimmer. In meinem Zimmer, wenn Sie wollen. In Mrs Fannings Zimmer. Im Hof, in der Garage.«

»Du meine Güte.«

Sie drängten ins Haus und blieben stehen, als sie Claire sahen. »Und Sie sind?«

»Eine Arbeitskollegin, die zufällig hier ein Zimmer gemietet hat«, antwortete Claire.

»Aber sicher doch.«

Claire verzog den Mund, sagte aber nichts. Sie stand in der Tür zu ihrem Zimmer und wies hinein. »Warum fangen Sie Herzchen nicht mal hier an, damit ich mich für die Arbeit fertig machen kann?«

Auhl und Claire schauten vom Flur aus zu. Logan linste unter Claires Bett, Fenwick in den Schrank. »Sie beide sehen ziemlich lächerlich aus«, meinte Auhl.

»Das gehört zur Jobbeschreibung, Mann«, entgegnete Logan unbeeindruckt.

Er trat mit Fenwick auf den Flur hinaus, beugte sich vor und streckte eine Hand nach Cynthia aus, die sofort einen Buckel machte, die Krallen ausfuhr und fauchte. »*Verflucht.*«

»Braves Mädchen«, sagte Claire und lächelte die beiden Männer strahlend an.

Dann ging es hinaus in den Garten zu Morgentau und Schatten. Auhl sah zu, wie sie in die Garage gingen und zurückkamen. »Sehen Sie? Kein Auto. Sie sind nicht hier. Mrs Fanning hat mich gestern angerufen, um sich zu entschuldigen, wollte mir aber nicht verraten, wo sie ist.«

»Wenn Sie das sagen.«

»Haben Sie einen Haftbefehl für Mrs Fanning?«

Logan, der schon wieder ins Haus zurückgehen wollte, entgegnete: »Sind Sie jetzt auch noch ihr Anwalt?«

Auhl erwiderte nichts darauf. »Claire und ich müssen zur Arbeit.«

»Mann, ich muss ins Bett, aber ›You can't always get what you want‹.«

»Ich hätte Sie nicht für einen Stones-Fan gehalten.«

»Daran merkt man Ihr Alter, Mann«, sagte Logan und drängte in die Küche.

31

Auhl schaute in Helen Colfax' Büro vorbei. »Bin ich immer noch angestellt?«

Die Chefin klopfte sich geistesabwesend die Taschen ab, kramte in ihrer Tasche herum, machte die oberste Schublade auf und zu. Geschlagen schaute sie Auhl an. »Warum sollten Sie das nicht sein?«

»Ich wollte nur mal wissen.«

Sie winkte ihn hinaus. »Carmen Shirlow taucht im Laufe des Vormittags auf. Bis dahin verschwinden Sie und klären Verbrechen auf.«

Um halb elf wurde Carmen Shirlow in eine der Opfersuiten geführt.

Sie war Ende zwanzig, eine ausgemergelte Frau mit schwarzen Haaren, zerrissener Jeans und einem Schwarm winziger blauer, tätowierter Vögel, die ihr aus dem T-Shirt den Hals hinaufflatterten. Abgekaute Fingernägel – alles an ihr wirkte abgekaut. Hibbelig. Sich auf einem Polizeirevier aufzuhalten, bereitete ihr Unbehagen. Aber ihre Augen waren klar, ihre Zähne gesund. Sie setzte ihre Wörter sorgsam und präzise.

»Ich habe noch ein paar weitere Fotos gefunden.«

Sie wühlte in einem abgegriffenen Rucksack herum und zog ein paar Fotos heraus, darunter auch jene, die sie schon gemailt hatte.

»Sehen Sie? Er ist es.« Sie sah jeden Einzelnen der Reihe nach an. »Sie können auch eine DNA-Probe nehmen, wenn Sie wollen, ist mir gleich.«

»Machen wir«, sagte Helen und lächelte. »Also, neulich

meinten Sie, Ihr Bruder sei kein Engel gewesen. Was meinten sie damit?«

Carmen rutschte herum, als würde es ihr dabei helfen, die Angelegenheit zu beschönigen. »Er war kein Junkie. Aber er hat ein wenig gedealt.«

»Standen Sie beide sich nah?«

»Dad ist abgehauen, und Ma, na ja, sie kam damit überhaupt nicht zurecht, also haben Rob und ich gegenseitig aufeinander aufgepasst.«

»Haben Sie zum Zeitpunkt seines Verschwindens mit ihm zusammengewohnt?«

»Nein. Ich habe bei Ma gewohnt. Einer musste das ja übernehmen.«

»Wo war das?«

»Cranbourne.«

»Also nicht allzu weit entfernt vom Wohnort Ihres Bruders.«

Sie schaute sie trotzig an. »Vom Wohnort mit *Mary*, meinen Sie wohl? Warum das Offensichtliche leugnen?«

Auhl lächelte leicht ironisch. »Mary Peart.«

»Ja.«

»Wie gut kannten Sie sie?«

»Ein bisschen. Ich habe sie ab und zu mal besucht.«

Sie war immer noch trotzig und wartete darauf, dass sie auf den Punkt kamen. Colfax gehorchte. »Können Sie uns irgendetwas über Marys Ermordung oder Roberts Anteil daran sagen?«

Ihr Trotz löste sich in Luft auf. »Hören Sie, ich war noch in der elften Klasse. Ich habe sie nur zwei, drei Mal besucht.«

»Um das klarzustellen: Sie haben zusammengelebt?«

»Ja.«

»In einem alten Haus in einem ländlichen Viertel von Pearcedale?«

»Ja.«

»Damals lautete die Theorie, dass Robert Mary am 9. September umgebracht hat und abgehauen ist, vielleicht nach Übersee.«

Carmen Shirlow zuckte mit den Schultern. »Das glaube ich nicht.«

»Wenn der Mann unter der Betonplatte tatsächlich Ihr Bruder ist, wie Sie sagen, müssen wir herausfinden, ob er von derselben Person und zur selben Zeit ermordet worden ist wie Mary.«

Wieder ein Schulterzucken. »Das hört sich vernünftig an.«

Für Auhl ebenfalls. »Haben Sie eine Idee, wer die beiden tot sehen wollte?«

»Vielleicht hatte Mary einen Ex-Freund? Wie ich schon sagte, ich war noch ein halbes Kind und habe zu Hause gewohnt, ich gehörte nicht zu Robs Umfeld. Er hat ein bisschen gedealt, ein bisschen stibitzt, vielleicht ist er da jemandem in die Quere gekommen.«

»*Hatte* Mary einen Ex?«

»Keine Ahnung.« Carmen kreuzte ihre dünnen Ärmchen vor der Brust und hielt sich an den Schultern fest. »Rob hätte Mary niemals, niemals etwas antun können, was mich betrifft. Die beiden waren verrückt nacheinander. Ich wusste, dass ihm etwas Schlimmes zugestoßen sein musste. Ich habe versucht, das der Polizei zu sagen, aber da wollte niemand zuhören.«

»Und Sie haben sich nicht im Hinterkopf gefragt, ob Robert vielleicht doch Mary erschossen hatte und sich versteckte?«, fragte Claire.

Carmen wand sich. »Insgeheim schon, vielleicht. Ich meine, die Polizisten ließen Ma und mich nicht in Ruhe. Wo ist Rob? Haben Sie Rob geholfen? Haben Sie für ihn gedealt? Machen Sie es leichter für sich und sagen Sie uns, wo Rob ist. Solche Sachen. Ja, ich hatte so meine Zweifel. Doch dann fand ich: Nein, niemals.«

Helen sagte: »Haben Sie Robert oder Mary jemals mit anderen Leuten zusammen gesehen?«

»In ihrem Haus? Nein.«

»Haben sie je von anderen Personen in ihrem Leben gesprochen?«

»Mary erwähnte ein paarmal ihre Schwester. Wie hieß sie noch gleich ... Rachel vielleicht? Oder Ruth. Jedenfalls waren sie streng erzogen worden, und als Mary Rob kennenlernte, lief sie weg.«

»Und Rob? Hat er jemanden erwähnt, Freunde, Menschen, mit denen er arbeitete?«

»Nein. Mary und er waren wirklich glücklich, und wenn sie dabei war, stellte er keine Dummheiten an. Und zwischen den verschiedenen Jobs für andere brachte er das Haus auf Vordermann.«

Auhl beugte sich vor und runzelte die Stirn. »Das alte Haus in Pearcedale?«

Carmen sah ihn an, als wolle sie sagen: Haben Sie eigentlich nicht zugehört? »Ja. Es war ziemlich heruntergekommen.«

»Was hat er denn hergerichtet?«

»Löcher zugipsen, neue Regenrinne, Dielen reparieren, streichen, solche Sachen. Er war handwerklich sehr geschickt. Er machte alles Mögliche. Jobs hier und da, Instandhaltung, Gartenarbeit, Malerarbeiten, ein wenig schreinern.«

»Was hat er denn damals gearbeitet? War er bei einer Firma angestellt, war er selbstständig?«

»Selbstständig.«

Auhl fand, dass er in diese Richtung weit genug nachgefragt hatte. »Gibt es noch etwas, das Sie uns über Mary Peart sagen können?«

»Nein. Kam aus einer strengen Familie, kümmerte sich um ihre Schwester.«

Auch die Polizeiberichte waren nur skizzenhaft. Mary Pearts Geburtsort und -datum, der Name der Familie, die die Schwestern aufgenommen hatte, als deren Eltern starben, kurze Berufskarriere. Zum Zeitpunkt ihres Todes hatte Mary Peart als Tierarzthelferin in Cranbourne gearbeitet.

»Und was, wenn ich als Nächste dran bin?«, fragte Carmen.

Sie mussten alle blinzeln. »Als Nächste?«, fragte Josh.

»Ja, ich bin doch abgetaucht, nachdem das passiert ist. Es war einfach zu viel, wissen Sie? Mary. Rob. Die Polizei im Nacken. Dieser Typ, der mich unter Druck setzte. Da habe ich es mit der Angst gekriegt. Ma und ich sind verduftet.«

»Was für ein Typ?«, fragte Auhl. »Polizei?«

»Keine Polizei. Ein älterer Typ. So eine Art Geschäftsmann, aber dann auch wieder nicht, verstehen Sie? Gut gekleidet und so, aber ... unheimlich, dunkle Brille, wollte wissen, ob ich mitgemacht hätte? Und wo der Rest ist? Solche Fragen.«

»Der Rest wovon?«

»Keine Ahnung. Was immer Rob und Mary ausgeheckt hatten, schätze ich mal. Drogen. Aber das hatte mit mir nichts zu tun, und das habe ich ihm auch gesagt.«

»Hat er tatsächlich Drogen erwähnt?«

Schulterzucken. »Nein.«

»Hat er Ihnen seinen Namen genannt?«

»Nein.«

»Und Sie sind sicher, dass er kein Polizist war.«

»Keine Ahnung, okay? Ich hab nirgendwo mitgemacht, ich hab mich bemüht, die elfte Klasse zu schaffen, ich hab versucht, Ma davon abzuhalten, sich ihr Leben zu ruinieren.« Sie warf ihnen einen Blick zu. »Sie war Alkoholikerin. Jedenfalls sind wir nach Queensland verschwunden. Grandma und Grandpa haben uns geholfen.« Sie hielt inne. »Jetzt sind sie alle tot, es gibt nur noch mich. Aber ich ziehe auf keinen Fall wieder hierher. Im Norden fühle ich mich sicher. Da falle ich nicht weiter auf.«

»Hat es in jüngster Zeit Versuche gegeben, Sie zu kontaktieren? Dieser angebliche Geschäftsmann, zum Beispiel?«

»Nein. Außerdem hatte ich ihm deutlich gesagt, dass ich nicht wusste, wovon er redete, aber ich wollte kein Risiko eingehen, also sind wir nach Cairns gezogen.«

»Weise Entscheidung«, sagte Helen, streckte die Hand aus und berührte einen zittrigen Unterarm. »Machen wir Schluss für heute, okay? Josh, können Sie Ms Shirlow ein Hotelzimmer buchen? Carmen, wir möchten, dass Sie noch ein paar

Tage in der Stadt bleiben, ist das in Ordnung? Die Polizei bezahlt.«

»Ein Hotelzimmer? Cool.«

Als Auhl mit Claire Pascal zurück zu ihrer Abteilung ging, wartete Logan schon dort im Flur. »Wird immer besser und besser für Sie, Mann.«

Seine Stimme klang anmaßend, der Gesichtsausdruck wirkte dagegen merkwürdig sympathisch, und Claire zögerte. »Alan?«

Er winkte ab. »Gehen Sie ruhig, Sie brauchen nicht auf mich zu warten.«

Sie öffnete die Tür, warf einen Blick zurück über die Schulter und verschwand. Auhl drehte sich zu Logan. »Ich dachte, Sie hätten Feierabend.«

»Das Böse schläft nie«, meinte Logan. »Ihr Wagen ist gefunden worden.«

Auhl wartete. Als Logan nicht ausführlicher wurde, sagte er: »Mein Wagen ist gefunden worden, aber weder Mrs Fanning noch ihre Tochter saßen drin, richtig?«

»Korrekt. Allerdings wären sie hübsch knusprig gebraten, wenn sie drin gesessen hätten.«

Auhl machte die Augen zu und wieder auf. »Sie hat den Wagen abgefackelt?«

»Können wir irgendwohin, wo es gemütlicher ist?«

Auhl brachte Logan nach oben in die Teestube am Ende des Flurs von der Abteilung Brandermittlung. Er setzte sich an den fleckigen Resopaltisch und schob mit dem Fuß einen Stuhl vor. »Setzen Sie sich.«

Als Logan Platz genommen hatte, sagte Auhl nur: »Spucken Sies schon aus.«

»Wie Sie wissen, haben wir Ihren Wagen auf dem Tullamarine Freeway gesichtet, wie er in Richtung Norden fuhr, dann ein paar Stunden später zurück in die City. Wir haben uns die Aufnahmen der Überwachungskameras mal ein wenig genauer angeschaut. Ein paar junge Burschen vorn, niemand auf der

Rückbank.« Logan schüttelte bedauernd den Kopf. »Vor einer Stunde etwa haben wir den Wagen ausgebrannt in Footscray gefunden.«

»Kein Auto, das man noch ausschlachten«, witzelte Auhl, um das abzuwenden, was jetzt noch kommen mochte.

Logan würdigte das mit einem kurzen, müden Grinsen. »Jedenfalls haben wir Mrs Fannings Visakarte verfolgt, und sie hat sich bei Budget in Albury-Wodonga einen Hyundai gemietet. Wir schätzen, dass sie Ihren Wagen dort stehen gelassen hat, womöglich mit dem Schlüssel im Zündschloss.«

»Ist sie weitergefahren?«

Logan schüttelte den Kopf. »Ganz im Gegenteil. Sie ist den ganzen Weg zurückgefahren, durch die City nach Geelong.«

»Zum Haus ihrer Eltern?«, fragte Auhl hoffnungsvoll.

»Zum Haus ihres Mannes.«

»Mann, lassen Sie sich doch nicht jeden Wurm einzeln aus der Nase ziehen.«

Logan sagte: »Es sieht ganz so aus, als hätten Mutter und Tochter den Laden aufgemischt. Sie haben Farbe auf dem Teppichboden verschüttet, Wasser in zugestöpselte Waschbecken und Badewanne laufen lassen, Fenster eingeschlagen.«

Auhl hielt sich zurück.

Logan holte tief Luft. »Das ist alles, was ich im Augenblick weiß.« Er sah Auhl scharf an. »Sie müssen ihr sagen, dass sie sich stellen soll.«

Auhl erhob sich und stand unentschlossen da. Eine Zivilangestellte mit einem Armvoll Akten kam herein und suchte nach jemandem. Sie sah die beiden Männer seltsam an, sagte aber nichts und verschwand wieder. »Ich stehe nicht in Kontakt mit ihr«, sagte Auhl.

»Sie müssen uns sagen, wo sie ist.«

Auhl ging davon. »Ich stehe nicht in Kontakt mit ihr.«

Claire Pascal tat so, als würde sie Akten lesen, als er ins Büro kam. Sie sah ihn nur an und stand auf.

»Alles in Ordnung?«

Auhl erzählte es ihr. Sie umarmte ihn kurz. »Was für eine beschissene Situation.«

»Liegt jetzt nicht mehr in meinen Händen«, sagte Auhl und fragte sich, ob das stimmte.

Er vergrub sich in die Arbeit, Anrufe, Internetrecherchen.

Schließlich fand er heraus, dass es sich bei der Familie, die Mary Peart und ihre Schwester aufgenommen hatte, nicht um irgendeine Familie handelte.

32

»Mascot und sein Team«, sagte Auhl, »ein schwerer Fall von Tunnelblick.«

Freitagmorgen, Auhl saß auf dem Beifahrersitz, den Schoß voller Computerausdrucke und Rhys Mascots Akten. Helen Colfax saß hinter dem Lenkrad, der Verkehr kam nur langsam voran, nachdem sie den M1 verlassen hatten und in Richtung Wellington Road unterwegs waren. Ziel war die in den Bergen gelegene Gemeinde Emerald.

»Tunnelblick ...«, gab Helen Colfax ermunternd das Stichwort.

Auhl hob eine dünne Akte hoch. »Nachdem Robert Shirlow im Blickfeld stand, gab es kaum noch Ermittlungen zu der Schwester oder der Familie, die die Mädchen aufgenommen hat. Kein Wort darüber, dass es sich um fundamentalistische Spinner handelt.«

Als Colfax an einer roten Ampel stehen blieb, hielt er ihr ein Foto vor die Nase. »Warren Hince, Oberhaupt der Assemblies of Jehovah International.«

Das Foto, das er von einer Nachrichten-Website ausgedruckt hatte, zeigte einen beleibten Mann in einem dunklen Anzug, dessen strahlendes, wohlgenährtes Gesicht von einer stolzen Mähne aus nach hinten gekämmten, weißen Haaren gekrönt war. Er schüttelte einem ehemaligen Premierminister der Liberalen, der ebenso strahlte, die Hand.

»Ach, schau mal an«, sagte Colfax.

»Muss wohl im Wahlkampf gewesen sein«, meinte Auhl.

»Was tut man nicht alles für eine Stimme«, pflichtete ihm Colfax bei. Die Ampel sprang um, und sie gab Gas. »Was noch?«

Auhl berichtete weiter. Die AJI war eine kleine Gruppierung, verschwiegen, schwulenfeindlich, frauenfeindlich und betucht. 1974 in Schottland gegründet – von Hince –, Ableger in Deutschland, den USA, Neuseeland und Australien. »Hervey Bay Mitte der Achtziger«, zählte Auhl auf, »dann die Gold Coast, Byron Bay, Darwin, die Adelaide Hills, die Blue Mountains und schließlich Emerald.«

Wo Hince nun mit Frau und Sohn lebte. Auhl hatte sich das Anwesen im Internet angeschaut: mehrere Hektar, mit einem ansehnlichen Haupthaus und mehreren kleineren Nebengebäuden zwischen Kasuarinen und Eukalyptusbäumen auf einem Hang, der zu einem Teich führte, welcher sich aus einem kleinen Bach speiste. Andere Bilder bestätigten Warren Hince' Position: Wie er einer Taufe in ebenjenem Teich vorsteht; wie er aus einem schwarzen Mercedes steigt; wie er ein kleines Flugzeug mit der Aufschrift *Assemblies* besteigt.

»An Geld mangelt es wohl nicht«, sagte Auhl. »Spenden, außerdem führen viele der Schäfchen erfolgreiche Unternehmen. Hince und seine Familie haben ein paar kleinere Wohnsiedlungen und Einkaufszentren errichtet.«

Er fuhr fort. Die Kirche war viele Jahre unterhalb des Radars geflogen und hatte ihren Status der Steuerfreiheit genossen, bevor erste Risse auftauchten. Einige Mitglieder verließen die Gemeinschaft und begannen auszupacken. Ein paar kehrten in den Schoß der Kirche zurück, nachdem sie die Welt dort draußen zu hart und zu verwirrend gefunden hatten. Jene, die nicht zurückkehrten, wurden exkommuniziert. Die wenigen, die einem Interview zustimmten, berichteten, dass ihre »Sünden« mit dem Kauf eines Computers oder einer anderen Falle der verweltlichten Gesellschaft begannen und bis zur »Immoralität« reichten, ihre Kinder zu ermuntern, eine Ausbildung zu machen, und Zweifeln an der Autorität der Kirchenältesten.

»Da gab es eine Menge Zweifel, möchte man meinen«, sagte Auhl.

Wie zum Beispiel Kirchenälteste, die Ehen arrangierten. Die

Ehemänner drängten, ungehorsame Frauen zu züchtigen. Die ihre Positionen dazu nutzten, um Kinder von Kirchenmitgliedern zu missbrauchen. Auf ihrer Website sprachen sie sich gegen die gleichgeschlechtliche Ehe aus, listeten »Verbrechen durch Moslems« auf und behaupteten, die Buschfeuer von 2009 seien Gottes Strafe für die laschen Abtreibungsgesetze des Landes gewesen.

Helen schnaubte und schüttelte den Kopf.

»Hince geriet in Schwierigkeiten, als er seine Gemeinde dazu aufforderte, Geld für eine anti-islamische Partei zu spenden – deren Vorsitzender zufällig er selbst war«, sagte Auhl. »Die Labor Party bekam schließlich ihre Ärsche hoch und argumentierte, dass die Kirche keine wohltätige Einrichtung sei und man ihr deshalb die Steuerfreiheit entziehen solle. Hince bestritt das natürlich, und eine Weile unternahm niemand etwas in dieser Richtung.«

»Freunde auf höchster Ebene.«

»Freunde wie zum Beispiel den Premierminister«, sagte Auhl. »Dann kam allerdings der Untersuchungsausschuss in Sachen Kindesmissbrauch. Als das genug Druck aufgebaut hatte, trat Warren zurück und übergab die Zügel an seinen Sohn.«

»Weil er namentlich genannt wurde?«

»Nicht namentlich … aber implizit.«

Sie kamen an die nächste rote Ampel. Diesmal reichte Auhl Helen ein Familienfoto der Hince'. Warren, sein Sohn Adam, seine Frau Judith. Adam war ein großer, fülliger junger Mann mit einem Stierschädel, nicht so korpulent wie sein Vater, aber auf dem besten Wege dorthin. Er wirkte weich, nicht autoritär. Und er stand wie angeklebt neben seiner Mutter, so als würde er vor seinem Vater zurückweichen.

»Wie alt war der Sohn 2009?«

»Einundzwanzig.«

Colfax nickte, und Auhl wusste, was sie dachte: Adam Hince passte ins Bild. Als Mary Peart starb, war er kein Kind, sondern ein junger Mann gewesen.

»Und der Untersuchungsausschuss?«

»Vater und Sohn wurden Ende 2016 vorgeladen«, antwortete Auhl. »Letztlich blieben sie dem Ausschuss fern. Keine Zeugen, nur vage Anschuldigungen. Adam behauptete, er wisse nichts über die Taten der Kirchenältesten, und Warren wurde entschuldigt, da er an Demenz leide.«

Auhl nahm einen weiteren Ausdruck, einen Bericht aus der *Herald Sun*. »In der Zwischenzeit scheint die Kirche in finanzielle Schwierigkeiten zu geraten. Letztes Jahr wurde ihr der Status als wohltätige Einrichtung entzogen, was bedeutet, dass ihr massive Steuernachzahlungen drohen.«

»Das ist der Gesamtzusammenhang. Was ist mit den Einzelheiten? Würden diese Personen jemanden töten, der die Herde verlässt?«

Auhl dachte darüber nach. »Mary Peart war nicht die Einzige, die aus der Kirche ausgetreten war. Und davon ausgehen, dass sie Robert umgebracht haben, weil er sie fortgelockt hat? Das scheint mir etwas weit hergeholt.«

»Carmen Shirlow meinte, ein älterer Mann habe sie belästigt und wollte wissen, wo irgendetwas sei. Könnte das Warren Hince sein?«

Auhl nickte. »Gute Frage. Wir müssen ihr sein Foto zeigen.«

Die Straße schlängelte sich in die Hügel hinauf. »Demenz«, sagte Helen. »Echt oder gespielt?«

»Anscheinend echt«, antwortete Auhl, musste aber an einen Nachrichtenausschnitt denken, den er am Vortag gesehen hatte: Warren Hince im Rollstuhl vor dem Gebäude des Untersuchungsausschusses, von seinem Sohn geschoben. Das Gesicht des alten Mannes leer, fast sabbernd; dann ein paar hässliche Sekunden, als eine Reporterin ihm ein Mikrofon vors Gesicht hält und sich seine Züge durch eine kurz aufflammende Bosheit verhärten.

»Wenn der alte Herr senil ist, werden wir wohl nicht viel aus den Leuten herausbekommen«, meinte Colfax.

»Da ist noch Mary Pearts Schwester.«

»Wenn sie noch immer dort ist.«

»Die Frau, der Sohn.«

»Die beide stark daran interessiert sein dürften, den alten Patriarchen zu schützen«, gab Helen zu bedenken.

»Einen Patriarchen, der ein Bauunternehmen leitet«, sagte Auhl.

»Um ein Grab zu schaufeln, eine Betonplatte zu gießen, Einschusslöcher auszubessern und Blutflecken zu übertünchen?« Sie zuckte mit den Schultern. »So etwas kann jeder Heimwerker.«

Sie fuhren schweigend weiter, bis Helen sagte: »Irgendetwas Neues von Mrs Fanning oder ihrer Tochter?«

Wie viel wusste sie? »Ich stehe nicht in Kontakt mit ihnen«, sagte Auhl und erzählte ihr alles, was Logan ihm gesagt hatte.

»Und die Situation mit Claire?«

Überrascht hielt Auhl kurz inne. »Claire geht es gut.« Er schwieg und ließ sein Seitenfenster ein Stück herunter. »Sie wohnt bei mir im Haus.«

»Ich weiß«, sagte Colfax mit harter Stimme. »Deshalb frage ich ja.«

»Sie wird irgendwann am Wochenende zu ihrem Mann zurückgehen«, sagte Auhl, und auch seine Stimme klang hart. »Und es geht zwar niemanden etwas an, aber ich bin weder mit Claire noch mit Neve liiert. Ich bin nur ein Freund.«

»Seien Sie nicht naiv. Früher oder später wird irgendein Schmierenschreiber herumschnüffeln.«

Auhl wusste, dass sie recht hatte. »Boss.«

»Sie sollten es so machen wie ich und Öffentliches und Privates weit auseinanderhalten.«

Sich nicht einmischen, mit anderen Worten. Auhl, dem auffiel, wie wenig er wirklich über das Leben seiner Chefin außerhalb des Büros wusste, sagte: »Was macht denn Ihr ... Ihr Partner?«

Colfax lachte. »Mein *Mann* ist Fotograf bei der Regionalzeitung. Keine Tatorte, nur Gartenfeste und Netballfinale und Geschäftsinhaber. Mein Sohn spielt Football, meine Tochter hüpft samstagvormittags im Tutu herum. Ein paar Hundert Dollar im Jahr an das Royal Children's Hospital, und mein Gewissen ist rein.«

Auhl fragte sich, ob er seine Chefin wirklich mochte. »Hmhm.«

»Immer schön sauber bleiben, mehr will ich gar nicht sagen.«
»Die Truppe nicht in Misskredit bringen.«
»So in etwa.«

Die App verkündete ihnen, dass sie ihr Ziel erreicht hatten.

Auhl und Colfax hatten mit einem ummauerten Gelände gerechnet, in erbärmlicher Geheimniskrämerei vor der Welt verborgen, stattdessen aber fanden sie eine durchschnittliche Vororthässlichkeit vor, mit einem kleinen Baufahrzeug und einem glänzenden schwarzen Ford Territory in der Einfahrt. Der Laster war mit Leitern, Werkzeugkisten und Plastikrohren beladen, auf den Türen stand *W. und A. Hince Bauunternehmen;* auf dem Ford prangte ein Aufkleber: *Was würde Jesus tun?* Zu einer Seite gab es eine niedrige Hecke und ein hölzernes Tor mit der Aufschrift *Assemblies of Jehovah International*, von dem aus sich ein Weg hügelabwärts durch eine Ansammlung von kleineren Gebäuden schlängelte – Kapellen? Versammlungsräume? – und an dem Teich endete, den Auhl im Internet gesehen hatte.

Sie wurden erwartet – Colfax hatte bei einer Kirche nicht einfach hereinschneien wollen –, Adam Hince kam an die Tür. Keine dreißig, doch sah er erheblich älter aus: groß und fett. Hinter den eifrigen Begrüßungen und dem Händeschütteln spürte Auhl einen kleinen, schüchternen Jungen, der in einem verwirrend großen und irgendwie fremden Körper gefangen war.

»Kommen Sie rein, kommen Sie rein«, sagte Hince.

Er füllte graue Anzughose, weißes Hemd und schwarze Schuhe aus; als er sie einen Flur entlang in ein schlichtes Wohnzimmer mit angrenzendem Essbereich führte, knallten die Ledersohlen. Kein Fernseher, keine Blumen, keine Bücher oder Magazine, mal abgesehen von einer Bibel auf einem hölzernen

Buchständer. Eierschalenfarbene Wände, schnörkelloses Ledersofa und passende Sessel, eine Handvoll Fotos auf einem Kaminsims: Warren Hince mit dem Premierminister, Warren Hince mit Frau und Sohn, Warren Hince mit geschlossenen Augen und in die Höhe gestreckten Händen in einer schlichten Kapelle.

Warren war persönlich anwesend, er saß an einem Ende des Sofas neben seiner Frau, ein Gehstock lehnte an seinem Knie. Er schaute die Detectives mit einem verstörten, fragenden Blick an, der Mund stand ihm offen. Zeit und Krankheit hatten sein Gewicht ein wenig reduziert.

Judith Hince, eine schlanke, gehetzt wirkende Frau in einem langen, marineblauen Rock und einer hellblauen Strickjacke über einem weißen Oberteil, erhob sich, um sie zu begrüßen. Ein unscheinbares Gesicht, eine Spur von Besorgnis, die Finger der einen Hand drehten an einem großen Ring an der anderen Hand. Durften die Frauen dieser Kirche Schmuck tragen, fragte sich Auhl. Hier handelte es sich um einen großen milchigen Opal, von kleinen Diamanten umgeben – wahrscheinlich wertvoll, unerwartet protzig.

Hinter dem Sofa schwebte im Schatten eine dritte Person. Mitte zwanzig, aber ihre Ellbogen, Knie, Knöchel und Handgelenke waren so knochig wie bei einer Teenagerin in der Wachstumsphase. Groß, langer dürrer Hals, wie Judith in einen einfachen Rock und Oberteil gekleidet. Keine Ringe, Ohrringe oder Armbänder. Kräftiges schwarzes, schulterlanges Haar, blasse Haut, Augen rot vor Müdigkeit oder Angst. Haare, Haut, Augen – ein natürlicher Gothic-Look, nur ohne Kleidung und Make-up.

Auhl schnaubte leise. Die junge Frau wusste wahrscheinlich gar nicht, was Gothic bedeutete.

Sie wirkte angespannt, biss die Zähne zusammen, hatte völlig abgekaute Nägel. An der Bewegung ihres Oberkörpers erkannte er, dass sie mit einem Bein wackelte.

»Tee? Kaffee?«, fragte Adam Hince. »Ruth, setz doch bitte Wasser auf.«

Die junge Frau glitt geräuschlos zur Tür hinaus. Helen Colfax fragte: »Ruth, Marys Schwester?«

»Marys Schwester, ja.«

»Wir warten, bis sie wieder zurückkommt.«

»Sie weiß eigentlich gar nichts«, sagte Judith Hince mit merkwürdig sinnlich rauer Stimme.

»Trotzdem«, entgegnete Auhl.

Colfax ging über den grauen Teppichboden und streckte Warren Hince ihre Hand hin. Auhl wusste, was sie da tat – sie übernahm in dem Raum das Kommando. »Mr Hince? Mein Kollege und ich sind hier, um über Mary zu reden.«

Hince' Stimme war nur ein schwaches Krächzen. »Wer?«

»Er erinnert sich nicht an sie«, sagte Judith und zuckte entschuldigend zusammen. »Seine Erinnerungen kommen und gehen.«

»Mir obliegt nun die Leitung«, erklärte Adam. »Ich halte die Fackel hoch.«

»Mit der Hilfe Ihrer Mutter?«, fragte Auhl.

Judith legte sich bestürzt eine Hand an die Kehle. »Du meine Güte, nein. Ich lasse mich zum Zwecke Gottes von Adam leiten.«

Gut für Adam, dachte Auhl. Oder auch nicht.

Schließlich kam Ruth mit einem großen Tablett mit Teesachen und einem Glas Instantkaffee wieder ins Zimmer. Sie stellte es auf einem Couchtisch mit Glasplatte ab und trat wieder zurück.

»Kommen Sie bitte zu uns, Ruth«, sagte Helen. »Wir sind hier, um über Ihre Schwester zu sprechen.«

Ruth senkte schüchtern den Kopf. Mit einem um Erlaubnis fragenden Blick zu Adam zog sie sich einen Stuhl mit hoher Rückenlehne vom Esstisch heran und stellte ihn hinter das Sofa. Auhl wollte sie schon bitten, sich in den Kreis einzureihen, entschied aber dann, dass es sich hier um eine junge Frau handelte, die wusste, wo ihr Platz war. Fühlte sie sich unbehaglich, würde sie ihnen weniger von Nutzen sein.

Colfax begann. Sie sagte zu Judith: »Ihre Familie war so freundlich und hat Mary und Ruth nach dem Tod ihrer Eltern aufgenommen?«

»Für uns waren sie tot, ja. Wir haben an den Mädchen nur unsere christliche Pflicht getan.«

Colfax runzelte bei diesem Satz die Stirn und fuhr fort: »Und ein paar Jahre später ist Mary eine Beziehung mit einem jungen Mann namens Robert Shirlow eingegangen?«

Adam antwortete darauf. »Robert hat für uns auf einigen Baustellen und auf dem Gelände unserer Kirche gearbeitet.« Er wies hinaus zu den Gebäuden und dem Parkgelände. »Ich fürchte nur, der Teufel wirkte stark in ihm und dann auch in Mary.«

Auhl beobachtete, ob Ruth darauf reagierte. Nichts. Sie starrte zu Boden. Auhl richtete seinen Blick auf Adam. »Könnten Sie das bitte ein wenig deutlicher formulieren? Der Teufel wirkte in ihr?«

»Sie begann, unseren Glauben infrage zu stellen, unsere Überzeugungen. Sie trug anstößige Kleidung. Sie wirkte zerstörerisch.«

»Die Mädchen wohnten hier im Haus?«, fragte Colfax. »Unter den anderen Gebäuden habe ich so etwas wie Bungalows gesehen.«

»Sie wohnten hier bei uns, ja.«

»Durfte Robert das Haus betreten?«

»Natürlich nicht«, antwortete Judith.

Ruth versank noch tiefer in ihren Stuhl. Auhl fragte: »Dachten alle so über Mary? Haben Sie alle mit ihr gestritten?«

»Wir haben ihr unsere Position dargelegt«, antwortete Adam, »doch letztlich gelang es ihr nicht, ihre weltlichen Interessen abzulegen, und sie ist mit Mr Shirlow davongelaufen.«

»Waren Sie mit ihm befreundet, Mr Hince?«

»Wir waren in demselben Alter«, erwiderte Adam steif, »aber gewiss keine Freunde. Er war nur eine Aushilfskraft.«

»Sie wissen, dass Robert und Mary zusammengewohnt

haben?«, fragte Auhl grob. »In einem alten Farmhaus bei Pearcedale?«

»Wir mögen zwar nicht ganz der modernen Welt und ihrem Irrsinn verfallen sein«, tönte Adam Hince, »aber wir sind auch nicht unwissend. Mir zumindest war die Natur der eheähnlichen Lebensgemeinschaft von Mary und Robert wohlbekannt.«

Gab es irgendwo noch einen Dreißigjährigen, der so sprach wie dieser Irre, fragte sich Auhl. »Ja, aber haben Sie sie aufgesucht? Haben Sie versucht, Mary zurückzuholen? Oder Robert zur Gemeinde hinzuführen?«

»Das haben wir nicht. Ein solches Unterfangen hätte bedeutet, einen schweren Kampf mit dem Teufel zu führen. Mary und Robert waren nicht gewillt, Gottes Gnade mit uns zu teilen, und auch nicht bereit, Gottes Ruf zu hören.«

»Ruth, haben Sie Ihre Schwester besucht?«, fragte Colfax.

Ruth warf Adam einen verängstigten Blick zu und erhielt ein verkniffenes Nicken. Zögernd flüsterte sie: »Nein.«

»Darf ich fragen, warum nicht?«

Judith antwortete: »Mary war ziemlich eigensinnig und störrisch. Es war schwer für Ruth, ihr zu widerstehen, daher hielten wir es für das Beste, wenn sie ihr keinen Besuch abstattete.«

Colfax hielt den Kopf schräg. »Ruth?«

Als würde sie plötzlich im Rampenlicht stehen, sank Ruth in sich zusammen und nickte leicht. »Ich fand, es war nicht richtig, Mary zu besuchen.«

Adam und Judith strahlten sie an. Auhl bemerkte, dass sie sich Sorgen gemacht hatten, was sie wohl sagen würde. Er schaute zwischen den beiden hin und her und sagte: »Haben Robert und Mary allein gelebt?«

»Soweit ich weiß«, antwortete Adam.

»Und als Robert zuvor hier gearbeitet hat, hatte er jemals Freunde bei sich? Erhielt er jemals Besuch?«

»Gewiss nicht.«

»Und was war mit Marys Freunden?«

»Marys Freunde waren hier«, antwortete Judith, »unter unseren Kirchgängern.«

Ihr Sohn fügte noch hinzu: »Aber Robert war ziemlich wild. Gut möglich, dass er sich mit den falschen Leuten eingelassen hat.«

»Und Sie haben niemand anderen bei dem alten Haus gesehen?«

»Ich glaube, ich habe Ihnen schon gesagt, Sergeant Auhl, wir haben sie nicht aufgesucht.«

Helen Colfax ging fast ein wenig spöttisch dazwischen: »Dass Robert ein nettes kleines Liebesnest für Mary und sich schuf, muss für Sie alle ja ein ziemlicher Schlag ins Gesicht gewesen sein.«

»Das ist nicht fair, so über sie zu reden«, sagte Ruth plötzlich mit leiser, aber leicht schneidender Stimme. »Sie haben das Haus für deren Besitzerin renoviert.«

»Also *haben* Sie sie besucht, Ruth?«

Die Atmosphäre im Raum hatte sich verändert. Ruth schüttelte den Kopf und machte sich auf ihrem Stuhl klein.

»Was ist mit Mr Hince?«, setzte Colfax nach. »Er hat doch sicherlich bei Mary vorbeigeschaut, um zu sehen, ob alles in Ordnung ist? Oder Sie, Judith? Adam?«

Judith antwortete: »Was Mary und Robert zusammen trieben, war nicht länger unsere Sorge. Wenn Sie doch nur zuhören würden.«

Als alle ihre Fragen erschöpft waren und nichts Neues dabei herausgekommen war, standen Auhl und Colfax auf, um zu gehen. Der alte Mann hatte kein Wort gesagt und blieb sitzen, während alle anderen zur Wohnzimmertür gingen.

Auhl hielt sich ein wenig zurück und ließ seine Hand über die von Ruth Peart streichen. Sie zuckte zusammen, als sie die harte Kante seiner Visitenkarte spürte, und einen Augenblick lang glaubte er, sie würde sich sträuben, doch dann umschlossen ihre Finger die Karte und steckten sie ein.

An der Haustür fragte Adam wie aus Höflichkeit: »Möchten Sie für eine halbe Stunde mit uns beten?«

Colfax antwortete forsch: »Tut mir leid, aber wir haben eh schon mit dem Freitagsverkehr zu kämpfen.«

Hince wandte sich an Auhl. »Und Sie, Mr Auhl? Sind Sie bereit, Gottes Ruf zu hören?«

»Ich höre ständig irgendwelche Rufe, wenn auch nicht von jener Art, die man gern hören möchte. Außerdem erledige ich meine Arbeit am besten auf den Füßen, nicht auf den Knien.«

Hince schenkte ihm ein breites zufriedenes Grinsen und wedelte mit dem Finger. »Ah, aber man kommt nur schwer ins Stolpern, wenn man auf den Knien ist.«

Auhl meinte nur: »Wenn das Wörtchen wenn nicht wär, wär mein Vater Millionär!«

33

»Einen Punkt Abzug dafür, die Öffentlichkeit gegen sich aufgebracht zu haben, Sergeant Auhl«, sagte Colfax im Wagen.

Allerdings klang leichte Belustigung aus ihrer Stimme. Der Freitagvormittag ging zur Neige, und der Verkehr nahm zu, so als würden alle auf dem Weg zum Mittagessen sein.

»Also«, fuhr sie fort, »wer wars, Vater oder Sohn?«

Auhl zuckte mit den Schultern. »Oder beide. Der Punkt ist nur, warum die lange Wartezeit? Die beiden sind im Mai durchgebrannt. Erschossen wurden sie erst im September.«

»Vielleicht wurde der Drang nach Bestrafung nach und nach immer stärker.«

»Ach, glauben Sie, es geht um Bestrafung?«

»Mary sollte bestraft werden, weil sie die Kirche verlassen hat, und ihr Freund, weil er sie weggelockt hat«, meinte Colfax. »Es sei denn, etwas anderes hat die Morde ausgelöst, Sexualneid, vielleicht.«

Auhl grübelte darüber nach. »Wir haben die Waffe, wir haben die Abdrücke. Zumindest sollten wir nachschauen, ob sie zu irgendjemandem passen.«

»Dazu müssten wir sie erst verhaften – es sei denn, Sie haben gerade eine Teetasse hinausgeschmuggelt? Die werden sich mit Anwälten umgeben, die argumentieren werden, dass Warren gaga ist und der Sohn damals noch ein Kind war.«

Auhl brummelte enttäuscht. »Schade, dass wir nicht einzeln mit ihnen reden konnten. Ich würde ganz gern Zeiten und Bewegungen festhalten. Kannten sie die Adresse, wo Mary wohnte? Hat Ruth sie besucht? Hat jemand von der Kirche das Haus beobachtet und ihnen gesagt, wann sie zuschlagen können?«

»Oder aber die Hince' sind schuldlos.«

Sie schwiegen eine Weile, bis Helen Colfax sagte: »Wir wollten doch herausfinden, ob Carmen Shirlow Hince identifizieren kann.«

»Das kann ich sofort erledigen«, meinte Auhl. Er knipste das klarste Foto von Warren Hince mit dem Handy und schickte es Shirlow. Nach ein paar Minuten trudelte die Antwort ein. *Keine Ähnlichkeit.*

»Einen Versuch war es wert«, seufzte Colfax.

Sie brachten den Zivilwagen zurück und standen gerade im Aufzug, als Auhls Handy klingelte. Eine Festnetznummer, die er nicht kannte.

Er ging dran, und eine Stimme flüsterte: »Sie haben mir Ihre Karte gegeben.«

Die Türen gingen auf, Auhl formte *Ruth Peart* mit dem Mund und bedeutete Colfax, ihm in eine ruhige Ecke zu folgen. Er lehnte sich an die Wand und sagte: »Ruth, ich verstehe, wenn Sie jetzt nicht sprechen können, zumindest nicht lange, aber haben Sie später die Chance, das Haus zu verlassen?«

»Heute nicht«, sagte sie hastig. »Morgen früh.«

»Haben Sie Gelegenheit, zu uns zu kommen? Wir können Ihnen einen Wagen schicken, wenn Sie möchten.«

»Nein! Keine Zeit. Wenn ich einkaufen gehe, habe ich gerade mal eine halbe Stunde.«

»Okay, vielleicht können wir uns in Ihrer Bäckerei treffen oder im –«

»Nein! Der Bäcker ist einer der Kirchenältesten. Halb elf im katholischen Secondhandladen hinter dem Coles-Parkplatz.« Mit einem verächtlichen Schnauben fügte sie noch an: »Keiner der Kirche würde auf die Idee kommen, dort reinzugehen.«

Auhl verbrachte den Rest des Tages damit, tiefer bei den Assemblies of Jehovah nachzugraben. Er versuchte, Neve und Pia anzurufen, aber die hatten ihre Handys offenbar ausgeschaltet. Als er nach Dienstschluss gemeinsam mit Claire Pascal das Büro verließ, wurde er im Foyer von Logan aufgehalten.

»Auf ein Wort?«

Logan wirkte völlig erschöpft. Er war noch immer fassbrüstig und stoisch, doch nun lag eine leichte Traurigkeit auf seiner schweren Gestalt.

»Schlechte Nachrichten«, sagte Auhl rundheraus.

»Könnte man so sagen.«

Logan schaute Claire an, die halsstarrig meinte: »Ich bleibe.«

Logan zuckte mit den Schultern. »Wie Sie wollen.«

»Gehen wir in die Teestube«, sagte Auhl.

»Nein. Ich muss endlich pennen, bin den ganzen Tag durch die Gegend gerannt.«

Auhl verschränkte die Arme. »Okay, was ist passiert?«

»Um es kurz zu machen, Mrs Fanning ist mit ihrem Mietwagen auf einer Nebenstraße in der Nähe von Mount Gambier gegen einen Baum gefahren und liegt im Koma.«

Auhl merkte, wie ihm der Unterkiefer herunterklappte. Er spürte, dass Claire Pascal ihn an der Armbeuge festhielt. »Was ist mit Pia? War sie auch im Wagen?«

»Ja. Ein bisschen durchgeschüttelt, ein gebrochenes Bein, gebrochene Rippen; ansonsten alles okay. Sie wurden beide nach Adelaide geflogen, in unterschiedliche Krankenhäuser.«

Claires Finger krallten sich in Auhls Arm. »Ist jemand bei ihnen?«

»Mrs Fannings Eltern sind auf dem Weg«, antwortete Logan. Dann schüttelte er den Kopf. »Dafür drangsaliert mich der Anwalt des Ehemanns.«

Auhl zog seine Brieftasche hervor und suchte nach Georgina Townes Geschäftskarte. »Neves Anwältin«, sagte er. »Die sollte Ihnen den Rücken freihalten können.«

Logan steckte die Karte ein und sah Auhl mitleidig an. »Ich habe mit ein paar Leuten gesprochen, die Mrs Fanning in Geelong kannten. Sieht so aus, als ob der Ehemann ein Arschloch ist und sie eine nette Dame, die schwere Zeiten durchgemacht hat.«

»Das ist sie«, sagte Auhl.

»Jedenfalls wird nichts an Ihnen hängen bleiben.«

Auhl bewegte den Unterkiefer und lockerte die Fäuste. Es wäre ihm lieber gewesen, wenn Logan das nicht gesagt hätte.

»Das ist das Letzte, worüber ich mir Sorgen mache, okay?«

Logan hob beschwichtigend die Hände, nickte zum Abschied und verließ das Gebäude.

Auhl versuchte, Pia anzurufen. Eine Männerstimme sagte: »Wer ist da?«

Auhl legte auf.

34

Samstagmorgen gleich als Erstes setzte sich Auhl mit Neves Eltern in Verbindung. Sie hatten sich eine Wohnung in Adelaide gemietet und würden dort bleiben, bis ihre Tochter und Enkelin sich erholt hatten. Keine großen Veränderungen bislang, aber Pia ging es schon ziemlich gut. Sie saßen zufällig gerade an ihrem Bett. Ob Auhl mit ihr reden wolle?

»A. A.!« Ein Freudenschrei, dann besann sie sich wieder.

»Hallo, Kumpel. Sobald ich kann, komme ich dich besuchen, okay?«

Ihre Stimme klang jetzt hohler, als sie sagte: »Okay.«

»Alles Gute auch von Claire.«

Doch Pia fragte nur: »Muss ich jetzt bei Dad wohnen?«

Dann in die Arbeit. Um 10.15 Uhr hatten Auhl und Pascal den katholischen Secondhandladen in Emerald gefunden. Abgestandene Luft, ein paar Frauen, die fachmännisch die Ablagen mit den T-Shirts durchgingen, drei kleine Kinder mit Bilderbüchern auf dem Fußboden. Und Ruth Peart, angespannt und blass, die aus dem Schatten trat. »Können wir uns in Ihren Wagen setzen?«

Sie war ganz nervös, als sie zum Wagen gingen, hielt sich steif, wollte sich beeilen, konnte aber nicht. »Bitte, ich habe nicht so viel Zeit.«

»Sind Sie verletzt?«

»Bitte, jemand könnte mich sehen.«

Als sie sich in den Wagen setzten, brauchte sie Ewigkeiten, um sich gegen die Rückenlehne sinken zu lassen; Claire saß neben ihr, Auhl vorn. Wieder fragte Auhl: »Ruth, sind Sie verletzt?«

»Alles in Ordnung«, rang sie nach Luft.

»Ich glaube, jemand hat Ihnen wehgetan, Ruth.«

Claire streckte die Hand aus, nahm ihren Arm und schob den Ärmel zum Ellbogen hoch. Blaue Flecken von klammernden Fingern. »Wer hat Ihnen das angetan, Ruth?«

»Ist nicht wichtig.«

»Wir können Ihnen helfen. Kommen Sie mit uns, jetzt sofort, und schauen Sie nicht zurück.«

»Nein.« Zweifel und Elend und ein heftiges Kopfschütteln. »Jetzt noch nicht.«

Claire nickte. »In Ordnung, wir verstehen. Was ist im Haus los? Sind alle da?«

Ruth nickte. Aber sie behält etwas für sich, dachte Auhl. »Ruth, was ist passiert?«

»Ihr Besuch gestern hat sie aufgeschreckt.«

»In welcher Hinsicht?«

»Sie machen sich Sorgen. Sie sind wütend.«

»Sie haben Sie geschlagen.«

Sie senkte den Kopf und rutschte vergeblich herum, um es sich bequemer zu machen.

»Was an unserem Besuch hat sie denn so aufgebracht?«

Sie schaute gepeinigt. »Zum Teil hat das damit zu tun, dass sie all die Aufmerksamkeit leid sind, sie hassen es, wenn Leute herumschnüffeln. Und mit dem Wissen, dass Robert und Mary umgebracht worden sind. Aber vor allem damit, was ich gesagt habe.«

»Ich kann mich nicht daran erinnern, dass Sie überhaupt etwas gesagt haben«, meinte Claire.

»Wissen Sie nicht mehr? Ich sagte, dass Robert und Mary das alte Haus renovieren?«

Auhl war verdutzt; Claire auch, wie er bemerkte. »Fangen wir doch damit an, warum Sie sich mit uns treffen wollten.«

Mit einem weiteren kleinen Schmerzensseufzer sagte Ruth Peart: »Bis Sie gestern aufgetaucht sind, hatte ich keine Ahnung von Robert.«

»Dass seine Leiche gefunden worden ist?«

Sie nickte.

»Die anderen haben Ihnen nichts davon gesagt? Sie haben es nicht in den Nachrichten gesehen?«

»Nein. Wir schauen keine Nachrichten.«

»Das ist gegen Ihre Religion«, sagte Auhl säuerlich.

Ruth bemerkte den Unterton nicht und nickte nur aufrichtig. »Das stimmt.«

Claire warf Auhl einen Blick zu. »Aber von Marys Tod haben Sie gewusst. Das ist Ihnen nicht vorenthalten worden.«

»Es war furchtbar«, sagte Peart. Sie hielt inne, schaute in die Ferne und konzentrierte sich. »Ich glaubte, dass Robert sie umgebracht hat, aber dann wieder nicht. Verstehen Sie?«

Auhl lächelte. »Ich habe andauernd sich widersprechende Vorstellungen im Kopf und bin davon überzeugt, dass beide stimmen.«

Das Lächeln fruchtete nicht. Ruth Peart sagte nur: »Alle sagten, er sei es gewesen. Adam und Judith und der Vater und die Ältesten, *alle*.«

»Mit Vater meinen Sie Warren?«

Ein Mann mittleren Alters näherte sich mit Einkaufstüten dem Wagen. Ruth Peart erstarrte, versank in ihrem Sitz und entspannte sich erst, als er vorbei war. »Ja.«

Claire sagte sanft: »Wenn Sie sagen, Sie haben nicht geglaubt, dass Robert Ihre Schwester umgebracht hat, was meinen Sie damit?«

»Na, weil er doch so in sie verliebt war. Und Mary war in ihn verliebt.« Sie schaute weg. »Ich ...«

Sie warteten. Nach einer Weile setzte Claire nach: »Was wollten Sie sagen?«

Die Worte purzelten ihr nur so aus dem Mund. »Damals stand für mich alles kopf. Ich weiß, es ist falsch, aber ich war von dem, was Mary getan hatte, verwirrt und verletzt.«

Wieder warteten sie. »Was hat sie denn getan«, fragte Auhl.

»Sie hat uns verlassen. *Mich*. Sie hat mich zurückgelassen, und ich musste leiden.«

Auhl wählte seine Worte sorgsam. »Ist das richtig, Ihre Eltern sind gestorben, und Mary und Sie wurden von Mr Hince und seiner Familie aufgenommen?«

Sie warf ihm einen verwirrten Blick zu. »Meine Eltern sind nicht gestorben.«

Auhl wartete. Schließlich sagte sie: »Sie wurden exkommuniziert.«

»Darf ich fragen, warum?«, sagte Claire.

»Sie hatten sich mit den Kirchenältesten zerstritten.«

Schon wieder die Ältesten. »Worüber haben sie sich zerstritten?«, fragte Auhl. »Wegen der Glaubenslehre?«

»Wegen eines Computers. Ma und Dad haben uns einen Computer gekauft.« Als sie ihre Verwirrung bemerkte, ergänzte sie leicht entnervt: »Die Assemblies erlauben keine Computer oder Fernseher. Kein unmoralisches Verhalten, keine Widerworte gegen die Ältesten, kein Studium an der Universität.«

»Ich verstehe«, sagte Auhl, der noch nicht recht verstand.

»Also wurden Ma und Dad exkommuniziert.«

»Was genau beinhaltete das?«

Ruth sah Auhl verblüfft an. »Sie wurden *exkommuniziert*. Verbannt.«

»Faktisch waren sie also tot für die Kirche?«

»Ja. Aber ich stehe jetzt mit ihnen in Kontakt. Sie halten irgendwie noch immer am Glauben fest.« Sie griff nach Claires Ärmel. »Bitte sagen Sie Adam oder Judith nichts davon.«

»Das werden wir nicht.«

»Ruth«, sagte Auhl, »wenn Sie misshandelt worden sind, dann verschwinden Sie von dort. Ihre Eltern nehmen Sie doch sicher wieder auf?«

»Ich kann nicht gegen meinen Mann handeln«, entgegnete sie jammervoll.

Aha. »Sie sind mit Adam verheiratet«, stellte Auhl fest.

»Ja.«

»Wohnen Ihre Eltern in der Nähe?«

Ruth deutete schwach zu den Hügeln um sie herum. »Nicht

weit.« Wieder wimmerte sie vor körperlichem und seelischem Schmerz. »Warum haben sie sich nicht stärker bemüht?«

Claire berührte ihr Handgelenk. »Wie alt waren Sie, als die Hince' Sie aufnahmen?«

»Neun. Mary war zwölf und sollte auf die Highschool kommen, deshalb fanden Ma und Dad, dass wir einen Computer brauchten.«

»Durften Sie jemals Ihre Eltern sehen?«

»Nein. Aber letztes Jahr hat Ma mich auf der Straße gesehen, und ich habe sie seitdem ein paarmal getroffen.« Wieder flehte sie sie an: »Sagen Sie Adam nichts.«

Auhl fragte sich, was wohl geschehen wäre, wenn die Polizei damals 2009 auch bei der Familie Peart nachgeforscht hätte. Wäre Ruth bei den Hince' geblieben? Aber selbst wenn Rhys Mascot die Eltern aufgestöbert und befragt hätte, sie »hielten immer noch irgendwie an ihrem Glauben fest«. Vielleicht hätte er sowieso nichts aus ihnen herausbekommen.

»Sind Sie schon lange verheiratet?«

»Ein Jahr.« Peinlich berührt schaute sie weg und sagte: »Er war in Mary verliebt.«

Auhl wechselte einen Blick mit Claire. »Als sie mit Robert durchbrannte, muss ihn das ziemlich wütend gemacht haben.«

Sie schaute die beiden nacheinander an, so als würde sie bedauern, das gesagt zu haben. »Er würde niemanden umbringen.«

Berühmte letzte Worte. Bevor Auhl nachsetzen konnte, legte Claire der jungen Frau eine Hand auf den Unterarm. »Ruth, Sie sagten, Mary habe Sie verlassen, und Sie mussten leiden.«

Peart schaute weg. »Vater konnte streng sein.«

Wieder wechselten die beiden einen Blick. »Mary ist davongelaufen, weil er streng war, und hat Sie zurückgelassen«, sagte Auhl. »Sie kamen sich betrogen vor.«

Ruth Pearts Fingerknöchel wurden zu weißen Kieseln, als sie die Fäuste ballte. Sie brachte die Worte nur mühsam heraus: »Sie ist weggelaufen, weil sie verliebt war.« Pause. »Sie haben mich mitgenommen.«

Auhl spürte Kummer und Schuld und setzte ganz vorsichtig nach: »Sie sind mit den beiden in deren Haus gezogen?«

»Ja.«

»Sind Sie lange dort geblieben?«

»Nur einen Tag«, flüsterte sie.

»Wie sind Sie zurückgekommen?«

»Rob hat mich gefahren.«

»Warum sind Sie nicht dort geblieben?«

»Ich habe das Haus gehasst.«

»Beschreiben Sie es uns.«

»Es war grässlich. Ich meine, Rob reparierte es ja, aber überall fehlten Dielenbretter, es gab Löcher in den Wänden, es war eisig kalt, und es gab Ratten. Ich habe es gehasst. Außerdem ...«

Sie warteten.

Dann platzte es aus ihr heraus: »Außerdem fühlte es sich so *falsch* an. Ich fand, Mary müsste mit mir zurückgehen. Ich dachte, Gott würde uns bestrafen.«

Ruth Peart starrte zu Boden. Auhl fragte sich, was sie zu verbergen hatte. »Wenn Mr Hince so streng war«, sagte er, »warum wollten Sie dann nicht bei einer anderen Familie leben? Oder Mr Hince bitten, wieder eine Brücke zu Ihren Eltern zu schlagen?«

Ruth schaute ihn verwundert an. »In den Assemblies gehören die Kinder der Kirche, nicht den Eltern.«

»Oh«, machte Auhl, so als hätte er das wissen müssen.

»Lieben Sie Adam?«, fragte Claire.

»Er ist mein Mann.«

»Hat er Sie ebenfalls missbraucht?«, setzte Claire nach.

Eine kluge, gut platzierte Frage, die Wirkung zeigte. Ruth Peart sank in sich zusammen. Als sie den Kopf hob, waren ihre Gesichtszüge voller Schmerz. »Können wir bitte nicht darüber sprechen?«

»Ruth«, sagte Auhl, »wir sind Polizisten, wir haben schon alles gehört. Wir urteilen nicht. Wir brauchen keine Einzelheiten. Wir müssen einfach nur wissen: Sind Mary und Sie von Mr Hince missbraucht worden?«

»Ja.«

»Sexueller Missbrauch, Ruth?«, fragte Claire. »Mehr als nur ein grobes Wort oder einen Schlag auf die Beine?«

Ein kaum erkennbares Nicken.

»Aber Adam war nicht dabei?«

Ein winziges Kopfschütteln.

Auhl versuchte es mit einer Zusammenfassung, die ihr helfen würde. »Sie waren noch jung, als Mary Sie bat, mit ihr wegzulaufen. Sie waren, und sind es heute noch, ein guter Mensch, ein gehorsamer Mensch. Sie glaubten noch an die Kirche. Insgeheim fanden Sie, dass es falsch von Mary gewesen war, wegzulaufen. Und sie nahm Sie mit, um in einem schrecklichen alten Schuppen zu hausen, und das war alles zu viel, also sind Sie zurückgegangen, um bei Mr Hince zu leben.«

»Ja«, murmelte sie fast unhörbar.

»Sie sind zurückgegangen und wurden weiter missbraucht«, murmelte Claire.

Ruth Peart zuckte mit den Schultern. »Nur noch für eine Weile.«

Wurde sie zu alt?, fragte sich Auhl. »Sie haben nichts falsch gemacht, Ruth.«

Wieder ballte sie die Fäuste. »Das ist genau der Punkt: Ich *habe* etwas falsch gemacht.«

Claire berührte sie am Unterarm.

Ruth Peart quollen die Tränen aus den Augen. »Ich habe Vater gesagt, wo sie wohnen.«

Da haben wir unseren Mörder, dachte Auhl. Nur das Timing verwirrte ihn.

Mary war im Mai mit ihrem Freund durchgebrannt. Ermordet wurde sie im September. Eine langsam brennende Lunte?

»Wann genau haben Sie ihm das gesagt?«

»Gleich, nachdem Rob mich zurückgebracht hat.« Ruth rutschte auf ihrem Sitz herum. »Ich habe mich ins Haus geschlichen, aber das war dumm, denn Vater wusste natürlich, dass ich verschwunden war.«

»Das war ein paar Monate vor den Morden. Wissen Sie, ob irgendjemand, Mr Hince oder Adam oder Judith oder die Kirchenältesten, versucht hat, Mary aufzusuchen und zur Rückkehr zu bewegen?«

Ruth Peart rutschte unbehaglich herum. »Ich weiß es nicht. Ich habe seitdem den Kopf eingezogen.«

»War Robert ebenfalls Mitglied der Kirche?«, fragte Claire.

»Nein.«

»Was hat Mr Hince gesagt, als Sie zurückgekommen sind?«

»Er hat mich geschlagen und gesagt, das sei alles meine Schuld.«

Auhl sagte sanft: »Ich hoffe, Sie hegen keinerlei Schuldgefühle, Ruth.«

Noch mehr Tränen. »Doch! Das alles hat mich so verwirrt. Ich konnte doch nicht einfach mein ganzes Leben hinter mir lassen. Es war, als würde ich nicht denken können.«

»Wenn Vater auf Sie wütend war, dann muss er doch noch viel wütender auf Mary gewesen sein.«

Sie schüttelte den Kopf. »Nein, er dachte eher, Gott sei Dank, dass wir die los sind.«

Auhl bemühte sich, kein zweifelndes Gesicht zu machen.

Ruth schaute die beiden verzweifelt an. »Ich weiß nicht, ob er Mary und Rob umgebracht hat oder nicht.«

»Gehen wir mal davon aus. Nahm sein Zorn zu, schwelte er vor sich hin? Oder ist noch etwas anderes passiert, was ihn auf die Palme getrieben hat?«

»Dinge schwelen zu lassen, darin war er immer gut«, murmelte Ruth und lachte rau auf.

Jetzt zeigt sie Rückgrat, dachte Auhl. »Wer hat Sie geschlagen, Ruth? Gestern oder heute Morgen?«

Sie sah zu Boden. »Ich musste bestraft werden.«

»Wer?«

»Judith. Und Adam.«

»Kommen Sie mit uns, Ruth, jetzt sofort.«

»Noch nicht. Das ist noch nicht der richtige Zeitpunkt.«

»Sagen Sie nur Bescheid, wann, und wir helfen Ihnen, nicht wahr, Alan?«

Auhl nickte. »Wir glauben, dass Robert zur selben Zeit ermordet wurde wie Mary, womöglich von derselben Person, die dann alles so aussehen ließ, als sei Robert der Schuldige. Wenn man das in Betracht zieht, gibt es irgendetwas, das Sie damals verwirrt hat, heute aber Sinn ergibt?«

Wieder rutschte Ruth herum und schnaufte leise vor Schmerzen. »Eines Tages hat Judith mir eine kräftige Ohrfeige gegeben und gesagt: »Hast du davon gewusst?«

»Wann war das?«

»In dem einen Augenblick erzählte sie mir, dass man Mary tot aufgefunden hätte, und im nächsten hat sie mich geschlagen.«

»Was glaubte sie denn, was Sie hätten wissen sollen?«

»Ich habe keine Ahnung.«

Auhl war wieder das Haus eingefallen. »Wenn Sie sagen, dass Robert renovierte – «

Ruth unterbrach ihn. »Er war fertig. Mary meinte, er habe tolle Arbeit geleistet.«

Manche Zeugen erzählten einem alles, andere gar nichts, und dann gab es noch diejenigen, die Informationen tröpfchenweise preisgaben und die Bedeutung von wichtigen Fakten nicht erkannten. »Wann hat sie Ihnen das erzählt?«

»Als sie mich das zweite Mal überreden wollte, mit ihnen zu verschwinden.«

»Ruth«, sagte Auhl geduldig, »drücken Sie sich klarer aus.«

Ruth Peart holte tief Luft und sagte: »Ich gehe in der Früh immer in die Kapelle, und eines Morgens haben sie dort auf mich gewartet.«

»Wann?«

Sie zog die Schultern hoch, als würde es ihr wehtun, die Worte auszusprechen. »Am Tag, bevor Mary ermordet wurde.«

»Hat irgendjemand sie gesehen?«

Ruths Antworten wurden immer einsilbiger. »Weiß nicht.«

»Aber Sie fanden es immer noch falsch, die Kirche zu verlassen?«

Auhls Dummheit machte sie ungeduldig. »Ja, schon, aber sie wollten mich mit nach Perth nehmen und dort einen Neuanfang wagen.«

Dann sank sie wieder in sich zusammen, ohne ihn anzuschauen. Die Schuldgefühle der Überlebenden, dachte Auhl. Wenn sie mit ihnen gegangen wäre, wäre sie jetzt tot.

»Aber warum wollten sie weg«, fragte Claire, »wenn das Haus fertig war?«

Peart runzelte die Stirn. »Weil es verkauft worden war.«

Diese Antwort traf Auhl wie ein kalter Schauer, und sie erklärte auch die Panik im Hause Hince. »Das Haus ist also gar nicht abgerissen worden?«

Ruth hielt das für augenscheinlich. »Rob meinte, es würde in drei Stücke zerteilt und dann auf Lastwagen verladen werden, um es an einen neuen Ort zu transportieren.« Sie weinte wieder. »Sie glauben, dass Vater Mary und Rob umgebracht hat, oder?«

»Zu neunundneunzig Prozent«, antwortete Auhl.

»Ich möchte nicht zurück.«

35

»Im Monash Medical Centre«, sagte Auhl, der mit Colfax am Handy sprach. Er saß auf dem Beifahrersitz, Claire fuhr erneut über den EastLink. »Sie ist dort zur Beobachtung.«

»Blut im Urin? Das muss ja eine ordentliche Tracht Prügel gewesen sein.«

»Ich bin froh, dass wir sie zum Arzt gebracht haben«, sagte Auhl.

»Wird sie aussagen?«

»Möglich. Vielleicht.«

Colfax schwieg. Sie war auf einem Golfplatz, und Auhl konnte Stimmen und Vogelgezwitscher hören. Dann sagte sie: »Macht nichts, wir können auch so Anklage erheben. Sie schauen in der Zwischenzeit nach, was Angela Sullivan dazu zu sagen hat, suchen das Haus und lassen es auf Spuren untersuchen – wenn es denn noch steht.«

Verhaftungen würden Fingerabdrücke bedeuten, dachte Auhl. Dann konnten sie die Abdrücke mit denen auf der Waffe vergleichen. »Boss.«

Vor Sullivans Haus reckte Auhl sich die Wirbelsäule locker. Zu viel Herumgefahre auf dem Land. Dann folgte er Claire zur Haustür und drückte auf die Klingel. Nichts. Er hämmerte mit der Faust gegen die Tür. Nichts. »Versuchen wir es an der Rückseite.«

Der Seitenweg führte sie in einen typischen Vorortgarten: kleine Beete, Blumen, Stauden und ein Gemüsebeet, die alle die gleiche Handschrift aufwiesen – weiß angemalte Steinbegrenzungen, ein hölzerner Gartenstuhl, kunstvoll unter einen

Eukalyptusbaum drapiert, eine Schubkarre als Blumenkasten. Gepflegt, aber in einem andauernden Kampf mit der Natur – wohl genau das, was Sullivan beabsichtigte, fand Auhl, der das Unkraut bemerkte, das Moos auf den Steinen, die vertrockneten Stängel, den Vogelkot. Doch am meisten interessierte er sich für die gläserne Schiebetür auf der anderen Seite einer Reihe von ausgeblichenen Verandadielen. Sie stand auf.

»Polizei«, rief Auhl, als er Claire auf die Veranda folgte, und nun hörte er eine gedämpfte Stimme und Geklapper.

Angela Sullivan war in ihrer Küche, mit Gewebeband an einen Stuhl gefesselt.

»Brauchen Sie einen Arzt?«

Sullivan, aschfahl und zitternd, meinte: »Mir gehts gut.«

An ihrer Wange wuchs ein blauer Fleck, auf den Oberarmen fanden sich weitere blaue Flecken von Fingern. Kein Blut, keine gebrochenen Knochen. Schmutzige, gerötete Haut vom Klebeband. »Ehe ich michs versehen hatte, hat er mir in den Bauch geschlagen und mich an den Stuhl gefesselt.«

»Beschreiben Sie ihn.«

Sie hielt den Kopf schräg und sah Auhl an. »Etwa Ihr Alter.«

»Hat er einen Namen genannt?«

Sie schüttelte den Kopf. Auhl zückte sein Handy und zeigte ihr das Foto von Warren Hince. »Ist er das?«

»Nein.«

Ein Foto von Adam Hince.

»Nein, zu jung.«

Claire reichte ihr ein Glas Wasser. Sullivan hielt es mit beiden Händen fest, so als fürchte sie, es könne verschwinden. Die Körpersprache eines Kindes.

»Nur ein Mann. Keine Frau.«

»Ja.«

»Okay, weiter«, sagte Auhl und steckte sein Handy ein. »Meine Kollegin und ich glauben, dass Sie uns einen Haufen Mist erzählt haben, Angela. Was hat Ihr Besucher gewollt?«

»Na, was wohl? Geld für Drogen.«

»Ihnen fällt sicher noch etwas Besseres ein.«

Er stellte sich hinter sie und lehnte an der Küchenzeile. Sie musste den Kopf drehen, um ihn zu sehen, und das hasste sie, wie er merkte.

Claire übernahm. »Angela? Schauen Sie mich an. Was wollte der Mann?«

Schulterzucken.

»Hier geht es um zwei Morde, Angela. Da kommt man mit sich Dummstellen nicht weiter.«

Sullivan sah schließlich Pascal an, dann schaute sie zu Auhl hinüber, nicht mehr so mürrisch, und eine leichte, hinterhältige Härte legte sich auf ihr Gesicht. »Er fragte nach dem alten Haus, wenn Sie das wissen müssen.«

»Na, damit können wir etwas anfangen. Das Haus, das Sie haben abreißen lassen.«

Sie schaute weg. »Ja.«

»Angela, schauen Sie mich an. Sie haben die Polizei während einer Mordermittlung belogen. Das Haus wurde nicht abgerissen. Robert Shirlow hat es hergerichtet, dann haben Sie es verkauft, und es wurde abtransportiert.«

»Na und? Dagegen gibt es kein Gesetz.«

»Aber eins dagegen, die Polizei anzulügen«, entgegnete Auhl.

»Das Haus war – ist – ein Tatort«, sagte Pascal. »Es könnten sich noch immer Beweise dort finden.«

Sullivan machte ein spöttisches Gesicht. »Nach all der Zeit? Seien Sie nicht blöd.«

»Warum haben Sie gelogen?«, fragte Auhl.

Sie verdrehte den Hals und warf ihm einen kurzen, gehetzten Blick zu.

»Angela«, sagte Auhl mit schneidender Stimme: »Warum haben Sie wegen des Hauses gelogen?«

»Wegen dem Asbest«, rief sie.

Auhl verschlug es die Sprache. »Um Himmels willen.«

Immer noch erhitzt, sagte Sullivan: »Es war ein Eternit-Haus, also Asbest, und ich hätte eine Erlaubnis gebraucht, es abreißen zu lassen, die mich *zehntausend Dollar* gekostet hätte wegen all der Risikovorschriften und allem. Also habe ich es verkauft.«

Auhl verstand. »Und dem neuen Besitzer haben Sie nichts gesagt.«

Sie starrte zu Boden.

»Wer hat es gekauft, Angela? Wo ist es?«

Es war, als habe sie ihn nicht gehört. »Sie können mir keine Schuld dafür geben. Ich hatte damals Angst. All diese Polizeifragen, ob ich wisse, was in meinem Haus vor sich geht, ob ich irgendetwas mit dem Mord zu tun hätte, ob ich wisse, wo Robert sei.« Sie umklammerte sich. »Jetzt habe ich wieder Angst.«

»Angela.«

Sie schreckte auf.

»Wer hat das Haus gekauft, und wo steht es?«

Sie gab ihnen einen Namen und eine Adresse in Skye. Und ganz so, als würden sie sich nur unterhalten, sagte sie: »Gar nicht so weit von hier entfernt, eigentlich. Ab und zu fahre ich daran vorbei. Erstaunlich, was Mr Lang aus dem alten Ding gemacht hat. Es sieht wirklich recht hübsch aus«, fügte sie wehmütig hinzu.

36

Auhl fuhr. Pascal bediente das Funkgerät und forderte Unterstützung an, einen Krankenwagen und die Feuerwehr.

Wie sich herausstellte, war Skye eine Gegend mit kleinen Hobbyfarmen und ländlichen Betrieben, die in einer leicht hügeligen Gegend abseits der Straße lagen. Sie kamen an einer Alpakafarm vorbei, einer Klinik für alternative Heilmethoden, einem Fuhrunternehmer. Saubere, bescheidene Grundstücke neben ein paar grässlichen Miniaturburgen und Bruchbuden mit rostigen Waschmaschinen im Vorgarten.

Plötzlich zückte Claire ihr Handy und warf Auhl ein kleines Lächeln zu. »Ich rufe nur mal im Krankenhaus an, okay?«

Auhl fuhr und lauschte. Es dauerte eine Weile, doch dann führte sie ein Gespräch.

»Ruth, ich bins, Claire. Nur eine kurze Frage: Kennen Sie jemanden namens Rex Osprey?«

»Aber natürlich«, murmelte Auhl. Er wurde langsam alt und ließ nach.

Claire beendete das Gespräch und grinste ihn an. »Ein Kirchenältester.«

Auhl dachte darüber nach. »Die Hince' bleiben in Emerald, für den Fall, dass die Polizei sie beobachtet, und schicken ihren Laufburschen ... um was zu tun? Das Haus abfackeln, falls es doch noch Spuren geben sollte, die Warren oder Adam mit den Morden in Verbindung bringen? Die müssen ja wahnsinnig sein.«

»Tja. Sie *sind* wahnsinnig.«

Sie fanden Angela Sullivans altes Farmhaus an einer von ersten Frühlingsgräsern überwucherten Schotterpiste. Wie sie gesagt hatte, war es ein hübsches Haus, cremefarben, grünes Dach, neue Veranda. Im Augenblick war es dort allerdings nicht sehr friedlich.

Auhl schoss in die Einfahrt und bremste abrupt. Sie stiegen aus, und Auhl versuchte, die Situation mit einem Blick zu erfassen. Ein Holden Kombi neben dem Haus, ein schwarzer SUV in der Einfahrt. Ein unbekannter Mann, der zurückwich und einen Gartenrechen schwang, während Rex Osprey ihn mit einem kleinen Montiereisen bedrohte. Die beiden führten einen angespannten, spastischen Tanz aus Angst und Drohung auf.

Osprey hatte ihr Eintreffen nicht bemerkt. Auhl eilte herbei und warf einen Blick auf die Veranda. Zwei Brechstangen und ein Hammer. Ein Benzinkanister, der auf der Seite lag, Benzin färbte das Holz dunkel, ein Regenbogenfilm tanzte in der Sonne, die sich in der Pfütze brach. Keine Flammen, aber Auhl konnte sich gut vorstellen, wie sie aufflammten und sich von den Holzschutzlasuren, Blättern und Abfällen ernährten …

War noch jemand im Haus?

Erst den Fremden schützen. Lang, falls es sich denn um den Hausbesitzer handelte, war blutüberströmt, gab fürchterliche Schreie von sich, und sein Unterkiefer stand in einem grausigen Winkel ab. Im nächsten Augenblick wischte Ospreys Montiereisen den Rechen beiseite, holte aus der anderen Richtung aus und traf den verletzten Mann an der Schulter. Der stürzte und schob sich rücklings davon, während sich Osprey ihm näherte.

Auhl stürzte sich kaltblütig und schnell dazwischen und versetzte dem Kirchenältesten einen Nierenschlag. »*Es reicht.*«

Langsam knickten Osprey Knie, Hüften und Hände ein, und er sank zu Boden. Ansonsten war er nur entrüstet. »Wir haben einen Anspruch darauf.«

»Sie sind verhaftet wegen tätlichen Angriffs, weitere Anklagen folgen«, sagte Auhl und ließ an Ospreys Handgelenken die Handschellen zuschnappen.

»Wir haben einen Anspruch darauf.«

Auhl sagte ihm, er solle den Mund halten, und ging zu Claire, um dem anderen Mann auf die Beine zu helfen. »Sind Sie Mr Lang?«

Ein Nicken, dann versuchte Lang, ein paar Worte zu sagen, doch er wimmerte vor Schmerzen und hielt sich eine Hand an den Unterkiefer. Er war etwa fünfzig und schien mindestens so wütend zu sein wie Osprey, gestikulierte ungläubig und wimmerte wieder.

»Der Krankenwagen ist schon unterwegs, Mr Lang. Sagen Sie nichts, nicken Sie nur. Hat dieser Mann Sie geschlagen?«

Lang nickte und deutete auf das Montiereisen. Beweisstück, leicht zu übersehen, wenn erst Notfahrzeuge und weitere Polizisten eintrafen. »Einen Augenblick«, sagte Auhl und griff nach seinem Handy. Er fotografierte das Eisen, nahm sein Taschentuch, um es aufzuheben, und eilte damit zum Wagen. Er verstaute das Beweisstück auf dem Rücksitz und kehrte gerade noch rechtzeitig zu Lang zurück, um ihn daran zu hindern, die Veranda zu betreten.

»Hiergeblieben, Mr Lang. Ist noch jemand im Haus?«

Der Mann schüttelte den Kopf, war aber ganz aufgeregt. »Mein Haus«, brachte er heraus, legte sich dann wieder die Hand vor den Unterkiefer und wimmerte.

Ein gemächlich dahinrollender Streifenwagen kam heran, und Auhl drehte sich um. Zwei Uniformierte stiegen aus und kamen neugierig näher. Claire stellte fest, dass sie aus Frankston kamen, und wies auf Osprey. »Dieser Mann wurde verhaftet, tätlicher Angriff, Freiheitsberaubung, nur für den Anfang. Lassen Sie ihn von einem Arzt untersuchen, wir kommen nach, um ihn zu verhören.«

Nachdem der Streifenwagen davongeholpert war, tauchte ein Krankenwagen auf. Auhl beobachtete ihn und versuchte herauszufinden, was er als Nächstes machen sollte, doch alles ging zu schnell. Er sprach ein wenig zu laut und zu langsam zu dem Mann mit dem gebrochenen Unterkiefer: »Mr Lang, gibt es jemanden, den wir anrufen können? Partner, Freund, Nachbar? Sohn oder Tochter?«

Lang nickte und suchte in der Gesäßtasche. Er zog ein Handy in einem ledernen Klappetui heraus, aktivierte den Bildschirm und suchte in seiner Kontaktliste. Bei *Bonnie* und einer Handynummer blieb er stehen und hielt Auhl das Handy hin.

»Ist Bonnie Ihre Tochter?«

Lang nickte.

Auhl drückte auf das Anrufsymbol, und eine Frau ging dran. Er erklärte ihr alles, erklärte es ein zweites Mal, und die Tochter wurde immer verdrossener. Er sei Polizist. Ihr Vater sei angegriffen worden. Es ging ihm gut, aber ein Krankenwagen würde ihn gerade mit Verdacht auf einen gebrochenen Unterkiefer ins Frankston Hospital bringen. Sein Haus sei ein Tatort und müsse auf Spuren untersucht werden, was bedeuten würde, dass es ein paar Tage dauern würde, bis er wieder dorthin zurückkehren könne.

Als der Krankenwagen losgefahren war, sagte er: »Was glaubst du, wovon Osprey gesprochen hat? Einen Anspruch auf was?«

Claire zuckte mit den Schultern. »Keine Ahnung.«

Sie traten auf die Veranda, Auhl fotografierte den Benzinkanister, die Brechstangen und den Hammer. Dann gingen sie hinein. Flur und Zimmer waren ordentlich, die Stühle, Tische, Bücherregale und Betten eine Mischung aus Ikea und gehobenem Möbelhaus. Doch so ordentlich würde es nicht bleiben. Auhl forderte die KT an.

37

Die Polizei in Frankston verfolgte Osprey strafrechtlich wegen des Angriffs auf Lang, war aber froh darüber, es Auhl und Pascal überlassen zu können, ihn wegen der Ermittlungen im Fall Plattenmann zu verhören.

Die beiden wurden in einen Raum auf halbem Wege einen stickigen Korridor entlanggebracht, wo Osprey bereits mit einem jungen Rechtsbeistand namens Rundle an einem abgewetzten Plastiktisch saß. Auhl zog einen Stuhl heran. »Mr Osprey, der Arzt hat erklärt, dass Sie in der Verfassung sind, um verhört zu werden, ist das richtig?«

Aus dünnen Strichlippen drang eine leise Stimme. »Ja.«

»Allerdings leidet mein Mandant an Asthma, und ich muss darum bitten, das Verhör zu unterbrechen, falls er davon heimgesucht werden sollte«, erklärte Rundle.

»Wenn er an Asthma leidet, sollte er sich nicht derart verausgaben«, sagte Auhl.

Der Anwalt wollte schon widersprechen, doch Osprey berührte ihn am Arm. »Schon in Ordnung.«

Claire Pascal startete die Bild- und Tonaufnahmen. Die üblichen Erklärungen und Mitteilungen, dazu die Namen der Anwesenden. Fünfter Mitspieler war das Zimmer: überfüllt, stickig, freudlos.

Auhl, der sicher war, dass sein Stuhl unter Plastikermüdung litt, traute sich kaum zu bewegen. »Mr Osprey«, sagte er, »ist Ihnen mitgeteilt worden, dass Ihnen eine Anklage droht in Bezug auf gewisse Dinge, die heute vorgefallen sind?«

»Mein Mandant«, sagte Rundle, »kennt seine Rechte und Pflichten und ist bereit, in jeder Hinsicht zu kooperieren, allerdings möchten wir die Schwere der Anschuldigungen bezweifeln. Und soweit ich weiß, steht dieses Verhör nicht in Verbindung mit diesen Anschuldigungen, sondern bestimmten historischen Fragen?«

»Das ist richtig«, sagte Auhl.

Er fragte sich kurz, warum Osprey nicht einen der teuren Rechtsverdreher der Assemblies of Jehovah angefordert hatte. Rundle war jung, intelligent, für jede Keilerei zu haben, aber für ihn schien nicht viel auf dem Spiel zu stehen. Er wirkte nicht gelangweilt – im Gegenteil, er suchte seinen Spaß –, aber sein Engagement schien eher intellektueller denn emotionaler Natur zu sein, fand Auhl. Vielleicht lag das an seinem Aussehen. Ohrring. Designerbrille. Auf jene bedauernswerte Weise unrasiert, die die Macher von Fernsehwerbespots so allgegenwärtig gemacht hatten.

Rundle schien Auhls Gedanken zu lesen und setzte den winzigsten Hauch eines Lächelns auf.

»Mr Osprey, fangen wir doch einmal damit an, warum Sie bei Mr Langs Haus waren«, sagte Claire.

Osprey, ein graugesichtiges Gespenst auf der anderen Seite des Tischs, dachte darüber nach. »Komme ich ins Gefängnis?«

»Gut möglich«, antwortete Auhl. »Sie haben schwerwiegende Angriffe auf Mr Lang und Ms Sullivan verübt und die Ermittlungen in einem Mordfall behindert.«

»Darf ich Sie daran erinnern, warum wir hier sind?«, sagte Rundle.

»Also gut, fangen wir von vorn an«, meinte Claire. »Mr Osprey, Sie sind Kirchenältester bei den Dingsda Assemblies.«

Osprey sagte steif: »Es wäre mir sehr lieb, wenn Sie meinen Glauben nicht verhöhnen würden.«

Claire fuhr unbekümmert fort: »Ein Fahrzeug, das angeblich von Ihrem Autohof gestohlen wurde, ist bei der Verübung zweier Morde verwendet worden. Eines der Opfer, Mary Peart, war ein junges Kirchenmitglied der *Assemblies*. Finden Sie das nicht recht merkwürdig?«

»Ein ehemaliges Mitglied.«

»Das ist doch recht merkwürdig, sagte ich.«

»Das fragliche Fahrzeug *wurde* gestohlen«, sagte Osprey.

»Und Sie wollen an dieser Geschichte festhalten?«, fragte Auhl.

Osprey wurde rot. »Falls Sie damit behaupten wollen, ich hätte den Wagen gestohlen und sei dann losgefahren und hätte jemanden erschossen, dann verweigere ich jede weitere Aussage.«

»Können Sie Ihre damaligen Aktivitäten belegen?«

Er triumphierte. »Das kann ich tatsächlich.«

Er sah Rundle an, der eine Akte aufschlug und einen Umschlag herausnahm. »Mein Mandant hatte diesen Umschlag hier bei sich, als er heute früh aufs Revier gebracht wurde.«

Auhl war neugierig. Hatte er sich vorbereitet? Hatte er mit seiner Verhaftung gerechnet? »Warum verraten Sie uns nicht das Wesentliche, Mr Osprey?«

»Rechnungen, Krankenhausunterlagen. Zum Zeitpunkt des Diebstahls hatte ich eine Operation am grauen Star. Ich konnte nicht fahren. Ein paar Tage lang war ich halb blind. Ich habe niemanden umgebracht. So etwas würde ich nie tun.«

Der Mann sprach ungezwungen, also setzte Auhl leicht nach. »Mr Osprey, hat man Sie zu Ihrer heutigen Tat gezwungen?«

Keine Antwort, doch der Mann rutschte auf seinem Stuhl herum.

»Befürchteten Sie, dass es danebengehen würde?«

Keine Antwort.

»Mr Osprey«, sagte Claire, »Sie scheinen ein treues Mitglied der Assemblies of Jehovah zu sein. Loyal, gewissenhaft, stets gewillt, das Richtige zu tun. Doch die Dinge spitzen sich zu. Ich behaupte, dass Sie gebeten wurden, das Oberhaupt Ihrer Kirche, Warren Hince, mit einem Fahrzeug zu versorgen, das schließlich bei einem Doppelmord verwendet wurde.«

Osprey sank ein wenig in sich zusammen. Er sah seinen Anwalt gequält an. Rundles Schulterzucken war kaum zu sehen.

»Gab es noch weitere Verbrechen, an denen Sie im Namen

von Mr Hince beteiligt waren? Sexueller Missbrauch von Kindern Ihrer Kirchenangehörigen, zum Beispiel.«

»Was?« Das schreckte ihn wieder auf. »Ich doch nicht. Niemals.«

»Wie erklären Sie dann Ihr heutiges Verhalten?«, fragte Auhl. Bei Rundles Blick hob er die Hand. »Meine Frage bezieht sich auf die Macht, die diese Personen über Ihren Mandanten zu haben scheinen.«

»Sie dürfen antworten, Mr Osprey«, sagte Rundle mit versteckter Freude. Er war ebenfalls neugierig. »Wurden Sie gebeten, befahl man es Ihnen, oder wurden Sie auf irgendeine Weise erpresst?«

»Wir glauben keinen Augenblick lang, dass Sie jemanden ermordet haben oder wissentlich dazu beigetragen haben«, sagte Auhl. »Sie sind nicht gefahren, haben nicht geschossen oder die Waffe versteckt. Aber wir glauben, dass Sie mehr wissen, als Sie uns sagen.«

»Waffe? Welche Waffe?«

Auhl war glatt und hart. »Die Waffe, mit der Mary Peart und wahrscheinlich auch ihr Freund ermordet worden sind, wurde in dem Suzuki gefunden, der von Ihrem Hof gestohlen wurde.«

Osprey wurde blass. Er schluckte. Rundle sah ihn interessiert an. Die Zeit verging. Auhl, der beobachtete, wie Osprey an seiner Unterlippe kaute, befürchtete schon, sie hätten ihn verloren.

Dann: »Warren Hince kam zu mir und sagte, er müsse sich für ein paar Tage einen Wagen leihen. Ich solle ihn nicht fragen, wofür, das seien Kirchenangelegenheiten. Als er ihn nicht zurückgab, fragte ich nach dem Wagen, doch er meinte, er sei ihm gestohlen worden. Er hat ihn dann bezahlt, und ich hab mir nichts weiter dabei gedacht.«

»Aber Sie haben ihn als gestohlen gemeldet, um es offiziell zu machen.«

»Na ja, er ist ja auch gestohlen worden. Warren hat ihn sich bei mir geliehen, dann wurde er ihm gestohlen, bevor er ihn zurückgeben konnte, dieser Dummkopf.« Er verzog den Mund. »Ich will ja nichts Schlechtes über den Mann sagen, und ich behaupte auch nicht, dass er eine Versammlung nicht ordentlich aufpeitschen kann, aber er ist, er war, keine große Leuchte.«

Sie beobachteten ihn. »Mr Osprey«, fragte Auhl, »wurden Sie gebeten, Carmen Shirlow einzuschüchtern? Sie sagte, sie sei von einem älteren Mann, einem Geschäftsmann, belästigt worden.«

Osprey besah sich seine blassen Finger und nickte zustimmend. »Ich bin nicht stolz darauf. Warren hat mich darum gebeten. Er sagte, wenn ich das Geld für den Suzuki haben wolle, dann müsse ich das tun.«

»Wir brauchen eine Aussage, Mr Osprey. Und wir müssen Sie in Bezug auf dieses Thema auf Ihre Rechte hinweisen.«

Osprey war schicksalsergeben, ja fast erleichtert. »Was immer nötig ist. Ich habe genug. Die Kirche ist eh mehr oder weniger pleite, und warum soll ich alle Schuld auf mich nehmen?«

Claire sah ihn an und meinte ganz sanft: »Mr Osprey, Sie haben eine Tochter.«

Ospreys Gesicht änderte sich vollkommen und wurde von einem Ausdruck größten Jammers erfasst. »Sie werden mit mir nicht darüber sprechen. Bitte sprechen Sie nicht mit mir darüber. Ich helfe Ihnen bei allem anderen, was Sie wollen, aber ich möchte nicht, dass sie in irgendetwas hineingezogen wird.«

Warren Hince, dachte Auhl. Osprey hat damit gelebt, war nicht fähig gewesen, es zu erkennen, oder falls doch, etwas daran zu ändern, und das hat ihn innerlich zerrissen.

»Also gut. Nun, hat Mr Hince überhaupt etwas dazu gesagt, warum er den Suzuki brauchte?«

»Nein. Ich habe nur getan, was man mir aufgetragen hat.«

»Haben Sie das später mit dem Mord an Mary Peart in Verbindung gebracht?«

»Dazu hatte ich keinen Grund – erst als Sie neulich mit mir gesprochen haben.«

»Und heute? Worum ging es da? Haben Sie erneut auf Hince' Geheiß gehandelt, Beweise gegen sie zu vernichten?«

Osprey schüttelte den Kopf. »Es ging nur ums Geld, es ging immer nur ums Geld.«

Auhl sah Pascal an; sie erwiderte seinen Blick und seufzte: ein winziges Geräusch der Befriedigung. »Gut, Mr Osprey. Erzählen Sie uns von dem Geld.«

38

Das war am Samstag.

Kaum waren sie wieder im Chateau Auhl, packte Claire ihre Sachen, gab Auhl einen Kuss auf die Wange, drückte ihm eine gute Flasche Wein in die Hand und rief sich ein Taxi, um nach Hause zu fahren. Das Haus um ihn herum wirkte leer in jener Nacht.

Auhl wachte am Sonntag um sechs Uhr früh auf, ging spazieren und kaufte Croissants. Kaffee, Croissants und die *Sunday Age* an dem bemoosten schmiedeeisernen Tisch im Hinterhof, der nur spärlich von der Sonne beschienen wurde. Cynthia räkelte sich auf den sonnenwarmen Pflastersteinen. Um acht tauchte Liz auf, frisch geduscht, eine kleine Reisetasche in der Hand. »Sorry, ich treffe mich mit Leuten zum Lunch in Queenscliff, ich muss mich sputen.« Und schon war sie fort.

Auhl blinzelte verwundert: Er hatte nicht mal gewusst, dass sie über Nacht hier gewesen war. Sie traf sich zum Lunch mit Leuten ... oder einer ganz bestimmten Person. Ihm fiel auf, dass das nicht mehr allzu viel zu bedeuten hatte. Zumindest versuchte er, sich das einzureden.

Dann schnappte sich Bec noch schlaftrunken ein Croissant und winkte zum Abschied. »Ich muss den Laden aufschließen, Tanya hat ihre Schlüssel verbummelt.«

Ständig warf sie ihm irgendwelche Namen hin. Freunde, Kolleginnen, Personen, bei denen er vergessen hatte, sie jemals kennengelernt zu haben, oder die sich zu ähnlich waren, also lächelte er nur gütig. Sie gab ihm einen Kuss, klapperte durch den Flur und ging hinaus.

Zeit für Auhl, die müden Knochen zu bewegen.

Für Warren Hince wurde eine Krankenschwester organisiert, Frau und Sohn wurden verhaftet und zum Verhör in die City gebracht.

Getrennte Fahrzeuge, getrennte Verhörräume.

Als Erstes sagte Judith Hince: »Aber Sie wissen schon, dass der Tag des Herrn ist?«

»Das ist uns ganz gleich, Mrs Hince«, sagte Claire. Sie wirkte beherrscht.

»Das Gesetz ruht nie«, erklärte Auhl. »Übrigens Gesetz: Sie haben das Recht auf einen Anwalt.«

»Ich brauche keinen Anwalt«, sagte Judith Hince, »und mein Sohn auch nicht. Wir haben nichts verbrochen.«

Auhl und Pascal lächelten unverbindlich, steckten sie in eins der Befragungszimmer, stellten einen Uniformierten vor die Tür und berieten sich im Gang. »Wie willst du vorgehen?«, fragte Claire.

»Adam zuerst.«

»Sehe ich auch so. Er mag ja der geliebte Anführer sein, aber seine Mutter hält die Zügel in der Hand.«

Sie gingen eine Etage höher. »Und, wie läuft es zu Hause?«

Sie gingen weiter, doch Claire schwieg. Dann: »Wenn du es unbedingt wissen willst, Michael ist ausgerastet, als ich ihm gesagt habe, dass ich heute arbeiten muss.«

»Der Fall hat gerade Fahrt aufgenommen«, sagte Auhl.

»Dafür ist das Wochenende im Eimer.«

»Na, du weißt ja, bei mir ist noch ein Zimmer frei.«

»Alan, ich habe noch nicht mal mit Phase zwei meiner Ehe angefangen.«

Sie fanden Adam herumzappelnd am Tisch eines Befragungszimmers vor. »Warum bin ich hier? Es ist der Tag des Herrn.«

»Sie wissen, warum Sie hier sind. Sie haben Ihre Frau angegriffen. Außerdem haben Sie entweder zwei Morde begangen oder dabei geholfen, sie zu vertuschen.«

»Das ist lächerlich.«

»Haben Sie oder Ihre Mutter Mr Osprey gebeten, das Haus zu finden und zu zerstören?«

»Davon weiß ich nichts.«

»Er sagt, Ihre Mutter sei es gewesen.«

Adam schaute sie furchtsam an. Er schien die feste Überzeugung auf ihren Gesichtern zu erkennen. »Also gut«, sagte er schnell, »wenn Sie es unbedingt wissen müssen, ich war es, ich habe ihn gebeten, Ma hat nichts damit zu tun.«

»Was sind Sie doch für ein braver Sohn«, sagte Claire und lächelte zuckersüß.

Wie viel wusste der Kerl? Auhl sprach schärfer. »Sie haben ihn gebeten, ein Haus zu zerstören, richtig? Warum?«

»Ähm.« Hince zögerte. »Um Beweise zu vernichten.«

»Welche Beweise?«

Hince runzelte die Stirn und konzentrierte sich. »Na ja, Blutflecken. DNA. Fingerabdrücke. Einschusslöcher in ... in ... den Dielen. Den Wänden.«

»Und warum sollte sich dort so etwas finden?«

Adam Hince bekam festeren Boden unter den Füßen. »Vor ein paar Jahren, als es langsam mit dem Verstand meines Vaters abwärtszugehen begann, rutschte ihm plötzlich heraus, dass er etwas Schreckliches getan und Mary und Robert ermordet hatte. Das quälte sein Gewissen. Dann noch die Anschuldigungen des Untersuchungsausschusses, das alles war sein Ruin. Sie haben ihn ja gesehen – er hat Demenz. Er war ein stolzer Mann, und ihn so am Boden zerstört zu sehen ... na ja. Jetzt ist es natürlich zu spät, Sie haben das Haus gefunden, aber ich wollte nicht, dass er vor aller Augen noch weiter heruntergemacht wird, deshalb habe ich Mr Osprey gebeten, die Beweise zu vernichten.«

Claire schnaubte. »Bis vor zwei Tagen haben Sie noch nicht mal von dem Haus gewusst. Die Wahrheit befand sich direkt vor Ihrer Nase, aber Ihre Mutter, Ihr Vater und Sie haben Ruth behandelt, als würde sie überhaupt nicht existieren.«

»Ich liebe meine Frau.«

Claire schob das beiseite. »Um das für das Protokoll zu klären, Mr Hince: Sie geben zu, Sie haben ein paar Jahre lang gewusst, dass Ihr Vater für die Ermordung von Mary Peart und Robert Shirlow im September 2009 verantwortlich war?«

»Ja.«

»Haben Sie die beiden erschossen?«

»Was? Nein. Mein Vater.«

»In dem Haus, in dem sie damals wohnten?«

»Ja.«

»Und dann haben sie zu dritt alles so gedreht, dass es aussah, als sei Robert der Killer?«

»Ja. Nein, ich meine, das hat mein Vater getan.«

»Er hat Marys Leiche in das Naturschutzgebiet gefahren und Robert unter einer Betonplatte begraben?«

»Ja.«

»Und das hat er Ihnen alles erzählt?«

»Wie ich schon sagte, viele Jahre später hat er es meiner Mutter und mir gebeichtet. Sein Verstand ließ nach, alle waren hinter uns her, und er hatte einen Nervenzusammenbruch und erzählte uns, was er getan hat.« Mit einer Miene tiefster Entrüstung und größten Bedauerns fügte er hinzu: »Ich glaube, dass die Art, wie er behandelt wurde, die Waage zugunsten der Senilität hat ausschlagen lassen.«

»Und Sie haben nicht daran gedacht, das der Polizei zu melden?«

»Er ist mein Vater!«

»Das alles ist ein großes Ding«, sagte Auhl, »zwei Menschen umzubringen und falsche Fährten zu legen. Eine Leiche durch die Gegend zu kutschieren. Sind Sie sicher, dass ihm niemand geholfen hat?«

Claire Pascal beugte sich vor. »Adam, ich behaupte, dass Sie Ihrem Vater dabei geholfen haben, die Morde auszuführen und sie zu vertuschen. Was haben Sie dazu zu sagen?«

»Das ist eine Lüge.«

»Ein großer, kräftiger Kerl wie Sie – Sie würden es doch nicht

Ihrem Vater allein überlassen, das Loch zu buddeln«, beharrte Claire.

»Ich war nicht dabei.« Adam versuchte, die Arme über der Brust zu verschränken, doch hinderte ihn sein massiger Leib daran. »Das war alles mein Vater, tut mir leid. Ich war am Boden zerstört. Und meine Mutter auch.«

»Das glaube ich«, sagte Auhl. Er legte den Kopf schräg. »Den Autopsien zufolge wurde Mary von zwei Kugeln im Kopf und einer in der Brust getroffen, Robert von einer Kugel in den Kopf und zwei in den Oberkörper, und zwar aus einer Smith & Wesson 0.32.«

Adam nickte energisch. »Stimmt. Mein Vater hat uns die Waffe gezeigt. Meine Mutter meinte, sie wolle sie nicht im Haus haben, und ich solle sie wegschaffen.«

»Wohin?«

»Wo niemand sie finden oder benutzen konnte, in einer Betonmasse unter einer Ladenzeile, die wir gebaut haben.« Hince hielt inne. »Ich glaube, meine Mutter hatte Sorge, Dad könnte sich umbringen.«

»Als die Polizei das Haus durchsucht hatte, nachdem Mary gefunden worden war, da fanden sie kein Blut und keine Einschusslöcher. Ihr Vater muss wirklich gute Arbeit geleistet haben, als er hinter sich aufgeräumt hat.«

Hince zuckte mit den Schultern. »Er ist Bauunternehmer. Doch als Robert gefunden wurde, da machten wir uns Sorgen, dass die Polizei neue … Techniken anwenden würde. Um Blut zu finden und all das.«

»Also, um das mal klarzustellen«, sagte Auhl. »Sie waren in Mary verliebt, hassten es, dass sie mit Robert durchgebrannt ist, und haben beide erschossen.«

»Was? Nein«, knurrte Hince. »Hören Sie mir überhaupt zu?«

»Wir wissen aus glaubwürdiger Quelle, dass Sie in sie verliebt waren.«

»Sie war meine Freundin. Wir sind zusammen aufgewachsen, nachdem sie zu uns gekommen ist.«

»Aber sie wollte jemand anderen, richtig? Also haben Sie sie beseitigt und dann ihre Schwester geheiratet.«

»Hören Sie auf damit.«

»Hat Ihr Vater Ihre Frau genauso geliebt, wie er Mary liebte?«

»Was meinen Sie damit? Ich verstehe nicht …«

»Adam«, sagte Claire Pascal, »warum hat Ihr Vater Mary umgebracht?«

Er hatte die wilden Narben an ihrem Unterarm entdeckt und konnte den Blick nicht davon abwenden. »Bestrafung.«

»Wofür?«

Hince blickte auf. »Dafür, dass sie die Familie unserer Kirche verlassen hatte und in Sünde lebte«, sagte er, als sei das der einzig denkbare Grund.

»Mary war das eigentliche Ziel, und Robert hatte das Pech, dort zu sein, als Sie sie erschossen?«

»Als mein *Vater* sie erschoss, ja.«

»Aber Mary hatte die Kirche doch mehrere Monate zuvor verlassen«, sagte Claire. »Warum so lange warten?«

»Dad wusste nicht, wo sie war.«

Auhl schaute Hince ausdruckslos an. »Wir haben Grund zu der Annahme, dass Mary die Kirche verlassen hatte, weil sie von Ihrem Vater missbraucht worden war. Möglich, dass sie auch von den Kirchenältesten missbraucht wurde. Möglich, dass sie auch von Ihnen missbraucht wurde. Wenn das nicht gewesen wäre, wäre sie womöglich nie verschwunden.«

»Das ist eine dreckige Lüge.« Hince spuckte die Worte aus. »So etwas Schreckliches würde ich nie tun. Und mein Vater liebte seine Gemeinde. Er würde keiner Seele etwas zuleide tun.«

»Mal abgesehen von der unbedeutenden Tatsache eines Doppelmords, richtig? Na, jedenfalls ist er jetzt ja vertrottelt, Ihr Vater«, sagte Claire leichthin. »Passenderweise nicht in der Lage, für seine Taten zur Verantwortung gezogen zu werden.«

Hince fasste sich. »Mein Vater leidet an altersbedingtem Gedächtnisschwund. Er ist vergesslich. Es geht ihm nicht gut. Aber er ist ein guter, anständiger Mann, und die Hetzkampagne gegen ihn ist unverzeihlich.«

»Unverzeihlich«, sagte Claire. »Adam, versuchen wir es doch mal mit folgender Frage: Wo findet ein junger Mann wie Sie, ein gottesfürchtiger Kirchgänger, denn eine Smith & Wesson?«

Hince schüttelte traurig den Kopf. »Fangen Sie schon wieder an. Ich habe mit den Verbrechen meines Vaters nichts zu tun. Ich habe keine Ahnung, woher er die Waffe hatte. Wir beschäftigen auf unseren Baustellen ab und zu auch mal recht grobe Männer.«

»Haben Sie Mary aufgesucht?«

»Ich habe nicht gewusst, wo sie wohnt.«

»Und Sie haben nicht versucht, sie zu sich zurückzuholen? Oder zur Kirche?«

»Nein.«

»Haben Sie damals ein Auto besessen, Adam?«, fragte Auhl.

»Nein.«

»Und wie sind Sie dann zu dem Haus gekommen, um diese armen jungen Menschen umzubringen?«

»Mein Vater. Er ist allein dorthin gefahren, in einem Wagen der Kirche. Uns stehen eine ganze Reihe von Fahrzeugen zur Verfügung.«

»Und warum hat er nicht einfach das Haus in Brand gesteckt, nachdem er Mary und Robert umgebracht hat?«

»Er hat mir später erzählt, er wollte, dass man Robert die Schuld dafür gab. Er war besorgt, dass ein Feuer zu viel Aufmerksamkeit erregen würde.«

»Ruth hat eine Aussage gemacht, Adam, das wissen Sie, oder? Über die Ereignisse von vor zehn Jahren und letzten Freitag?«

Hince wurde rot. »Sie sollte nicht in der Vergangenheit leben. Arme Ruth – offenbar hat die Entdeckung von Roberts Leiche alte Erinnerungen geweckt. Aber sie weiß gar nichts.«

»Niemand hat sich die Mühe gemacht, sie einzubeziehen?«, fragte Claire. »Niemand hat sich die Mühe gemacht, überhaupt mit ihr zu reden? Ich nehme an, sie war nur Ihre Dienerin, richtig? Ihr Sexspielzeug.«

»Kann sie so mit mir reden?«, fragte Hince Auhl. Dann wandte er sich wieder an Claire. »Sie können doch nicht so mit mir über meine privaten familiären Angelegenheiten reden.«

Du meine Güte, dachte Auhl, so ein Einfaltspinsel. Dieser weichliche junge Mann, der seinem tyrannischen Vater und seinem durchgeknallten Glauben hörig ist. »Bei all den Katastrophen, die die Assemblies getroffen haben, müssen Sie doch in ziemlichen finanziellen Schwierigkeiten stecken.«

Adam Hince, der leicht verwirrt war, sagte: »Mit Gottes Gnade werden wir das überstehen.«

»Trotzdem«, beharrte Auhl, »wenn eine große Geldsumme verschwindet, dann will man die doch wiederhaben. Allein die ganzen Anwaltskosten …«

Adam Hince schaute verblüfft. Das war kein Spiel: Er wusste nicht, was Osprey wusste. Das mit dem Geld.

»Wir machen eine kurze Pause«, entschied Auhl.

39

Eine lange Pause, damit sie Judith Hince verhören konnten.

Sie gingen den Gang entlang zum zweiten Befragungszimmer, und Auhl sagte: »Er hat keine Ahnung, warum sein Vater diese jungen Leute umgebracht hat.«

»Sehe ich auch so.«

»Er wusste 2009 nichts von dem Geld, und er weiß jetzt nichts davon. Nach unserem Besuch am Freitag hat Judith, da wette ich, ihm eine Geschichte vorgekaut, die Sinn ergab: Ja, Warren war an allem schuld, aber sie hatten die Pflicht, seinen Namen so gut wie nur möglich zu schützen. Um was genau es – «

Claires Handy zirpte. Sie schaute auf das Display, blieb abrupt stehen und grinste Auhl breit an. »Judith.«

»Was ist mit Judith?«

»Der Fingerabdruck passt: Judith hat die Waffe in der Hand gehalten. Sie war dabei – zumindest hat sie die Waffe hinter das Armaturenbrett des Suzuki gesteckt.«

»*Yes*«, rief Auhl. Er klatschte in die Hände und marschierte weiter. »Ausgezeichnet.«

Judith Hince war gepflegt und beherrscht, doch lagen müde Schatten unter ihren Augen. »Sie wollen immer noch keinen Anwalt, Mrs Hince?«, fragte Auhl. »Die Kirche kann sich doch sicher einen guten Anwalt leisten?«

Sie lachte, und es klang verächtlich. »Wir sind pleite. Das ist alles für Anwaltskosten draufgegangen.«

»Gut«, meinte Auhl. »Kommen wir gleich zum wichtigsten Punkt: dem Geld.«

Judith Hince ließ alles Mienenspiel und bemühte sich, ein ausdrucksloses Gesicht aufzusetzen. »Ich habe keine Ahnung, wovon Sie reden. Ich weiß nur, dass ich nichts falsch gemacht habe.«

»Sie haben Ruth krankenhausreif geschlagen.«

»Wie geht es denn der Lieben? Wann darf ich sie sehen?«

»Vielleicht in fünfzehn bis zwanzig Jahren«, sagte Claire. »Abgesehen von Ihrer Beteiligung an den Verletzungen, die die Frau Ihres Sohns davongetragen hat, sind Sie Komplizin bei gewissen Taten, die Mr Rex Osprey gestern begangen hat.«

Sie zuckte mit den Schultern. »Mr Osprey ist durchaus in der Lage, seine eigenen Entscheidungen zu treffen.«

»Und Sie«, sagte Auhl, »haben außerdem Robert Shirlow und Mary Peart ermordet oder an der Vertuschung der Morde mitgeholfen.«

An ihrer Haltung änderte sich nichts. »Machen Sie sich nicht lächerlich. Das ist eine Ewigkeit her und hat nichts mit mir zu tun.«

»Sie haben Mary Peart und ihre jüngere Schwester bei sich aufgenommen, als deren Eltern exkommuniziert wurden, ist das richtig?«

»Ja.«

»Hat Ihr Mann Mary sexuell missbraucht?«, fragte Claire.

»Ja.« In ihrem leeren Gesicht regte sich nichts.

»Und Ruth?«

»Ja.«

»Hat Ihr Sohn sie missbraucht?«

»*Nein.*« Jetzt war sie wütend. »Und wagen Sie es ja nicht, ihm das anzuhängen.«

Sie schwiegen. Auhl betrachtete sie und bemerkte den leichten rosigen Hauch, der auf ihren Wangen erschien. Er fragte sich, ob sie wohl genug hatte von den Assemblies und deren Männern.

Aber die Fingerabdrücke auf der Waffe.

»Mary lernte Robert Shirlow kennen, als er angeheuert

wurde, um auf Ihrem Besitz in Emerald Garten und Gelände zu pflegen?«

»Ja.«

»Und daraus entwickelte sich eine Beziehung?«

»Ja. Eigentlich eine Freundschaft, jedenfalls zu Beginn.«

»Hatten Sie etwas dagegen?«

»Damals schon, ja. Mein Mann war dagegen, deshalb war ich es auch. Heute finde ich: Viel Glück den jungen Liebenden. Allerdings hielt das Glück für die beiden nicht lange an.«

»Haben Sie genug von den Männern, die Ihre Kirche führen, Mrs Hince? Ist es das? Genug von den Taten Ihres Mannes?«

»Er ist … er war ein schwacher Mann.«

»Also, Robert und Mary. Sie wurden ein Paar, und Mary lief davon.«

Die Frau zuckte mit den Schultern. »Sie rannte vor Warren weg oder zur Liebe hin. Eins von beidem oder beides.«

»Und sie nahm Ruth mit.«

»Das arme Ding, sie kam am nächsten Tag zurück. Aber Mary hatte schon immer mehr Mumm.«

»Am Freitag haben Sie gesagt, dass Ruth *nicht* zu dem Haus gegangen ist, in dem Mary wohnte.«

»Das hatte ich vergessen. Es war nicht wichtig.«

»Damals, als Mary ermordet worden war, lief die Story durch die Medien, dass Robert gedealt hätte, dann seien die Dinge aus dem Ruder gelaufen, er hätte Mary ermordet und sei verschwunden.«

»Nun, ich glaube, Sie kennen die wahre Geschichte«, sagte Judith Hince auf ihre schroffe Lasst-uns-zum-Punkt-kommen-Art. »Warren war es.«

»Mit der wissentlichen oder unwissentlichen Hilfe Ihres Sohnes«, sagte Claire Pascal. »Waren Sie dabei? Haben Sie mitgeholfen?«

»Adam hat nichts damit zu tun«, knurrte die Frau. »Damals nicht, und heute auch nur in geringem Umfang. Mein Mann hat die beiden jungen Leute erschossen. Er war zwei Tage fort.«

»Ihr Sohn hatte nichts damit zu tun?«

»Richtig.«

»Sie hatten nichts damit zu tun?«

»Richtig.«

»Alles war sorgfältig inszeniert. Marys Leiche wurde abtransportiert, Robert wurde unter einer Betonplatte begraben, der Tatort gesäubert, es gab falsche Fährten. Ist Ihr Mann zu solcher Sorgfalt fähig?«

»Er hat eine erfolgreiche Kirche gegründet, oder nicht? Er hat ein erfolgreiches Unternehmen geführt. Er ist klug. Und er ist handwerklich geschickt.«

»Ist er geistig auf der Höhe?«

»Nein. Die Demenz ist echt. Reden Sie mit den Ärzten.«

»Das werden wir. Als Ihr Mann von seinen zwei Tagen zurückkam, hat er Ihnen da gesagt, was er angestellt hatte?«

»Ja.«

»Und Sie dachten damals nicht daran, die Polizei zu rufen?«

»Natürlich nicht.«

»Er ist einfach losgezogen, um Mary Peart zu töten, weil sie die Kirche verlassen hat«, sagte Auhl, »und wo er schon gerade dabei war, hat er auch noch Robert Shirlow erschossen, dann ist er zurückgekehrt, und das Leben ging einfach weiter.«

»Richtig.«

»Adam hat uns allerdings gerade erzählt, dass er erst Jahre später von alldem erfahren hat.«

»Richtig. Es gibt Dinge, die unter Ehemännern und Ehefrauen bleiben. Es gab keinen Grund, Adam damit zu beunruhigen. Doch dann wurde der Name meines Mannes durch den Schmutz gezogen, und er jammerte und plärrte, und so kam alles heraus.«

»Und das löste die Senilität aus?«

Sie zuckte mit den Schultern. »Wer weiß?«

»Mrs Hince. Können Sie uns erklären, warum man Ihre Fingerabdrücke auf der Waffe gefunden hat, mit der Mary Peart erschossen wurde?«

40

Es wurde später Nachmittag, und Judith Hince saß mürrisch und erschöpft im Befragungszimmer.

Diesmal hatte sie eine Anwältin bei sich, eine Frau von Mitte fünfzig mit scharfem Blick und nervösen Fingern, die herumzappelten, als wolle sie ständig mit Einsprachen und Ermahnungen dazwischen gehen. »Meine Mandantin hat seit der Befragung am Vormittag entschieden zu gestehen, dass sie ihrem Mann bei der Durchführung der zwei Morde geholfen hat. Sie hat die Waffe nicht abgefeuert, aber angefasst.«

»Nun«, sagte Auhl, »das spart uns Zeit und Papierkram. Woher hatten Sie die Waffe?«

»Ich weiß nicht, woher mein Mann sie hatte«, antwortete Hince. »Aber er hat als Bauunternehmer im Laufe der Jahre viele Männer beschäftigt, mit allen möglichen Vergangenheiten.«

Ein Nachhall von Adams Verhör. »Okay. Erklären Sie uns, warum Sie sie hinter dem Armaturenbrett des Suzuki versteckt haben, den Sie von Mr Ospreys Autohof geliehen hatten.«

Bei Ospreys Namen schaute Judith Hince besorgt. Sie sagte: »Wir waren auf dem Rückweg und sahen einen Alkoholkontrollbus vor uns, da habe ich die Waffe in Panik versteckt. Dann mussten wir tanken, und da hat uns jemand den Wagen gestohlen. Ich konnte es nicht fassen.«

»Na gut. Sie haben also Ihrem Mann geholfen, zwei Morde zu begehen?«

»Ja. Ich bin nicht stolz darauf. Tatsächlich habe ich nicht mal gewusst, dass er die Absicht dazu hatte.«

»Er hat Sie gebeten, ihn zu dem Haus zu begleiten, in dem Mary mit ihrem Freund wohnte?«

»Ja.«

»Hat er gesagt, warum?«

»Um Mary zu bitten, es sich anders zu überlegen.«

»Und dann? Sie weigerte sich, und die Situation eskalierte?«

»Ja.«

»Ihr Mann hat geglaubt, er könne Mary mit einer Waffe umstimmen?«

»Die Waffe war zum Schutz. Robert war jung und kräftig und ein fieser kleiner Scheißer, entschuldigen Sie den Kraftausdruck.«

»Nach allen Darstellungen war Robert sehr freundlich und außerdem klein gewachsen. Ich behaupte, dass Sie mit Ihrem Mann gefahren sind, um Mary dafür zu bestrafen, dass sie die Gemeinde verlassen hatte, und Robert dafür, dass er sie weggelockt hatte.«

Hince brauste auf. »Na und? Das war nicht meine Idee, sondern die von Warren. Andauernd faselte er davon, wie notwendig es sei, Ungehorsam zu bestrafen.«

»Das ist ein ziemlich beeindruckender Ring, den Sie da tragen.«

Judith Hince hatte an dem Ring herumgespielt. Jetzt wurde sie ganz still. Sie wandte sich an ihre Anwältin. »Ich habe nicht die Absicht, noch weitere Fragen zu beantworten. Wenn mir eine Frage gestellt wird, werde ich darauf nur ›Kein Kommentar‹ sagen.«

»Plötzlich so empfindlich, Judith? Ich frage mich, ob das etwas damit zu tun hat, dass Sie Mary den Ring vom Finger gerissen haben?«

»Kein Kommentar.«

Judith Hince' Anwältin lächelte. Ihre Hände hielt sie nun still.

Zurück zu dem verwirrten Wrack Adam Hince, der zwei Türen von seiner Mutter entfernt saß.

Auhl starrte den großen Klumpen von Jungen an, der ihm

gegenübersaß, und sagte: »Eine bestimmte Verletzung an Mary Pearts Fingern gibt uns Rätsel auf.«

Adam Hince' Blick huschte durch den Raum. Er versucht zu erraten, was seine Mutter gesagt hat, dachte Auhl.

»Das muss passiert sein, als Dad sie herumgetragen hat.«

»Wir nehmen an, dass der Finger gebrochen wurde, als dies hier gewaltsam entfernt wurde«, sagte Claire Pascal und legte Judith Hince' Ring auf die Tischmitte.

Hince sah ihn verwirrt an. »Ich weiß nicht, was Sie meinen.«

»Sie behaupten«, sagte Auhl, »dass Ihr Vater zu dem Haus gefahren ist, in dem Mary und Robert wohnten, um Mary zu erschießen, weil sie sich von der Kirche entfernt hatte.«

»Ja, zum hundertsten Mal.«

Zeit, Rex Ospreys Geschichte hervorzuholen. »Ich behaupte, dass Ihre Eltern zu dem Haus gefahren sind, um sich mehrere Hunderttausend Dollar zurückzuholen, dazu eine ziemliche Menge an Schmuck Ihrer Mutter.«

Adam Hince schüttelte heftig den Kopf. Er war halbwegs in der Lage, die Tatsache zu akzeptieren, dass sein Vater getötet hatte, um zu züchtigen. Das klang so hübsch alttestamentarisch. An einem Mord wegen Geldes war allerdings nichts Rechtschaffenes.

»Ich weiß nicht, was Sie meinen.«

»Wir wissen, dass Ihr Vater eine riesige Summe aus Spenden angesammelt hat. Sehr wenig davon kam der Kirche zugute. Er behielt es für sich selbst, da er befürchtete, die Kirche könne ihr Steuerprivileg verlieren. Seit Jahren hatte es Unruhe gegeben, manche Personen begannen aufzubegehren und sagten, dass die Assemblies of Jehovah ein Schwindel seien.«

»Kein Schwindel.«

»Er bewahrte das Geld und den Schmuck Ihrer Mutter in einem Safe in seinem Arbeitszimmer auf. Mary wusste von dem Safe. Und sie kannte die Kombination. Wahrscheinlich hatte Ihr Vater sie auf ein Stück Papier gekritzelt und unter den Schreibtisch geklebt. Vielleicht hat sie sie dort gesehen, als er sie eines Tages auf dem Fußboden missbrauchte. Sie hat Robert von dem Missbrauch erzählt. Und sie hat Robert von dem Geld erzählt. Irgendwann im September sind sie dort hingeschlichen und haben den Safe geplündert. Nennen Sie es Rache. Nennen Sie es Gier, wenn Sie wollen. Sie hatten sowieso vor, den Staat zu verlassen, und versuchten, Ruth erneut dazu zu bewegen, mitzukommen. Sie lehnte ab. Gut möglich, dass sie es Ihrem Vater erzählt hat, oder er hat sie auf dem Grundstück gesehen – das tut nichts zur Sache, denn er kam schon bald darauf, wer ihn beraubt hatte, also machte er sich mit der direkten Hilfe Ihrer Mutter und der indirekten Hilfe Rex Ospreys an die Verfolgung.«

Hince war verloren. »Meine Mutter kann Ihnen solche Lügen nicht aufgetischt haben. Das war Mr Osprey. Er ist ein Lügner und versucht nur, seine Haut zu retten.«

»Sie fuhren zu dem Haus, doch alles, was sie fanden, war dieser Ring, den Ihre charmante Mutter von Marys Finger riss. Die Szene muss chaotisch gewesen sein – jemand fuchtelt mit einer Waffe herum, ein Kampf, mit dem Ergebnis, dass Mary und Robert tot waren, bevor Ihre lieben Eltern das Geld zurückbekommen hatten.«

Pascal fügte noch an: »Ihr Vater war ein impulsiver Mann, oder? Aggressiv? Ständige Stimmungsschwankungen. Doch die ganze Sache ging schief, plötzlich waren Mary und Robert tot, und er wusste immer noch nicht, wo das Geld war.«

Hince ließ die Schultern kreisen, aber Auhl konnte erkennen, dass das Szenario Sinn für ihn ergab. Er konnte es sich vorstellen.

Pascal fuhr fort: »Das Einzige, was Ihre Eltern fanden, war der Ring an Marys Finger. Robert war dabei, das Haus zu renovieren, wissen Sie noch? Vielleicht gab es noch ein paar lose Dielen, und er hatte das Geld darunter versteckt, während Mary und er ihre Abreise vorbereiteten.«

»Eine ehrliche Haut wäre natürlich zur Polizei gegangen«, sagte Auhl, »aber Ihr Vater war keine ehrliche Haut. Er wollte keine Reporter – oder das Finanzamt oder die Kirchenältesten – wissen lassen, dass er Geld gehamstert hatte.«

»Später dachte er in Ruhe darüber nach und kehrte zurück, um das Haus zu durchsuchen«, sagte Pascal, »doch das war bereits verschwunden, und er hatte bei der Suche nach der Person im Umfeld von Mary und Robert, die das Geld haben mochte, kein Glück.«

»Sie alle hätten Ruth wirklich mehr Aufmerksamkeit schenken können«, rutschte es Auhl heraus.

Hince versuchte, sich zu sammeln. »Wenn das alles stimmt, was Sie sagen, dann gehört das Geld rechtmäßig uns.«

»Na, viel Glück«, sagte Claire. »Bevor Sie alle es in Ihre gierigen Hände kriegen, haben wir es schon längst gefunden.«

»Schön, wenn Sie das Geld jetzt hätten, nehme ich an«, meinte Auhl. »Anwaltskosten, Entschädigungszahlungen an die Opfer. Von ganz gewöhnlicher Gier ganz zu schweigen.«

»Mein Vater hat Demenz. Sie können ihn nicht zur Rechenschaft ziehen.«

»Ihr Vater ist ein Vergewaltiger«, stellte Claire fest.

Adam Hince richtete sich auf. »Wie auch immer, aber es war mein Vater, der die Morde begangen hat, nicht ich. Und meine Mutter auch nicht.«

»Wir haben die Waffe, Adam«, sagte Claire.

»Na und?«, fragte Hince misstrauisch.

»Die Fingerabdrücke Ihrer Mutter sind darauf. Sie war dort. Und sie hat abgedrückt, soweit wir wissen.«

»Oder Sie alle drei zusammen.«

Judith hatte das allerdings bestritten, und die widerstreitenden Gefühle auf Adam Hince' Gesicht schienen dem recht zu geben.

»Ihr Vater war wirklich nicht sonderlich helle«, sagte Auhl. »Ihre Mutter wusste, dass sie es ihm nicht allein überlassen konnte, die Sache richtig zu erledigen.«

Hince wirkte wie ein Mann, der wusste, dass er nun wahrhaftig allein war. »Sie würde niemals jemandem etwas antun.«

Auhl spürte sein Handy in der Tasche vibrieren. Er zog es heraus, sah die Nummer des leitenden KT-Beamten. Er entschuldigte sich, ging hinaus und nahm den Anruf im Gang entgegen.

»Wegen dem Haus in Skye?«, fragte der Techniker. »Wir fragen uns, ob wir ordentlich informiert wurden.«

»Wir hoffen«, antwortete Auhl geduldig, »dass Sie dort Beweise für einen Doppelmord finden, dazu Bargeld und Schmuck, unter den Dielen oder in den Wänden versteckt.«

In diesem Augenblick fuhr über Auhls Rücken ein Schauder des ... nun, es war keine Befürchtung, sondern ein *Vorgefühl*. Das Gefühl öffnete sich wie eine späte Blüte, als der Techniker sagte: »Aber das Haus ist bereits durchsucht worden.«

Jemand hatte die Dielen gelöst, teilte er Auhl mit. Und ein Wandpaneel entfernt.

41

Im Laufe des Nachmittags wurden sie mit den Verhören fertig, und die Anklagepunkte waren geschrieben.

Auhl, dessen Adrenalinschub nun abebbte, schleppte sich auf der Swanston Street in eine Straßenbahn. Er dachte nur noch an Neve Fanning, die im Krankenhaus lag. An Pia Fanning, die fürchtete, dass sie fortan bei ihrem Vater werde leben müssen. An Lang mit seinem gebrochenen Unterkiefer, dessen Haus nun ein Tatort war.

Er wollte nicht in ein leeres Haus zurückkehren und schlenderte zu der Privatgalerie in der Rathdowne Street. »Ich möchte mich nur umschauen«, sagte er. Doch ehe er sichs versah, kaufte er sich eine kleine Charles-Blackman-Zeichnung eines Schulmädchens. Ein Trost, eine Belohnung?

Leicht benommen verließ er die Galerie mit dem Gefühl, dass sein Sonntag recht merkwürdig verlief. Fast im selben Augenblick holte ihn ein komisches Echo des Falls ein, den sie gerade abgeschlossen hatten. Ein Poster an einer Seitenwand – Rockkonzerte, Experimentaltheater, Pubauftritte und Hundesuchanzeigen –, und ein Wort stach ihm ins Auge. International. Der Aufruf zu einem Marsch auf das Parlament, aber Auhl sah nur Rex Osprey und die getäuschten Bekehrten der Assemblies of Jehovah International vor sich.

Er rief Claire Pascal an. »Wie wäre es morgen mit einem Besuch in Frankston?«

»Sorry. Hab hier etwas wiedergutzumachen.«

Also machte sich Auhl am Montagmorgen allein auf die Reise, und ein Taxi setzte ihn um zehn Uhr am Allgemeinen Krankenhaus ab. Er fragte nach Langs Zimmer und wurde auf eine kleine Station gebracht. Lang wirkte noch recht benommen, erkannte ihn aber und warf einen beruhigenden Blick zu der jungen Frau, die bei ihm war und die sich als seine Tochter herausstellte. Nachdem sie sich miteinander bekannt gemacht hatten, fragte Auhl: »Mr Lang, hat Sie jemand in den letzten paar Tagen aufgesucht? Eine fremde Person?«

Lang nickte.

Auskundschaften, dachte Auhl. »Hat diese Person Ihnen einen Namen genannt?«

Lang deutete auf seine Tochter, machte mit dem Handgelenk eine kreisende Bewegung, und sie griff nach Block und Stift, die auf dem Nachttisch lagen. Lang schrieb in säuberlichen Druckbuchstaben: *Kann mich nicht erinnern.*

»Aber können Sie die Person beschreiben?«

Frau, dreißig, ein bisschen flippig, Vögel am Hals tätowiert.

Auhl lächelte. »Hat sie gesagt, was sie wollte?«

Ihr Bruder hat in dem Haus gewohnt. Ist tot. Sie wollte es nur mal sehen.

Aber sicher, dachte Auhl. »Hat sie gesagt, wie sie Sie gefunden hat?«

Hausverschiebungsunternehmen angerufen.

Was ich auch getan hätte, dachte Auhl – wenn ich gewusst hätte, dass das Haus noch steht.

Auhl hatte keine Ahnung, wie viel Geld Robert Shirlow in dem alten Haus versteckt hatte, aber er musste wohl seiner Schwester Carmen davon erzählt haben.

Auhl fand nicht, dass die Familie Hince einen rechtmäßigen Anspruch auf irgendetwas davon hatte. Es sollte auch nicht dem Staat zufallen oder in irgendeiner Asservatenkammer der Polizei herumliegen. Aber Carmen sollte auch nicht alles allein behalten.

Er bestieg ein Taxi und rief in Carmens Hotel an: Sie war schon abgereist. Er schickte ihr eine SMS: *Marys Schwester Ruth sollte die Hälfte davon kriegen.*

Er rechnete nicht mit einer Antwort, doch an der Ausfahrt Ringwood pingte sein Handy: *Finden Sie?*

Auhl, der recht optimistisch gestimmt war, lehnte sich zurück und lächelte. Vielleicht erlaubte sich Carmen einen Scherz mit ihm; aber er hatte das Gefühl, er hatte ihr einen Floh ins Ohr gesetzt.

Er fand, sie hatte einen Vertrauensvorschuss verdient.

42

Es war Anfang November geworden.

Der Tag des Melbourne Cup Pferderennens kam und ging. Die Frühlingssonne wurde kräftiger und bereitete sich auf den Sommer vor, und die ganze Welt, auch der Einzelhandel, wusste, dass Weihnachten vor der Tür stand. Helen Colfax' Detectives kümmerten sich um neue Fälle und schlossen die laufenden Fälle ab oder legten sie auf Eis. Die Hince' und Osprey fielen nun in den Zuständigkeitsbereich der Staatsanwaltschaft.

Ab und zu lief Auhl im Polizeipräsidium Jerry Debenham über den Weg und musste dessen Behandlung über sich ergehen lassen, die mit zusammengekniffenen Augen zu sagen schien: *Ich traue Ihnen immer noch nicht über den Weg* – aber Colfax meinte, Debenham würde alle so behandeln. Die toxikologischen Ergebnisse von Janine Neill waren mittlerweile hereingeflattert: Hypoglykämischer Schock. Die Theorie lautete, dass Alec Neill seine nicht an Diabetes leidende Frau mit einer hohen Dosis eines glukosesenkenden Mittels vergiftet hatte.

Pia Fanning hatte ihr Bein noch immer in Gips, wurde aber schnell gesund. Auhl rief sie regelmäßig an und flog alle zwei Wochen etwa für ein paar Tage nach Adelaide. Dann saß er still da und beobachtete Neve oder versuchte, sie aus dem Koma zu reden, und fuhr hinterher zu der von den Deanes gemieteten Wohnung, wo er Pia vorlas, sich mit ihr unterhielt und herumalberte. Lloyd Fanning lief ihm dabei nicht über den Weg, aber offenbar war er mal vorbeigekommen, um nach seiner Tochter zu sehen. Nicht nach seiner Frau.

»Wenn ich zu Weihnachten wieder gesund bin«, sagte Pia, »möchte er mit mir die ganzen Ferien über nach Bali fliegen.«

Auhl legte den Kopf schräg und versuchte, in sie hineinzuschauen. Langsam lernte sie, ihren Gesichtsausdruck unter Kontrolle zu halten. »Du willst nicht.«

»Ich möchte hierbleiben, falls Ma aufwacht.«

»Sag ihm das.«

»Er hört nicht zu.« Pause. »Ich muss bei ihm wohnen, wenn es mir besser geht, oder?«

»Ich will dich nicht belügen. Ja.«

»Neue Schule und alles«, sagte Pia, und ihre Augen füllten sich mit Tränen.

»Wenn deine Ma wieder gesund ist und ihre Anwältin sich an die Arbeit machen kann, dann ist es gut möglich, dass du nicht für immer bei ihm wohnen musst.«

»Er sagt was anderes. Er sagt, sie muss ins Gefängnis. Er sagt, ich gehöre ihm für immer.«

An einem Freitag im Dezember kam Auhl nach Hause ins Chateau Auhl, legte Schlüssel, Brieftasche und Jackett ab, wich Cynthias geschmeidiger Begrüßung aus und traf in der Küche auf Bec. Sie war gerade von der Arbeit nach Hause gekommen, ihr GewGaws-T-Shirt war verknittert und feucht vor Schweiß.

»Gerade hat eine Frau angerufen.«

Wann immer Auhl diese Worte hörte, erstarrte er. Dann dachte er: *Das Krankenhaus.* Doch meistens war es nur eine Zeugin, ein Kollege.

»Wer war es denn?«

Eine kurze Pause, bis Bec ein Glas Wasser getrunken hatte, nach Luft schnappte und sich den Mund mit der Hand abwischte. »Sie sagte, sie sei von Pias Schule. Sie möchte mit dir reden.«

»Wegen was?«

»Sie war ein wenig einsilbig, Dad, aber ich habe gesagt, du wärst so um diese Zeit zu Hause, ist das okay?« Sie schnippte mit den Fingern und stapfte die Treppe hinauf.

Auhl schaute auf die Uhr: 17.30 Uhr. Er wollte ein Bier, aber würde das einen falschen Eindruck hinterlassen? Stattdessen setzte er sich in seinen Lieblingssessel und lockte Cynthia auf seinen Schoß.

Als es klopfte, ging er an die Tür, und eine junge Frau stand vor ihm. Breite Schultern, kurze Haare. Argwöhnisch, aber zugleich auch entschuldigend und zaghaft. So als sei sie unsicher, was Auhl betraf, ja, was sich selbst betraf.

»Sind Sie Mr Auhl?«

»Bin ich.«

»Mrs Neve Fanning und ihre Tochter Pia haben bis vor Kurzem hier gewohnt?«

»Haben sie.«

Sie kaute an der Unterlippe. »Pia hat mir von Ihnen erzählt. Sie sagte, Sie seien Polizist.«

»Ja, das bin ich.«

Immer noch Zweifel und Zögern, die Frau, praktisch veranlagt, in Blumenrock und T-Shirt, schmale Aktentasche unter dem Arm, versuchte, ihn einzuschätzen. Sie war noch nicht gewillt, sein Haus zu betreten. »Sie wissen, wie ich heiße, aber ich weiß nicht, wie Sie heißen oder was Sie mit Pia zu tun haben.«

Sie nickte abrupt und streckte ihm ihre Hand hin. »Tina Acton, Schulberaterin.«

»In Pias Schule hier in Carlton?«

»Ja, das ist richtig.«

Auhl wies mit der Hand den Weg. »Reden wir drinnen weiter.«

Doch Acton war noch nicht so weit. »Ist Pia da?«

»Ihre Mutter und sie sind immer noch in Adelaide.«

Acton schloss die Augen, holte tief Luft und ging an Auhl vorbei in den Flur. Dann blieb sie stehen, und er stieß mit ihr zusammen.

»Entschuldigung, aber ich muss wissen, ob Sie und Mrs Fanning, ähm – «

»Eine Beziehung haben? Nein«, sagte Auhl. »Bitte. Kommen Sie rein.«

Er führte Acton ins Wohnzimmer. »Tee? Kaffee? Etwas Stärkeres?«

Acton schüttelte den Kopf. »Wasser, bitte.«

Auhl holte Wasser, und als sie sich gesetzt hatten und die Katze es sich auf Actons Schoß gemütlich gemacht hatte – Acton war kurz zusammengezuckt –, sagte Auhl: »Hat das hier mit dem zu tun, was Pia gesagt oder getan hat? Etwas, das Ihnen aufgefallen ist?«

»Sie sind doch von der Polizei, richtig?«

»Ja.«

Ein langsames, besorgtes Nicken. Acton fing an, Cynthia zu streicheln. »Nun, vielleicht sollte sich die Polizei darum kümmern.« Sie warf ihm einen Blick zu.

Komm zur Sache, dachte er.

»Ein paar Tage, bevor Mrs Fanning kam und, ähm, Pia aus der Schule holte und, ähm, sie nicht zurückbrachte, hatte ich mit den Kindern der Jahrgangsstufe sechs ein Gespräch über angemessenes Verhalten von Erwachsenen.« Sie hielt inne, holte tief Luft und fuhr fort: »Pia kam hinterher zu mir und sagte, ihr Dad würde sie manchmal auf eine Weise berühren, die ihr unangenehm sei.«

Sie unterbrach sich, als befürchte sie, zu viel gesagt zu haben.

Auhl wusste sofort, warum Acton so zögerte. Sie war dazu verpflichtet, Pias Behauptung zu melden, doch entweder hatte sie das nicht getan oder erst zu spät gehandelt. »Spucken Sies schon aus«, fuhr er sie an.

Acton lächelte ihn gequält an und sagte: »Er hat zu Pia gemeint, das sei ihr besonderes Geheimnis. Sie dürfe niemandem davon erzählen.«

»*Ihnen* hat sie es erzählt.«

»Manchen Kindern fällt es leichter, sich jemandem anzuvertrauen, der ihnen nicht allzu nahesteht, vor allem in den frühen Phasen.«

Auhl ließ seine Wut aufblitzen. »Kommen Sie endlich zur Sache, Tina. Haben Sie es gemeldet oder nicht?«

»Hören Sie, es tut mir wirklich leid. Jetzt habe ich es ja getan, und ich wollte auch gar nicht so lange damit warten, aber ich bin neu in diesem Job, und ich musste absolut sicher sein, und dann, na ja, irgendwie schien auf einmal alles gleichzeitig zu passieren ...«

»Haben Sie Mrs Fanning davon erzählt?«

»Ja«, flüsterte sie.

»Wann?«

»Am Tag, bevor sie mit Pia verschwand.«

»Was genau haben Sie ihr gesagt?«

»Ich habe ihr berichtet, was Pia mir gesagt hat.«

»Und was hat sie darauf erwidert? Das muss ich wissen. Hören Sie auf, um den heißen Brei zu reden.«

Acton zog die Schultern hoch, und dann flossen ihr die Worte nur so aus dem Mund. »Sie sagte, sie hätte einen Verdacht gehabt. Sie machte sich deswegen schwere Vorwürfe. Eines Nachts habe sie ihren Mann gesehen, wie er sich über Pia in ihrem Bett beugte und sich selbst befriedigte, und ein andermal hatte sie Pia im Schlaf ›Du bist meine kleine Pussy‹ sagen hören. Und letztes Weihnachten hat Pia einem von Neves Brüdern einen Zungenkuss gegeben, als er ihr ein Geschenk brachte.«

Acton schaukelte kummervoll. »Wenn ich doch nur früher etwas unternommen hätte. Das ist alles meine Schuld.«

Auhl wollte sie nicht so leicht freisprechen. Er fragte sich insgeheim, was Kelso, der Gutachter, gesagt hätte, wenn Neve den »Pussy«-Zwischenfall erwähnt hätte. Dass Pia Katzen mag?

»Werden Sie das vor Gericht bestätigen? Werden Sie eine Aussage machen?«

»Oh Gott, ja«, sagte Acton, als würde sie so ungeschoren davonkommen. »Auf jeden Fall.«

Sie ging. Auhl kehrte ins Wohnzimmer zurück, doch war er zu aufgewühlt, um still zu sitzen. Er ging in die Küche und goss sich mit zittrigen Händen ein Glas Wein ein; plötzlich stand Bec da, die empfänglich war für die Stimmungen des Hauses und ihres Vaters, und war neugierig.

»Was wollte sie?«

Auhl erzählte es ihr, dann saßen sie gemeinsam am Tisch und machten die Flasche leer. Bec redete sich in Rage. Er solle etwas unternehmen, jemandem davon Meldung machen. Pia würde ja nicht ewig bei ihren Großeltern bleiben können. Und dann hätte ihr Vater den Weg frei.

Auhl war nicht erhitzt. Er blieb eiskalt, während er in Gedanken die nächsten Schritte durchging. Lloyd Fanning bei der Abteilung Sexualverbrechen in der St Kilda Road melden. Die würden ihn an SOCIT, das Ermittlungsteam Sexualvergehen und Kindesmissbrauch in Geelong, verweisen. Die Ermittlungen würden sich hinziehen, denn zwei ausschlaggebende Zeuginnen waren zurzeit in South Australia, eine davon lag im Koma. Und Lloyd Fanning würde seinen Anwalt einschalten, der die SOCIT-Beamten sicher auf Neves Verhalten aufmerksam machen würde.

Entführung seiner Tochter aus seinem Haus, und dazu noch mit Beihilfe eines Polizisten. Entführung seiner Tochter aus der Schule. Fahrzeugdiebstahl. Vandalismus. Eine Frau, die zu alldem fähig war, mochte auch in der Lage sein, ihrer Tochter alle möglichen Ideen einzublasen. Sprechen Sie mit dem angesehenen Psychiater Kelso – der weiß genau, wie Neve Fanning tickt.

Auhl war kühl, aber das bewahrte ihn nicht vor Selbstvorwürfen. Er hätte früher Verdacht schöpfen, etwas bemerken müssen. Er hätte Neve drängen müssen. Ihre verfluchte Höflichkeit, ihre bescheidenen Erwartungen, ihre Angst. Hatte sie Verdacht geschöpft, aber ihn für sich behalten? Hatte sie sich den Gedanken verboten, dass der Mann, den sie geheiratet hatte, seiner Tochter so etwas antun könnte?

Auhl flog am 26. Dezember nach Adelaide und hatte ein Fahrrad dabei, das eine blasse Pia entgegennahm. Das Geschenk ihres Vaters: eine Karte aus Bali mit fünfzig Dollar. Dann begleitete Auhl sie alle zu einem Besuch bei Neve. Sie reagierte gut auf physische Reize, so die Spezialistin: Die Augenlider flatterten, ihr Arm zuckte weg, wenn man ihn pikste oder drückte. Jeden Augenblick konnte sie aus dem Koma erwachen.

Pia umarmte Auhl zum Abschied. Sie fragte nach Bec und Cynthia, und sie nickte höflich, als er ihr sagte, dass immer ein Bett für sie frei sei, wenn sie nach Melbourne kommen würde.

Auhl mochte Melbourne im Januar: weniger Fußgänger und Autos in der Innenstadt, weniger Lärm, weniger Abgase, die die Eukalyptusbäume und Gartenblumen vergifteten, ein allgemeines Gefühl, dass Fremde einen womöglich anlächeln könnten, wenn sie einem am Ende eines langen, ungehetzten Tages begegneten.

»Das Leben geht weiter«, sagte Helen Colfax. Sie klopfte einen Stapel Papier zusammen. »Lassen Sie sich einen Bart wachsen?«

»Ich versuche es«, antwortete Auhl und befingerte die drahtigen, kratzigen Büschel silbrigen Wuchses.

Im Büro war nichts los, Josh Bugg war bis Ende Januar im Urlaub, Claire Pascal und ihr Mann in Sydney. Colfax ging gern früh nach Hause und fuhr zum Strand. Braune Arme, brauner Hals unter einem schlichten T-Shirt. Rote Nase und krause Haare. Als Auhl hereinkam und um ein paar freie Tage bat, rieb sie sich gerade die Handrücken ein.

Die Frage nach seinem Bart war ihre Art, um ihre Gedanken zu sammeln. »Ein paar Tage frei, meinen Sie.«

»Nur kurz.«

»Aber Sie sind erst neun Monate dabei.«

»Richtig.«

»Andererseits geht es hier um kalte Fälle.«

»Eisig kalte.«

Sie gab ihm eine Woche frei.

43

Bali war schwül und überfüllt. Die einzige brauchbare Unterkunft, die Auhl finden konnte, war ein heruntergekommenes Hotel in der Nähe des Flughafens, aber das machte nichts. Er wollte eh keinen Urlaub machen. Früh am nächsten Morgen nahm er sich ein Taxi und gab dem Fahrer die Adresse, die er in der Handtasche im Nachttisch von Neve Fannings Krankenzimmer gefunden hatte.

Das Taxi brachte ihn Richtung Nordwesten, Hügel in der Entfernung, die Dörfer wichen Baracken an der Straße, dahinter zu beiden Seiten Reisfelder. Wann immer das Taxi an Stoppschildern hielt, drängten sich Kinder an Auhls Seitenscheibe und boten ihm in Frischhaltefolie gewickelte Ausgaben der *Newsweek*, *Straits Times*, *International Herald Tribune* und anderer Zeitungen und Magazine an. Auhl kaufte auf gut Glück eine Ausgabe der *Age* aus Melbourne vom November 2016. »Na, so was«, sagte er zu dem Taxifahrer. »Donald Trump ist zum Präsidenten der USA gewählt worden.«

Der Fahrer grinste und überholte ein bunt lackiertes Tuk-Tuk. Auhl legte die Zeitung auf den Platz neben sich und schloss für eine Weile die Augen.

Dann kurvte das Taxi die Hügel hinauf. Die Straße war schmal und voller kleiner japanischer und koreanischer Autos, die zur Hauptstraße hinunterfuhren. Auhl fragte sich, was wohl zuerst da war: schmale Straßen oder schmale Autos? Sie kamen zu einer Handvoll Hütten, und Auhl, der realisierte, dass er noch nichts gegessen hatte, bat den Fahrer, neben einem alten Mann zu halten, der eine Karre schob. Er kaufte Klößchen, ein ungesäuertes Brot und eine Flasche Wasser. Er bot dem Fahrer ein Klößchen an, doch der schüttelte nur den Kopf. Ein kurzes Stück weiter unterhalb des Karrens wusch ein Mann Innereien in einem Graben. Auhl fragte den Taxifahrer danach. »Das Ziege«, erklärte der Fahrer, »für welcome neu Baby.«

Sie fuhren an den Hütten vorbei zu weiteren Reisfeldern, frische grüne Sprossen in stillen Tümpeln, Wasser rann die Bewässerungsgräben entlang, am anderen Ende große Familienanwesen. Bald darauf erreichten sie die Außenbezirke einer Kleinstadt in der Senke einer Küstenanhöhe, der Fahrer wurde langsamer und sagte: »Da Haus,« und wies auf eine Villa oberhalb der Küstenstraße, am höchsten Ende eines Dorfs.

Als der Fahrer wieder schneller fuhr, entdeckte Auhl ein ummauertes Gelände, und das Schild am Eingangstor verkündete: *Lotus Flower Yoga Retreat*. Er bat den Fahrer anzuhalten, bezahlte den Mann, gab ihm ein ordentliches Trinkgeld und stieg aus.

Der Rückzugsort gehörte zur Luxusklasse, ein riesiges Haus, das weit von der Straße in einem terrassierten Garten stand. In einem Häuschen neben dem Eingang saß ein Wachmann in Schwarz mit weißen Armbinden. Die Schilder waren englisch, französisch und deutsch. Auhl nickte dem Wachmann zu, der nicht sonderlich überrascht schien, dass ein Westler so früh schon auftauchte, und Auhl spazierte hinein, als würde er erwartet, sei bekannt und willkommen.

Das Haus war nicht sein Ziel; es handelte sich nur um eine Abkürzung und eine nützliche Tarnung. Er ging an der Villa vorbei zur hinteren Mauer, die zum Dorf zeigte, und fand ein Hintertor. Ein weiterer, ebenso wenig überraschter Wachmann. Auhl verließ das Gelände und ging weiter Richtung Lloyd Fannings Haus. Reisfelder zur Rechten, gewundene kleine Straßen zur Linken. Kleine Häuser, geschlossene Geschäfte, ummauerte Villen mit Familientempeln unter schattigen Kokospalmen.

Auhl kam zu der Straße, die zu Fannings Villa führte. Weitere kleine Häuser, eine Schule – und eine kleine Moschee. Davon gab es auf Bali nicht allzu viele, nahm Auhl an. Ein bescheidenes

Gebäude, weiß, mit Ziegeldach, zwei grünen Kuppeln und kunstvollen Mosaikarbeiten rings um Türen und Fenster.

Vor allem aber interessierte sich Auhl für die Villa. Auf halber Höhe sah sie auf die Moschee hinab. Um dorthin zu gelangen, lief Auhl geduckt über die Straße zu der umgebenden Mauer. So verborgen, umging er das Gebäude und bahnte sich einen Weg zu den Reisfeldern oberhalb. Er stieß auf einen kleinen Hain am Rand der Felder und hockte sich so hin, dass niemand ihn sehen konnte. In ein paar der nahe gelegenen Häuser waren Familien mit ihrem Alltag beschäftigt, und von seinem Aussichtspunkt aus sah Auhl Hennen picken, eine Ziege zerrte an ihrer Leine, Fernseher flackerten. Palmwedel wisperten und schnatterten, in der Entfernung knatterten Motorräder, eine Kokosnuss fiel auf ein Dach.

Auhl wartete den ganzen Morgen über, während sich im Westen massive, mit merkwürdigen horizontalen Regenbogenbändern verzierte Wolkenbänke sammelten. Keine Anzeichen von Leben in Fannings Villa, bis im Laufe des Vormittags eine Frau mit einem kleinen Kind eintraf. Sie schloss die Tür auf. Tauchte später auf, um einen Besen auszuschütteln. Noch später, um seifiges Wasser in den Garten zu schütten. Lloyd Fanning erschien schließlich am späten Vormittag, üble Schlaffrisur, Schlafanzughose in der Poritze, feister weißer Bauch. Er glotzte wütend die Aussicht an, ging hinein und tauchte später mit feuchten Haaren, gekämmt und in Shorts und T-Shirt wieder auf. Er setzte sich mit einem Laptop an den Verandatisch. Die Frau brachte ein Tablett mit Essen, doch darum kümmerte er sich nicht.

Stunden vergingen. Am Nachmittag traf ein Mann mit einer Machete ein und hackte ein paar vertrocknete Palmwedel ab. Dann ging er wieder. Die Frau mit Kind verabschiedete sich. Auhl wollte sich schon rühren, als unten auf der Straße ein Taxi auftauchte und in Fannings Einfahrt abbog. Fanning trat in langer Hose und einem kurzärmligen Hawaiihemd aus dem Haus.

So als ob der Fahrer taub wäre, rief er: »Du fahren mich zu Apache Underground? Kuta?«

Als sie verschwunden waren, eilte Auhl zur Hauptstraße hinunter und schnappte sich ein Taxi zu seinem Hotel, wo er duschte und sich umzog.

Es war früher Abend, als er mit einem weiteren Taxi nach Kuta Beach fuhr.

Ein Ort, an dem die jungen Balinesen herumlungerten – in Haustüren und auf kleinen Honda-Motorrädern –, westliche Familien flanierten und ihre Töchter in Fetzen aus hauchdünner Baumwolle neben ihnen herschlurften; Autos und Mopeds dahinkrochen und hupten. Auhl entdeckte Apache Underground gegenüber der Discovery-Einkaufspassage und sah Fanning, der mit drei anderen Männern an einem Tisch saß; sie brachen gerade auf.

Er ging wieder hinaus und wartete. Als Fanning und seine Begleiter herauskamen, folgte er ihnen, bemerkte, wie sie den ganzen Gehweg einnahmen und angesäuselt die Speisekarten an den Restaurants studierten. Getarnt mit Schlapphut, Sonnenbrille und seinem neuen Bart, kam Auhl näher, als die Männer eine Entscheidung trafen. »Ist der Schuppen okay für euch?«, fragte einer der Männer, und ein anderer antwortete: »So gut wie jeder andere auch.«

Das Sambal Beach Club Restaurant lag über einem Geschäft, in dem Raubkopien von DVDs verkauft wurden. Auhl wartete fünfzehn Minuten und schaute gelegentlich nach oben. Dämmriges Licht, misstönende Musik, Umrisse. Er schaute auf die Uhr, 19.45 Uhr, und ging die Treppe hinauf. Dann fand er sich in einem großen Raum mit Blick auf den Strand wieder, darin ein paar Tische, in der Mitte eine u-förmige Barinsel. Fanning und seine Freunde saßen auf der anderen Seite der Bar an einem Tisch.

Auhl zögerte. Auf dieser Seite der Bar saßen Touristen auf

Hockern; ein einzelner leerer Hocker neben einer Frau in einem dünnen Baumwollkleid. Von dort aus hätte er freie Sicht auf Fanning. Er hörte sich sagen: »Darf ich?«

Sie spendierte ihm ein müdes Lächeln; er setzte sich neben sie und bestellte ein Bier.

Ab und zu schaute er zu Fanning hinüber.

Die vier Männer, die vor einem prächtigen Sonnenuntergang als Umrisse zu erkennen waren, hauten Nasigoreng und Tiger Beer rein. Sie hatten nichts Auffälliges an sich. Keiner von ihnen war jung, alle trugen sie die übliche Urlaubsuniform der mittleren Generation aus Cargohosen und darüber getragenen Hemden. Auhl nahm an, dass sie sich gut kannten: Fanning kam schon seit Jahren nach Bali. Die anderen wohl auch. Vielleicht lebten sie sogar hier.

Plötzlich war Auhl unbehaglich zumute. Was, wenn noch andere Bargäste sich für Fanning und seine Essensgäste interessierten – die Australian Federal Police, zum Beispiel? Er schaute sich im Raum um. Eine Handvoll Touristen, gedämpftes Licht, Gemurmel. Zu früh für Tanzmusik oder für hackedichte Mittzwanziger aus Melbourne, Auckland, Berlin, Los Angeles … In diesem Augenblick hob Fanning den Kopf, so als würde er Auhls prüfende Blicke spüren, und Auhl drehte sich sofort zu der Frau neben sich um.

»Darf ich Ihnen einen Drink spendieren?«

Sie hatte an ihrem Handy herumgedrückt. Herumgedrückt und gemurmelt. »Sie dürfen mir erklären, warum mein Handy eingefroren ist, das dürfen Sie.«

Australierin. Ein wenig unkoordiniert, und sie wirkte nicht sonderlich glücklich. Kräftige, knochige Hände und gebräunte Arme, Schultern und Oberschenkel in einem ärmellosen Kleid. Sie beugte sich zu Auhl und sah ihn an. Sie war hübsch, leicht angesäuselt, eher freundlich denn misstrauisch. Und, so fand Auhl, die perfekte Tarnung. Fanning, den Auhl aus dem Augenwinkel beobachtete, aß weiter.

»Neu booten«, sagte Auhl.

»Wie bitte?«

»Schalten Sie es aus und wieder ein.«

»Ach.«

Er schaute ihr dabei zu, seine Schulter berührte die ihre, und schließlich sagte sie: »Na, wer hätte das gedacht.«

Sie sah ihn an. »Vielleicht sollte ich *Ihnen* einen Drink spendieren.«

»Gern.«

Sie hieß Louise. Fünfunddreißig und ein wenig schwermütig, aber im Verlauf ihrer Unterhaltung besserte sich ihre Laune. In einem Land der urlaubenden Krankenschwestern, Lehrerinnen und Friseurinnen, war sie eine Doktorandin der Anthropologie, die eine Pause von Feldstudien machte. Ihre Woche in einem Resort in Nusa Dua ging zu Ende, und sie gierte nach Gesellschaft. »Wissen Sie, wer in solchen Resorts übernachtet? Besoffene Teenager, die zu blöd sind, um einen Pudding an die Wand zu nageln, und Ehepaare, die sich von Eingeborenen bedienen lassen wollen, während ihre Kinder ausrasten.«

Also hatte sie ein Taxi nach Kuta Beach genommen. Noch mehr junge Trunkenbolde und Paare mittleren Alters, dachte Auhl. Und ich. Ihre Knie stießen unter dem Tresen gegen seine. Ein-, zweimal berührten sich ihre Hände. Es war nett.

Später saßen sie an einem Tisch ein paar Meter von Fanning entfernt. Der Tag war heiß und schwül gewesen; der Abend war mild und schwül, unterbrochen von einem schnellen, tropischen Niederschlag, der einen Vorhang vor den Sonnenuntergang zog und die Luft kurzzeitig erfrischte, bevor der Geruch von gewürzten Speisen, Müll und Urin folgte. Sie unterhielten sich und aßen, und Auhl, der sich gelegentlich am Bart kratzte, beobachtete Fanning.

»Nicht, dass ich irgendwie riesig wäre oder so«, meinte Louise im Gespräch, »aber wenn ich hier bin, dann komme ich mir riesig vor, verstehen Sie?«

Auhl nickte.

»Befangen«, sagte sie. »Weil die Indonesier so ... so ... *winzig* sind.«

»Ich verstehe.« Er verstand, dass sie einsam war. Er auch. Er verstand, dass sie das ein wenig rauslassen musste. Er auch; deshalb war er ja hier.

»Wenn ich zum Beispiel auf einem der Boote hinausfahre oder bei der Fischverarbeitung helfe oder einfach nur da sitze und das Essen mit ihnen teile – und sie bieten mir *andauernd* etwas zu essen an, ich werd schon ganz fett davon –, dann komme ich mir vor wie ein großer, schwerfälliger Wasserbüffel.«

»Glauben Sie mir«, sagte Auhl, »das sind Sie nicht.«

Groß, ja, mit diesen kräftigen Händen und breiten Füßen. Die Haare sonnengebleicht, die Haut dunkel nach all den Monaten, in denen sie die Fischer von Sumatra an Land und auf See studiert hatte. Aber gewiss kein Wasserbüffel. Eher schlank als stämmig. Dann schaute sie ihn scharf an, trotz des Weins, den sie getrunken hatte.

»Alan, Sie fangen jetzt doch wohl nicht etwa an, über Frau und Kinder zu reden, oder?«

Er konnte lang und breit über sie reden, hatte aber nur selten das Bedürfnis dazu. Er lächelte und schüttelte den Kopf. »Wann kehren Sie denn in das Dorf zurück?«

Er fragte sich, ob diese Frage wohl ein Fehltritt war. Sie zog einen ganzen Rattenschwanz an weiteren Fragen hinter sich her.

Louise sah ihn ruhig an und sagte: »Morgen Nachmittag.«

Er wendete den Blick ab. Er hatte schon eine Weile nicht nach Fanning geschaut. Doch der saß noch dort.

Er wandte sich wieder an Louise und sagte: »Beobachten Sie die Beziehungen, Strukturen, Männerarbeit, Frauenarbeit ...?«

Sie wand sich, und es kam nur zögernd aus ihr heraus, dass sie ursprünglich nach Indonesien gekommen war, um die Fischerjungen in der Straße von Malakka zu studieren. Faktisch Arbeitssklaven, die weit draußen im Meer auf den wackligen, unerlaubten Fischerplattformen arbeiteten, die als *Jermals* bekannt waren. Sie hatte sich alles schön zurechtgelegt: anderthalb Jahre Feldarbeit und Archivsuche, zwei, drei Jahre schreiben, was zu einer glänzenden Dissertation und einem einflussreichen Buch hätte führen sollen ... bis sie von den Fischereiinspektoren und Marinebeamten verjagt worden war, die von den Besitzern der Jermals geschmiert wurden. Aber zu dem Zeitpunkt hatte sie eh schon alles hinschmeißen wollen.

»Zwölfjährige, die bis zu dreiundzwanzig Stunden am Tag arbeiten«, erzählte sie Auhl. »Monatelang. Ein Hungerlohn, wenn sie überhaupt etwas bekommen, beschissenes Essen, Knochenarbeit. Keine Toiletten, keine Betten, keine Erste Hilfe, regelmäßige Prügel, heftige Stürme. Manche ertrinken, keinen kümmerts. Das hat mir das Herz gebrochen.«

Sie redete sich ihre Last von der Seele und hatte etwas von ihrer Angespanntheit verloren. Sie wurde kleinlaut und verschmitzt, grinste ihn an, beobachtete ihre Finger auf seinem Unterarm. Auhl riskierte einen Blick. Fanning war immer noch da.

Dann stützte Louise ihr Kinn in die Handflächen und betrachtete Auhl. »Genug von mir. Erzählen Sie mir von sich.«

Sie war längst nicht mehr so beschwipst. Herzlich, aber er konnte ihre Gedanken lesen: Alleinstehender Australier mittleren Alters, der Urlaub auf Bali macht. Ein Dreckskerl? Sie würde auf der Stelle ihre Sachen packen und verschwinden. Das wollte Auhl nicht. Sie war Tarnung. Und er mochte sie.

Er machte ein treuherziges Gesicht und sagte: »Ich arbeite für das Beratungszentrum Vulkanasche«, zeigte nach oben – heute Abend war es klar, aber wer wusste schon, was morgen sein würde? Die Aschewolke des Gunung Raung auf Ostjava konnte jeden Augenblick den Flughafen lahmlegen.

Louise entspannte sich. »Arbeitsurlaub.«

»So ähnlich.«

»Am liebsten hätte ich einen Zauberstab. Wenn ich nicht im Dorf herumsitze und mir fett vorkomme, huste ich mir die Lunge aus dem Leib.«

»Sie kriegen die Asche bis dort unten?«

Louise schüttelte den Kopf. »Der Qualm der Dschungelbrände. Und dann komme ich nach Bali und treffe auf Aschewolken.«

»Sie sagen es«, meinte Auhl und fragte sich, ob sein Flug wohl ausfallen würde. Er konnte es sich nicht leisten, hier festzusitzen.

Er sah über die Terrassenbrüstung hinaus auf den dunkler werdenden Strand und das Meer der Kuta Bay, wo sich die Ostspitze Javas nur als eine ferne, verschwommene Silhouette im durch die Asche gefilterten Sonnenuntergang zeigte. Eine balinesische Familie kam vorbei, doch meistens handelte es sich bei den Strandgängern um Westler. Ein korpulenter Mann lag auf einem niedrigen Tisch im Sand und ließ die letzte Massage des Abends über sich ergehen: Ab und an zuckte protestierend ein Bein. Die Gerüche des Tages verdichteten sich: stark duftende tropische Pflanzen, Woköl, Bier, Deodorant, Zigaretten. Auhl spürte Louises warme Hände um die seinen.

»Was gehört denn zu dem Job?«

Himmel, wenn Auhl das nur wüsste. »Überwachung.« Das durfte wohl ungefähr hinkommen.

Ihre Speisen wurden serviert, ein grünes Curry für Auhl, Salat für Louise.

Sie stocherte darin herum und beäugte Auhls Teller. »Bedienen Sie sich«, drängte er.

Sie war hin- und hergerissen. »Ich muss achtgeben.«

»Darf ich mal was dazu sagen?«

»Oh-oh. Was denn?«

»Ich finde, Sie sehen entzückend aus. Ich könnte Sie immerzu anschauen.«

Sie blinzelte und nahm ihre Hand weg. »In meinem Arbeitsgebiet gehört Versachlichung zu den Kernthemen. Wessen Blick? Können wir neutral sein? Können wir den anderen kennen? Können wir, sollten wir Versachlichung vermeiden und das Gegenüber in unseren eigenen Worten darstellen? Und so weiter.« Doch dann grinste sie, als würde sie nicht im Traum daran denken, ihn als alten Dreckskerl zu bezeichnen. »Aber danke.«

Dann warf sie ihm einen Blick zu. »Also, kommen wir zum Punkt. Morgen muss ich ins Dorf zurück, und Sie müssen Wolken beobachten, können wir jetzt also so tun, als wären wir Liebende im Urlaub?«

Auhl berührte ihren straffen Unterarm. »Sicher.«

Allerdings musste er wissen, was Fanning vorhatte. Die Anspannung stand ihm ins Gesicht geschrieben.

Louise sah weg. »Aber wenn du nicht willst ...«

Auhl wurde von Fanning gerettet, der gerade zu seinen Freunden sagte: »Sorry, Jungs, keine Clubs, ich muss mal ausschlafen.«

»Wie heißt es so schön in den Klassikern« – Auhls Hand umfing ganz leicht Louises Handgelenk –, »zu dir oder zu mir?«

Sie brachte ihn zur Sanur Paradise Lagoon, einem Urlaubsresort östlich von Kuta. »Ganz gewiss eine Steigerung von meinem miesen Hotel«, sagte Auhl.

Eine Ansammlung von kleinen Häusern zwischen Swimmingpools, Kokospalmen und Bambushainen; weitere Pools und Restaurants mit Blick auf den Strand und hinaus zu den Inseln Lembongan und Penida. Teuer, aber Louise war entschlossen gewesen, sich etwas zu gönnen, und nun wurde Auhl im sanften Mondschein einen Pfad entlanggeführt, ging eine Treppe hinauf und durch eine Tür in eine weitläufige Suite: Schlafzimmer, Wohnzimmer, ein Balkon, von Palmen umwedelt, mit Blick auf einen weiteren blau leuchtenden Pool.

»Ich verstehe, was du damit gemeint hast, dass du dir etwas gönnen wolltest.«

»Ich bin damit noch nicht fertig«, sagte Louise und begann an seinem obersten Hemdknopf.

Dann war das Hemd verschwunden, und sie fuhr ihm mit den Fingern über Brust, Schultern und Rücken. »Woher hast du die Narbe?«

Eine hässliche Schnittwunde unterhalb des Brustkorbs bis zum Bauchnabel. »Ich bin die Straße entlanggegangen und kümmerte mich um meinen eigenen Kram, als ich auf eine Straßengang stieß, die gerade eine alte Frau ausraubte. Nachdem ich die Frau gerettet hatte, stürzte die Gang sich auf mich.«

»Und was ist dann passiert?«

»Die haben mich massakriert, verdammt.«

»Ach, und jetzt bist du im Körper eines Umweltschutzbeamten reinkarniert?«

Sie sah ihn vertrauensvoll an und strich ihm weiter über die Haut. Auhl fragte sich, ob er sie wohl jemals wiedersehen würde. Unwahrscheinlich. Falls doch, würde er ihr früher oder später beichten müssen, dass er Polizist war. Er würde so ehrlich sein müssen und ihr verraten, dass er ein paar Tage nach seinem Abschluss von der Polizeiakademie von einem Burschen niedergestochen worden war, der voll auf Meth gewesen war. Vielleicht würde sie das aber auch schneller herausfinden. Vielleicht würden Beamte der Indonesischen oder Australischen Bundespolizei sie aufspüren und sie nach dem bärtigen Mann ausquetschen, mit dem sie eine Nacht verbracht hatte.

»Das ist passiert, als ich noch ein Kind war«, sagte er. »Ich habe mich an einem Nagel aufgeschlitzt, als ich über einen Zaun geklettert bin.«

Sie gab der Narbe einen Heilekuss.

»Wenn ich gewusst hätte, dass es zum Cunnilingus kommt«, sagte er und kam sich nicht sonderlich originell dabei vor, »dann hätte ich mich besser rasiert.«

Doch manche Dinge erwiesen sich als allgemeingültig. Louise packte ihn an den roten Haaren und sagte, er solle gefälligst weitermachen.

Er machte weiter, wachte gegen fünf Uhr früh auf und spürte einen glatten Oberschenkel an seinem Leib. Er starrte an die Decke, und ein befreiendes Gefühl von Dankbarkeit überkam ihn. Schon eine ganze Weile hatte er nicht mehr das Gefühl gehabt, von jemandem gewollt oder attraktiv gefunden zu werden. Schließlich stand er auf. Er duschte, zog sich an, kritzelte seine

Melbourner Telefonnummer auf ein Blatt Hotelpapier, dazu eine Reihe von Kusssymbolen, und ging hinaus.

Ohne große Eile schlenderte er am Strand entlang, es war diesig und warm, der Sand im letzten Mondlicht nahezu menschenleer, nur leere Reihen Liegestühle, die aufs Meer hinausschauten. Gartenbedienstete fegten Blätter, sammelten Palmwedel und Touristenabfall auf und säuberten Zugänge. Eine sehr dekorative Kultur, fand er, als er an einer etwas abseits gelegenen Villa vorbeikam, die hinter einer niedrigen Steinmauer lag, umgeben von Palmen und Steinsäulen, Vasen, Urnen und Figuren der Hindu-Mythologie. Die Steine waren von einer Patina aus feuchtem grünem Moos überzogen, und schon drang eine feuchte, ölige Hitze in den Tag hinein.

Er nahm ein Gässchen, das vom Strand wegführte, und kam an kleinen Häusern hinter Mauern vorbei. Am Ende stieß er auf Straßenbeleuchtung, einen Abschnitt aus Motorradwerkstätten und Steinmetzen. Fahrzeuge, Lärm: Autos, ein Laster, eine vierköpfige Familie auf dem Rücken einer winzigen stotternden Honda. Auf der anderen Straßenseite pinkelte ein Mann mit dem Rücken zu Auhl gegen eine Mauer, dann tauchte ein Taxi auf.

Auhl nannte dem Fahrer den Namen des Yogazentrums in Fannings Dorf.

Eine Wiederholung des Vortags, nur dass er diesmal früher dort war.

Doch kaum hatte er sich in den Schutz der Villenmauer geduckt, donnerte irgendein Lärm los, und er sprang erschrocken auf. Über vier Lautsprecher, die an einer hohen Stange im Vorhof angebracht waren, strahlte die Moschee den Gebetsruf aus. Kaum hatte sich Auhl wieder in den Schatten gedrückt, als Fanning aus der Villa kam. Eine korpulente, entschlossen wirkende Gestalt in Boxershorts mit einer Axt in der Hand. Auhl, der sicher war, entdeckt worden zu sein, rannte zur hintersten Ecke der Mauer und sprang mit rasendem Herzschlag in einen Graben.

Die Zeit verging. Er wagte einen Blick. Fanning war ganz auf die Moschee fixiert. Auhl sah, wie er das Grundstück betrat und direkt auf den Lautsprechermast zuging. Mit einem Wackeln seines massigen Hinterns hob Fanning die Axt hoch über den Kopf, schien sich regelrecht auszudehnen, und ließ die Klinge dann mit einem gewaltigen spaltenden Schlag nach unten sausen.

Plötzliche Stille. Zufrieden stapfte Fanning den Weg zurück durchs Tor und ging in sein Haus. In der Zwischenzeit war der Imam erschienen. Er schaute stirnrunzelnd zu den Lautsprechern hinauf. Dann entdeckte er das durchtrennte Kabel und sah sich hilflos um.

Polizei, Elektriker, dachte Auhl und fluchte. Und Fanning hellwach.

Er ließ eine halbe Stunde verstreichen, versteckte sich zwischen den Bäumen oberhalb der Villa, nahm ab und zu einen Schluck aus einer Wasserflasche. Er hielt Ausschau, ob Bedienstete oder Besucher auftauchten. Dann streifte er Latexhandschuhe über, ging geduckt den Hügel hinunter auf Fannings Hinterhof und durch die Küchentür.

Schmucklos weiß, Mangostanen und Rambutans in einer Holzschale, polierte Holzfußböden, ein kleiner Bambustisch mit Glasplatte. Schließlich ein Torbogen zum Wohnzimmer, ebenfalls karg modern. Ein riesiger flackernder Fernsehbildschirm, ein Fußballspiel irgendwo auf der Welt, ohne Ton. Ein Beistelltisch auf einem weißen Teppich, ein klobiges Becherglas, eine leere Flasche Scotch. Mal abgesehen von den tropischen Früchten, konnte Fanning auch genauso gut daheim in Geelong sein.

Eine Bewegung in Auhls Augenwinkel. Ein Gecko auf halber Wandhöhe, der jetzt vollkommen reglos war, so als würde er »Ochs am Berge« mit ihm spielen. Am anderen Ende des Flurs führten offene Glastüren auf ein Sonnendeck hinaus, das unter Farnen und ungepflegten hängenden Körben im Schatten lag,

Bambuswindspiele, von einer Hügelbrise angehaucht, klimperten sanft. Ein Nachbarhaus, ein Reisfeld dahinter; ein Mann mit einer Sichel ging durch das Feld. Auhl hatte den Eindruck einer geschäftigen, dicht besiedelten Landschaft, obwohl er bis jetzt kaum jemanden gesehen oder gehört hatte.

Er lauschte und folgte dann einem rasselnden Schnarchen auf halber Flurlänge in ein Schlafzimmer. Fanning lag verkehrt herum auf dem Bett, den Rücken nach oben, und schlief.

Zwischen die Zehen, beschloss Auhl. Er zog die Spritze aus der Tasche, zog das Suxamethonium auf, drückte zur Vorbereitung die Luft heraus und stach sofort zu, drückte den Kolben hinein, zehn Milliliter, keine halben Sachen.

Fanning schreckte bei dem plötzlichen Schmerz auf und warf sich auf den Rücken. Er starrte Auhl mit wildem Blick an und bäumte sich dann brüllend auf. Auhl wich zurück. »Intravenös wäre es schneller gegangen«, sagte er, »aber ich wollte nicht herumwursteln und eine Vene suchen.«

Fanning schwankte. Er grunzte, zuckte, fiel auf den Rücken zurück.

»Auch so wird es schnell wirken«, sagte Auhl. Er zwinkerte Fanning an. »Suxamethonium heißt das Zeug. Wirkt wie ein Herzinfarkt.« Er beugte sich zu dem aufgedunsenen, panisch verzerrten Gesicht vor. »Was? Du willst wissen, warum? Deine Tochter, du Arschloch. Deine Frau.«

Ein letztes schwaches Flackern in Fannings Augen, die Panik legte sich, Schicksalsergebenheit machte sich breit.

Auhl schaute erneut nach Putzkräften und Gärtnern, dann verließ er das Haus durch die Hintertür. Von den Bäumen oben am Hang aus sah er auf das Gelände der Moschee hinunter. Der Imam hatte die Polizei gerufen. Drei Gesichter sahen zur Villa hinüber. Bald würden sie eine Entscheidung treffen und an Fannings Tür klopfen. Er huschte über die Hügelflanke in Richtung eines Reisfelds und ging darum herum, als er fast auf eine Frau getreten wäre.

Sie war jung, blond, mit geflochtenen Haaren, Batikrock und -top, Armreifen, Perlen, Ringen, Tätowierungen. Eine Mischung aus Hippie und Hipster; er hatte keine Ahnung, woher sie gekommen war. Sie saß im Lotossitz da, hielt ihr Gesicht zur aufgehenden Sonne und rührte sich nicht, als Auhl »Entschuldigung« murmelte und davoneilte. Eine mögliche Zeugin, dachte er in einem Anflug von Panik.

Er ging mit eingezogenem Kopf über die schmalen Erdwälle zwischen Feldern voller frischer Reissprösslinge, hinunter zur tiefer gelegenen Küstenstraße. Dann ließ er die Felder hinter sich und landete in einer vertrauten dörflichen Szene aus kleinen Häusern hinter verfallenden Mauern, dürren Hunden und knatternden Hondas. Ein Windhauch wickelte ihm eine blaue Einkaufstüte um die Knöchel, aber das war eben die Straße: Wenn man sich die Innenhöfe anschaute, sah man dort nicht ein Fitzelchen Papier oder Plastik.

Er kam zur Hauptstraße. Der frühe Geschäftsverkehr fauchte vorbei, Fahrräder, winzige Laster und Taxis, und alle hupten, so als würde Auhl vielleicht eine Mitfahrt suchen. Er war erleichtert, zwei junge Frauen und einen Mann mit langen, gebräunten Beinen vor sich gehen zu sehen, die sich kanadische Flaggen an die Rucksäcke genäht hatten. Er fühlte sich alt und müde und stapfte ihnen durch die immer dichter werdenden Abgase hinterher, bis er zu einer Bushaltestelle neben einer Reparaturwerkstatt kam. Motorenteile, Fünf-Liter-Kanister Öl, ein verblasstes Shell-Zeichen an der Rückwand. Die Rucksacktouristen gingen weiter, aber Auhl schloss sich den Personen an, die auf den Bus warteten. Ein paar Frauen in Sarongs, andere in knielangen Arbeitskleidern, eine Handvoll Schulmädchen. Auhl, der sich neben ihnen absurd groß vorkam, dachte an Louise; ihre warmen Lippen küssten seine Narben.

Eine der Frauen sprach schrill und schüttelte mit der Faust in Richtung eines alten Mannes auf einem winzigen Honda-Scooter. Er hielt ein Paar Goldfische in einer durchsichtigen Plastiktüte voller Wasser in die Höhe und drängte die Schulmädchen, sie doch zu kaufen. Sie waren fasziniert. Eine weitere Frau ging dazwischen und schalt diesmal die Mädchen, die sich mit gesenkten Köpfen zurückzogen und ein Kichern unterdrückten. Schließlich gab der alte Mann auf. Er verstaute die Goldfische in einer Gepäcktasche, fuhr davon und verschwand im ruhelosen Verkehr. Zu Auhls Erleichterung kehrten die Kanadier zurück, der Bus kam, und alle stiegen ein. Er war nicht länger der im Gedächtnis bleibende einsame Westler in der Nähe einer beschädigten Moschee und eines verdächtigen Todesfalls.

Die Busfahrt schläferte Auhl ein, und er träumte von Fannings schwammigem Körper, von Louise, die ihn mit einer Art willkommener Erleichterung liebte, von Glöckchen, die an den Handgelenken des Hippiemädchens klingelten. Die Glöckchen holten ihn aus dem Schlaf, und ihm ging auf, dass sein Handy klingelte.

Eine australische Telefonnummer – seine eigene. Sein Festnetz in Melbourne, wo es nun später Vormittag war.

»Dad, wo bist du?«

Er hatte seiner Tochter erzählt, dass er für ein paar Tage in Port Fairy sein würde, ein alter Fall von Fahrerflucht, bei dem es sich angeblich um einen Mord handele. »Noch unterwegs«, sagte er.

»Okay. Hör mal, es ist noch zu früh, aber eine Freundin von mir und ihr Freund haben ein Haus gehütet, und die Besitzer sind unerwartet früher zurückgekommen, können die wohl für eine Weile bei uns unterkommen?«

Auhl war traurig und erleichtert und noch nicht ganz wach. Die anderen Passagiere rings um ihn herum schwankten, und aus dem Lautsprecher über dem Kopf des Fahrers drang krächzende Musik. Er atmete tief ein und aus. »Aber natürlich, Liebling.«

»Sie können morgen einziehen.«

»Ich weiß noch nicht, ob ich bis dahin schon zurück bin«, sagte Auhl und dachte an die Vulkanasche. Der Bus blieb stehen.

Eine alte Frau mit einem Hahn in einem Bambuskäfig stieg ein. Der Bus fuhr wieder los und rollte weiter.

Auhl stieg in Kuta Beach aus und nahm sich ein Taxi zu seinem Hotel, wo er auscheckte, bar bezahlte und zum Flughafenhauptgebäude ging. Der ganze Flughafen war in Aufruhr: Alle Flüge von Virgin und Jetstar waren gestrichen worden. *Aufgrund der Aschewolke*, hieß es auf der Website.

Die Wolke schwebte zwischen Denpasar und dem nördlichen Australien. Der Himmel im Norden und Westen war klarer, aber selbst die Flüge nach Singapur und Kuala Lumpur waren voll. Ein Wartespiel, dachte Auhl.

Es wimmelte nur so vor gestrandeten Passagieren, also setzte er sich neben ein paar jungen Leuten in Surferklamotten auf den Boden. Wie er da so an der Wand lümmelte, strafte er seinen Körper Lügen, der innerlich zu beben schien. Trotz der Erschöpfung war er so angespannt wie eine Bogensaite, und eine innere Unruhe erfasste ihn.

Nicht Angst, dachte er, nicht Schuld oder Entsetzen. Er kam einfach nicht darauf, was es war.

Wer er war.

Die meisten Mörder, die er in seinem langen Leben geschnappt hatte, waren Männer gewesen, und die meisten von ihnen hatten einfach einen Fehler gemacht. Er sah sich unter den männlichen Passagieren und Flughafenangestellten um, junge und alte und die dazwischen. Mürrisch und gestresst und gelangweilt. Müde und hellwach und dösend und knutschend. Angegriffen oder untadelig.

Als Auhl einen Touristen mit dem Arm in der Schlinge sah, dachte er an Claire Pascals vernarbten Unterarm und berührte unbewusst seinen Magen und den dünnen Wurm zusammengenähter Haut, der gerade erst von einer wunderschönen Frau geküsst worden war. Von der Arbeit verwundet. Was ist mit den Narben, die man nicht sehen kann?, dachte er.

Ein kleines chinesisches Mädchen beobachtete ihn. Es stand

zwischen den Knien seiner Eltern, die mit ihren Handys beschäftigt waren. Es passierte Auhl häufig, dass sich in einer Menschenmenge sein Blick mit dem eines Kindes kreuzte; eine ernste, wortlose Verständigung lief zwischen ihnen ab, die der Menge völlig verborgen blieb. Auhl tat, was er immer tat. Er zog an einem Ohrläppchen, um seine Zungenspitze hervorlugen zu lassen, und zog am anderen, um sie wieder einzufahren. Würde sie den Kopf einziehen? Ihm den Trick ebenfalls vorspielen? Er wartete. Sie starrte ihn weiter an.

Auhl schaute weg, nicht, weil er besiegt war, sondern weil er sich fragte, ob das Kind eine Art drittes Auge hatte, um zu sehen, was aus ihm geworden und was er zuvor gewesen war. Ein Mann, der herumgestapft war und sein Bestes gegeben hatte, um ein paar Fehler zu berichten – nur um dann plötzlich zwei große Fehler zu berichten. Erst war er nur in die Sache hineingeschliddert, doch dann war er entschlossener geworden. Ob er nun ein besserer Mensch war, ein entschlossenerer, gestärkt durch kürzlichen Sex und Mord, wusste Auhl nicht.

Doch diese Energie steckte in ihm, und er stand auf. Er winkte dem Kind – das mit einem alles verändernden Lächeln zurückwinkte – und wickelte an einem Ticketschalter nach dem anderen seine Transaktionen ab, bis er den letzten Cent seiner Ersparnisse ausgegeben hatte.

Bald war er auf dem Heimweg. Er dauerte anderthalb Tage, und seine Route bestand aus einer Reihe verquerer Annäherungen nordwärts, ostwärts und südwärts über den Pazifik. Er nahm den Hintereingang nach Hause – aber er kam nach Hause.

Garry Disher im Unionsverlag

INSPECTOR-CHALLIS-ROMANE
»Disher ist ein Meister der modernen Krimikomposition. Er entwickelt ein faszinierendes Erzähltempo, das flott und schnell, aber niemals atemlos oder gehetzt erscheint. Disher zu lesen, ist ein literarischer Genuss erster Güte.« *krimiblog.de*

Drachenmann *Flugrausch*
Schnappschuss *Beweiskette*
Rostmond *Leiser Tod*

CONSTABLE-HIRSCHHAUSEN-ROMANE
»Hirsch (fast) allein gegen Sheriff, Vorgesetzte, Dorfbonzen. Weizen, Wolle, früher Kupfer, leeres Land. Ganz, ganz fein, staubtrocken und herzenswarm.« *Tobias Gohlis, KrimiZeit-Bestenliste*

Bitter Wash Road
Hope Hill Drive
Barrier Highway

Hinter den Inseln
Liebe, Krieg und Verrat vor dem Hintergrund der zusammenbrechenden Kolonialreiche in Südostasien.

Kaltes Licht
Ein Skelett, ein jahrealter Mordfall und vergessene Geheimnisse – ein Fall für Sergeant Alan Auhl.

Stunde der Flut
Eine nagende Ungewissheit treibt Charlie Deravin in Ermittlungen gegen seine eigenen Familie.

Mehr über Autor und Werk auf *www.unionsverlag.com*

Spannung im Unionsverlag

HOEPS & TOES *Die Cannabis-Connection*
Marcel Kamraths Gesetzesinitiative zur Cannabis-Legalisierung steht kurz vor dem Durchbruch, seine Karriereaussichten sind glänzend. Doch dann holt ihn seine begraben geglaubte Vergangenheit wieder ein. Immer tiefer wird Kamrath in ein gefährliches Duell hineingetrieben, das er nur überleben kann, wenn er alles opfert, was ihm wichtig ist.

LEONARDO PADURA *Ein perfektes Leben*
Teniente Mario Conde soll einen Verschwundenen finden, Rafael Morín, der mit Conde zur Schule gegangen ist. Der Mann mit der scheinbar blütenweißen Weste war schon damals ein Musterschüler, der immer das bekam, was er wollte – auch Condes Freundin Tamara. Der Teniente muss sich den Träumen und Illusionen seiner eigenen Generation stellen.

JEAN-CLAUDE IZZO *Die Marseille-Trilogie*
Fabio Montale: ein kleiner Polizist mit großem Herz. Für ihn ist es reiner biografischer Zufall, ob einer Polizist wird oder Gangster. Freund bleibt Freund. Deshalb rächt Fabio zwei seiner Gangster-Freunde, die ermordet wurden. Das Spiel wird allerdings nach Regeln von Leuten gespielt, denen ebenso egal ist, ob einer Polizist ist oder Verbrecher.

JEONG YU-JEONG *Der gute Sohn*
Yu-jin erwacht blutverschmiert. Mit wachsendem Grauen geht er ins Untergeschoss, wo er eine entsetzliche Entdeckung macht: Seine eigene Mutter liegt mit durchgeschnittener Kehle im Wohnzimmer. Seine Erinnerungen an den letzten Abend sind wie ausgelöscht. Wer hat seine Mutter auf dem Gewissen? Und wieso deuten alle Hinweise auf ihn selbst?

Mehr über alle Bücher und Autoren auf *www.unionsverlag.com*

Spannung im Unionsverlag

Colin Dexter *Zuletzt gesehen in Kidlington*
Vor zwei Jahren ist die junge Valerie Taylor spurlos verschwunden. Inspector Morse soll den Fall neu aufrollen, sieht aber keine Chance, das Mädchen noch lebend zu finden. Bis ein Brief eintrifft, der Valeries Unterschrift trägt und der damalige Ermittler kurz darauf bei einem Verkehrsunfall ums Leben kommt. Morse glaubt nicht an einen Zufall.

Helon Habila *Öl auf Wasser*
In Port Harcourt, Nigeria, regieren die Ölkonzerne. Als die Frau eines hochrangigen Mitarbeiters entführt wird, wittert der Journalist Rufus eine Story. Er reist ins Nigerdelta und betritt eine apokalyptische Welt, in der die Fischer ums Überleben kämpfen. Nur in einem kleinen Dorf scheint die Welt noch in Ordnung – doch die Ruhe trügt.

Mercedes Rosende *Krokodilstränen*
Der Schauplatz: die Altstadt von Montevideo. Der Coup: ein Überfall auf einen gepanzerten Geldtransporter. Die Besetzung: Germán, gescheiterter Entführer. Úrsula López, resolute Hobbykriminelle. Doktor Antinucci, zwielichtiger Anwalt. Und schließlich Leonilda Lima, erfolglose Kommissarin mit einem letzten Rest von Glauben an die Gerechtigkeit.

Petra Ivanov *Entführung*
Der Täter ist gefasst, doch das Opfer bleibt verschwunden: Eine Studentin wurde entführt, bei der Polizei herrscht Ausnahmezustand. Sexualdelikt oder Terrorismus? Pal Palushi wird zum Strafverteidiger des Entführers ernannt und gerät zwischen die Fronten. Nur Ex-Polizistin Jasmin Meyer hält zu ihm. Sie findet eine tödliche Spur.

Mehr über alle Bücher und Autoren auf *www.unionsverlag.com*

Spannung im Unionsverlag

JEONG YU-JEONG *Sieben Jahre Nacht*
Wie kann ein elfjähriger Junge überleben, wenn alle Welt in ihm den Sohn des »Stauseemonsters« sieht? Des Mannes, der ein Mädchen ermordete und ein ganzes Dorf zerstörte? Einsam und geächtet lebt er in einem Dorf an der Küste. Rätselhafte Besucher tauchen auf. Die Vergangenheit wird aufgerollt. Am Ende ist alles anders, als es schien.

MICHAEL DIBDIN *Entführung auf Italienisch*
Kommissar Aurelio Zen reist für einen Spezialauftrag nach Perugia: Ruggero Miletti, das Haupt einer der mächtigsten Familien Italiens, wurde entführt. Alles scheint sich gegen den Neuankömmling aus Rom verschworen zu haben. Doch im Kampf gegen Korruption und Mafia entwickelt Aurelio Zen seine wahren Qualitäten.

NII PARKES *Die Spur des Bienenfressers*
In einem Dorf im Hinterland Ghanas, in dem sich seit Jahrhunderten kaum etwas verändert hat, verschwindet ein Mann. Der Städter Kayo, der den Glauben der Dorfbewohner an Übersinnliches nicht teilt, wird mit der Aufklärung beauftragt – muss jedoch bald einsehen, dass westliche Logik und politische Bürokratie ihre Grenzen haben.

CLAUDIA PIÑEIRO *Betibú*
Inmitten einer idyllischen Wohnsiedlung wird ein Unternehmer mit aufgeschlitzter Kehle in seinem Lieblingssessel aufgefunden. Im ersten Moment deutet alles auf Selbstmord hin, doch schon bald erwachsen Zweifel. – Claudia Piñeiro nimmt mit scharfem Blick das Verhältnis zwischen Medien und politischer Macht unter die Lupe.

Mehr über alle Bücher und Autoren auf *www.unionsverlag.com*